BASTEI
LÜBBE
TASCHENBUCH

Weitere Titel der Autorin:

Im Land des Korallenbaums
Die Lagune der Flamingos
Das Lied des Wasserfalls

Titel in der Regel auch als Hörbuch und E-Book erhältlich

Über die Autorin:

Sofia Caspari, geboren 1972, hat schon mehrere Reisen nach Mittel- und Südamerika unternommen. Dort lebt auch ein Teil ihrer Verwandtschaft. Längere Zeit verbrachte sie in Argentinien, einem Land, dessen Menschen, Landschaften und Geschichte sie tief beeindruckt haben. Heute lebt sie – nach Stationen in Irland und Frankreich – mit ihrem Mann und ihren zwei kleinen Söhnen in einem Dorf im Nahetal.

Sofia Caspari

IM TAL DER ZITRONEN-BÄUME

Roman

BASTEI LÜBBE
TASCHENBUCH

BASTEI LÜBBE TASCHENBUCH
Band 17212

Dieser Titel ist auch als E-Book erschienen

MIX
Papier aus verantwortungsvollen Quellen
FSC® C083411

Originalausgabe

Dieses Werk wurde vermittelt durch
die Literarische Agentur Thomas Schlück GmbH,
30827 Garbsen.

Lektorat: Melanie Blank-Schröder
Landkarte: Reinhard Borner
Titelillustration: © Masterfile/Robert Harding Images;
© Still life with dead birds, fruit and vegetables, 1602,
Sanchez Cotan, Juan (1560-1627) / Prado, Madrid, Spain /
Bridgeman Images; © shutterstock/Nacho Such;
© shutterstock/Pinosub; © shutterstock/Kaetana
Umschlaggestaltung: Kirstin Osenau
Satz: Urban SatzKonzept, Düsseldorf
Gesetzt aus der Garamond
Druck und Verarbeitung: CPI books GmbH, Leck – Germany
Printed in Germany
ISBN 978-3-404-17212-2

5 4 3 2 1

Für Tobias, Julian und Benjamin.
Wir sind angekommen. Die Reise geht weiter.

Ich fühle mich von einer tiefen Ehrfurcht durchdrungen, wenn ich die wunderbaren Ergebnisse der freien Arbeit betrachte. Noch vor Kurzem war hier eine Einöde, nur von wilden Tieren bevölkert, heute ist dieser Boden im Besitz der zivilisierten Menschen, durch die Anstrengung einer Rasse, in der Energie und Religion leben.

António Homem de Mello 1868
über die deutschen Kolonien
von Rio Grande do Sul

Prolog

Ein durchdringender Schrei zerriss die Stille des sehr frühen Märzmorgens. Er zeugte von einem Menschen in äußerster Not. Von einem Moment auf den anderen sträubten sich Pauline die Nackenhaare. Irgendwo ganz fern wurde ein Fensterladen geschlossen. Ein blechernes Geräusch war zu hören, dann wieder nichts. Außer dieser schrecklichen Stille. Es war ganz deutlich – wer etwas gehört hatte, wollte nicht wissen, was geschah. Niemand würde sich einmischen.

Pauline fühlte einen kurzen, heftigen Schauder über ihren Rücken laufen. Unvermittelt blieb sie stehen, doch ihr Vater zog sie unerbittlich weiter.

»Gregorio!«, flüsterte sie. »Gregorio …« Sie sah ihren Vater an. »Was ist mit ihm? Wir müssen zurück. Gregorio braucht unsere Hilfe.«

»Unmöglich.« Valentin Jordan schüttelte den Kopf. »Wir können nicht zurück, Pauline, wir können es nicht. Auch wenn wir es noch so sehr wollten. Es ist zu gefährlich.«

Wieder zerrte Valentin an der Hand seiner Tochter. Sein fester Griff schmerzte. Die junge Frau stolperte, doch der Vater fing sie auf, bevor sie stürzen konnte.

»Pass doch auf«, herrschte er sie an, so wütend und so voller Angst, wie sie es gar nicht von ihm kannte. »Reiß dich zusammen!«

Pauline erwiderte nichts. Zum ersten Mal in ihrem Leben spürte sie ganz deutlich, dass ihr sonst so unbekümmerter Vater kurz davorstand, die Nerven zu verlieren.

»Ich habe gestern Nacht mit zwei Engländern gesprochen. Sie wollen heute noch los«, teilte er ihr jetzt unvermittelt mit. Als hätte es den herzzerreißenden Schrei und diese entsetzliche Stille danach nicht gegeben. »Sie haben gesagt, das Schiff, mit dem sie nach Frankreich reisen, könnte uns mitnehmen, aber sie warten sicher nicht auf uns.«

»Uns mitnehmen?« Pauline wollte wieder stehen bleiben, doch Valentin ließ es nicht zu. »Aber warum, Vater?«, fragte sie fassungslos. »Was hast du vor? Sollen wir etwa von hier fort? Weg aus Messina? Was ist mit unseren Sachen, was mit dem Geschäft?«

»Ich ...« Zum ersten Mal seit Längerem sah Valentin seine Tochter richtig an, wich ihrem Blick dann aber wieder aus. »Mach dir keine Sorgen, ich habe alles geregelt, Kind.«

Pauline riss sich von ihrem Vater los und blieb wie angewurzelt stehen. »Alles geregelt? Was hast du geregelt, um Himmels willen? Was ist mit Gregorio, was haben sie ihm angetan? Hast du etwas damit zu tun?«

Die junge Frau versuchte, ihrem Vater ins Gesicht zu sehen, doch es wollte ihr nicht mehr gelingen. Er schaute den Weg entlang, den sie gehen mussten, um zum Hafen zu gelangen, als beträfe ihn nichts anderes.

»Ich kann dir nicht sagen, was mit ihm ist, Pauline, weil ich es nicht weiß. Ich weiß nur, dass wir dringend von hier fortmüssen. Verstehst du das nicht? Sie sind hinter uns her!«

»Wer ist hinter uns her?«

Valentin schwieg einen Moment. »Warum fragst du?«, wollte er dann wissen. »Du weißt es doch sicher, oder etwa nicht?«

»Signor Fabris.« Pauline sprach den Namen aus, ohne zu zögern.

Valentin nickte nur.

Die junge Frau leckte sich über die mit einem Mal furchtbar trockenen Lippen, stolperte einige Schritte weiter und blieb dann erneut stehen. »Du hast das alles geplant?«

»Ich … Ich kann dir darüber jetzt nicht mehr sagen.« Der Vater sah sie flehentlich an. »Komm mit, Pauline, vertrau mir. Ich wollte immer nur dein Bestes. Du wirst alles später erfahren, später, wenn die Zeit gekommen ist.«

Pauline schüttelte den Kopf. »Aber Gregorio … Was hast du Gregorio angetan?«

Valentin erstarrte. »Nichts, du meine Güte. Du müsstest mich doch gut genug kennen …«

Ja, Pauline kannte ihren Vater und gerade deshalb … Sie kam nicht dazu, den Gedanken zu Ende zu führen, denn Valentin erwachte aus seiner Erstarrung und zerrte sie einfach weiter. Dieses Mal duldete er keinen Widerstand. Paulines Kraft reichte nicht, sich zu wehren. Sie musste ihm gehorchen, ob sie nun wollte oder nicht.

Wenig später erreichten sie den Hafen und den Segler der Engländer. Außer ihnen wollten noch zwei ältere Männer mit dem Schiff fahren, das die Reisenden nach Marseille bringen würde, von wo aus sie weiteren Abenteuern entgegensahen. Offenbar war man auf Paulines und Valentins Kommen vorbereitet. Keiner an Bord, auch die italienische Besatzung nicht, fragte bei der Begrüßung, warum sie so wenig Gepäck bei sich trugen – Valentin nur eine leichte Reisetasche, Pauline einen Stoffbeutel, in dem sich ihre Malutensilien und eine Mappe mit Bildern befanden, sonst gar nichts.

Kaum waren Vater und Tochter auf Deck, suchte Valentin sich einen ruhigen Platz und bedeutete seiner Tochter, sich zu ihm zu setzen. Pauline schüttelte den Kopf. Sie blieb stehen und schaute zum Land zurück, als nun die Leinen gelöst wurden.

Die Fahrt aus dem Hafen verlief reibungslos, die junge Frau schenkte ihr kaum Aufmerksamkeit. Paulines Augen blieben auf die Hafenmauer gerichtet, auf den Platz, der an diesem frühen Morgen noch kaum bevölkert war, und dann sah sie ihre Verfolger kommen. Ihr Herz klopfte, als sie Gregorio zwischen ihnen ausmachte. Durch die Entfernung konnte man seine Gesichtszüge nicht erkennen, doch seine Bewegungen waren ihr vertraut. Die Männer an seiner Seite erkannte Pauline nicht, sie sah nur, dass sie Gregorio jetzt auf die Knie zwangen. Ein erstickter Schrei entfuhr ihr, und sie schlug die Hand vor den Mund.

»Gregorio!«

Pauline klammerte sich so fest an das Geländer der Reling, dass die Knöchel ihrer Finger weiß hervortraten. Im nächsten Moment stand ihr Vater neben ihr, umfing die Tochter mit seinen kräftigen Armen, barg ihr Gesicht an seiner Brust. Einen kurzen Augenblick ließ sie ihn gewähren, dann versuchte sie, sich aus Valentins Griff zu befreien.

»Ich muss das sehen.«

»Nein, das musst du nicht.«

Pauline holte zitternd Atem. »Was … was tun sie?«, fragte sie dann mit bebender Stimme. »Was machen sie mit ihm?«

»Sie tun ihm nichts, Pauline. Sie werden ihm nichts tun. Er ist Fabris' Neffe.«

Pauline versuchte nicht noch einmal, sich umzudrehen. Sie hatte zu viel Angst vor dem, was sie sehen würde. Wie erstarrt verharrte sie, das Gesicht an der Brust des Vaters geborgen.

Taten sie ihm wirklich nichts? Konnte sie Valentin glauben? Doch er war ihr Vater. Wem sonst konnte sie glauben, wenn nicht ihm?

Erster Teil

Messina

1858 bis 1859

Erstes Kapitel

Sechs Monate zuvor …

Pauline hatte kein gutes Gefühl, obgleich Gregorios warme Hand die ihre fest umklammert hielt. Immer wieder nickte der junge Sizilianer ihr aufmunternd zu. Je näher sie allerdings dem Haus Santino Fabris' kamen, desto unruhiger wurde die junge Frau.

Eigentlich war es ein so schöner Tag. Die Sonne brannte vom strahlend blauen Himmel, obwohl sich der Sommer schon dem Ende zuneigte. Signor Fabris, Gregorios Onkel, saß auf der Veranda des prächtigen Hauses der Familie, von dem aus man einen überwältigenden Ausblick auf die Umgebung hatte. Er ging wohl eben mit seinem Verwalter Francesco Moli die Geschäftspapiere durch. Gregorio, erinnerte sich Pauline in diesem Moment schaudernd, hatte einmal gesagt, sein Onkel sei gewiss nicht mit Freundlichkeit zum größten Zitronenplantagenbesitzer der Gegend geworden, sondern mit List, Tücke und Brutalität. Nein, eigentlich wollte sie diesem Mann, der sich so freundlich gab, von dem sie aber dennoch schon so viel Grausames gehört hatte, nicht gegenübertreten. Was ging ihn die Beziehung zwischen ihr und seinem Neffen an? Sie konnte doch vorerst Gregorios und ihr Geheimnis bleiben. Sie war erst achtzehn Jahre alt. Und war es in diesem Alter nicht schön, Geheimnisse zu haben?

Offenbar hatte Pauline ihren Schritt unwillkürlich verlangsamt, denn Gregorio lächelte sie ermutigend an. Sie liebte Gregorios Lächeln, und gewöhnlich beruhigte es sie, aber daran konnte sie jetzt keinen Gedanken verschwenden.

»Wir sollten es ihm vielleicht noch nicht sagen.« Pauline warf erneut einen hastigen Blick auf die Veranda.

Signor Fabris hatte die beiden jungen Leute entweder noch nicht bemerkt oder er interessierte sich nicht für sie.

Gregorio blieb stehen. »Aber wir haben doch so lange darüber gesprochen. Wir waren uns einig, Pauline. Er muss endlich von uns erfahren. Warum nicht jetzt? Warum später? Ich bin nicht sein Sohn. Ich sage dir, es wird für ihn ohnehin nicht wichtig sein, wen ich einmal heirate.«

Dass er das Wort »heiraten« erwähnte, jagte Pauline einen wohligen Schauder über den Rücken. Die junge Frau wandte den Blick in die Weite, er verlor sich auf den türkisblauen tanzenden Wellen des Mittelmeers.

»Ich bin mir einfach nicht sicher«, sagte sie dann leise.

Sie schaute Gregorio an, versank gleich in den Tiefen seiner dunklen Augen. Gregorio hatte ein ebenmäßiges Gesicht, eine schmale Nase und wie gemeißelt wirkende Wangenknochen. Bei ihrer ersten Begegnung hatte er sie an die antiken Statuen erinnert, die ihr Vater so sehr liebte. Gregorio war das Ebenbild einer dieser Statuen, und Pauline konnte sich nicht vorstellen, dass Santino Fabris nichts mit seinem wunderbaren Neffen vorhatte. Gregorio war gewiss ein Pfund, mit dem sich wuchern ließ.

Dank seines Onkels hatte der junge Mann die besten Verbindungen. Außerdem war er ihm zu Dank verpflichtet, denn Santino hatte ihn als Waise bei sich aufgenommen. Niemand in der Familie Fabris konnte Entscheidungen an Santino Fabris vorbei treffen. Das war unmöglich. Sollte ihr das wirklich bewusster sein als Gregorio selbst?

Gregorio legte sanft die Hand auf Paulines Rücken und nötigte sie auf diese Weise weiterzugehen. Als sie Santino Fabris fast erreicht hatten, beugte sich Francesco Moli plötzlich zu dem Plantagenbesitzer hinüber und flüsterte ihm etwas ins Ohr. Fabris hob den Kopf.

»Gregorio! Mein liebster Neffe.« Er sah Pauline an. »Und die bezaubernde Signorina Jordan. Ich hoffe doch, Ihr Vater hat bald wieder eine Lieferung für mich? Diese wunderbaren Skulpturen versüßen mir den Tag.«

»Signor Fabris!«

Pauline nickte Gregorios Onkel, der nun von seinem Neffen mit Küssen auf die Wangen begrüßt wurde, höflich zu. »Ich bin mir sicher, dass mein Vater bald wieder etwas Passendes für Sie hat. Soweit ich weiß, hat er kürzlich Nachricht von einer neuen Ausgrabung erhalten.«

Signor Fabris lächelte wohlwollend. »Setzt euch doch, Kinder!«, sagte er dann und wies auf zwei Stühle am einen und anderen Ende des großen Tisches. Die beiden jungen Leute folgten seiner Aufforderung.

»Lassen Sie uns etwas Limonade bringen, Moli, und eine Granita für jeden. Sie nehmen doch eine Granita, Signorina Jordan?«

»Danke, Onkel«, sagte Gregorio, bevor Pauline antworten konnte.

Wenig später stand die einem Sorbet ähnliche Süßspeise, die Pauline erst hier auf Sizilien kennengelernt hatte, auch schon vor ihnen. Mit einem zierlichen Silberlöffel probierte sie etwas von der halb gefrorenen Masse aus Zuckersirup und frischem Zitronensaft – gewöhnlich eine willkommene Erfrischung an heißen Tagen. Es schmeckte köstlich.

Alles im und am Haus des Plantagenbesitzers wirkte erlesen

und zeugte von gutem Geschmack, doch Pauline kam nicht umhin, erneut daran zu denken, wie er zu diesem Reichtum gekommen war. Von Gregorio wusste sie, dass Santino Fabris nach und nach mehrere Zitronenanpflanzungen und Gärten in seinen Besitz gebracht hatte, die zwar immer noch von ihren ehemaligen Besitzern bewirtschaftet wurden, ihnen aber nicht mehr gehörten. Keiner der kleineren Bauern hatte sich ihm widersetzen können. Wer es doch versucht hatte, war früher oder später von Fabris' Männern besucht worden. Mancher hatte danach wochenlang nicht mehr auf seinem Land arbeiten können. Einer, der sich dennoch geweigert hatte, sich von seinem Besitz zu trennen, war zum Krüppel geschlagen worden und hatte sich schließlich das Leben genommen.

Während Pauline ihre Granita löffelte, begannen Gregorio und sein Onkel ein Gespräch. Unruhig wartete die junge Frau darauf, dass Gregorio von ihnen beiden zu reden begann, doch ihr Freund hatte offenbar anders entschieden. Zumindest erst mal sprach er über Alltägliches.

»Mein Neffe sagt, Sie seien gemeinsam spazieren gegangen?«, erkundigte sich Fabris jetzt bei ihr.

Pauline kämpfte gegen ein plötzliches Unwohlsein an. Ein Spaziergang … Klang das nicht verräterisch? Würde Signor Fabris seine Schlüsse ziehen? Sie schluckte.

»Gregorio hat mir einige hübsche Orte gezeigt, die sich zu malen lohnen würden«, antwortete sie vorsichtig und hoffte, dass nur ihr auffiel, wie ungewöhnlich rau ihre Stimme klang.

»Ach ja, stimmt, Sie malen ja. Lassen Sie mich Ihre Bilder doch einmal sehen, vielleicht finde ich ja Gefallen an einem.«

Fabris nahm Pauline nun fest in den Blick. Sein Lächeln wirkte freundlich und erreichte doch seine Augen nicht.

Niemals würde ich das zulassen. Ich verkaufe meine Bilder nicht an …

Die junge Frau konnte ihren Gedanken nicht beenden, denn Signor Fabris sprach schon weiter.

»Es wird Ihnen sicherlich einmal schwerfallen, einen Mann zu finden, Signorina Jordan. Natürlich habe ich gehört, dass Künstler ihren Neigungen nachgehen müssen. Es ist ihnen … was soll ich sagen … ein inneres Bedürfnis, ihre Ideen auf die Leinwand zu bringen. Sie können nicht anders, als sich in Bildern auszudrücken. Stimmt das, Signorina Jordan?«

»Ich …« Pauline fehlten die Worte.

Gregorio räusperte sich, als wollte er sich einmischen, doch noch bevor er etwas sagen konnte, fuhr Santino Fabris fort.

»Gregorio, geh bitte ins Haus und warte auf Signor Pasquale und seine Tochter. Sie haben sich für heute angekündigt. Signorina Jordan, ich muss mich leider auch zurückziehen, die Arbeit wartet. Ich hoffe, Sie bald wieder bei uns zu sehen. Und sagen Sie Ihrem Vater, dass ich wirklich gespannt auf neue Ware bin.«

Pauline nickte und stand auf. »Ich werde es ihm ausrichten.«

Gregorio erhob sich ebenfalls und kam um den Tisch herum. Er zögerte einen Moment lang, doch als sein Onkel ihm einen eindringlichen Blick zuwarf, nickte er Pauline nur zum Abschied zu und verschwand dann in Richtung Haus.

Signor Fabris wandte sich wieder an Pauline. »Bleiben Sie ruhig noch. Genießen Sie den Ausblick und Ihre Granita.«

Pauline schüttelte den Kopf. »Es ist spät«, sagte sie. »Mein Vater wartet sicherlich schon auf mich. Ich habe wohl ein wenig die Zeit vergessen.«

Die Granita würde ihr jetzt ohnehin nicht mehr schmecken.

Pauline fand ihren Vater hinter der Verkaufstheke in seinem Kunst- und Antiquitätenladen, der sich direkt an die gemeinsame kleine Wohnung anschloss. Valentin bemerkte seine Tochter zuerst nicht, so sehr war er in Gedanken versunken. Als sie näher trat, erkannte sie die zierliche römische Statuette in seiner Hand, die er kürzlich erworben hatte, weil er, wie er ihr gestanden hatte, gleich Hals über Kopf in sie verliebt gewesen war. Auch jetzt wieder betrachtete er sie aufmerksam.

Pauline kannte diesen Blick nur zu gut. Es würde ihrem Vater wie immer schwerfallen, sich von diesem Exemplar zu trennen, dabei waren Einnahmen bitter nötig Sie lebten schon mehr als bescheiden – häufig genug war Schmalhans in letzter Zeit ihr Küchenmeister gewesen, weil Valentin nicht verkaufen wollte oder das Geld verspielte. Dabei hatte er ihr schon vor einiger Zeit fest versprochen, das Würfeln, Kartenspielen und Wetten sein zu lassen.

Die Spielsucht war es auch gewesen, die Vater und Tochter damals nach Süden getrieben hatte – fort aus Deutschland, durch die Schweiz und Italien bis nach Sizilien.

Ob wir wohl je wieder in die Heimat zurückkehren können?

Pauline nahm den Umhang von ihren Schultern und legte ihn sich über den Arm. Zwei Jahre waren seit der Flucht vergangen, und trotzdem sehnte sie sich bereits nach weniger heißen Sommern und kälteren Wintern mit Schnee und Eis. Hier in Messina, wo sie seit einem halben Jahr weilten, gab es gewiss keinen Winter wie zu Hause. Sie sehnte sich auch nach der vertrauten Sprache, nach den Freundinnen, nach der Unbeschwertheit, die ihr Leben einmal ausgemacht hatte, und die mit dem Tod der Mutter zu Ende gegangen war. Danach war nichts mehr gewesen wie zuvor – der Vater war kein fröhlicher Hallodri mehr, verteidigt von seiner vergötterten Frau, sondern nur noch ein für die Schwiegereltern verantwortungsloser Kerl, der die geliebte Tochter in den Tod getrieben hatte.

Pauline machte ein paar Schritte in den Raum hinein, und Valentin fuhr endlich aus seinen Gedanken hoch. Er legte die kleine Statue behutsam auf dem Tisch ab.

»Ach, Kleines, da bist du ja.« Er kam auf sie zu, nahm sie überschwänglich in den Arm, küsste sie auf beide Wangen wie immer, wenn er einen guten Kauf getan hatte. »Geht es dir gut, Töchterlein?«

Seine Augen, in der Farbe den ihren so ähnlich, funkelten, und Pauline erkannte nicht zum ersten Mal, was ihre zarte blonde Mutter zu diesem Mann mit dem kastanienbraunen Haar hingezogen hatte. Sie waren unterschiedlich gewesen wie zwei Seiten einer Medaille, wie Licht und Schatten, Feuer und Luft. Dass die Eltern sich dennoch oder gerade deshalb geliebt hatten, daran hatte nie ein Zweifel bestanden – ein Umstand, den die Großeltern mütterlicherseits nicht hatten erkennen wollen.

»Ja, es geht mir gut. Danke, Papa.« Pauline löste sich aus Valentins Umarmung. »Ich bringe nur rasch meinen Umhang hinein. Soll ich uns etwas zum Abendessen bereiten?«

»Tu das.« Valentin kehrte zur Verkaufstheke zurück, zog eine der Schubladen auf und nahm einige kleine Münzen heraus. »Ich habe einen Bärenhunger, wie ich gerade bemerke. Unsere Vorräte sind allerdings aufgebraucht. Würdest du uns rasch etwas holen?«

Pauline nickte und ließ das Geld in ihrer Rocktasche verschwinden, zog den Umhang wieder über und war schon an der Tür, als sie sich doch noch einmal umdrehte. Ihr Vater betrachtete die kleine Statue erneut mit großer Aufmerksamkeit. Pauline wurde mit einem Mal unerklärlich kalt.

Valentin fuhr fort, die neue Lieferung zu säubern, zu begutachten und zu verstauen. Bald merkte er, dass es zu dunkel geworden war, und er verfolgte durch das Fenster, wie die abendlichen Sonnenstrahlen die Gasse vor seinem Geschäft in glutrotes Licht tauchten. Oft geriet er um diese Tageszeit in eine wehmütige Stimmung. Dann dachte er an seine Schwiegereltern, die gut situierte Arztfamilie aus Koblenz, an seine Mutter, die immer versucht hatte, ihn zu schützen, und es irgendwann nicht mehr vermocht hatte, weil der Sohn jeden Kredit verspielte. Hatte er ihr, der ehrbaren Witwe, Schande gemacht? Ja vermutlich hatte er das …

Und Paulines Mutter, seine geliebte Hannah? Würde sie noch leben, wenn er nicht nur an sich gedacht hätte? Wie von selbst bewegte Valentin sich zu seinem Schreibtisch, öffnete eine Schublade und entnahm ihr seinen letzten Brief an sie, den Brief, der nur noch eine Tote erreicht hatte. Natürlich hatte er nicht ahnen können, dass sie so schnell sterben würde – Hannah hatte nie verlauten lassen, dass es ihr schlechter ging –, aber er warf sich heute noch vor, dass er nicht bei ihr gewesen war. Er war in Paris gewesen und hatte eine Glückssträhne am Spieltisch gehabt. Er war überzeugt, endlich seine Schulden begleichen und die Behandlung ihrer Lungenbeschwerden bezahlen zu können. Noch mitten in der Nacht hatte er ihr den Brief geschrieben: *Alles wird gut, meine liebste Hannah, ich kann es nicht erwarten, Dir endlich in die Arme zu fallen.*

Doch da war es schon zu spät gewesen. Ein Fieber hatte seine von der Krankheit ohnehin geschwächte Frau binnen

Stunden dahingerafft. Bei seiner Rückkehr hatte er den Brief neben ihrem Totenbett gefunden, dort, wo seine Schwiegereltern ihn wie eine Anklage für ihn hinterlassen hatten. Am nächsten Tag hatten sie ihm eröffnet, dass sie vor Gericht durchsetzen würden, ihm den Umgang mit seiner Tochter zu verbieten, doch das hatte er nicht zulassen wollen. Kurz entschlossen war er mit Pauline geflohen, und er hatte nie den Eindruck gehabt, dass sie seine Entscheidung bedauerte. Doch er war sich nicht sicher, was sie zu seinen neuen Plänen sagen würde, wenn sie davon erfuhr ...

Ein Klopfen an der Tür ließ Valentin zusammenfahren.

»Es ist offen!«, rief er, gespannt, wer zu dieser späten Stunde noch etwas kaufen wollte.

Der Mann, der nun den Laden betrat, jagte ihm einen Schreck durch die Glieder.

»Signor Tricomi!«, sagte Valentin dennoch freundlich. Was er dachte, sprach er nicht aus.

Ich muss dem Steinmetz sagen, dass er nie wieder herkommen soll.

Pauline umfasste die wenigen Münzen in ihrer Rocktasche fester. Jetzt über ein schmackhaftes Abendessen für sich und ihren Vater nachzudenken würde sie hoffentlich von den düsteren Gedanken über Signor Fabris abbringen. Außerdem hatte sie tatsächlich Hunger. Einen Moment dachte sie voller Wehmut an die reich gedeckten Sonntagstische bei den Großeltern. Damals hatte Pauline sich nicht vorstellen können, jemals Hunger zu leiden. Inzwischen hatte das Leben sie eines Besseren belehrt, und sie wusste, wie es sich anfühlte, wenn sich der Magen vor Hunger zusammenkrampfte.

Pauline erreichte ein Haus, vor dem ein alter Mann einen Tisch aufgestellt hatte, auf dem er Zitronen feilbot. Er schaute sie erwartungsvoll an, als sie ihren Schritt auch nur ein wenig verzögerte. Zitronen, das hatte Pauline sehr bald nach ihrer Ankunft gelernt, waren in Sizilien hochgeschätzte Heil- und Lebensmittel. Winter- und Sommerzitronen unterschieden sich in Form, Farbe, Aroma und Saftqualität, aber so gern sie dem alten Mann auch eine Freude gemacht hätte, Zitronen würden weder ihrem Vater noch ihr zum Abendbrot genügen. Im nächsten Laden erstand sie ein Brot, ein paar Eier, Tomaten, Oliven und einen halben Liter Ziegenmilch. Es würde kein warmes Essen geben, aber der Vater und sie würden auch nicht hungrig zu Bett gehen müssen.

Zweites Kapitel

Sie hatten sich das einfache, aber köstliche Essen am Abend zuvor schmecken lassen. Die Tomaten und die Oliven, im Süden gereift, schienen voller Sonne zu stecken. Irgendwann, nachdem sie beide gesättigt gewesen waren, hatte Valentin seine Gitarre geholt und am offenen Fenster sitzend gespielt. Pauline hatte dazu gesungen, ein Passant auf der Straße vor dem Haus war stehen geblieben und hatte mit eingestimmt. Eine Weile hatten sie gemeinsam musiziert.

Der Vater spielte selten Gitarre, doch wenn er es tat, war es wunderbar. Es erinnerte die junge Frau stets daran, wie er zuweilen abends an ihrem Bett gesessen und ihr Schlaflieder vorgesungen hatte. Manchmal sah sie die Eltern miteinander, sah, wie der Vater einen Arm um die zarte Mutter legte und sie voller Liebe ansah. Oft, wenn die Eltern geglaubt hatten, sie schliefe schon, hatten sie sich sogar geküsst. Ganz innige Küsse waren es gewesen, voller Liebe und Zuneigung.

Irgendwo begann jetzt vor dem Fenster ein Vogel zu zwitschern, doch Pauline wollte die Augen noch nicht öffnen. Zu wohlig war das Gefühl, im Bett zu liegen, wo es warm war und man sich seinen Träumen hingeben konnte. Pauline genoss den Moment, wenn sie in der Schwebe zwischen Schlafen und Erwachen dem Leben draußen lauschen konnte. Sie hatte gut geschlafen. Der erste Gedanke gleich nach dem Aufwachen galt wie jeden Morgen Gregorio. Auch mit geschlossenen Augen sah sie ihn vor sich, sein hübsches Gesicht, die dunklen Haare und Augen. Mit geschlossenen Augen fiel es ihr leicht, sich vorzustellen, wie sie seine warme Haut berührte, sich an ihn schmiegte. Paolina nannte er sie oft, Paolina … Das klang viel hübscher als Pauline. Als sie daran dachte, Gregorio zu küssen, wurde es Pauline warm. Sie atmete schneller, konnte und wollte das Bild nicht loslassen. Irgendwann würde es so weit sein. Wenn sie heirateten, würden sie sich ganz nah sein. Pauline errötete bei manchen der Gedanken an Gregorio, doch sie waren zu schön, um davon abzulassen: Gregorio zu küssen, seine Hände auf sich zu spüren, zart wie ein Windhauch auf der Haut, seinen Duft in sich aufzunehmen, ihn einfach nur anzusehen, allein die Vorstellung raubte ihr den Verstand.

Dem Vogel, der vor ihrem Fenster sang, gesellten sich andere hinzu. Die Nacht war vorüber, der Tag brach unerbittlich an. Obgleich es noch früh am Morgen war, wie Pauline der Stand der Sonne verriet, nachdem sie die Augen geöffnet hatte, entschied sie sich jetzt doch aufzustehen. Sehr leise erhob sie sich, um den Vater nicht zu wecken, der in einer Kammer schlief, die lediglich durch eine dünne Bretterwand von ihrer getrennt war. Pauline überlegte, Brot für das Frühstück zu kaufen und sich weiter den schönen Gedanken an Gregorio hinzugeben. Wenn sie zurückkam, war der Vater gewiss auch aufgestanden, und sie konnten gemeinsam den Tag beginnen.

Valentin blieb an diesem Morgen noch einen Moment länger in seinem Bett liegen und starrte gegen die dunklen Holzbalken der Decke. Obgleich Pauline sich bemüht hatte, ganz leise zu sein, war es ihr doch nicht gelungen. Vielleicht war es aber auch so, dass es da ein unsichtbares Band gab, das ihn mit seiner Tochter vereinte, ein Band, das er gewiss nie missen wollte.

Valentin stieß einen Seufzer aus und ließ die Beine unter der Bettdecke hervorgleiten. Kurz schauderte er – innerhalb der dicken Mauern des Hauses war es früh am Morgen noch kühl –, dann setzte er die nackten Füße auf den Boden und stand kurz entschlossen auf. Er gähnte, während er auf das Fenster zutappte und den hölzernen Laden aufstieß, der quietschend gegen die Hausmauer schlug.

Vom Meer her strichen die ersten Sonnenstrahlen über die Stadt und tauchten sie in ein warmes gelbes Licht. Im Hafen warteten Tagelöhner auf Arbeit, Fischer sortierten ihren Fang. Einer begutachtete sein Netz, an dem es offenbar etwas zu flicken gab.

Valentin reckte und streckte sich ausgiebig und schlüpfte dann rasch in die Kleidung, die er am Abend zuvor auf den Stuhl, der neben seinem Bett stand, gelegt hatte, wusch sich Gesicht und Nacken und kämmte sich die Haare. Auf dem Weg in den Laden warf er einen kurzen Blick in die Küche, doch es fand sich wieder einmal nichts Essbares dort.

Er war nicht überrascht. Sie lebten in den letzten Tagen nicht zum ersten Mal von der Hand in den Mund, und natürlich war Pauline eben erst zum Einkauf aufgebrochen. Valentin schenkte sich einen Becher Wasser ein, trank und spülte damit den pelzigen Geschmack aus seinem Mund. Dann ging er in das Geschäft hinüber, das er erst in ein paar Stunden öffnen würde. Am frühen Morgen kamen ohnehin keine Kunden.

Valentin fröstelte, während er seinen Platz hinter der Verkaufstheke einnahm und die Schublade unter der Kasse öffnete. Er starrte die beiden identischen Figürchen stumm an. Tricomi, der Steinmetz, hatte wirklich ganze Arbeit geleistet. Die kleinen Statuen waren auf den ersten Blick nicht zu unterscheiden. Valentin nahm eine in die Hand und musterte sie noch einmal eingehend. Doch, er war sicher, dass nur Eingeweihte den Unterschied erkennen würden. Signor Fabris würde ihn gewiss nicht bemerken. Er würde zahlen, und Valentin blieb einfach im Besitz dieses wunderbaren Kleinods.

Valentin legte die Kopie vorsichtig wieder zurück. Sobald er Signor Fabris die Fälschung verkaufte, würde er allerdings einen gefährlichen Weg beschreiten, auf dem es kein Zurück gab. Er wusste, wozu Signor Fabris fähig war, niemals durfte dieser von dem Betrug erfahren.

Sorgsam schob Valentin die Schublade wieder zu. Seine Hände zitterten. Mit einem tiefen Seufzer schloss er die Augen und atmete tief durch, um seine Nerven zu beruhigen. Noch war nichts geschehen, doch war er sich sicher, dass sich sein Leben sehr bald ändern würde.

Wenn er nur hätte erkennen können, auf welche Weise.

Nach dem gemeinsamen Frühstück mit ihrem Vater machte sich Pauline zu ihrem täglichen Spaziergang auf. Es war ihr bereits kurz nach ihrer Ankunft in Messina zur Gewohnheit geworden, mit ihren Malutensilien die Gegend zu erkunden. Darauf hatte sie sich schon gefreut, als sie früh am Morgen erwacht war. Zu malen bedeutete Entspannung und Erholung, das war schon so gewesen, als sie noch ein kleines Mädchen gewesen war und den Pinsel kaum hatte halten können. Und weil ihr Vater das wusste, kaufte er ihr die teuren Leinwände, auch wenn manches Abendessen dann karg ausfiel. Manchmal murrte ihr Vater allerdings, wenn sie so allein durch die Gegend stromerte, wie er es nannte, und betonte, dass sie eine junge Frau im heiratsfähigen Alter sei, der man solches nicht mehr zugestehen könne. Aber bisher hatte er ihr die Ausflüge auch nicht ausdrücklich untersagt.

Paulines Ziel war der nahe Messina gelegene Kapuzinerberg, von dem aus man einen guten Blick auf die Meerenge, die Stadt, ihren Hafen und die Küste genießen konnte. Im Rhythmus ihrer Schritte schlugen Farben und Leinwand in dem selbst genähten Stoffbeutel gegen ihren Rücken. Es war immer noch recht früh am Morgen, und Pauline fröstelte, während sie die Straße entlangschritt. Sie war froh, in letzter Minute doch noch nach ihrem Umhang gegriffen zu haben.

Heute war sie allein – Gregorio war im Auftrag seines Onkels unterwegs; wenn sie es richtig verstanden hatte, ging es um die Pflege alter Beziehungen –, und sie hing deshalb mehr als sonst ihren Gedanken nach. Immer noch waren nur wenige Leute unterwegs. Bauern brachten ihr Gemüse und ihre Milch in die Stadt, Mägde kauften für ihre Herrschaften ein. Die Fischer im Hafen boten wie jeden Tag ihren Fang an.

Zum Stadtrand hin schritt Pauline energischer aus, und ihr wurde etwas wärmer. Als der Aufstieg begann, ließ sie den Umhang über der Brust auseinandergleiten. Sie fror nicht mehr. Eine Weile konzentrierte sie sich nur darauf zu gehen. Endlich, als sie den höchsten Punkt fast erreicht hatte, blieb sie stehen und sah aufs Meer.

Wie immer musste sie bei diesem Anblick an den Tag ihrer Ankunft in Messina zurückdenken. Die Stadt hatte damals im schönsten Sonnenglanz dagelegen und den Vater und sie freundlich empfangen. Noch vom Schiff aus hatte Valentin seine Tochter auf die herrlichen Quallenschwärme aufmerksam gemacht. Die Medusen waren wie Fabelwesen durchs Wasser geschwebt. Wenig später war ein Schmetterling auf dem Ärmel ihrer Bluse gelandet, ein untrügliches Zeichen des sich nahenden Landes.

Aufmerksam hatte Pauline die Palazzata in Hafennähe betrachtet. Die Stadt dahinter sah aus, als lehnte sie sich an die aufgetürmte Hügelreihe, auf deren zwei Spitzen die beiden die Stadt beherrschenden Forts Gonzaga und Castellaccio thronten. Hinter diesen wiederum stiegen die höheren Gebirge der sizilianischen Nordostküste auf, von denen es hieß, sie seien im Winter mit Schnee bedeckt.

Im hinteren, dem höchsten Teil der Stadt, das erfuhren Pauline und ihr Vater in den ersten Wochen in Messina, lag San Gregorio, ein von prächtigen Orangengärten umgebenes Kloster. Auf der Mitte der Landzunge, zu der Paulines Blick jetzt wanderte, ragte der Leuchtturm auf, gegenüber befand sich die Quarantäneanstalt und am Ende der Landzunge das Fort Salvatore.

An Bord des Schiffes waren sie damals dem Besitzer eines Hotels begegnet, auch er war ein Deutscher, der sie bis an Land begleitet hatte. An seiner Seite waren sie von den üblichen Zollschikanen verschont geblieben. Valentin hatte sich als trauernder Witwer nebst Tochter vorgestellt, was ja nicht mal der Unwahrheit entsprach, und so hatte der Mann ihnen ein günstiges kleines Dachkämmerchen vermietet.

Das Hotel du Nord – von hier oben konnte Pauline das Dach des Gebäudes erkennen – lag unmittelbar am Hafen und hatte einen gleichfalls sehr freundlichen Eindruck gemacht. Es war eines der Häuser der Palazzata, wie die stattliche Reihe gleich hoher, imposanter, durch Säulen gestützter Prachthäuser hieß, die sich wie ein einziger großer Palast am westlichen Kai des Hafens entlangzog. Dass nicht nur der Besitzer des Hotels, sondern auch die Angestellten Deutsche waren, hatte die ersten Tage sehr erleichtert, denn des Italienischen oder besser des Sizilianischen waren Vater und Tochter zu diesem Zeitpunkt noch nicht ausreichend mächtig gewesen.

Vom Fenster ihres Dachkämmerchens aus hatte man eine herrliche Aussicht über den Hafen und die Meerenge weithin bis zur kalabrischen Küste gehabt. Dein Großvater, mein guter Schwiegervater, hatte Valentin damals einmal zu Pauline gesagt, wäre jetzt wohl sehr zufrieden mit mir. Wir leben sehr ökonomisch.

Zum Entsetzen der gesitteten Einwohner Messinas hatte der Vater fast jeden Morgen im Hafenbecken ein Bad genommen, etwas, was man auf Sizilien höchstens im Juli und August tat. Nach wenigen Wochen dann hatte Valentin verlauten lassen, dass er vor Ort mit Kunst und Antiquitäten zu handeln gedenke, und sich nach einem geeigneten Ladenlokal umgesehen. Gewundert hatte sich Pauline darob nicht, ihr Vater hatte sich stets für Schätze aus früherer Zeit, insbesondere der Antike, interessiert und war außerdem immer für eine Überraschung gut.

Ein Santino Fabris hatte Valentin Jordan schließlich Geschäft und Wohnung vermittelt. Und so hatte Pauline Gregorio kennengelernt.

Drittes Kapitel

»Du warst noch nie fort aus Messina, Gregorio? Noch nicht einmal mit deinem Onkel zusammen?«

Pauline hob erstaunt die Augenbrauen. Sie hatte Gregorio eine Weile nicht sehen können, denn sie und ihr Vater hatten eine Reise gemacht, die sie nach Palermo, der Hauptstadt Siziliens, geführt hatte. Signor Fabris hatte Valentin beauftragt, neue Kunstschätze zu suchen, und der Vater war erfolgreich gewesen.

Gregorio schüttelte nur den Kopf. Sie hatten sich im Schatten einiger Fässer zusammengekauert, wo man sie auf den ersten Blick nicht sehen konnte. Die eigentlich wenigen Tage, die sie einander nicht gesehen hatten, waren Pauline wie eine Ewigkeit vorgekommen. Für einen Moment wandte die junge Frau den Blick ab und schaute auf das Hafenbecken hinaus. Sie hatte es sich angewöhnt, kurz vor Sonnenuntergang noch ein wenig zum Kai hinunterzugehen, um sich dort am schwindenden Licht und dem beruhigenden Plätschern der Wellen zu erfreuen. Wann immer Gregorio Zeit hatte, trafen sie sich hier heimlich.

»Wie ist es denn in Palermo?«, fragte er jetzt und strich Pauline eine Haarsträhne aus dem erhitzten Gesicht.

Sie war gerannt, um schneller bei ihm zu sein und nicht zu viel der gemeinsamen Zeit zu vertun, denn plötzlich hatte sie das Gefühl überkommen, ihnen bliebe vielleicht nicht mehr so viel davon.

Pauline sah Gregorio wieder an, während sie gleichzeitig darüber nachsann, was sie von der Reise erzählen sollte, die ihren Vater und sie in die Stadt an der Nordküste geführt hatte.

»Es ist herrlich«, setzte sie endlich, noch etwas unschlüssig, an. »Ich habe ja schon einiges gesehen, seit Vater und ich Deutschland verlassen haben, das weißt du«, sie bemerkte, dass Gregorio geradezu an ihren Lippen hing und fühlte sich gleich sicherer, »aber Palermo liegt gewiss an einer der schönsten Küsten. Auch die Umgebung ist atemberaubend: das Kap Zafferano, der Monte Pellegrino ... Mein Vater nennt ihn übrigens den beeindruckendsten Berg der Erde.«

Gregorio nickte nachdenklich. Wieder spürte sie seine Hand warm und rau und sehr flüchtig an ihrem Gesicht. Hier am Hafen gab es einfach zu viele Zeugen, was, wenn Pauline ehrlich war, auch einen gewissen Reiz ausmachte.

»Das hört sich wirklich wunderbar an«, sagte der junge Sizilianer jetzt. Dann seufzte er. »Ich würde das alles auch so gern sehen. Messina ist schön, sehr lebendig, aber es gibt doch so viel mehr kennenzulernen ...«

»Und wenn du deinen Onkel einfach einmal begleitest?«, fragte Pauline und runzelte die Stirn.

Gregorio löste den Blick von ihr und schaute in die Ferne. »Ich glaube nicht, dass er das möchte«, sagte er langsam.

»Aber er kann doch nicht einfach vollkommen über dich bestimmen«, platzte es aus Pauline heraus. Sie hielt kurz inne. »Du bist jetzt ein Mann«, ergänzte sie dann leise.

Gregorio hob die Schultern, gab aber keine Antwort.

»Und das?«, fragte er nach einer Weile und deutete auf die kleine Zeichnung, die sie während der Reise angefertigt und ihm mitgebracht hatte. »Was stellt das dar?«

Pauline betrachtete das Blatt und versank in Erinnerungen. »Die Normannenburg König Rogers«, sagte sie schließlich.

Sie hatte die gemeinsame Reise mit ihrem Vater, auf der es ihnen an nichts gemangelt hatte, wirklich sehr genossen. Zum ersten Mal seit Langem hatte sie das Gefühl gehabt, Valentin wieder näherzukommen. Das Vertrauen, dessen Verlust sie erst auf der Reise bemerkt hatte, war zurückgekehrt. Er war wieder ein richtiger Vater für sie gewesen. Sie hatten den Tropengarten der Fürstin Butera besucht, den Monte Pellegrino mit der Conca d'oro, den normannischen Prachtdom von Monreale. Valentin war so entspannt gewesen wie schon lange nicht mehr seit ihrem überstürzten Aufbruch von zu Hause. Sie hatten zwar nicht über den Tod ihrer Mutter gesprochen, was sich Pauline so sehr wünschte, aber sie hatte den Eindruck gehabt, dass es nicht mehr lange dauern würde, bis der Vater so weit war. Der Rückweg hatte sie durch das Inselinnere geführt, das Pauline, anders als das Küstengebiet, außerordentlich wüst und öde, zum Teil sogar sehr langweilig vorgekommen war. Nur aus kahlen Hügeln und Schwefelminen bestand es, aber so hatte es Santino Fabris' Auftrag eben gewollt. Der Vater träumte nun davon, auch noch Syrakus und Taormina zu besuchen, vorerst schien diese Möglichkeit jedoch in weiter Ferne zu liegen. Zuerst musste wieder einmal eine neue Lieferung an Plastiken für Signor Fabris abgeliefert werden.

Valentin hatte getrunken, als Pauline an diesem Abend nach Hause kam. Das tat er in letzter Zeit öfter, wenn er Heimweh hatte, und Pauline verspürte nicht zum ersten Mal einen schmerzhaften Stich. Der Vater lallte kaum merklich, als er sie begrüßte, inzwischen vertrug er einiges mehr an Alkohol. Sie versuchte, sich nichts anmerken zu lassen, wusste ohnehin nicht, wie sie mit dem Vater, wenn er in diesem Zustand war, umgehen sollte. Sie mochte es überhaupt nicht, wenn er betrunken war.

»Guten Abend, Papa!«, sagte Pauline also ruhig, während sie die Verschnürung ihres Umhangs aufnestelte.

Sie bemerkte, wie Valentin versuchte, sich von seinem Platz zu erheben, es dann aber doch unterließ. Er unterdrückte einen Rülpser, fuhr mit den Fingerspitzen über die kleinen Skulpturen, die vor ihm auf dem Küchentisch lagen. Manche erschienen Pauline auf den ersten Blick recht ähnlich, aber warum sollten sie sich auch nicht ähneln? Sie stellten ja alle Götter und Kaiser und was auch immer dar. Pauline betrachtete sie also nicht näher. Skulpturen waren ihres Vaters und Signor Fabris' Steckenpferd, vielleicht hatte sie aus diesem Grund das Bedürfnis, sich von ihnen fernzuhalten. Signor Fabris war ihr, wenn sie ehrlich war, einfach unheimlich.

Valentin stand auf, ging in den Laden und verstaute die kleinen Kostbarkeiten in der Schublade unter der Kasse. Als er zurückkam, setzte er sich wieder und räusperte sich.

»Weißt du überhaupt, Liebes, was diese Reise in mir ausgelöst hat? Gewiss haben wir wunderbare Dinge gesehen, aber das hat in mir doch nur meine Liebe zu unserem unvergleichlichen Vaterland gestärkt. Dort gibt es vielleicht keine Lorbeeren, keine Myrten, keine Palmen und Pinien. Keine Opuntien und Agaven wachsen an unserem schönen Rhein, über den sich auch kein ewig blauer Himmel spannt. Wir kennen auch kein unsäglich dunkelblaues Meer, aber wir haben doch den unersetzlich grünen Wald, das frische Moos darinnen und die sprudelnden Quellen, die zwitschernden Vögel, den unvergleichlich herrlichen Wechsel der Jahreszeiten … Das alles fehlt hier. Und sag, ist es nicht ein trauriges Land? Ach, ich hätte wirklich nicht gedacht, dass mir der Sommer einmal so unerträglich sein könnte ...«

Valentin suchte nach Paulines Blick und wies, als die Tochter nicht reagieren wollte, auf einen Brief, den Pauline jetzt erst bemerkte. Sie erkannte die Schrift ihres Vaters und die Adresse ihrer Großeltern. Das Schreiben war offenbar ungelesen zurückgeschickt worden.

»Zwölf Tage hin und zurück«, sagte er mit mehr Ruhe, als sie erwartet hatte. »Mit dem Expressdampfer.«

Bei den letzten Worten bebte seine Stimme. Einen Augenblick sagte er weiter nichts, dann räusperte er sich erneut. »Weißt du, Kind, wie sehnsuchtsvoll ich manchmal den luftigen Wolken nachschaue, die dem lieben Norden zueilen? Und als ich heute am Hafen war, da habe ich diesem englischen Dampfer nachgesehen, der aufs Meer hinausfuhr, und wäre so gern an Bord gewesen. Ach, Pauline, wie willens wäre ich, jetzt nach Hause zu fahren, mich meinem Schwiegervater zu Füßen zu werfen und meine Mutter zu fragen, ob es ihr gut geht!« Er ließ den Kopf unvermittelt auf die verschränkten Arme fallen.

Pauline wartete einen Moment, ob Valentin noch etwas sagen würde, doch er schwieg.

»Papa?«, fragte sie schließlich.

Valentin hob nur eine Hand. »Lass mich allein«, hörte sie ihn dann sagen. »Lass mich ... lass mich einfach allein.«

Am nächsten Morgen hatte Valentin das Bett noch vor der Tochter verlassen. Er kehrte gerade von seinem Bad zurück, als Pauline in die Küche kam. Hemd und Hose waren feucht, von seinem kräftigen, störrischen Haar tropfte Wasser auf seine Schultern herab. Im Arm hielt er ein frisches, duftendes Brot, ein Paket Kaffeebohnen und Eier. Als wäre am Abend zuvor nichts geschehen, grüßte er seine Tochter überschwänglich mit Küssen auf die Wangen, bevor er sich an den Herd stellte und sich daranmachte, das Frühstück zu bereiten. Er wirkte entspannt und geradezu beschwingt. Die Ruhe ihres Vaters ließ es zu, dass auch Pauline das gemeinsame Essen genoss.

Nein, an diesem Morgen war sie sich sicher, dass die Gedanken, die ihr am Abend zuvor das Einschlafen erschwert hatten, unnötig gewesen waren. Ihr Vater war ein guter Mann. Er hatte seine Fehler, aber er war ein guter Mann, der niemandem etwas Böses wollte. Sie hoffte sehr, dass die Eltern ihrer Mutter dies eines Tages verstehen und es Valentin und ihr ermöglichen würden, nach Hause zurückzukehren. Dann würde sie ihre Freundinnen wiedersehen und das Leben leben, das einmal vor ihr gelegen hatte, ein Leben, von dem sie gefürchtet hatte, es könnte zu langweilig werden. Wie dumm war sie gewesen …

Nach dem Frühstück zog Valentin sich sofort in den Laden zurück. Als Pauline ihn fragte, ob er ihr später einen Spaziergang mit Gregorio erlaube, stimmte er lächelnd und ohne Umschweife zu. Pauline war perplex, wie leicht er es ihr machte, begab sich dann jedoch rasch auf den Weg. Sicher hatte der Vater verstanden, dass er seiner Tochter trauen konnte. Vielleicht aber schämte er sich auch ein wenig wegen des vorhergehenden Abends.

Viertes Kapitel

Pauline hörte Gregorio dicht hinter sich atmen und spürte ihr Herz schneller schlagen. Sie war froh, dass der junge Sizilianer sie hinauf zur Fiumara San Michele begleitete, aber jetzt fiel es ihr auf einmal schwer, sich auf die schöne Umgebung zu besinnen und Motive auszuwählen, die sie malenswert fand. Immer wieder während des beschwerlichen Aufstiegs huschten ihre Gedanken fort.

Gregorio kletterte jetzt an ihr vorbei den steilen Abhang hoch, der dicht mit Eichengebüsch und Erdbeerbäumen zugewachsen war, und nahm dann ihre Hand, um sie zu sich hinaufzuziehen. Nicht zum ersten Mal durchlief es sie heiß und kalt. Gregorio hatte einen guten Charakter, er war so liebenswert. Die Frau, die ihn einmal heiraten würde, konnte sich wirklich glücklich schätzen.

Ich werde ihn nicht heiraten können.

Paulines Lippen zitterten unwillkürlich. Warum kam ihr dieser Gedanke ausgerechnet jetzt? Sie konnte doch nicht wissen, was die Zukunft brachte. Und hatten sie beide nicht schon über die Hochzeit geredet? Gregorio hatte sogar mit seinem Onkel sprechen wollen, sie hatte ihn allerdings gebeten, noch zu warten. Irgendwie verspürte sie zu viel Angst. Pauline presste die Lippen unwillkürlich aufeinander, froh, dass Gregorio den Blick just in diesem Moment auf die Stadt zu ihren Füßen richtete.

»Danke, dass ich dich begleiten durfte«, sagte er. »Danke,

dass du mich überredet hast. Ich glaube, wir Einheimischen wissen viel zu wenig zu schätzen, in welchem Paradies wir hier leben.«

Er sah sie jetzt wieder an, und Pauline war mehr als erleichtert, die Beherrschung zurückerlangt zu haben. Gregorio lächelte zärtlich. Sie erwiderte sein Lächeln und ließ es dann zu, dass er sie näher zu sich hinzog.

Damit haben wir noch keine Grenze überschritten. Es ist alles gut.

Eine Weile genossen die beiden jungen Leute gemeinsam schweigend den Blick hinab auf Messina, das gegenüberliegende Kalabrien und die Meerenge, die von der Anhöhe aus wie ein mächtiger Strom aussah. Vom Fenster des Hotelzimmers aus hatte Pauline damals täglich die Dampfer in den Hafen einfahren sehen. In diesem Augenblick erst bemerkte sie, wie sehr sie den Anblick vermisste, seit sie in die Wohnung hinter dem Geschäft eingezogen waren.

»Es ist wunderschön«, pflichtete sie Gregorio bei.

Sie spürte, wie er ihre Hand drückte. Dann führte er sie zu einem größeren Stein hinüber, hieß sie, sich zu setzen, um kurze Zeit später mit ein paar der purpurroten, aromatischen Beeren des Erdbeerbaums zurückzukehren. Gregorio nahm eine der Früchte, und einen Moment lang schien es, als wollte er sie ihr geben, doch er zögerte, und dann bewegte Pauline ihr Gesicht wie von selbst auf seine Hand zu und ließ es zu, dass er ihr die Frucht in den Mund steckte. Seine Finger berührten ihre Lippen. Ihre Augen hielten sich aneinander fest. Ihre Gesichter rückten näher zueinander, und dann küssten sie sich – zuerst noch etwas ungeschickt, doch mit jedem Atemzug mutiger.

»Paolina, liebste Paolina …«, murmelte Gregorio.

Pauline verdrängte den Gedanken an Signor Fabris und an ihren Vater. Sie wollte gern ein gutes Kind sein, aber sie liebte Gregorio. Sie liebte ihn, und sie gehörten zusammen. Warum verstand sie das erst jetzt?

An diesem Abend befürchtete Pauline, der Vater werde ihr gewiss ansehen, was geschehen war, doch als sie nach Hause kam, war gerade eine neue Sendung Kunstschätze gekommen, und Valentin war noch damit beschäftigt, sie auszupacken. Ohne Umschweife setzte Pauline sich zu ihm und half ihm. Mit ruhiger Hand und einem Pinsel befreite sie die neu hereingekommene Ware von Staub und Erde. Der Vater tätschelte ihr die Schulter.

»Du machst das sehr gut, mein Mädchen, wirklich sehr gut.«

»Ist das neue Ware für Signor Fabris?«, erkundigte sie sich.

Valentin zögerte kurz, bevor er antwortete. »Ja, allerdings«, sagte er dann.

Nicht zum ersten Mal, wie Pauline jetzt bemerkte, hörte sie deutliches Bedauern in seiner Stimme. Sie streichelte über seine Hand. Ja, sie hatte inzwischen verstanden, dass er lieber andere Kunden hätte, solche, die auf ehrliche Art und Weise und mit sauberen Händen ihr Geld verdienten, aber was sollten sie tun? Von irgendetwas mussten sie beide leben. Auch der Vater wusste das.

Fünftes Kapitel

Als der Herbst begann, schlug das Wetter um. Sehr bald schon regnete es beständig, und Pauline bekam eine erste Vorstellung davon, wie das Leben im sizilianischen Winter sein würde. Sogar der Schiffsverkehr wurde vom anhaltend schlechten Wetter beeinträchtigt. Der Himmel war jetzt zumeist düster und wolkenverhangen. Das Meer erschien nicht mehr blau und glatt, sondern graugrün und aufgewühlt. Hin und wieder brauste ein wilder Sturm aus dem Norden heran. Die Gebirge rings um Messina hüllten sich in dichten Nebel.

Nach dem langen, heißen Sommer genoss es Pauline anfangs, sich richtig nass regnen zu lassen. Danach kam sie allerdings stets schlotternd nach Hause und musste sich in eine Decke gehüllt vor den Kamin kauern, um sich aufzuwärmen. Valentin schürte das Feuer mehrmals am Tag.

»Dass du mir nur nicht krank wirst«, murmelte er. »Ich brauche dich doch.«

Pauline genoss die Fürsorge ihres Vaters. Auch wenn das Wetter jetzt zunehmend schlechter wurde, setzte sie ihre Spaziergänge fort. Die täglichen Ausflüge blieben weiterhin die einzige Möglichkeit, mit Gregorio zusammen zu sein. Sie waren immer vorsichtig und achteten streng darauf, von niemandem gesehen zu werden.

An diesem Abend waren sie noch einmal zu einem ihrer liebsten Aussichtspunkte hinaufgestiegen. Sie hatten Glück, der Wind hatte die Wolken vertrieben, und es regnete ausnahmsweise nicht. Die kalabrische Küste schimmerte in einem wundervollen Blau. Pauline arbeitete an einem Aquarell, Gregorio saß neben ihr und sah ihr ruhig zu. Normalerweise mochte Pauline es nicht, beim Malen beobachtet zu werden. Bei Gregorio war das anders. Bei Gregorio war alles anders.

Das Farbenspiel der herrlichen Gebirgsumgebung Messinas, dachte Pauline unvermittelt, ist in dieser Jahreszeit noch beeindruckender als im Sommer. Sie seufzte, versuchte, die Farbenpracht auf die kleine Leinwand zu bannen, doch es wollte ihr einfach nicht gelingen. Unzufrieden runzelte sie die Stirn. Gregorio bemerkte ihre Unruhe, sagte aber nichts. Dass er wusste, wann es besser war zu schweigen, liebte sie an ihm. Nach einer Weile verstaute sie ihre Malutensilien mit einem weiteren tiefen Seufzer.

Nur wenig später ging der Mond auf und beleuchtete weithin mit seinem Licht die Küste. Gregorio und Pauline kauerten sich Arm in Arm nebeneinander und genossen die Nähe. Nach einer Weile löste Pauline sich aus Gregorios Umarmung, drehte sich zu ihm um und musterte sein geliebtes Gesicht in den Abendschatten. Gregorio zögerte nur einen Moment, dann beugte er sich vor und küsste sie zärtlich. Es war zu einer lieben Gewohnheit geworden.

In den nächsten Wochen wurde es kalt. Der Mont'aspero, der sich über eine Woche lang hinter Wolken und Nebel versteckt hatte, lag mit einem Mal im schönsten weißen Schneekleid da. Valentin und Pauline arbeiteten nun täglich gemeinsam im Laden.

Eines Morgens war der Vater wieder einmal besonders betrübt. Reglos stand er am Schaufenster und schaute gedankenversunken nach draußen auf das erwachende Leben Messinas. Knarrende Holzkarren rumpelten über das Straßenpflaster, Kinder riefen, Hunde bellten und sogar eine meckernde Ziege konnte man hören. Irgendwann wandte er sich wieder seiner Tochter zu. Der Ruf eines Vogels war zu hören, und ein Schatten huschte über Valentins Gesicht. Er räusperte sich.

»Weißt du, dass es mir heute umgekehrt geht wie den Zugvögeln, die der Beginn der dunkleren Jahreszeit instinktiv nach Süden treibt, Kind? Ich möchte jetzt jeden Tag mehr in den verschneiten Norden eilen, wo doch allein unsere wahre Heimat ist. Der Norden ist unsere Heimat. Ist es nicht so?«

Pauline biss sich auf die Lippen. Sie wusste nicht, wie sie reagieren sollte, wenn der Vater solcher Stimmung war, und es ärgerte sie auch, denn es war letztendlich doch seine Schuld, dass sie hier waren. Manchmal wollte sie ihm sagen, dass es Zeit war, dafür die Verantwortung zu übernehmen. Aber dann sah sie die Traurigkeit in seinem Blick, und sie konnte ihm die Wahrheit nicht kundtun. So half sie schweigend, eine neue Lieferung antiker Statuetten für den Verkauf fertig zu machen.

Ende Dezember jagte ein wilder Sturm regenschwere schwarze Wolken über die Gebirge, ließ jedoch am letzten Tag des alten Jahres nach, sodass Kalabriens Berge am Silvesterabend in purpurrotem Licht herüberstrahlten. Der Hafen Messinas war festlich geschmückt, die Seeleute herausgeputzt, die Schiffe am Kai bunt beflaggt. Die Ankunft des neuen Jahres wurde mit Salutschüssen gefeiert.

Pauline spazierte Arm in Arm mit ihrem Vater am Hafen entlang, sah den kleinen Booten zu, die das spiegelglatte Wasserbecken durchkreuzten, und genoss es, an der Seite eines solch stattlichen Mannes zu gehen, denn was immer sie auch von ihrem Vater und seinen Schwächen wusste – er war und blieb ein gut aussehender Mann.

Im nächsten Jahr werde ich nicht mehr hier sein, schoss es Pauline durch den Kopf, ohne dass sie sagen konnte, woher dieser Gedanke kam. Doch sie war sich ganz sicher.

Sechstes Kapitel

Ende Januar war es im Gegensatz zu der deutschen Heimat schon frühlingshaft warm, und man bekam einen ersten Vorgeschmack auf die wärmere Jahreszeit. Anfang Februar wurde Messinas größtes Kirchenfest gefeiert, mit dem man an das furchtbare Erdbeben erinnerte, das 1783 fast die ganze Stadt zerstört hatte und dessen Spuren noch teilweise sichtbar waren. Im Gewühl der Feiernden und Schaulustigen waren auch Pauline und Gregorio unterwegs. Sie versuchten, sich unter den Menschen, die sich um sie her tummelten, so unsichtbar wie möglich zu machen. Überall waren Stimmen zu hören; die unterschiedlichsten Sprachen vermischten sich miteinander. Reisende aus aller Herren Länder schienen anlässlich des Festes gekommen zu sein. Die Frauen beteten und bekreuzigten sich unablässig, während ihre Kinder vor Vergnügen laut kreischend Nachlaufen spielten. Die Männer standen in Gruppen zusammen und diskutierten mit ernsten Mienen miteinander.

Pauline nahm kurz verstohlen Gregorios Hand, während sie einige Reisende beobachtete, die sie bereits unten am Hafen als Deutsche ausgemacht hatte. Sie hätte ihnen zu gern ein wenig zugehört, hätte einiges dafür gegeben, einmal wieder die Muttersprache vernehmen zu können, doch sie war zu weit entfernt.

Gregorio, dem Paulines sehnsüchtiger Blick nicht entgangen war, zog sie im nächsten Moment schon übermütig in eine schmale Seitengasse. Auch hier vernahm man den Lärm des

Festes, jedoch etwas gedämpfter, und sie hatten einen Augenblick für sich.

Er wies mit dem Kopf in Richtung Hafen.

»Kennst du sie?«

Pauline schüttelte den Kopf. »Nein.«

Solche, die sich den Ätna anschauen wollen, den Stromboli, antike Stätten, fügte sie stumm hinzu, solche, die auf den Pfaden Friedrichs II. wandeln wollen.

Gregorio runzelte die Stirn. Einerseits beneidete er die Reisenden, die man täglich am Hafen sah, um ihre Möglichkeit, ein Stück mehr von der Welt kennenzulernen, andererseits konnte er nicht nachvollziehen, warum man die Heimat freiwillig verlassen wollte …

Nun, jeder verlässt sie ja nicht ganz freiwillig …

Pauline beobachtete, wie Gregorio erneut zu den Deutschen hinüberspähte. Glücklich sah er aus und entspannt. Seine Locken hätten vielleicht einen neuen Schnitt verdient, aber es gefiel ihr, wie sie so ungebärdig um seinen Kopf standen, sicherlich berührten sie bald die Schultern. Ab und zu fing sich der Schein einer zu früh entzündeten Fackel in seinen dunklen Augen und gab seiner sonnengebräunten Haut einen rötlichen Schimmer.

»Es kommen immer mehr Deutsche nach Messina«, sagte Gregorio jetzt unvermittelt. »Fast kann man schon von einer Kolonie sprechen. Bald wirst du Deutschland gar nicht mehr vermissen …«

Er drehte sich wieder zu ihr und lachte sie an. Pauline lehnte sich an die Mauer, legte den Kopf etwas zurück gegen den harten Stein.

Würde das so sein? Würde sie Koblenz und den Rhein eines Tages nicht mehr vermissen? Ein Teil von ihr sehnte sich danach, mit diesen Deutschen zu sprechen, der andere wollte sich ihnen nicht offenbaren. Sie wollte nicht lügen, und das würde sie gewiss tun müssen, wenn sie diese Menschen auf sich aufmerksam machte.

Kurz schloss Pauline die Augen, nahm Gregorios vertrauten, so geliebten Duft wahr. Sie würde ihn nie wieder missen wollen. »Gregorio«, sagte sie und zupfte an seinem weißen Hemdsärmel. Zur Feier des Tages hatte er sich festlich angezogen.

Als sie die Augen wieder öffnete, näherte Gregorio sein Gesicht dem ihren. Pauline spürte, wie sie unruhig wurde, und wie sie sich doch zugleich nichts mehr wünschte, als von ihm geküsst zu werden, weil ihr seine Küsse die Angst nahmen und das Unbehagen und weil seine Küsse sie fühlen ließen, dass alles gut war.

Aber sollen wir es wagen, hier, wo uns jeder entdecken könnte, wo Santino Fabris sicherlich zahlreiche Augen und Ohren hat, um über alles Bescheid zu wissen?

Ja, und noch einmal ja, dachte Pauline, denn ich will nicht, dass Gregorios Onkel über mein Leben bestimmt.

Entschlossen trat sie einen kleinen Schritt vor und bog den Kopf in den Nacken. Gregorio verstand sie ohne Worte, küsste sie schnell und doch so zärtlich.

Ohne ein weiteres Wort nahmen sie einander bei den Händen und kehrten in die Menge zurück. Sie eilten an den Deutschen vorbei, tauchten in einer Gruppe junger Leute unter, die sich ans Wasser gesetzt hatten und sich immer wieder lachend nass spritzten. Auch Gregorio lachte, und Pauline freute sich daran. Wenig später löste er sich von ihr, nahm Anlauf und setzte elegant über drei Fässer hinweg, die am Kai standen und darauf warteten, von ihrem Besitzer abgeholt zu werden. Sie applaudierte ihm, und er nahm sie in die Arme und wirbelte sie durch die Luft. Pauline war so glücklich wie noch nie in ihrem Leben.

Sie sahen beide den Mann nicht, der sich hinter einem Fischstand verborgen hatte und sie nicht mehr aus den Augen ließ.

Als Gregorio Pauline nach Hause brachte, wartete Valentin offensichtlich schon auf sie, denn er öffnete die Tür, als die beiden jungen Leute noch nicht einmal geklopft hatten. Sie standen davor, unschlüssig, wie sie sich voneinander verabschieden sollten.

»Bringen Sie mir also meine Tochter doch noch zurück?«, sagte Valentin hart anstelle einer Begrüßung.

»Papa«, Pauline spürte, wie sie errötete, »es ist doch noch früh.«

Valentin schaute sie einen Moment an, dann zwang er ein Lächeln auf sein Gesicht und wandte sich Gregorio zu. »Sie verstehen sicher, dass ich meine Tochter gern bei mir weiß«, sagte er.

»Nur zu gut.«

Gregorio wagte es dennoch, Pauline einen kurzen, liebevollen Blick zuzuwerfen, verbeugte sich vor ihrem Vater und machte sich davon.

Pauline wusste, dass sie seinen letzten Kuss vermissen würde, bis sie an diesem Abend endlich eingeschlafen war.

Pauline war verwirrt, als ihr Vater sie früh am nächsten Morgen weckte. Ein Blick zum Fenster zeigte ihr, dass die Sonne kaum aufgegangen war und sich bislang nur als blass schimmerndes Farbenspiel von hellem Blau, Lila und Rosina zeigte. Valentin war bereits vollständig angezogen. Er trug einen Sonnenhut in der Hand und einen Proviantbeutel über der Schulter und lächelte sie an.

»Lass uns etwas hinausgehen«, sagte er, »wie früher. Heute Morgen werde ich ohnehin kein Geschäft machen. Die Menschen wollen nach dem Fest gestern ausschlafen, und das möchte ich nutzen, um ein wenig Zeit mit meiner lieben Tochter zu verbringen.«

Pauline schlüpfte unter der Decke hervor. Im Haus war es noch kühl, sodass sie sofort eine Gänsehaut bekam. Außerdem fühlte sie sich noch schläfrig, hatte sie doch am Abend zuvor lange gebraucht, bis sie zur Ruhe gekommen war.

Der Vater lief hinaus. Wenig später hörte sie ihn vor der Tür rumoren. »Bist du bald so weit?«

»Hm.«

Pauline gähnte. Tatsächlich war sie bereits in Unterwäsche und Kleidung geschlüpft, hatte die Strümpfe angezogen und beugte sich eben vor, um die festen Schuhe zu schnüren. Ihre Gedanken schweiften ab. Wie würde es mit Gregorio und ihr weitergehen? Wann würden sie ihre Liebe zueinander offenbaren müssen, und was würden die Folgen sein?

Als der Vater und sie das Haus verließen, berührten die ersten Sonnenstrahlen das Pflaster. Eine Frau trug einen Korb vom Hafen herauf, vielleicht hatte sie frischen Fisch für das Mittagsmahl gekauft.

Paulines und Valentins Weg führte sie zunächst ein Stück die Hauptstraße entlang. Wenig später würden hier Frauen mit ihrer Handstickerei vor den Haustüren sitzen und auf die aus den Bergdörfern kommenden Wagen mit frischer Ware warten – Gemüse, je nach Jahreszeit, Käse und Eingelegtes. Eine offen stehende Tür gewährte den Blick in einen schönen Innenhof, in dem gerade ein paar Ziegen gemolken wurden, deren frische Milch man sogleich kaufen konnte, wie einige wartende Frauen ihnen zuriefen. Pauline und ihr Vater beschlossen nach kurzem Zögern, sich eine Flasche füllen zu lassen.

Ohne sich abzusprechen, nahmen sie den steilen Weg hinauf zum Kloster San Gregorio, von dem aus man einen wunderbaren Ausblick hatte, ein Ort, den sie beide liebten. Danach ging es noch weiter den Berg hinauf. Während des anstrengenden Aufstiegs sprachen Vater und Tochter nur wenig miteinander. Pauline verlor sich in Gedanken an die Spaziergänge, die sie früher gemeinsam in der Heimat gemacht hatten, entlang des Rheins und hinauf zu verfallenen Burgen, wo der Vater ihr Geschichten von unglücklichen Frauen, holden Burgfräulein und mutigen Rittern erzählt hatte.

Während Pauline sich darauf konzentrierte, zu atmen und Fuß vor Fuß zu setzen, ohne abzurutschen, entdeckte sie die ersten Krokusse und Narzissen, Vorboten eines farbenfrohen Blumenteppichs, den man hier bald vorfinden würde. Aus kleinen Quellen zwischen den Spalten des Gesteins rann Wasser, das Erika, Erdbeerbäume und die niedrigen Weiden, die hier oben wuchsen, versorgte. Pauline liebte diesen Anblick ungezähmter Natur mehr als jeden gepflegten Garten.

Valentin wählte schließlich einen Rastplatz, von dem aus man einen ebenso guten Blick auf Messina und die Meerenge hatte wie von San Gregorio aus. Pauline war froh, sich endlich setzen und ausruhen zu können. Vater und Tochter teilten ein Frühstück aus harten Eiern, Tomaten, Oliven und Brot miteinander, und Pauline meinte, das Gefühl zu spüren, das sie früher stets miteinander verbunden hatte.

Vielleicht, dachte sie, ist doch noch nichts verloren, vielleicht kommt die frühere Unbeschwertheit tatsächlich irgendwann …

Nein, nicht vielleicht, an einem Tag wie diesem war Pauline überzeugt davon. Alles würde gut werden.

Siebtes Kapitel

Enzo Tricomi, der Steinmetz, spürte den Blick in seinem Nacken. Es fühlte sich an, als ob ein Messer in sein Fleisch drängte, und er wusste sofort, dass es kein Entkommen geben würde.

»Enzo!«, war im nächsten Moment die unerbittliche Stimme von Signor Fabris' Verwalter zu hören.

Jeder wusste, dass Francesco Moli kein gewöhnlicher Verwalter war. Moli erledigte Fabris' Drecksarbeit schon seit Jahren, und er tat dies, je nach Wunsch, diskret oder weniger diskret.

Enzo drehte sich um. Er versuchte zu lächeln, was misslang. Es gab zu viel, über das er nachdenken musste. Noch klammerte er sich an sein Leben und an die Möglichkeit, ein weiteres Mal davonzukommen.

Was wusste Francesco Moli? Hatte man ihn, Enzo, gesehen? Er hatte sofort gewusst, dass es ein Fehler gewesen war, den Deutschen ein zweites Mal in seinem Geschäft aufzusuchen, aber er hatte keine andere Möglichkeit gesehen. Es war notwendig gewesen.

»Francesco!«

Enzo versuchte, unbeschwert zu klingen, so, als hätte er nichts zu verbergen. Er war auch zu dem Deutschen gegangen, weil er seiner Tochter etwas zum Namenstag hatte schenken wollen. So war das gewesen. War das denn ein Verbrechen? War es etwa ein Verbrechen, ein guter Vater zu sein?

»Signor Fabris möchte dich sprechen«, sagte Moli eisig. »Ihm ist da etwas zu Ohren gekommen.«

Enzo bemühte sich, ruhig zu bleiben.

»Ach, was denn?«

»Das möchte Signor Fabris mit dir besprechen. Persönlich.«

Enzo lächelte, obgleich ihm war, als würde sein Gesicht gefrieren.

»Gut«, antwortete er und hoffte, dass nur er das verräterische Zittern in seiner Stimme hörte. »Ich habe jetzt gleich noch etwas zu erledigen. Danach komme ich sofort vorbei.«

Francesco Moli verzog keine Miene. »Signor Fabris möchte nicht warten. Das weißt du doch sicher.«

Gregorio rüttelte ein weiteres Mal an der Tür, doch er hatte sich nicht geirrt. Onkel Santino hatte ihn tatsächlich einsperren lassen. Einen Augenblick noch blieb der junge Mann reglos stehen, dann kehrte er zu der schmalen Liege mit der dünnen Wolldecke darauf zurück und setzte sich.

Was war geschehen? Der junge Mann konnte sich keinen Reim darauf machen. Am Morgen beim Frühstück war noch alles wie immer gewesen, der Onkel bester Laune. Dann war einer seiner Männer aus der Stadt gekommen. Die beiden hatten sich ins Arbeitszimmer zurückgezogen, und kurz danach war nichts mehr gewesen wie zuvor.

Gegen zehn Uhr – Gregorio hatte gerade sein zweites Frühstück eingenommen – war Anibale gekommen, Signor Fabris' Mann fürs Grobe, und hatte ihn in diesen Raum gebracht. Dicke Gitterstäbe an den Fenstern und eine eisenverstärkte Tür verhinderten eine Flucht. Er war nicht der Erste, der gezwungen wurde, hier auf ein Gespräch mit seinem Onkel zu warten. Maul halten, hatte Anibale Gregorio auf dessen vorsichtige Nachfrage hin beschieden.

Im Haus herrschte rege Geschäftigkeit, das konnte Gregorio deutlich hören. Wenn er sich reckte, sah er auch Menschen im Hof. Manchmal meinte er die Stimme seines Onkels zu vernehmen und immer wieder feste Schritte, doch die Tür wurde über Stunden nicht geöffnet.

Es war bereits Nachmittag, als sich im Schloss endlich knirschend der Schlüssel drehte. Gregorio sprang von der Liege auf. Signor Fabris trat allein durch die Tür. Einen Moment lang musterten sich Onkel und Neffe schweigend.

»Was wusstest du davon?«, fragte Fabris dann ohne Umschweife anstelle einer Begrüßung.

»Wovon?« Gregorio schaute ihn fragend an. Er wusste tatsächlich noch immer nicht, warum man ihn festhielt.

Santino Fabris zögerte, dann hielt er seinem Neffen eine kleine Statue entgegen.

»Hiervon.«

»Von Signor Jordans Antiquitäten?«

Gregorio war verwirrt. Noch mehr verwirrte ihn, dass sein Onkel im nächsten Moment meckernd auflachte und das Figürchen auf den Steinplatten zerschmetterte.

»Onkel!«, rief Gregorio fassungslos.

Santino Fabris trat so dicht an seinen Neffen heran, dass sich ihre Gesichter fast berührten. Gregorio spürte seinen warmen Atem auf der Haut.

»Der Vater deines Liebchens hat mir Fälschungen verkauft.«

»Meines ... meines Liebchens?«, stammelte Gregorio, während sich Blässe auf seinem Gesicht ausbreitete.

Signor Fabris verzog den Mund, trat wieder einen Schritt zurück. »Hast du mich etwa für so dumm gehalten? Glaubst du, man kann ein Geschäft wie meines aufbauen, wenn man seine Augen nicht überall hat?«

Gregorio wusste nicht, was er sagen sollte, und somit schwieg er. Sein Onkel wartete noch einen Augenblick.

»Also«, bohrte er dann nach, »was hast du mir zu sagen?«

Gregorio hob die Schultern. »Nichts. Ich weiß von nichts, Onkel. Wirklich.«

Erneut wartete Fabris etwas, dann blies er die Backen auf und ließ die Luft wieder entfahren.

»Nun gut, vielleicht bringt dich das Schauspiel dort draußen auf neue Gedanken.«

Fabris bedeutete seinem Neffen, zum Fenster herüberzukommen. Noch bevor er es erreicht hatte, überlief Gregorio ein Schauder der Vorahnung. Er biss sich auf die Lippen, bis er Blut schmeckte.

Enzo Tricomi stand in Signor Fabris' Hof und schlotterte, obwohl die Märzsonne noch heiß vom Himmel herunterbrannte. Wie ein Schaf war er hinter Francesco Moli hergelaufen, hatte darüber nachgedacht zu fliehen und es doch nicht gewagt.

Jetzt war es zu spät. Jetzt würde er sterben. Er wusste es.

Enzo legte den Kopf in den Nacken. Im Hof konnte er Signor Fabris nicht sehen, aber er wusste, dass der die Szene beobachtete. Eine Bestrafung, und Enzo war selbst schon bei solchen dabei gewesen, ließ sich der Großgrundbesitzer nie entgehen. Enzo fragte sich, auf welche Weise er den Tod finden sollte. Sich zu wehren, hatte er längst keine Kraft mehr und viel zu viel Angst. Er wünschte sich nur, dass Signor Fabris sich um seine Tochter kümmern würde. Carlotta hatte sonst niemanden mehr. Sie würde Hilfe brauchen.

Und Signor Fabris war kein schlechter Patron. Er, Enzo, war es gewesen, der eine falsche Entscheidung getroffen hatte. Dafür schämte er sich, und noch mehr dafür, dass er Francesco Moli gesagt hatte, auch Gregorio habe von der Sache gewusst. Aber er hatte einfach gehofft, sich vielleicht noch retten zu können. Gott würde ihm verzeihen. Eine andere Hoffnung blieb ihm nicht.

Enzo war so in Gedanken, dass er kaum bemerkte, wie Anibale hinter ihn trat, um ihm blitzschnell die Garotte um den Hals zu legen. Nur einen Augenblick später sank der schmale Mann tot zu Boden.

Gregorio stand am Fenster des kleinen Raumes und zwang sich, nicht wegzusehen. Als ihm sein Onkel auf die Schultern klopfte, zuckte er zusammen.

»Morgen«, sagte Fabris mit einem milden Lächeln, »kümmere ich mich um die Kleine und ihren Vater.«

Achtes Kapitel

Gregorio war das Letzte, was Pauline an diesem frühen Morgen vom Hafen von Messina sah. Sie wagte es nicht, sich noch einmal umzudrehen. Wie erstarrt schaute sie in Richtung des offenen Meeres, während sie sich fühlte, als müsste sie zerbrechen. Aber der Vater musste einfach recht haben. Gregorio konnte nichts geschehen sein. Er war Santino Fabris' Neffe. Sicherlich hatte der kinderlose Mann noch Großes mit ihm vor. Was auch immer geschehen war, er würde es nicht zulassen, dass man Gregorio etwas Schlimmes antat.

Paulines Kiefer schmerzte, als sie ihn erstmals wieder zu lockern versuchte. Die ganze Zeit über war ihr gewesen, als würde es einfach nicht hell werden an diesem Morgen, doch nun stieg die Sonne immer weiter über dem Horizont auf. Das Segelschiff näherte sich rasch der Meerenge. Links sah man den Leuchtturm von Messina, rechts, am kalabrischen Ufer, grüßte Scilla, vor ihnen lag das offene Meer.

Bald kam frischer Westwind auf. Zur Rechten näherten sich die Apenninen von Kalabrien, zur Linken tauchte Capo Peloro, die Nordostspitze Siziliens, aus dem blauen Meer auf. Kurz darauf lag die Meerenge von Messina hinter ihnen. Die morgendlichen Sonnenstrahlen tauchten die Umgebung in Blau, Lila, Rosa und Gold.

Die Engländer, es waren zwei Brüder, und die beiden älteren Männer fanden sich zu einem ersten Frühstück aus Tee und gebuttertem Brot zusammen, zu dem sie auch Valentin und

Pauline einluden. Ein Gespräch kam allerdings kaum zustande. Pauline stand immer noch unter Schock, zudem sprachen sowohl sie als auch ihr Vater nur schlecht Englisch, sodass bald jeder wieder seiner eigenen Beschäftigung nachging. Für eine Weile wurde es ruhig auf dem Segler. Einer der beiden jüngeren Männer, ein rot verbrannter blonder Bursche, holte einen Zeichenblock hervor und skizzierte die Küstenlinie, die zwei älteren sprachen angeregt mit seinem Bruder. Bald näherten sie sich den Liparischen Inseln und sahen den kleinen Stromboli Feuer spucken. Pauline erinnerte sich daran, wie gut ein Jahr zuvor, als sie noch in der Dunkelheit hier vorbeigekommen waren, in kurzen Abständen ein heller Lichtschein für mehrere Atemzüge lang den Gipfel erleuchtet hatte. Den Stromboli selbst mit seiner charakteristischen Kegelform umhüllte auch dieses Mal eine Rauchwolke.

Pauline stand an der Reling und starrte nun auch endlich zurück. Tränen rollten über ihre Wangen.

Träume ich oder wache ich? Ist es tatsächlich wahr, dass Vater und ich uns schon wieder auf der Flucht befinden?

Wie hatte das geschehen können? Konnte sie ihrem Vater wirklich trauen? Was verbarg er vor ihr, und was hatte er womöglich mit Gregorios Schicksal zu tun?

Obgleich Pauline sich sicher war, in der Nacht, die auf ihre Flucht aus Messina folgte, kein Auge zumachen zu können, schlief sie rasch ein. Als Vater und Tochter am nächsten Morgen erwachten, merkten beide schon am Schwanken des Schiffes, dass es sehr stürmisch war. Vom oberen Deck aus sahen sie ringsumher nichts als eine weite weiße Schaumfläche. Der heftige Wind wehte diesmal aus Norden und wühlte das Meer bis in seine Tiefe auf. Das Schiff ächzte, während Woge um Woge an Bug und Seitenwände schlug.

Den ganzen folgenden Tag wütete der Sturm mit derselben Gewalt. Nichts war zu sehen außer Wasser und Himmel. Nichts zu hören, außer dem Peitschen des Wassers, dem Brüllen des Windes, dem Knarren des Schiffes und hastig gerufenen Befehlen. Valentin und Pauline zogen sich deshalb bereits kurz nach dem Aufstehen auf ihre Schlafplätze unter Deck zurück und harrten der Dinge, die da kommen würden.

Erst nach Mitternacht des zweiten Tages legte sich der Sturm endlich. Gegen Morgen kam dann zur Linken die zerrissene Felsenküste der Insel Sardinien in Sicht, über der eben der Mond, von einem trüben rötlichen Schleier umgeben, unterging. Eine weitere Nacht war vergangen. Sie passierten die Straße von Bonifacio, die felsenreiche gefährliche Meerenge, die die beiden großen Inseln Sardinien und Korsika voneinander trennte. Vom Schiff aus erkannte Pauline, dass die Spitzen der Gebirgsketten hier noch ganz mit Schnee bedeckt waren. Die See war nun ziemlich ruhig, der Nordwind wurde von dem aus dem Süden kommenden Schirokko vertrieben.

Die folgende Nacht war überaus schön, der Himmel voller Sterne. Der prächtige Vollmond spiegelte sich im Meer, das selbst ganz still und klar dalag. Pauline stand lange an der Reling und dachte an Gregorio. Plötzlich begann einer der Engländer zu singen. Es klang sehnsüchtig, womöglich gedachte er der fernen Heimat. Pauline spürte, wie ihr das Herz schwer wurde, und legte unwillkürlich eine Hand an die Brust. Neugierig sah sie zu dem Sänger hinüber. Es war der Blonde mit der sonnenverbrannten Haut, den sie schon beim Skizzieren beobachtet hatte. Als er bemerkte, dass sie ihm zuhörte, lächelte er sie an.

»Sie haben in Messina gelebt?«, fragte er dann langsam auf Deutsch mit englischem Akzent.

Pauline schluckte ihre Überraschung darüber hinunter, dass der Mann Deutsch sprach, doch seiner Aufmerksamkeit entging es nicht.

»Die Philosophie«, erklärte er mit einem Lächeln, »die deutsche Philosophie. Ich dachte, es wäre angemessen, die Sprache zu kennen, in der man solches denken kann.«

»Sie sprechen unsere Sprache?« Pauline wollte nichts Besseres einfallen.

»Nun ja«, erwiderte der Mann, »nicht sehr gut, aber vielleicht ganz passabel. Doch sagen Sie, was hat Sie auf diese von Deutschland so weit entfernte Insel verschlagen?«

»Mein Vater handelt mit Antiquitäten«, sagte Pauline mit festerer Stimme, als sie erwartet hatte.

Es stimmte und auch wieder nicht. Der Kunst- und Antiquitätenhandel hatte gerade zu florieren begonnen, als er auch schon am Ende stand. Deutschland hatten sie auf der Flucht vor den Schwiegereltern und vielleicht auch vor Gläubigern verlassen, und hier in Messina hatte sich ihr Vater nach gerade mal einem Jahr ebenfalls in Schwierigkeiten gebracht.

»Ja, er hat uns einige schöne Stücke angeboten«, sagte der Blonde. »Mein Bruder gedenkt, ihm eine Skulptur abzukaufen, die Antike ist sein Steckenpferd. Es dürfte allerdings jetzt nicht leicht für Sie sein, da sie doch offenbar Hals über Kopf aufgebrochen sind?« Der junge Engländer schaute sie neugierig an.

Pauline dachte fieberhaft nach. Sie wollte nicht für ihren Vater lügen und tat es dann doch. »Mein Vater«, sagte sie, »muss manchmal schnell reagieren, wenn ein Angebot hereinkommt, und es ist eines hereingekommen. Wenn Papa der Erste ist, macht er ein gutes Geschäft.«

»Deshalb die Verfolger?«

Der junge Mann nickte verstehend. Pauline schämte sich ihrer Lüge und konnte ihn nicht ansehen. Sie musste ihren Vater schützen, auch wenn sie das nicht wollte. Er war doch das Einzige, was sie noch hatte.

Nach einer Weile räusperte sich der Engländer und streckte ihr die Hand hin. »Harry, mein Name.«

»Pauline.«

Sie redeten an diesem Tag nicht mehr miteinander. Ohne sich das recht eingestehen zu wollen, vermied Pauline ein Gespräch.

Nach knapp viertägiger Fahrt kamen sie im Hafen von Marseille an. Dort verabschiedeten sich die Jordans von den Engländern. Harry hielt Paulines Hand kaum merklich länger fest.

»Ich wünsche Ihnen alles Gute, Miss Pauline, auf dass das Geschäft Ihres Vaters weiterhin gute Früchte abwirft.«

Pauline wusste nicht, was sie sagen sollte. Sie sah zu ihrem Vater, der schon ein paar Schritte weitergegangen war, und nun auf sie wartete, flüsterte Danke und eilte dann hinter ihm her. Sie wusste nicht, was vor ihr lag, doch sie wollte auch nicht mehr zurücksehen. Es war einfach zu schmerzhaft, an Gregorio zu denken.

Zweiter Teil

Auf nach Brasilien

1857 bis 1859

Erstes Kapitel

Jonas stieg bereits der Rauch in die Nase, als er die Flachsbreche noch nicht ganz erreicht hatte. Zu viel Rauch, fuhr es ihm unvermittelt durch den Kopf, viel zu viel ... Der Rauch drang in die Atemwege und brannte in den Augen. Der junge Mann beschleunigte seinen Schritt, lief schneller und schneller, rannte durch die Dunkelheit.

Im Dorf hatte man sich bereits in die Häuser zurückgezogen. Es war November, und es dämmerte bereits in Burgsponheim, dem kleinen Dorf am Rande des Hunsrücks in der Nähe von Kreuznach. Mit dem Allerheiligentag war die Feldarbeit des Jahres weitestgehend verrichtet, man verlegte seine Tätigkeiten nach drinnen. Nur Jonas' Mutter Rosina und Cousine Greta waren an diesem Abend noch draußen und bewachten im Wechsel das Feuer auf der Flachsröste, das den Flachs der Familie Hartung trocknen sollte.

Aber der viele Rauch ... War das Feuer etwa außer Kontrolle geraten?

Obgleich ihm der Atem in Brust und Hals brannte, blieb Jonas nicht stehen. Die letzten Wochen waren erfreulich trocken gewesen, gut für die Feldarbeit, aber wenn das Feuer auf die Umgebung übergriff, konnte das schlimme Folgen für das in der Nähe liegende Dorf haben. Und was war mit seiner Mutter und Greta? Waren sie in Schwierigkeiten?

Jonas hatte sein Ziel fast erreicht. Im Licht des Feuerscheins sah er, dass dicke Rauchwolken in den Himmel hinaufstiegen.

Noch einmal nahm er alle Kraft zusammen. Kurz vor seinem Ziel wäre er beinahe gestolpert – über einen Beutel. Er erkannte ihn als den seiner Mutter Rosina, erinnerte sich, wie sie ihn kurz vor dem Weggehen mit Proviant befüllt hatte. Jetzt sah es aus, als hätte sie den Beutel einfach achtlos fallen lassen.

Wo war sie? Und wo war Greta?

Die beiden Frauen waren nirgendwo zu sehen, und Jonas blieb keine Zeit, sich genauer umzuschauen. Zuerst musste er sich um das Feuer am unteren Ende des mehrere Meter langen, leicht ansteigenden Tunnels kümmern, der hier in den Hang gebaut worden war.

Es gelang ihm erfreulich rasch, den Brand mit sandiger Erde unter Kontrolle zu bringen. Dann widmete er sich der oberen Öffnung des Tunnels, die in eine rechteckig ausgemauerte Grube mündete.

Der zu trocknende Flachs darin brannte längst lichterloh, die Haselstöcke, die die Grube abdeckten, schwelten ebenfalls. Auch hier bemühte Jonas sich, Schlimmeres zu verhindern. Das Feuer durfte keinesfalls auf die Umgebung übergreifen. Nicht nur ihm waren die Geschichten von Gehöften und ganzen Dörfern, die beim Flachstrocknen in Brand geraten waren, gut im Kopf.

Entschlossen tauchte Jonas einen Eimer in den großen Wasserbottich, der zum Befeuchten des Flachses bereitstand. Jetzt mochte dieses Wasser dazu dienen, den Brand zu löschen.

Sorgfältig überprüfte er danach, ob das Feuer sich doch ausgeweitet hatte oder ob es irgendwo Schwelbrände gab, die sich erneut zu einem größeren Brand auswachsen konnten. Sein Herz schlug heftig vor Aufregung, aber nach einiger Zeit war er sicher, dass alle Gefahr gebannt war.

Schwer atmend, nach Qualm stinkend und rußverschmiert,

ließ Jonas sich endlich zu Boden sinken und atmete einige Male tief durch. Nach einer Weile kämpfte er sich jedoch wieder auf die Beine. Es war immer noch niemand zu sehen. Und die Frauen hätten seinen Kampf gegen das Feuer eigentlich bemerken müssen. Merkwürdig. Sowohl Rosina als auch Greta würden die Flachsröste niemals, niemals unbewacht lassen.

Wie leicht die zum Trocknen ausgebreiteten Flachsbündel in Brand gerieten, konnte er an diesem Abend selbst bezeugen. Deshalb durfte die Anlage ja auch nie allein gelassen werden. Eigentlich war Jonas dagegen gewesen, den Frauen den Rest der schweren Arbeit zu überlassen, wie es sein Vater Kasimir entschieden hatte. Gewöhnlich kümmerten sich die Eltern gemeinsam um den Flachs. Rosina schützte ihn davor, in Brand zu geraten, während der Vater die Feuerung überwachte. So war es Brauch.

Dieses Mal hatte Kasimir darauf bestanden, alles anders zu machen. Der Vater ging eben gern seine eigenen Wege. Er hatte schon immer seinen eigenen Kopf gehabt, ein Umstand, der ihn im Dorf nicht gerade beliebt machte.

Jonas unterdrückte einen Seufzer und überzeugte sich erneut davon, dass von der Röste wirklich keine Gefahr mehr ausging, bevor er die nähere Umgebung absuchte.

»Mutter?«, rief er, »Greta?«

Keine Antwort. Es schien so, als wäre er allein auf weiter Flur.

Jonas horchte nochmals. Totenstille.

Dann plötzlich vernahm er aus dem nahe gelegenen Wald ein Knacken und Blätterrascheln. Der Ruf einer Eule, zu dem er sich unwillkürlich das Fiepen einer Maus im Todeskampf vorstellte. Im Dorf hatte er kürzlich reden hören, dass Fremde in der Gegend gesehen worden waren. Kasimir hatte das allerdings als das Geschwätz ängstlicher Weiber abgetan.

Was, wenn man Rosina und Greta überfallen hatte? Was, wenn sie hatten fliehen müssen oder wenn man sie gar verschleppt hatte? Es gab arme Leute, denen vielleicht keine andere Möglichkeit blieb. Die Zeiten waren weiß Gott nicht leicht.

Jonas hatte gerade entschieden, noch tiefer in den Wald einzudringen, als eine Gestalt zwischen den Stämmen auftauchte und im nächsten Moment abrupt stehen blieb.

Greta beschleunigte ihren Schritt. Sie musste Jonas treffen. Sie musste ihn abfangen. Er hatte gesagt, dass er noch zur Flachsbreche kommen würde. Diese wenigen Minuten würden die einzigen sein, die ihnen an diesem Abend blieben. Ihr Onkel Kasimir sah es nicht gern, wenn der Sohn und die Nichte, die zugleich seine Patentochter war, so viel Zeit miteinander verbrachten. Greta war nur zu bewusst, dass Kasimir eigene Pläne mit Jonas hatte, so wie er Pläne mit jedem in seiner nächsten Umgebung hatte, ohne sich auch nur einen Deut darum zu scheren, was der andere sich vom Leben wünschen mochte. Aber so jemand wie sie durfte sich ja ohnehin nichts vom Leben wünschen …

Einen Moment lang blieb Greta stehen und horchte angestrengt. Sie fröstelte.

Waren da Schritte zu hören? Vielleicht, doch jetzt war alles still. Ein kurzer Schauder überlief sie, sie zwang sich weiterzugehen, sie musste einfach.

Wenn ich ihn sehen will, allein, dann bleibt mir nur dieser Moment. Und ich will ihn sehen.

Der Gedanke an Jonas wärmte Greta. Ihr Herz schlug ein wenig schneller, vollführte einen kleinen Tanz, der ihr den Atem nahm.

Sie liebte Jonas. Ja, sie liebte ihren Cousin. Sie hatte ihn schon immer geliebt, schon als kleines Mädchen, als sie in der Familie Hartung Aufnahme gefunden hatte, als Mutter und Vater kurz hintereinander einem schweren Fieber erlegen waren. Sie liebte ihn, weil er ihr Sicherheit gab und weil er sie in schweren Zeiten, von denen es weiß Gott nicht wenige gab, zum Lachen brachte. Jetzt, als junge Frau, wünschte sie sich, sich einfach in seine Arme zu schmiegen bis ans Ende aller Tage.

Ja, sie träumte von Heirat, obwohl sie erst siebzehn Jahre alt war. So war es eben, und das konnte ihr niemand verbieten. Es wusste ja ohnehin keiner. Sie war immer ein verschwiegenes Kind gewesen.

Greta schreckte aus ihren Gedanken hoch. Doch, da waren Schritte zu hören. Hastige Schritte. Jemand verfolgte sie, und dieser jemand war nun nicht mehr weit von ihr entfernt.

Greta fuhr herum, versuchte, in der Dämmerung etwas zu erkennen. Endlich machte sie eine schemenhafte Gestalt aus, konnte aber nicht sagen, um wen es sich handelte.

War es der schiefe Hannes, den man bei den Unruhen vor zwei Jahren angeschossen hatte? Man hatte ihm den Fuß amputieren müssen. Hannes erzählte jedem, der es hören wollte, davon. Greta versuchte, den Alten in dem Schemen zu erkennen. Eigentlich humpelte doch nur der schiefe Hannes um diese Uhrzeit noch durch den Wald, weil ihn die Schmerzen in seinem nicht mehr vorhandenen Fuß zuweilen wahnsinnig machten und ihn in die Nacht hinaustrieben.

Anfangs hatte Greta sich immer erschreckt, wenn sie dem bärbeißigen graublonden Mann begegnet war, ein wahrer Bär, gefangen im Körper eines Krüppels. Inzwischen wusste sie, dass er harmlos war, mochten die Dorfbewohner auch schwätzen. Greta fühlte sich ihm sogar verbunden. Mit der Zeit hatte sie erkannt, dass sie beide Außenseiter waren. Hannes, weil er keine richtige Arbeit mehr verrichten konnte und ihn die Schmerzen zuweilen unberechenbar machten. Sie, weil sie das arme Waisenkind war, das von der Patenfamilie aufgenommen worden war und deshalb dankbar zu sein hatte. Etwas erwarten vom Leben, das durften sie beide nicht.

Doch es war nicht Hannes, der da auf sie zukam, wie Greta jetzt erkannte. Es war die schöne Antonia, die stolze Tochter von Rupert Richter, dem Bürgermeister und reichsten Bauern des Dorfes. Sie hatte ebenfalls ein Auge auf Jonas geworfen.

Greta wusste sicher, dass Antonia Jonas nie heiraten durfte, trotzdem schien sie ihn als eine Art Besitz zu betrachten. Greta hasste das. Sie hätte Antonia auch für ihr dichtes blondes Haar und die seegrünen Augen hassen können, für den schlanken und doch wohlgerundeten Körper und ihre Fähigkeit zu tanzen, als schwebte sie. Antonia hatte Ziele und bekam stets, was sie wollte. Die meisten Männer des Ortes verzehrten sich nach ihr, manche nach ihrem Körper, viele zudem nach dem Besitz ihres Vaters, doch der würde seine Tochter nur an den Besten abgeben. Antonia war sich dessen bewusst und sah es auch als vollkommen richtig an.

Sie blieb jetzt vor Greta stehen und musterte sie. »Was macht das graue Mäuschen denn um diese Zeit noch allein im Wald?«, wollte sie dann mit einem boshaften kleinen Lächeln wissen.

Greta schauderte erneut, doch es gelang ihr, ihre Angst zu verbergen. Jedenfalls hoffte sie das. Man durfte vor Antonia keine Schwäche zeigen.

»Ich helfe der Tante bei der Flachsröste.«

»Habe ich recht gehört? Ihr wollt den Flachs tatsächlich noch selbst bearbeiten? Lohnt das überhaupt? Eure Ernte war schlecht in diesem Jahr, nicht?« Antonia schüttelte den Kopf, als könnte sie es nicht fassen. »Und die Röste ist weit entfernt vom Dorf. Also, was machst du hier so allein?«

Greta überlegte, ob sie vielleicht einfach an der anderen vorbeilaufen sollte. Dass Antonia sie aufgehalten hatte, bedeutete ohnehin, dass sie Jonas nicht mehr weiter suchen konnte. Sie musste rasch zum Feuer zurück. Sie war schon viel zu lange fort.

Als hätte sie Gretas Gedanken gelesen, griff Antonia jetzt nach ihrem Arm. »Eins wollte ich dir übrigens noch sagen. Lass endlich die Finger von Jonas.«

»Ich ...« Greta schluckte. »Er ... er ist doch nur mein Cousin«, stammelte sie. »Es ist nichts.«

Antonia verzog die Mundwinkel, was ihrem schönen Gesicht den Anschein eines Lächelns hätte geben können, doch sie lächelte nicht.

»Hältst du mich für dumm? Ich sehe doch, wie du ihn anguckst. Die anderen sehen das vielleicht nicht, aber ich bin nicht blind.« Antonia strich sich eine Haarsträhne aus dem Gesicht. »Er wird dich nie bemerken, lass dir das gesagt sein. Schau dich doch nur an mit deiner verlumpten Kleidung und deinen Maushaaren. Außerdem siehst du aus wie ein Kind. Eine richtige Frau wird nie aus dir werden.«

Greta ballte unwillkürlich die Hände zu Fäusten. Hatte sie eben noch Angst gehabt, so bemerkte sie nun, wie sich die Wut in ihrem Magen zusammenballte. Es war eine Wut, die sie in dieser Form noch nicht kennengelernt hatte. Für einen Moment dröhnte es in ihren Ohren, und sie hätte Antonia am liebsten die Augen ausgekratzt. Es fiel ihr schwer, sich zu beherrschen.

»Lass mich in Frieden, Antonia«, zischte sie und versuchte endlich, sich an der anderen vorbeizudrängen.

Antonia hielt sie fest. Greta schlug nach ihrer Hand und versuchte, sich loszumachen. Sie hörte, wie der Ärmel ihres Kleides riss. Antonia lachte höhnisch, als Greta endgültig von ihr wegstolperte und davoneilte.

»Wir sprechen uns noch!«, rief sie Greta hinterher. »Wir sind noch nicht am Ende!«

Zweites Kapitel

»Mutter!« Jonas lief Rosina rasch entgegen und schloss sie in die Arme. »Es geht dir gut. Gott sei Dank, es geht dir gut.«

Er löste sich von der älteren Frau. Die blickte ihren Sohn erstaunt an.

»Was ist denn? Ich wollte sehen, wo Greta bleibt, und dann musste ich mich erleichtern. Ich war nicht lange weg. Wolltest du uns besuchen?«

Jetzt erst schien sie Jonas' ernsten Gesichtsausdruck zu bemerken. Sie blickte ihn fragend an. Jonas deutete in Richtung der Flachsbreche.

»Ihr habt das Feuer allein gelassen, Mutter. Weder du noch Greta waren weit und breit zu sehen. Der Flachs ist in Brand geraten. Ich konnte nichts mehr tun, außer zu löschen.«

Rosina wartete nicht, bis Jonas zu Ende gesprochen hatte, sondern lief einfach an ihm vorbei zur Röste. Jonas folgte ihr umgehend.

»Ist alles verdorben?«, erkundigte sich Rosina noch im Laufen.

»Alles, was auf dem Feuer lag«, gab Jonas zurück. »Der Brand hat immerhin nicht auf die Umgebung übergegriffen, so gesehen hatten wir Glück. Aber, Mutter, du bist erfahren. Wie konntet ihr …?«

Rosina blieb stocksteif stehen und drehte sich nun zu ihrem Sohn um. Sie war kreidebleich. Der Schrecken über das, was hier geschehen war und vielleicht noch hätte geschehen können, zeichnete sich deutlich auf ihrem Gesicht ab.

»Ich war doch nur ganz kurz weg«, wiederholte sie dann, »nur ganz kurz ... Greta kam nicht zurück, ich habe mir Sorgen gemacht ... Wo bleibt sie nur?«

Sie hatten die Flachsröste erreicht. Rosina starrte fassungslos auf die verbrannten Überreste. Ihr Feld hatte dieses Jahr nicht viel eingebracht. Die Leute sagten, dass es daran liege, dass Kasimir es viel zu schnell wieder bepflanzt habe. Er hatte die eigentlich angeratene Zeit von sieben Jahren nicht eingehalten.

Jonas nahm eine Bewegung wahr, dann erneut das Rascheln von Blättern im Wald. Er kniff die Augen zusammen und starrte angestrengt in die Dunkelheit. Dann lief er auch schon los.

»Greta! Wo warst du, um Himmels willen? Geht es dir gut?«

Er brach ab, blieb dann abrupt stehen. Die junge Frau, die nach Atem ringend auf ihn zugerannt kam, schwankte, hielt die Arme um den Leib geschlungen.

»Greta!«, stieß er hervor.

Aber noch bevor er ein weiteres Wort hätte sagen können, stürzte Rosina an ihm vorbei und verabreichte der Patentochter eine kräftige Ohrfeige. Greta sackte zu Boden wie eine Stoffpuppe. Es war, als befänden sich keine Knochen mehr in ihrem Körper, die sie aufrecht hielten. Kaum einen Wimpernschlag danach war Jonas an ihrer Seite.

»Mutter, siehst du nicht? Es geht ihr nicht gut.«

Er kauerte sich neben der jungen Frau nieder, bemerkte den zerrissenen Ärmel, Kratzer und Schmutz auf Gesicht und Händen. Behutsam richtete er ihren Oberkörper auf, hielt die Cousine dann in seinen Armen und schaute besorgt in ihr Gesicht.

Gretas Augen blieben geschlossen. Sie atmete flach. Ein säuerlicher Geruch ging von ihr aus. Sie musste sich übergeben haben. Erst nach einiger Zeit regte sie sich schwach. Jonas strich ihr sanft über die Wange.

»Greta«, flüsterte er leise.

Wie so oft überkam ihn das Gefühl, die drei Jahre jüngere Cousine beschützen zu müssen. Das war schon immer so gewesen, von dem Moment an, als die kleine Greta zu ihnen gekommen war, blass und dünn und voller Trauer über den Verlust ihrer Eltern. Schon damals hatte sie diesen Instinkt in ihm angesprochen. Er dachte daran, wie er das verstörte Kind zum Lachen gebracht hatte und wie ihm dabei ganz warm ums Herz geworden war. Er dachte an Gretas erstes unbeschwertes Lächeln.

»Greta«, flüsterte er noch einmal.

Ihre Lider flatterten endlich, sie holte tief Atem.

»Jonas«, erwiderte sie endlich, so leise, dass nur er sie hören konnte.

»Ich bin bei dir. Was ist geschehen?«

»Mir war plötzlich so schlecht. Mein Bauch ... Ich musste mich übergeben.«

Sie machte eine fahrige Bewegung in die Richtung, aus der sie gekommen war, doch ihr Arm rutschte sogleich wieder schlaff zur Seite.

Rosina machte keine Anstalten, sich um Greta zu sorgen. Ginge es nach ihr, das war ganz offensichtlich, so war, was geschehen war, die Schuld der Patentochter.

Greta versuchte nun, mit Jonas' Hilfe aufzustehen. Beim ersten Versuch scheiterte sie kläglich. Ihre Beine wollten sie nicht halten. Mit einem Seufzer ließ sie sich gegen Jonas' Schulter sinken.

»Ich wollte das nicht. Ich wollte das gewiss nicht.«

Jonas hörte die Tränen in ihrer Stimme.

»Ich weiß doch«, murmelte er in ihr Ohr. »Du kannst nichts dafür.«

Greta war von schwacher Konstitution und hatte oft gesundheitliche Probleme. Immer wieder klagte sie über Magenschmerzen. Jonas beugte sich näher zu ihr hinunter. Ihr weiches Haar streifte seine Haut. Er atmete ihren vertrauten Geruch ein. Alles an ihr verhieß ihm Zuhause, und das würde immer so sein … Er liebte sie wie eine Schwester.

»Willst du es noch einmal versuchen?«, flüsterte er.

Greta sagte nichts, nickte aber. Dieses Mal gelang es ihr aufzustehen, wenn auch noch kraftlos. Nach ein paar Schritten festigte sich ihr Gang, Jonas' Arm ließ sie dennoch nicht los.

Rosina schnaubte und ging ihnen beiden voraus. Sie war sehr zornig, das konnte Jonas an der Art erkennen, wie die Mutter die Schultern hielt. Als Jonas und Greta in die Straße einbogen, in der das Haus der Familie stand, hatte Rosina bereits die Toreinfahrt erreicht. Jonas spürte, wie Greta zögerte.

»Hab keine Angst, ich bin bei dir. Ich lasse nicht zu, dass sie dich bestrafen.«

Greta sah zu ihm auf. Ein klägliches Lächeln malte sich auf ihrem kleinen Gesicht ab. »Das wirst du nicht können, Jonas. Trotzdem danke ich dir.«

Jonas nickte, drückte dann die Hoftür auf und ging voraus in Richtung Haus. Der Vater stand neben dem Ofen, als sie hereinkamen, ein Holzscheit in der Hand. Es war ganz offensichtlich, dass Rosina, die sich nun zu den beiden jungen Leuten umwandte, Kasimir bereits erzählt hatte, was geschehen war, denn er war wütend.

»Was hast du dir dabei gedacht, du dummes Weib?«, brüllte er Greta entgegen und machte dann Anstalten, das Scheit gegen sie zu heben.

Jonas hieß Greta, hinter ihm zu bleiben. »Sie wollte das nicht. Es war keine Absicht, Vater. Ihr war schlecht, sie musste …«

»Und was hilft mir das?«, brüllte der Vater los. »Was hilft mir, dass das feine Fräulein seine Arbeit nicht leisten konnte? Unser Flachs ist verdorben.«

»Aber es war nur ein Teil …«

Ohne zu zögern holte Kasimir mit dem Holzscheit aus und schlug seinem Sohn auf den Arm. Der zuckte zusammen.

»Ein *großer* Teil …«, spie Kasimir aus. »Es war ein *großer* Teil.« Wieder hob er das Holzscheit.

Jonas wappnete sich, rührte sich aber nicht vom Fleck. »Tu ihr nichts, Vater.«

Er bemühte sich, Kasimirs zornigem Blick standzuhalten. Nein, der Vater war gewiss kein Unmensch. Er war aufbrausend, oft unbeherrscht in seinen Reaktionen und herrisch, aber er war doch kein schlechter Mensch. Mit Erleichterung bemerkte Jonas, dass Kasimir die Hand sinken ließ.

»Sie verdient eine Strafe«, brummte er dann.

Rosina setzte sich an den Küchentisch und begann, Kartoffeln zu schälen. Nach einigem Zögern lief Greta schweigend zu ihr und ging ihr zur Hand. Hauchdünne Schalen fielen herab. Man konnte fast durch sie hindurchsehen, kein bisschen der kostbaren Grumbeeren sollte verschwendet werden. Jonas riss sich von dem Anblick los und schaute seinen Vater an.

»Bitte, Vater! Sei gnädig.«

Kasimir zog die Schultern hoch, gab ein undefinierbares Geräusch von sich, als unterdrückte er einen schweren Seufzer. Zuerst wich er dem Blick seines Sohnes aus, dann schaute er ihn fest an.

»Sie hat unsere Ernte verdorben, Junge, auf irgendeine Art muss ich sie bestrafen. Es geht nicht anders.«

Als Greta später auf ihrer Schlafstatt in der Küche lag, spürte sie den Schmerz kaum noch. Dass Jonas ihr zur Seite gestanden hatte, ließ sie die erlittene Demütigung fast vergessen. Kasimir hatte sie an diesem Abend tatsächlich noch gezwungen, sich über den Tisch zu beugen, und ihr mit der Rute zehn Schläge auf das Gesäß gegeben. Immerhin hatte sie ihren Rock nicht schürzen müssen, wie man das als Kind noch von ihr verlangt hatte.

Greta lag auf der Seite, den Kopf auf ihren ausgestreckten Arm gebettet, und schaute durch das kleine Fenster zum Himmel hinaus. Eigentlich war Jonas ja der Grund dafür gewesen, dass sie sich überhaupt vom Feuer wegbewegt hatte, aber das hatte sie ihm nicht gesagt. Das musste er nicht wissen. Vorerst genügte es ihr, ihn aus der Ferne zu lieben. Wenn sie alles richtig machte, würde er eines Tages der ihre sein. Er würde sie nicht wie eine Schwester, sondern wie eine Frau lieben. Bis dahin musste sie ihr Geheimnis bewahren – dass sie die Übelkeit nämlich nur vorgetäuscht hatte wie schon so viele Male zuvor. Es war ein Vorteil, für schwächlich gehalten zu werden.

Greta schloss die Augen, öffnete sie kurz darauf aber wieder. Sie musste plötzlich an Antonia denken und empfand mit einem Mal erneut tiefen Abscheu.

Antonia würde Jonas niemals bekommen, niemals, niemals, niemals …

Die Flachsernte der Hartungs mochte zum größten Teil verdorben sein, doch es blieb noch ein Rest, der gemeinsam mit dem Flachs anderer Bauern bearbeitet werden konnte. Schon am nächsten Tag arbeiteten sie weiter. Die Halme wurden mit äußerster Vorsicht getrocknet. Sobald sie heiß genug waren, zog man sie rasch mehrfach durch die ständig auf- und zuklappenden Zähne der Breche. Spröde, dürre Holzteile splitterten dabei ab und fielen zu Boden. Übrig blieb ein wirres, mit Holzteilchen durchsetztes Faserbündel, aus dem Zöpfe, die sogenannten Puppen, gedreht wurden, die man sorgsam in Leinensäcke schichtete.

Während Greta und Rosina sich zu jenen gesellten, die die Zöpfe flochten, half Jonas dabei, die schwere Arbeit an der Flachsbreche zu verrichten. Vielfaches Stimmengewirr begleitete die Arbeit. Manchmal sang jemand, und die anderen fielen ein.

Immer wieder sah Greta während der Arbeit zu Jonas, dessen Hemd über der Brust offen stand, weil ihn die schwere Arbeit schwitzen ließ. Sie musste nicht auf ihre Hände schauen, ihre Finger wussten, was zu tun war. Sie liebte es zu beobachten, wie sich Jonas' Muskeln unter dem Stoff anspannten, wie entschlossen und kraftvoll er sich bewegte. Mit jedem Jahr wurde er mehr zum Mann.

Während Jonas stets im Gespräch mit den anderen war, verrichtete Kasimir die Arbeit stumm. Er war immer der Außenseiter, einer, den man ob seiner Pläne verlachte und dessen Scheitern die anderen zufriedenstellte. Ein Querkopf. Greta hatte für sich selbst entschieden, sich nie offen gegen die Gemeinschaft zu stellen. Wer ausscherte, wurde bestraft. Das hatte sie früh gelernt.

Das Stimmengewirr wurde mit einem Mal lauter, deutete

auf Neuankömmlinge hin. Greta riss den Blick von Jonas los und erkannte Rupert Richter, der sich in Begleitung seiner Tochter Antonia näherte und dann grüßend vorbeischritt. Sie spürte, wie ihre Wangen heiß wurden. Rasch schaute sie zu Jonas hinüber, der ebenfalls innehielt und den Richters entgegenblickte. Es gelang Greta, ihre Beklommenheit zu verbergen. Langsam fand sie Gefallen daran, dass die Unsicherheit, die sie stets in Antonias Gegenwart empfand, einem neuen Gefühl wich – der Lust, sich für deren Verhalten zu rächen.

Es waren die Frauen, die den Flachs einige Tage später von den restlichen Holz- und Stängelresten befreiten. Man versammelte sich dazu in einer Scheune. Es wurde gelacht, geredet, gegessen, getrunken und gesungen, während man die Fasern über den Schwingbock hängte und sie mit kräftigen Schlägen des Holzmessers bearbeitete.

Insgeheim, wie schon in den Jahren zuvor, bewunderte Greta auch dieses Mal wieder die kunstvoll geschnitzten und oft auch bemalten Schwingstöcke der anderen Frauen. Irgendwann einmal, da war sie sich sicher, würde ein solcher auch zu ihrer Aussteuer gehören. Dann, wenn sie Jonas' Frau war.

Drittes Kapitel

Es war noch sehr früh an diesem Morgen, als Rosina erwachte und nicht mehr einschlafen konnte. Das passierte ihr häufiger, je älter sie wurde. Immer gab es etwas, über das sie nachdenken musste, etwas, dass sie unruhig stimmte. Mit der Erfahrung der Jahre war ihr die Unbeschwertheit der Jugend abhandengekommen. In den letzten Tagen war es Kasimirs neuester Plan, der ihr den Schlaf raubte. Seine derzeitige Entschlossenheit beunruhigte sie sehr. Es war gewiss eine große Entscheidung, die ihnen bevorstand, aber Rosina wusste, dass sie letztendlich nicht Teil dieser Entscheidung sein würde. Kasimir fragte sie nie nach ihrer Meinung.

Also werden wir ihn begleiten müssen ... Nach Brasilien ...

Dabei wussten sie doch nichts über dieses Land, nichts über diesen Teil der Welt, weit weg auf der anderen Seite des großen Ozeans. Kasimir hatte ihr natürlich ein wenig von der neuen Heimat, in die auszuwandern er fest entschlossen war, erzählt, aber Rosina hatte kaum zuhören können, weil ihr die Angst die Kehle eng machte, und es in ihren Ohren rauschte wie bei einem Wintersturm – und weil sie nicht fortwollte aus der Heimat. Es gab so viel Unvorhersehbares, dort, auf der anderen Seite der Welt.

Wann er wohl auf diese Idee gekommen war? Als der Flachs verdorben war oder doch schon früher?

Rosina setzte sich auf. Einen Augenblick noch blieb sie auf dem Bettrand sitzen und horchte auf das gleichmäßige Atmen ihres Mannes. Er schlief wie immer tief und fest, als machte ihm nichts Angst, als könnte ihn nichts berühren. Sie hatte seine Furchtlosigkeit immer geliebt, aber manchmal bekümmerte sie diese auch, nämlich dann, wenn er so tat, als wäre er unverwundbar.

Jeder Mensch ist verwundbar.

Irgendwann stand Rosina auf, schlich aus dem Schlafzimmer auf den Stiegenabsatz hinaus. Durch das kleine Fenster dort konnte sie das graue Morgenlicht sehen, der Horizont hatte sich blassrot verfärbt. Greta kam gerade aus dem Stall, wo sich die junge Frau jeden Morgen verlässlich um die einzige Kuh der Hartungs kümmerte. Greta war immer eine Frühaufsteherin gewesen, immer die Erste, die wach war.

Mit energischen Schritten ging sie jetzt über den Hof und verschwand dann durch die Haustür. Einen Moment noch blieb Rosina stehen und verfolgte das Schauspiel des Sonnenaufgangs weiter, ein Anblick, für den sie sich sonst nie Zeit nahm, dann öffnete sie die schwere Aussteuertruhe, die hier unter dem Fenster stand, und hockte sich daneben.

Insbesondere wenn sie unglücklich war, sah Rosina sich die Habseligkeiten, die sie in der Truhe aufbewahrte, gern an. Es war die Erinnerung an eine Zeit ohne Sorgen, eine Zeit, in der sie der Zukunft noch unbeschwert entgegengesehen hatte. Die Erinnerung an Liebe. Neben ein wenig Geschirr, Kleidung und Tischtüchern hatte sie damals ein großes Bündel Leinen als Aussteuer in die Ehe mitgebracht. Ihre Großmutter hatte den Flachs zu Garn versponnen, der Großvater hatte alles zu gutem Leinen verwebt – feinstem weißem Leinen von einer seltenen Güte.

Ein gut betuchtes Mädchen bist du, hatte Kasimir lächelnd an ihrem Hochzeitstag zu ihr gesagt. Wie habe ich dich nur verdient?

Ja, das war sie gewesen, ein gut betuchtes Mädchen, dem die Eltern keinen Wunsch hatten abschlagen können, auch den erwählten Ehemann nicht, noch nicht einmal jemanden wie Kasimir …

Rosina fuhr mit den Fingerspitzen über die kunstvollen Holzschnitzereien, öffnete die Truhe dann leise und schaute das Leinen lange an, bevor sie es berührte.

Gutes Leinen, gutes, gutes Leinen …

Es war immer noch etwas davon übrig. Sie hatte bereits einiges daraus gefertigt – Hemden, Kniehosen, Unterhosen, wadenlange Kittelhemden mit langen, gefältelten Ärmeln für die Männer, solche mit Halbarm für die Frauen, Handtücher und andere Wäschestücke, die Rosina mit Bändern zusammengebunden in dem einzigen Schrank, den sie besaßen, aufzubewahren pflegte.

Ich bin eine gute Schneiderin. Werde ich das alles mitnehmen können, wenn Kasimir nicht von seinem Plan abzubringen ist?

Der Gedanke, all das hier, die Heimat, das Dorf, das Haus und die vertrauten Menschen zu verlassen, trieb Rosina erneut die Tränen in die Augen. Aus der Schlafkammer ihres Sohnes war mit einem Mal ein Geräusch zu hören. Jonas' Bett knarrte, darauf folgte ein leichter dumpfer Schlag gegen die Bettumrandung. Schon seit geraumer Zeit war die Schlafstatt zu klein für ihn, doch er bestand darauf, dass es ihm nichts ausmachte, weiter darin zu nächtigen, weil er wusste, dass sie sich vorerst nichts Neues leisten konnten.

Er ist ein guter Junge.

Rosina hob das Leinenbündel heraus, griff nach dem Hemd, das darunterlag. Schritte näherten sich. Sie drehte den Kopf.

»Es tut mir leid, wenn ich dich geweckt habe.«

»Das hast du nicht, Mutter. Es ist doch ohnehin Zeit.« Jonas streckte ihr die Hand hin. »Komm, steh auf. Du wirst dich auf dem eisigen Boden noch erkälten.«

Sie ließ sich aufhelfen, genoss den festen Griff ihres Sohnes. Bisher wusste er nichts von den Plänen des Vaters. Kasimir und sie hatten alles allein besprochen.

Rosina räusperte sich. »Vater will fort von hier«, sagte sie unvermittelt.

Jonas sah sie überrascht an. »Fort? Wohin denn?«

»Nach Brasilien.«

Ihr Sohn reagierte nicht sofort.

»Und was ist mit mir? Was ist mit Oberstein und Onkel Kurt?«

Rosina riss die Augen auf. Daran hatte sie tatsächlich überhaupt nicht mehr gedacht, und es war noch gar nicht so lange her, dass ihr Bruder zugestimmt hatte, ihren Jungen zu einem Edelsteinschleifer zu machen.

Jonas war so glücklich gewesen. Er hatte diesen Beruf ergreifen wollen, seit er als kleines Kind zum ersten Mal in der Werkstatt ihres Bruders zu Besuch gewesen war, war aus dem Staunen nicht mehr herausgekommen, als er all die glitzernden Steine gesehen hatte. Und Rosina konnte es nachempfinden. Auch sie hatte die Arbeit ihres Bruders, die sie als Frau niemals hätte ergreifen können, immer fasziniert.

Sie schluckte, noch einmal beugte sie sich über die Truhe, strich über das Leinen. »Das ist sehr gutes Leinen, mein Junge. Es stammt von meinem Großvater. Ich werde dir ein Hemd daraus nähen. ›Ein gutes Leinenhemd‹, sagte meine Mutter immer, ›hält zweihundert Jahre.‹«

Viertes Kapitel

Im Dezember setzte der Winter mit Schnee und Eis ein. An jedem Abend, die Samstage ausgenommen, kamen die Nachbarinnen nun in einer anderen Stube zum Spinnen zusammen, sodass man die recht langweilige Arbeit in lustiger Runde verrichten und zugleich an Heizmaterial und Beleuchtung sparen konnte. Es wurde gelacht und gesungen, manch einer trug ein Gedicht vor. Wenn die Saat rund um den Tag des Flachsheiligen St. Urban ausgebracht wurde, durfte nicht gesprochen werden, doch hier in den Stuben gab es kein Halten mehr. Alle Angelegenheiten des Dorfes wurden fleißig besprochen. Je später der Tag, desto mehr Burschen gesellten sich dazu. Sicher würden auch in diesem Jahr wieder Ehen unter den wachsamen Augen der Mütter angebahnt. Für alles blieb lange Zeit, denn bis eine kleine Spule mit feinem Leinengarn gefüllt war, vergingen mehrere Stunden. Und es mussten viele solcher kleinen Spulen gefüllt werden, um genug Garn zum anschließenden Weben des Stoffes zu bekommen.

An diesem Abend hatten sich die Frauen im Haus der Hartungs versammelt, und Jonas hörte dem Geplauder der Frauen, gebannt zu. Er selbst dachte noch lange nicht an Heirat. Viel mehr beschäftigte ihn, was er von seiner Mutter gehört und was der Vater immer noch nicht mit der Familie besprochen hatte – die Auswanderung nach Brasilien. Doch auch heute wollte sich keine Gelegenheit ergeben, Kasimir darauf anzusprechen.

Oder fehlte ihm der Mut dazu? Warum nur?

Auch dieser Winter ging schließlich zu Ende, der Frühling kam. Mit der kräftigen Sonne des Frühsommers nahte der letzte Schritt in der Behandlung des Leinens. Der Leinenballen wurde abgewickelt, angefeuchtet, in einen großen Bottich gelegt und dann mit einem groben, locker gewebten Leinentuch bedeckt. Auf dieses Tuch schüttete man Strohhäcksel, darüber etwas Buchenholzasche. Danach wurde das Ganze so lange mit kochendem Wasser übergossen, bis das Leinen in der heißen Lauge schwamm. Der Vorgang wurde über mehrere Tage hinweg wiederholt, bevor man das Leinen in einem Bach für eine Weile im klaren, fließenden Wasser liegen ließ, um die Laugenreste auszuwaschen. Die Prozedur machte das Leinen schon nach wenigen Stunden wesentlich weicher und geschmeidiger, und auch die Farbe hellte sich um einige Schattierungen auf. Schließlich wurden die Stoffbahnen auf der Bleichwiese ausgebreitet und dort festgepflockt. Die Mädchen aus dem Dorf, so auch Greta, waren damit beschäftigt, das Leinen zu begießen, da nur das Zusammenspiel von Sonne, Wasser und Wiese den gewünschten Bleicheffekt ergab. Bei Nacht hielten zuverlässige Männer Wache, um einen Diebstahl zu verhindern. War der Stoff schließlich schneeweiß und trocken, brachte man ihn heim.

Greta genoss diese Zeit, sie hatte das Gefühl, nun wirklich dazuzugehören.

Eines Tages, Greta war eben damit beschäftigt, das Leinen zu wenden, stand plötzlich Antonia vor ihr.

»Und? Ist er jetzt fort?«

Antonia musste den Namen nicht sagen, Greta wusste doch, von wem sie sprach. Jonas war seit einigen Tagen verschwunden. Zuerst hatte sie gedacht, er handle im Auftrag seines Vaters, doch inzwischen bezweifelte sie das, ohne dass sie es gewagt hätte, Kasimir um Auskunft zu bitten. Der wirkte in letzter Zeit noch missmutiger als sonst. Sie hatte Jonas vor seinem Weggehen nicht mehr allein gesehen. Jonas war weggegangen, ohne ihr etwas zu sagen, aber das ging niemanden etwas an.

»Ja«, gab sie knapp zurück und presste die Lippen aufeinander.

»So ...« Antonia machte eine kunstvolle Pause, während der sie Blicke mit ihren Bewunderinnen wechselte. »Ich glaube, du weißt gar nicht, wo er ist. Mir hat er es allerdings gesagt.«

Greta erstarrte. Sie konnte einfach nichts anderes tun, als innezuhalten. Für einen Moment war es ihr, als verlöre sie die Gewalt über ihren Körper.

»Er ist in Oberstein bei seinem Onkel. Dir hat er das sicher nicht erzählt. Ich sehe es dir an.«

Greta holte so heftig Luft, dass ihre Brust schmerzte. Antonia entging ihre Erregung nicht. Sie lächelte zufrieden. Greta spürte wieder diese seltsame Wut in sich aufsteigen – ein Kribbeln in den Fingern, ein Druck im Unterbauch.

»Er hat es auch dir nicht gesagt.«

»Nun, ich weiß es aber.« Antonia sah sie ungerührt an.

Greta sprang auf. Sie musste jetzt gehen. Sie musste gehen, bevor etwas Schlimmes passierte.

»Du hättest es ihm längst sagen müssen. Du hättest ihm sagen müssen, dass wir nach Brasilien gehen«, war Rosinas Stimme zu hören. »Jetzt ist er fort und ...«

»Ich hätte es ihm schon noch gesagt! Außerdem wissen wir, wo er ist. Er wird schon zurückkommen. Jonas ist niemand, der sich einfach aus dem Staub macht. Er weiß, wo sein Platz ist.«

Ein Rascheln war zu hören, dann wieder Rosinas Stimme.

»Du hast sein Gesicht nicht gesehen, als ich es ihm erzählt habe.«

»Vielleicht hättest du einfach dein Maul halten sollen, Frau!«

Greta wartete noch eine Weile, doch im Zimmer ihrer Pateneltern blieb es still. Sehr leise schlich sie in die Küche, legte sich auf ihre schmale, harte Schlafstatt und zog die Decke bis an ihre Nasenspitze.

Jonas, dachte sie, mein geliebter Jonas. Ich hoffe so sehr, dass es dir gut geht.

Fünftes Kapitel

Kurts Augen waren konzentriert auf den Achat gerichtet. Er sah nicht zu seinem Neffen, während er zu sprechen anfing.

»Es bringt nichts fortzulaufen, Junge, das ist das, was ich dir schon lange sagen will.«

Jonas zögerte, sah dann aber doch von seiner Arbeit auf. Er war jetzt seit einigen Wochen in Oberstein bei seinem Onkel. Der hatte ihn schweigend aufgenommen, doch seit einigen Tagen spürte Jonas, dass Kurt mit ihm reden wollte. Sein bedächtiger Onkel war allerdings nie ein Mann vieler Worte gewesen. Mit seinen Steinen fühlte er sich wohl, beim Schleifen, wenn nichts zu schnell gehen durfte.

Jonas horchte auf das eindringliche Geräusch, das von ihrer Arbeit sprach. Der Vater hatte nichts daran auszusetzen gehabt, dass er ein Steinschleifer würde wie Kurt, bis …

… bis er sich von einem Tag auf den anderen dazu entschieden hatte, die Heimat zu verlassen und in die Fremde zu gehen.

Jonas zog kurz die Augenbrauen zusammen und schliff dann konzentriert weiter. Nein, er wollte nicht darüber sprechen, wollte nicht hören, dass er mit seiner überstürzten Flucht die falsche Entscheidung getroffen hatte. Es behagte ihm ja selbst nicht, dass er fortgelaufen war wie ein kleiner Junge und die Eltern mit der Arbeit alleingelassen hatte.

Doch Kurt betrachtete das Gespräch offenbar nicht als beendet. »Ein Mann lässt seine Familie nicht zurück«, ließ er sich hören.

Jonas legte den Stein aus der Hand, nahm den Fuß von dem Holzpedal, mit dem er den Schleifstein in Bewegung gehalten hatte.

»Es ist nicht meine Familie. Eines Tages werde ich meine eigene Familie haben, aber ...«, stieß er hervor, bevor er sich bewusst wurde, wie absurd das klang.

Kurt hielt seinen Schleifstein weiter ruhig in Bewegung. »Natürlich ist es deine Familie, Jonas. Es sind deine Mutter und dein Vater. Du weißt, dass Kinder ihre Eltern ehren sollen.«

Jonas nickte abwesend. Etwas anderes kam ihm nicht zum ersten Mal in den Sinn, etwas, das ihm so viel dringlicher schien.

Ich habe Greta alleingelassen. Greta, die doch niemanden hat außer mir ...

Kurt legte den Achat zur Seite und musterte den Neffen.

»Du verstehst es, Junge, nicht?«, sagte er zufrieden und zog doch die falschen Schlüsse. »Du bist ein guter Sohn.«

Jonas nickte erneut. Etwas schmerzte ihn plötzlich, jetzt, da er erkannte, dass er zurückkehren musste. Auch wenn die Worte noch nicht in ihm waren, so war die Entscheidung doch bereits gefallen.

Als hätte ich es von Anfang an gewusst.

Er stand abrupt auf und legte die Werkzeuge beiseite. Die Kehle wurde ihm eng. Er musste seinem Traum wohl Adieu sagen, es half nichts, sich etwas vorzumachen.

Kurt räusperte sich. »Wenn du eines Tages wirklich mit Achaten arbeiten willst, wirst du es tun, Jonas«, sagte der Ältere, als hätte er die Gedanken seines Neffen gelesen.

Jonas sagte nichts. Er senkte den Kopf.

»Seit geraumer Zeit bekommen wir viele Steine von der anderen Seite der Welt«, fuhr sein Onkel fort. »Die schönsten

Achate kommen aus Brasilien. Und wer weiß, vielleicht wirst du sie eines Tages für mich finden, Jonas.«

Jonas wandte sich seinem Onkel zu. »Ich wollte, dass du mir das Wichtigste beibringst, und wer kann überhaupt sagen, wie es drüben ist?«

»Niemand«, entgegnete Kurt.

Sie schwiegen nun beide.

»Ich muss ...«, stieß Jonas endlich hervor, »... ich muss nachdenken.«

Kurt lächelte seinen Neffen an. »Nur zu. Du kannst jederzeit gehen.«

Einige Tage später schloss sich Jonas einer Gruppe Händler an, die auf dem Weg von Oberstein nach Bingen am Rhein auch an seinem Heimatdorf vorbeikommen würden. Der Abschied von Kurt war herzlich. Kurz zweifelte Jonas erneut daran, die richtige Entscheidung getroffen zu haben. Dann aber zog er los, ohne sich noch einmal umzudrehen. Es blieb ihm keine Zeit mehr zu überlegen, und er wollte es auch gar nicht.

Jonas war wieder da! Greta konnte es noch gar nicht fassen. Am Nachmittag hatte er plötzlich vor der Tür gestanden, und es war so, als ob er nie weg gewesen wäre. Jetzt war es schon spät am Abend, und die Pateneltern hatten sich längst schlafen gelegt.

Greta schlich aus ihrer Schlafkammer. Jonas war nicht in seinem Zimmer. Dann konnte er nur an einem Ort sein. So leise wie möglich stahl sie sich aus dem Haus. Und richtig, Jonas hatte sich in die kleine Scheune zurückgezogen, wo er auf einem der Dachbalken saß und vor sich hinstarrte. Das hatte er auch als Junge oft getan. Die Scheune war sein Fluchtort gewesen, sein Rückzugspunkt, und sie fühlte sich ihm jetzt nah, weil sie als Einzige wusste, wie wichtig dieser Ort für ihn war.

Als Jonas sie bemerkte, sprang er zu Boden und kam zu ihr. Sie hatten noch keine Zeit gehabt, miteinander zu reden. Gleich nachdem Jonas eingetroffen war, hatte der Vater ihn zu sich gerufen und seiner Wut Luft gemacht.

Greta streckte unwillkürlich ihre Hand nach dem bläulich verfärbten Fleck aus, der die Gegend um Jonas' linkes Auge und die linke Wange zierte.

»Es tut mir leid«, flüsterte sie. »Tut es noch weh?«

Jonas schüttelte den Kopf. Greta zog die Hand zurück.

Sicherlich, dachte sie, schmerzt es ihn mehr, geschlagen worden zu sein, schließlich ist Jonas ein erwachsener Mann. Sie musste sich überwinden, den Blick von ihm abzuwenden, erinnerte sich in diesem Moment erleichtert an das Stück Brot und die rote Wurst, die sie für ihn aus der Vorratskammer entwendet hatte. Mit einem Seufzer zog sie beides aus der Schürzentasche und hielt es ihm hin. Er lächelte.

»Danke. Du weißt also, dass ich noch nichts gegessen habe.«

Greta nickte und senkte den Kopf. Jonas biss heißhungrig in die Wurst und brach dann ein Stück vom Brot ab. »Ich habe tatsächlich gar nicht gemerkt, wie lange ich schon nichts mehr zu essen hatte«, bemerkte er und schenkte ihr ein Lächeln. »Es gibt so viel, über das nachzudenken ist. Die Reise, Brasilien ... Wie wird es weitergehen, wie wird es uns ergehen ...«

»Ja.« Sie sah kurz auf, und ihr Herz tat einen Hüpfer, als sie sein Lächeln wahrnahm.

Eine Weile aß Jonas schweigend weiter, dann räusperte er sich. »Ich möchte dir noch etwas sagen. Entschuldige, dass ich einfach so fortgelaufen bin, das hätte ich nicht tun sollen. Es war kindisch.«

Statt einer Antwort hob Greta nur die Schultern. Sie konnte ihm nicht sagen, wie gern sie mit ihm fortgelaufen wäre, einfach weg aus dem Dorf, weg von Antonia, weit, weit weg.

Jonas griff nach ihrer Hand. »Kannst du mir verzeihen?«

»Ja«, flüsterte sie. Mehr brachte sie auch dieses Mal nicht heraus.

Sie würde ihm alles verzeihen, weil er sie liebte, weil sie ihn liebte, weil sie eines Tages eine Familie sein würden. Das hatte sie schon von dem Moment an gewusst, an dem sie ihn zum ersten Mal gesehen hatte.

Eines Abends wird er auf die Knie fallen und um meine Hand anhalten.

Sie lächelte ihn an. Jonas lächelte zurück.

Es war fast Mitternacht, als Greta sich auf ihrer Schlafstatt zusammenrollte und die grobe Decke bis hinauf an ihr Kinn zog. Über ihr schwanden die Balken der Küchendecke nach und nach in den Schatten der Nacht und im niederbrennenden Feuer. Bald würde es ganz ausgehen, aber noch malten die letzten Flammen einen Tanz aus Hell und Dunkel an die Decke.

Greta schlief, seit Onkel und Tante sie bei sich aufgenommen hatten, in der Küche, und sie war zufrieden damit. Heute aber wollte der Schlaf nicht kommen. Wieder und wieder musste sie an das Treffen mit Jonas in der Scheune denken. Er hatte es nicht gesagt, aber sie wusste es: Er war für sie zurückgekommen. Er liebte sie, auch wenn er es ihr noch nicht sagen konnte.

Eines Tages aber würde er es sagen. Eines Tages würden sie vereint sein, so, wie es sein sollte.

Sechstes Kapitel

Es war für Jonas längst nichts Besonderes mehr, den Vater nach getaner Arbeit lesend anzutreffen. Auch an diesem lauen Sommerabend saß Kasimir draußen auf der Bank neben dem Hauseingang und nutzte das letzte Licht des Tages. Er war vollkommen vertieft in seine neueste Lektüre – ein Buch über die Neue Welt, das er offenbar irgendeinem Trödler abgekauft hatte.

Der junge Mann verhielt seinen Schritt kurz, ging aber dann doch entschlossen weiter. Der Vater schenkte ihm keinen Blick. In diesen Tagen war Kasimir seiner Familie noch ferner, als er es ohnehin schon in letzter Zeit war. Jetzt blätterte er um, schien seinen Sohn aber weiterhin nicht wahrzunehmen. Jonas blieb direkt vor ihm stehen und wartete geduldig.

Die Hartungs waren immer stolz darauf gewesen, lesen zu können. Kasimir hatte sich als Junge heimlich fortgeschlichen, um diese Kunst zu erlernen. Seine Eltern hatten nicht daran gedacht, den Sohn in die Schule zu schicken. Schließlich war niemand von ihnen je in die Schule gegangen, das war nichts für solche wie sie. Doch der junge Pfarrer, der neu ins Dorf gekommen war, hatte es Kasimir beigebracht. Er hatte mehr in ihm gesehen als die anderen. Kasimir hatte dafür gern die Prügel seines Vaters über sich ergehen lassen. Später hatte er seiner Frau das Lesen beigebracht, und diese hatte es wiederum den gemeinsamen Sohn und die Patentochter gelehrt. Lesen, so pflegte Kasimir zu sagen, ist eine wichtige Kunst, eine, die jeder beherrschen sollte, der etwas werden will im Leben.

Jonas beherrschte das Lesen besser als manch anderer junger Mann, und Greta, das wusste er, las gern in der Bibel. Der Pfarrer hatte ihr kürzlich einen Gedichtband geliehen, und wann immer sie konnte, las sie auch darin. Das eine oder andere Gedicht hatte sie ihm sogar vorgelesen.

Jonas ließ die Hacke von der Schulter rutschen und nahm den Krug von dem Tisch, der vor der Bank stand, auf der sein Vater saß. Apfelwein, wie er jetzt am Geruch erkannte. Er schenkte sich einen Becher voll, den er in einem Zug leerte. Es war ein recht heißer Tag gewesen. Die Feldarbeit hatte ihn kräftig ins Schwitzen gebracht.

Erst als er den Becher zurückstellte, hob Kasimir den Kopf.

»Hör nur«, sagte er, noch vollkommen versunken in sein Buch. Sicherlich war es ihm recht gleichgültig, wer da vor ihm stand. Er tippte mit den Fingern auf die geöffnete Seite vor sich und begann zu lesen. *»Die Vorteile, die die portugiesische Regierung den Kolonisten zugesteht, sind allerdings sehr groß und mögen manchen armen Familienvater in Europa verleiten, Hab und Gut zu verlassen, und in dem schönsten und fruchtbarsten Lande, wo ihm die Regierung Güter schenkt und wo er zehn Jahre lang von Abgaben frei ist, sein Glück zu suchen.«*

Jonas dachte an das Gespräch, das sie vor ein paar Tagen erst geführt hatten. Der Vater war weiterhin gewillt, nach Brasilien auszuwandern, und wollte nur das Gute in seinem Plan sehen. Greta und er selbst waren unentschlossen, die Mutter eher gegen Kasimirs Plan. Brasilien lag weit entfernt. Wenn sie hier alles verkauften und alle Brücken abbrachen, würden sie niemals zurückkehren können.

»Wann wurde dieses Buch geschrieben?«, erkundigte Jonas sich vorsichtig.

»1821.«

Kasimir wusste offenbar, worauf sein Sohn anspielte, ließ sich jedoch nicht aus der Ruhe bringen.

»Das ist mehr als dreißig Jahre her«, bemerkte Jonas vorsichtig.

Kasimir lachte verbittert auf und blickte seinen Sohn zum ersten Mal an. »So schnell ändern sich die Dinge gewiss nicht. Schau dich doch einmal hier um. Hier ändert sich doch auch nichts ...«

Am frühen Abend des Folgetages überließ Kasimir seiner Frau, Jonas und Greta die restliche Arbeit und verließ den Hof. Mit forschem Schritt lief er auf die dem Dorf nahe gelegenen Hügel zu, wie er es schon als Junge gemacht hatte, wenn er mit sich allein sein wollte. Wenn es ihm denn gelungen war, dem Vater oder dem Großbauern zu entkommen, für den er hatte schuften müssen. Kurz dachte er an seinen Sohn, der sich auch immer mal wieder zurückzog, um allein zu sein, dann flogen seine Gedanken einfach davon – nach Brasilien, in den Urwald und zu dem Bauernhof, den er dort aufbauen würde. Eine Fazenda, wie man es dort drüben nannte. Ein großer Herr würde er sein mit vielen Arbeitern, vielleicht sogar mit Sklaven. Dort drüben würde er endlich den Erfolg haben, den er verdiente. Da war er sich sicher.

Für einen Augenblick malte Kasimir sich aus, in einem Sessel zu sitzen, während ihm ein schwarzes Mädchen ein Tablett mit dampfender Schokolade und süßem Gebäck reichte ... Mit viel Zucker, denn sie würden an nichts mehr sparen müssen.

Kasimir hielt kurz inne und schaute in die Talsenke hinunter. Ja, manchmal musste er auch heute noch allein sein mit seinen Gedanken, seinen Wünschen und Vorstellungen. Niemand im Dorf konnte mit seinen Träumen etwas anfangen, deshalb hatte er rasch gelernt, sie zu verbergen. Die Leute lachten ohnehin über ihn.

Und das dumpfe Vieh weiß nichts Besseres, als sich jeden Tag auf die Wiese treiben zu lassen und dasselbe Gras zu kauen.

Kasimir verschränkte die Arme vor der Brust. Am Tag zuvor hatte er Rosina erstmals ernsthaft in seine Pläne einbezogen, hatte ihr aus einem der vielen Bücher vorgelesen, die er erstanden hatte. Schweigend hatte sie ihn danach angestarrt, ohne eine Regung zu zeigen, dabei wollte er sie doch unbedingt an seiner Seite wissen.

Er erinnerte sich, wie fieberhaft er nach Worten gesucht hatte, um sie zu überzeugen. »Hör nur, hör, meine Rosina«, hatte er schließlich ausgerufen, »sogar Diamanten- und Goldminen soll es in Brasilien geben! Kannst du dir das vorstellen? Gold und Diamanten, und alles wartet nur auf uns.«

Rosina hatte immer noch keine Miene verzogen – sie war zu ängstlich, das war sie immer gewesen –, und er hatte einfach weitergelesen. *»Hier regiert ein rechtmäßiger Kaiser von allen seinen Untertanen geschätzt und verehrt, der beste Vater seines Volks, der den neuen Kolonisten gute Aufnahme, sicheren Wohnort und beträchtliche Vorteile in dem fruchtbarsten und reichsten Land der Erde geben kann«*, er hatte den Kopf kurz gehoben und fest in ihr jetzt erstarrtes Gesicht geblickt, *»und will.«*

Doch Rosina hatte nicht gelächelt, sondern ihn nur entsetzt angeblickt, als hätte er mit eisiger Hand nach ihr gegriffen.

Aber darauf kann ich nichts geben, dachte Kasimir nun.

Den Mutigen gehört das Leben, den Verzagten gehört nichts. Die sind nur dazu da, in den Staub getrampelt und vergessen zu werden. Eines Tages werde ich als reicher, gemachter Mann aus Brasilien zurückkehren, reicher als Rupert Richter. Dann werden mich alle, die jetzt auf mich hinabschauen, bewundern und anbetteln.

»Es gibt in Brasilien auch keine ansteckenden Krankheiten«, hatte er nach einigem Blättern in seinem Buch fortgefahren, »und nicht solche schrecklichen Wirbelwinde wie in den Vereinigten Staaten.«

Jonas war in diesem Augenblick zur Tür hereingekommen. Er musste die letzten Worte seines Vaters gehört haben.

»Man sollte nicht alles glauben, was geschrieben steht«, hatte er sich vorsichtig eingemischt.

Kasimir riss sich aus den Erinnerungen und schaute wieder ins Tal hinunter. Er hatte sich immer ein besseres Leben gewünscht, schon als er ein Kind gewesen war. Er hatte stets alles ihm Mögliche getan, um der Enge des Dorfes zu entkommen.

Nun, vielleicht führten sie kein schlechtes Leben, aber all das, was er besaß, genügte ihm wahrlich nicht mehr. Hier würde er sein Schicksal niemals wirklich zum Besseren lenken können. Die Enge nahm jedem Mann die Luft zum Atmen. Kasimir wusste aber auch, dass er auf längere Sicht jemanden brauchte, der seine Pläne unterstützte.

Einen Moment noch blieb er stehen und schaute erneut zum Dorf hinunter. Wie er sie doch alle verabscheute, aber er musste jetzt zurückgehen und die nächsten Schritte in die Wege leiten – und dazu brauchte er dieses Pack.

Eine Stunde später saß Kasimir im örtlichen Gasthof. Rupert Richter kehrte gerade mit zwei Bechern Wein zum Tisch zurück und stellte einen vor Kasimir ab, der stumm einen großen Schluck nahm. Der Weg zurück ins Dorf hatte Kasimir Zeit gegeben, sich einen ausführlichen Plan zurechtzulegen, und Rupert war der Erste gewesen, der ihm in den Sinn gekommen war, der Einzige, der ihm wirklich helfen konnte.

Ich muss es nur geschickt anfangen …

Kasimir setzte den Becher ab. Ruperts Wein. Er kannte den Geschmack. Rupert besaß ein Weingut und kelterte einen der besten Weine, den man vor Ort bekommen konnte. Kasimir selbst trank eher selten Wein, überhaupt trank er selten. Heute passte es.

Er suchte Ruperts Blick unter den buschigen dunklen Brauen, schaute ihm in die Augen, deren Grau ihn an Blei erinnerte. Es kratzte in seiner Kehle.

Ich darf nicht verzagen.

»Du weißt von meinen Plänen?«, fing er das Gespräch unvermittelt an.

Rupert neigte den Kopf, sagte jedoch nichts.

Kasimir zog den Becher wieder näher zu sich heran, nahm ihn hoch, trank aber nicht. Stattdessen beugte er sich näher zu dem anderen hinüber, sodass seine Worte nur zu ihm durchdringen konnten.

»Ich will nach Brasilien.«

Rupert lehnte sich zurück und musterte sein Gegenüber. »Und dafür brauchst du meine Hilfe.«

Es überraschte Kasimir nicht, dass der Großbauer sofort zur Sache kam. »Ja.«

Er lehnte sich noch ein wenig vor, um nicht lauter sprechen zu müssen, doch Rupert ignorierte das. Kasimir schluckte den

Ärger über dieses Verhalten herunter und bemühte sich, ruhig zu bleiben.

»Tatsächlich sehe ich in der Auswanderung die Möglichkeit, den Druck von den Daheimgebliebenen zu nehmen. Es gab wieder mehr Unruhe in letzter Zeit. Das wirst du auch gemerkt haben.«

Zum ersten Mal änderte sich Ruperts Gesichtsausdruck. Er zögerte kurz und beugte sich dann ebenfalls vor. »Interessant«, sagte er, »sehr interessant, es auch einmal von dieser Seite zu betrachten. Ich bin gern bereit, ein paar Dinge mit dir zu besprechen. Ich denke, wir werden uns schon einig werden.«

Siebtes Kapitel

Die Tage wurden wieder kürzer, der Herbst … Rosina hatte sich daran gewöhnt, dass Kasimir nun fast jeden Abend in die Gaststätte ging. Von Tag zu Tag kam er später nach Hause. Ihr fiel auch auf, dass er mehr trank. In der Nacht zuvor hatte sie ihn draußen vor dem Tor mit Rupert lachen hören, wie es sonst gar nicht Kasimirs Art war. Kasimir war kein Mann, der viel lachte, keiner, der seine Beherrschung einfach verlor. Kasimir veränderte sich. Er hatte geradezu ausgelassen gewirkt, und Rosina hatte es den Magen zusammengeschnürt, denn das konnte nur bedeuten, dass seine Pläne auf einem guten Weg waren.

Wir werden nach Brasilien gehen.

Rosina schloss die Augen.

Nein, durchfuhr es sie dann, und dann noch einmal, und so heftig, dass sie zittern musste. Nein, nein, nein, ich will das nicht. Ich bleibe hier, in Deutschland, ich gehe zu meinem Bruder, er muss mich aufnehmen. Soll Kasimir doch allein auswandern. Niemals war die Rede davon, dass ich mit ihm in ein fremdes Land gehe, niemals. Das habe ich nicht geschworen, als wir heirateten. Er wollte mich schützen und ehren. Das hat er mir versprochen. Er wollte mich auf Händen tragen. Das hat er meinen Eltern versprochen. Niemals hätten sie der Heirat zugestimmt, hätten sie gewusst, dass er mich in ein Land verschleppen will, in dem es wilde Tiere gibt. Und Spinnen so groß wie Handteller. Und giftige Frösche. Und Fledermäuse, die einem das Blut aussaugen wie Vampire. Ich komme nicht mit. Ich will nicht in den Urwald. Ich will nicht zu den Wilden. Sie hatte es ihm schon längst sagen wollen, und sie wollte es ihm jetzt sagen, doch es ging nicht.

Als Kasimir zur Tür hereinkam, bemerkte er wie immer nichts von ihrer Pein. Er setzte sich, ohne ein Wort zu sagen, an den Tisch und beugte sich wieder einmal über seine Bücher.

Im Dorf redete man mal wieder über sie, über ihre Familie, über die Hartungs. Das war nichts Ungewöhnliches, man hatte fast immer über sie geredet, seit sie in das Haus gezogen waren, das ihnen die Eltern überlassen hatten, die ihre letzten Jahre in einem kleineren Anwesen in unmittelbarer Nähe verbracht hatten. Voller Liebe erinnerte sich Rosina jetzt an die gemeinsamen Sonntagsessen, eine Zeit, in der sie sich trotz aller schweren Momente glücklich gefühlt hatte, kurz vor und noch einige Zeit nach Jonas' Geburt.

Im oberen Stockwerk waren mit einem Mal Schritte zu hören, dann sprang jemand die Stufen herunter. Rosina trat aus der Küche in den Flur. Ihr Mann bemerkte es gar nicht.

»Jonas«, sagte sie schwach.

Der junge Mann blieb stehen. Ein Lächeln ließ sein eben noch nachdenkliches Gesicht weniger streng wirken und schickte ein Gefühl von Wärme durch ihren Körper.

»Mutter?«

Rosina spürte Tränen in sich aufsteigen, doch es gelang ihr, sich zu beherrschen. Ein-, zweimal holte sie tief Luft, bis sie sich sicher war, dass ihre Stimme fest klingen würde. Sie traf die Entscheidung von einem Moment auf den anderen, ängstlich, den Mut nicht mehr dazu zu haben, sollte sie auch nur noch ein wenig länger zögern.

»Sprich mit Vater«, sagte sie, »ich bitte dich. Wir können nicht alle nach Brasilien. Er kann uns nicht fortzwingen aus der Heimat, wo wir sicher sind. Die Schiffsreise und falls wir sie überleben, das fremde Land ... Was sollen wir dort drüben? Es mag nicht alles gut sein in Burgsponheim, aber hier wissen wir, woran wir sind.« Rosina streckte die Hand aus, zögerte kurz und strich dann ihrem Sohn über den Arm. »Bitte, hilf mir, Jonas, ich weiß einfach nicht mehr, was ich tun soll.«

Jonas war noch vollkommen in Gedanken versunken, als er in den Stall kam. Die Angst seiner Mutter verstörte ihn. Bisher war er sich nicht im Klaren darüber gewesen, was die Brasilien-Pläne des Vaters für sie bedeuteten. Rosina hatte sich bislang nie gegen Kasimirs Entscheidungen gestellt, jetzt aber musste sie es tun. Sie wollte nicht fort, das hatte sie ihm, Jonas, mehr als deutlich gesagt. Es mochte ihnen anderswo besser gehen – wer wusste das schon? –, aber seine Mutter zog es vor, dort zu bleiben, wo sie heimisch war.

Ein Geräusch riss Jonas aus den Gedanken, kaum mehr als ein Rascheln. Er hob den Kopf. Greta stand neben der Kuh der Hartungs, eine Hand auf den Rücken des Tieres gelegt. Er war nicht überrascht. Es war ihre Aufgabe, sich um die Kuh zu kümmern.

»Hast du mich gesucht?«, fragte Greta mit einem Lächeln.

Jonas erwiderte das Lächeln, obgleich ihm nicht danach war. Was denkt Greta wohl über Kasimirs Pläne?, fragte er sich im nächsten Moment. Auch hierüber hatte er sich bislang keine Gedanken gemacht. Er kam ein paar Schritte näher und schaute seine Cousine an. Das Tier hielt den Kopf in die Futtertraufe gesenkt und fraß ungerührt weiter. Er sah, dass Greta ihm Klee gebracht hatte.

»Ich? Ich weiß nicht«, sagte er ehrlich, »vielleicht.«

Als er seine Hand auf den Rücken des Tieres legte, berührte er damit unwillkürlich die seiner Cousine. Greta lächelte sanft.

»Es geht um deine Mutter, nicht wahr?«, sagte sie und hielt seine Hand kurz fest.

Er nickte. Greta war immer eine gute Beobachterin gewesen. Aufmerksam und stets bereit, so hatte er den Eindruck, richtig zu reagieren. Er atmete tief ein und aus. Ja, er machte sich Gedanken, das konnte und wollte er nicht verhehlen.

»Vaters Pläne machen ihr Angst.«

Greta nickte. »Ich weiß.«

Er sah sie nachdenklich an. So hatte sie es also früher gemerkt als er selbst.

»Und du?«, fragte er. »Was denkst du über Brasilien?«

Greta sah ihn einen Moment lang an. »Ich habe mir keine Gedanken darum gemacht, denn man wird mich ohnehin nicht fragen«, gab sie endlich zurück.

Jonas suchte nach Worten, dann zog er die Schultern hoch. Greta hatte recht. Sie war nie gefragt worden und würde sicherlich auch nie gefragt werden. Sie konnte froh sein, dass sie eine Familie hatte – oder etwas, das man so nannte.

Als Jonas an einem der nächsten Tage nach Hause kam, fand er Kasimir, obwohl es schon recht kühl war, draußen auf der Bank vor dem Haus über einen Prospekt gebeugt. Der junge Mann blieb unvermittelt stehen. Seit dem Gespräch mit seiner Mutter hatte er viel nachgedacht, war bislang aber zu keinem Schluss gekommen.

Wie soll ich ihr helfen? Gibt es überhaupt eine Möglichkeit? Wird Vater auf mich hören?

Nein, gestand er sich im nächsten Moment ein, das wird er

sicher nicht. Kasimir war es, der die Entscheidungen traf, der Rest der Familie schloss sich ihm an, eine andere Möglichkeit blieb nicht.

»Man soll sich am besten im Frühjahr einschiffen, steht hier«, sagte Kasimir, ohne den Sohn zu begrüßen oder auch nur den Kopf zu heben. Mit dem Zeigefinger deutete er auf den entsprechenden Abschnitt. »Damit man sich langsam an das Klima gewöhnen kann. Auf der Südhalbkugel beginnt der Winter nämlich im Juni. Da ist es nicht ganz so heiß wie im Sommer.«

Jonas gab ein Brummen von sich, zum Zeichen, dass er gehört hatte. Dann ging er am Vater vorbei ins Haus und in die Küche. Es roch nach Essen und war so warm, dass er sich sofort seine Jacke auszog. Die Mutter saß schweigend an ihrem Platz am Tisch, wie in den letzten Tagen so oft in Gedanken versunken. Sie wirkte, als wäre sie nicht da, als weilte sie an einem ganz anderen Ort.

Greta dagegen sprang, seiner ansichtig geworden, gleich auf und füllte, ohne dass Jonas etwas hätte sagen müssen, seinen Teller mit Suppe. Sie lächelte ihn an, als er den Teller aus ihrer Hand entgegennahm. Die Wärme machte ihre Wangen rosig, was sie kindlich aussehen ließ. Jonas setzte sich, aß schweigend einige Löffel.

Die Suppe war heiß und gut, wenn auch wie immer ein wenig dünn. Trotzdem hatte es seine Mutter auch an diesem Tag geschafft, aus dem wenigen, was sie hatten, etwas Schmackhaftes zu kochen. Er bewunderte sie dafür.

Kasimir kam jetzt ebenfalls von draußen herein und ließ sich aufgeben. Nachdem er seinen größten Hunger gestillt hatte, wagte Jonas es endlich, die anstehende Reise anzusprechen.

»Auswandern will gut geplant sein, Vater«, sagte er in die allgemeine Stille hinein.

Das Essen hatte seinen Magen beruhigt und ihm ein Gefühl von Sicherheit gegeben, das sich allerdings schon einen Atemzug später verflüchtigte.

»Meinst du, das weiß ich nicht?«, brauste sein Vater auf. »Meinst du, ich bin dumm oder will meine Familie gefährden? Ich will ein besseres Leben – für euch. So ist es. Ich will mich nicht mit Hasenfüßen herumschlagen, die offenbar für den Rest ihres Daseins den Nacken beugen wollen vor Menschen, die weniger Mumm in den Knochen haben. Gott ist mit den Tatkräftigen. Wir haben Besseres verdient. Ich werde jedenfalls nicht weiter katzbuckeln, und ihr werdet es auch nicht!«

Jonas gelang es nur mühsam, sein Erschrecken über die Heftigkeit des Ausbruchs zu verbergen. Es war nicht leicht, angesichts Kasimirs Wut einen klaren Kopf zu behalten. Er tat dies hier für seine Mutter, ihr wollte er helfen.

»Es kann so viel passieren, Vater. Der Hannes hat mir erst kürzlich von Auswanderern erzählt, denen die Mittel fehlten und die deshalb zurückkehren mussten. Danach hatten sie noch weniger als nichts und waren auf die Fürsorge angewiesen. Andere saßen für Monate in Dünkirchen fest, manche starben, bevor sie auch nur das Schiff betreten konnten. So sieht es aus. Auswandern ist eine gefährliche Sache.«

Jonas nahm allen Mut zusammen und schaute seinen Vater fest an. Der schwieg unerwartet. Dann lachte er mit einem Mal laut auf. »Nur der Tod ist umsonst, Junge«, rief er aus, »das müsstet ihr alle wissen!« Dann setzte er scharf hinzu: »Seit wann hat der Hannes überhaupt Ahnung vom Auswandern? Der hat die verdammte Gegend hier doch nie verlassen. Und sein Fuß, den er angeblich bei irgendwelchen Aufständen verloren hat ... Weißt du überhaupt, was wirklich damit passiert ist? Unter die Räder geraten ist er, der alte Säufer. So ist das! Aufstände, pah!«

Kasimir sah aus, als wollte er ausspucken, packte dann nur seinen Humpen mit Wasser verlängerten Weines und trank in tiefen Zügen.

Jonas bemerkte erst in diesem Moment, dass er die Hände zu Fäusten geballt hatte. Es schmerzte, als er sie wieder öffnete. Als er sich mit der Zunge über die Lippen fuhr, merkte er, dass seine Lippen spröde und aufgesprungen waren.

»Es wandert sich aber nicht umsonst aus, Vater. Da kommen Fahrtkosten, die Kosten der Überfahrt und natürlich auch die für die Verpflegung hinzu. Wo sollen wir das alles herbekommen?«

Jonas' Stimme klang schärfer als beabsichtigt. In Erwartung der väterlichen Reaktion zog er unwillkürlich die Schultern ein, doch Kasimir seufzte nur verächtlich.

»Wir verkaufen Hab und Gut, und alles, was wir nicht mehr brauchen können. Dann haben wir genug Geld. Alle machen das so.«

»Und wer soll das kaufen?«

Kurz fürchtete Jonas, seine Stimme könnte vor Aufregung kippen wie bei einem viel jüngeren Burschen, doch dem war nicht so.

Kasimir blieb weiterhin ruhig. »Ich habe einen Käufer für das meiste. Sorgt euch nicht, den Rest versteigern wir. Auch das bringt ein wenig Geld. Nicht viel, ich weiß das, ich bin nicht dumm. Aber wir Hartungs sind stark.« Zum ersten Mal schaute Kasimir eindringlich von einem zum anderen. »Wir Hartungs schaffen das. Wir sind eine Familie.«

»Und die Frauen?« Jonas schüttelte den Kopf. »Glaubst du, wir können ihnen das zumuten? Hältst du auch sie für stark genug?«

Kasimir richtete einen kurzen Blick auf Greta, einen etwas längeren auf Rosina. »Wir schützen sie wie es unsere Pflicht ist. Mit uns gehen müssen sie, so ist das eben bei den Weibern. Man kann sie nicht allein lassen, ohne Ehemann, ohne Vater. Dazu sind die Weiber nicht gemacht.«

Jonas atmete noch einmal tief durch. Langsam wusste er nicht mehr, was er sagen sollte. Er spürte Rosinas flehenden Blick auf sich, sah zu ihr und erkannte die stumme Bitte in ihren Augen, nicht aufzugeben. Er räusperte sich.

»Und was ist mit der Sprache? Wir sprechen die Sprache nicht, Vater. In deinem Buch steht, dass von der Auswanderung abzuraten ist, wenn man die Landessprache nicht spricht. Wer von uns beherrscht Portugiesisch? Und welche Verbindungen haben wir denn dort? Keine! Kein Staat wirbt uns an, kein Besitzer einer privaten Kolonie ...«

»Du bist gut informiert«, unterbrach Kasimir den Sohn mit einem spöttischen Lächeln.

Der ballte erneut die Fäuste. »Wir werden ins Nichts reisen, Vater. Vielleicht gibt es das viele Land noch nicht einmal, von dem überall gesprochen wird. Vielleicht ist dort nur Wildnis!«

Jonas sah seinen Vater nunmehr abwartend an. Kasimir wirkte immer noch erstaunlich beherrscht, wenn auch eine leichte Starre in der Körperhaltung seinen Unmut verriet. Er schob den Teller zur Seite und tippte auf das Buch, das er in Griffweite neben sich gelegt hatte. Jonas sah, wie seine Mutter zusammenzuckte.

»Dort unten gibt es so viele Deutsche, dass man gewiss keine welsche Sprache lernen muss, und es gibt sicher auch genügend Landsleute, die einem zur Seite stehen wollen. In der Fremde ist man sich näher als manchem Nachbarn hier.«

»Aber wir werden fernab jeder Zivilisation sein, umgeben

von wilden Tieren, Ungeziefer und Gott weiß was«, wagte jetzt Rosina sich leise einzumischen. »Und die Heimat, ich weiß einfach nicht, ob ich ohne meine vertraute Heimat leben kann und will.«

Als Kasimir dieses Mal antwortete, wirkte seine Stimme unheimlich. »Willst du dich mir jetzt auch noch entgegenstellen, Weib? Wir werden eine neue Heimat gewinnen, versteht das endlich. Ich schenke euch allen eine neue Heimat. Vielleicht finden wir Diamanten oder Gold ... Vielleicht werden wir reich. Ich sage dir, Rosina, du wirst die alte Heimat vergessen, die uns doch nie eine war. Was hat man uns hier je gegeben? Buckeln mussten wir, vor Menschen, die nicht den Dreck unter meinen Nägeln wert sind.« Kasimir drehte sich unvermittelt zu Greta. »Was sagst du eigentlich dazu, liebste Patentochter?«

Noch bevor die junge Frau antworten konnte, mischte sich Jonas ein. »Was soll sie dir schon sagen, Vater? Sie wird die Entscheidung am allerwenigsten mittreffen.«

Die Wut brodelte von einem Moment auf den anderen in Kasimir hoch. Er schmetterte den Humpen auf den Boden, wo sein Zerbersten alle im Raum zusammenzucken ließ, und lief zur Tür. Rosina wandte sich mit bleichem Gesicht ab. Jonas starrte auf seinen Teller. Greta senkte ihren Kopf über der Stopfarbeit. Es war ihr gleich, wohin sie ging, ob sie wegging oder blieb. Es war gleichgültig, solange sie nur an Jonas' Seite war.

»Was, wenn wir keinen guten Platz mehr finden?«, wagte Jonas noch einmal anzusetzen, wenn er auch wusste, dass er längst verloren hatte. »Du sagst, es sind schon viele dorthin ausgewandert.«

Die Hand schon auf dem Türgriff, drehte Kasimir sich noch einmal um. »Wir werden Glück haben.«

Zu Kasimirs Erstaunen war es Rosina, die nicht aufgeben wollte. An einem der nächsten Tage fand er sie in der Küche bei der Vorbereitung des Brotteigs. Zuerst schien sie sich nur auf den Teig zu konzentrieren, doch Kasimir erkannte an der Körperhaltung seiner Frau, dass sie etwas mit ihm besprechen wollte. Er war ein guter Beobachter, das hatte ihm im Leben schon viel genützt. Und er irrte sich nie.

»Wäre es nicht besser, jemanden fragen zu können, der eine solche Reise wirklich schon angetreten hat?«

Rosina hielt unvermittelt im Kneten inne und hob den Kopf. Kasimir musterte sie schweigend. Rosinas Arme waren bis über die Ellenbogen voller Mehl. Mehl haftete auch an ihrer Wange und über den Augenbrauen. Sicher hatte sie versucht, eine Haarsträhne zurückzustreichen, die ihr jetzt schon wieder über den Augen tanzte. Sie sah müde aus, angestrengt, als flöhe sie der Schlaf seit Tagen. Er hatte nichts davon gemerkt und fragte sich jetzt, ob sie nachts wohl wach neben ihm lag oder durch das Haus geisterte?

Trotzdem hatte er ein gutes Gewissen, er wollte nur das Beste für sie alle. Für seine Familie. Wieder versuchte sie, die Haarsträhne mit dem Handgelenk zurückzuschieben. Mehl war jetzt auch in ihrem Haar.

»Ich würde gern von jemandem, der dort war, wissen, wie es wirklich ist«, sagte sie jetzt mit zitternder Stimme. »Ich möchte keine Ratgeber und Reiseberichte ... Ich will jemanden aus Fleisch und Blut sprechen, dem ich trauen kann.« Rosina hob die Hände und ließ sie wieder sinken. Ihre Stimme zitterte, als sie weitersprach. »Was tun wir, Kasimir, wenn wir uns das Paradies nur erträumen und in der Hölle landen?«

Kasimir starrte schweigend auf die Teigreste, die an den Fingern seiner Frau klebten. Tatsächlich war er ein wenig überrascht, dass sie ihm immer noch Widerworte gab. Vielleicht störte es ihn nicht, weil er sich seiner Entscheidung so sicher war. Er trat an den Tisch heran und nahm seine Frau bei den Händen. Die versuchte zurückzuweichen.

»Ich bin voller Mehl, Kasimir.«

»Das tut mir nichts.« Er küsste ihre Stirn. Es war ein wenig wie damals, als er sie kennengelernt und sich in sie verliebt hatte. Es war ein leiser Abglanz davon. »Wir werden im Paradies leben, Rosina, glaub mir. Es wird alles gut werden.«

Sie gab immer noch nicht auf. Vielleicht hatte es ihr Mut gemacht, dass er nicht sofort wütend geworden war. Ja, sicherlich fühlte sie sich dadurch beflügelt. Er musste vorsichtig sein.

»Es wird ein fremdes Land sein«, sagte sie, wenn auch leiser als vorher. »Fremde Menschen und fremde Sitten.«

Kasimir lächelte so sanft, wie es ihm möglich war. »Natürlich wird uns vieles fremd sein, aber wir werden es schaffen.«

Ruckartig entzog Rosina ihm ihre Hände. Dann reichte sie ihrem Mann einen feuchten Lappen, damit er sich reinigen konnte. Für einen Moment konzentrierte Kasimir sich nur darauf, sich zu säubern. Dann setzte er sich. Rosina fuhr fort, den Teig zu kneten.

»Was, wenn man uns etwas Falsches erzählt?«, getraute sie sich endlich zu fragen. »Was, wenn es dort nicht so ist, wie wir es uns erhoffen, Kasimir? Menschen lügen. Das wissen wir beide. Stand in einem deiner Bücher nicht, dass Lohn und Verdienst teilweise übertrieben angegeben werden? Was, wenn einer von uns auf der Reise krank wird? Was, wenn wir schon zu alt sind? Auch dort drüben werden uns keine gebratenen Tauben in den Mund fliegen!«

Kasimir sah in das erschreckte Gesicht seiner Frau. O ja, sie wusste, dass sie nun zu weit gegangen war. Er spürte, wie ihn der Gleichmut zu verlassen drohte. So lange hatten ihn ihre Zweifel nicht berührt, jetzt fühlte er sich plötzlich schwach. Warum stichelte sie ununterbrochen, wo er ihnen allen doch nur helfen wollte?

»Schluss jetzt«, fuhr er Rosina an. »Denkst du, das ist mir alles nicht bewusst? Ich denke jeden Tag und jede Stunde darüber nach, wie ich das Beste für euch erreichen kann, Rosina. Jeden Tag und jede Stunde. Bezweifelst du das etwa?«

»N... nein ...«, stammelte sie. »Versteh doch, ich will doch nur ...« Sie setzte neu an. »Kasimir, hast du einmal daran gedacht, dass uns hier die Gemeinde verpflichtet ist, wenn wir Hilfe brauchen? Dort drüben wird uns niemand helfen. Niemand.«

»Ich brauche keine Almosen!«

Kasimir sprang auf. Er musste jetzt weg. Er konnte sich das nicht länger anhören. Rosina aber klammerte sich mit einem Mal mit ihren teigverklebten Händen an seinen Arm.

»Warum ziehen wir nicht in die Vereinigten Staaten, wenn du schon fortwillst? Da kann jeder etwas werden. Da gibt es Stabilität.«

»Wir ziehen nach Brasilien, weil nicht jeder dorthin zieht.«

»Aber wir werden auf uns allein gestellt sein, ohne Freunde, ohne irgendjemanden, den wir kennen.«

»Ich habe keine Freunde«, brüllte er sie an. »Ich brauche niemanden, der sich um mich kümmert. Und jetzt sei still, bevor ich mich vergesse.«

Achtes Kapitel

Der Herbst verging und der Winter brachte noch mehr Eis und Kälte als im Jahr zuvor. Das Geld reichte kaum noch zum Feuermachen. Oft war es eisig kalt im Haus der Hartungs. Die Vorräte wurden beunruhigend knapp. Sie lebten von der Ernte ihrer Felder, Eier gaben ein paar Hühner, und von der Kuh hatten sie ihre Milch, aber der Flachs war die einzige Einnahmequelle gewesen und das, was die Hartungs gewöhnlich mit dessen Verkauf einnahmen, fehlte jetzt spürbar an allen Ecken und Enden. Als in Burgsponheim eines Tages das Wort von einem ehemaligen Auswanderer und jetzigen Auswanderungsagenten die Runde machte, der zu einem Vortrag nach Kreuznach kommen würde, befahl Kasimir Jonas, ihn dorthin zu begleiten. Als wollte er sich beweisen, dass er seine Pläne nicht leichtfertig umsetzte und dass es ihm wirklich darum ging, seiner Familie ein besseres Leben zu verschaffen. Kasimir erhoffte sich weiteres nützliches Wissen von dem Mann. Jetzt saßen sie im »Kasino«, einem Veranstaltungshaus am Binger Tor gelegen, und lauschten seinen Erzählungen schon geraume Zeit.

Sie waren früh am Morgen aufgebrochen, um sich in der Stadt noch etwas umsehen zu können – vielleicht gab es ja Nützliches für die Reise zu erwerben. Die Hoffnung der Frauen, die Männer begleiten zu dürfen, hatte sich nicht erfüllt. Sie mussten zu Hause bleiben und sich um den Hof kümmern.

Kasimir saß nach vorn gebeugt auf seinem Stuhl, die Ellenbogen auf die Knie gestützt. Jonas wusste nicht, was sein Vater dachte. Er hörte gebannt dem Mann zu, der bereits drüben in Brasilien gewesen war. Er war neugierig, das musste er zugeben. Einen Menschen aus Fleisch und Blut vor sich zu haben, der von Land und Leuten dort erzählte, war etwas anderes, als staubige, teils veraltete Bücher über die Neue Welt zu lesen.

Der Agent sah in jedem Fall vertrauenswürdig aus. Er war offenkundig gesund und gut gekleidet. Man musste also davon ausgehen, dass er sein Glück gemacht hatte. Und auch er kam, das hatte er anfangs mehrfach betont, aus einfachen Verhältnissen. Er hatte nichts gehabt als seinen eigenen Körper, seine Kraft, seinen beweglichen Geist. Das war es, was man brauchte – einen gesunden und starken Körper, frei von Krankheiten, insbesondere den syphilitischen, denn diese konnten sich durch den häufigen Genuss stark gesalzener Speisen und bei plötzlicher Luftveränderung verschlimmern oder, wenn nur oberflächlich geheilt, umso gefährlicher wieder ausbrechen und einen unheilbaren Charakter annehmen. Ja, lebensklug und biegsam musste man sein, möglichst ein Gewerbe, eine Kunst oder Wissenschaft beherrschen.

Jetzt machte der Mann eine Pause, er schien jeden Einzelnen im Saal anzublicken. Jonas straffte die Schultern.

»Kein Land«, sprach er dann weiter, »richtet sich nach den Ankömmlingen, sondern umgekehrt müssen sich diese in die Sitten und Gebräuche des fremden Landes fügen. Und deshalb fragen Sie sich: Bin ich in der Lage, mich an neue Gegebenheiten anzupassen? Habe ich die Kraft und die Fähigkeiten dazu? Gibt es Kenntnisse, die ich in meine neue Heimat mitnehmen kann …«

Jonas dachte unwillkürlich an Rosina. Würde sie dazu fähig sein, bereit, sich mit Haut und Haaren auf das Neue einzulassen? Er bezweifelte es. Die Stimme des Mannes riss ihn wieder aus den Gedanken.

»So bleibt mir abschließend zu sagen, dass, wer nach bedachtsamer, vernünftiger Erwägung, frei von allen enthusiastischen Träumereien, jene Fragen bejahen kann, dessen Aufmerksamkeit richte sich zuallererst darauf, sich eine möglichst vielseitige Kenntnis von jenem fremden Weltteil zu verschaffen.«

Applaus brandete auf, dann verließen die Zuhörer den Saal. Vor der Tür zog Kasimir seine Pfeife aus der Brusttasche und entzündete sie. Er nahm ein paar ruhige, lange Züge. Jonas wartete darauf, dass er etwas sagte, aber Kasimir beabsichtigte offenbar, sich Zeit zu lassen. Er lehnte sich an eine Hauswand und sah gedankenverloren in den Himmel. Nach einer Weile blickte er seinen Sohn an.

»Und?«, fragte er. »Was denkst du?«

Jonas verschränkte die Arme vor der Brust. »Es war ... Es war ... interessant«, antwortete er zögerlich.

»Er hat das bestätigt, was ich euch die ganze Zeit gesagt habe«, gab Kasimir mit einem überlegenen Lächeln zurück.

Nur die Bewegungen, mit denen er jetzt die Pfeife an der Wand ausklopfte, verrieten etwas von seiner Anspannung. Er musterte sorgfältig den Kopf der Pfeife, bevor er sie in der Tasche verstaute.

Jonas nickte. »Ja, das hat er.«

Er schaute die Straße entlang, den Weg, den sie gleich zurücknehmen würden. Es hat sich gut angefühlt, einmal wieder das Dorf zu verlassen, fuhr es ihm durch den Kopf. Da war ein Gefühl der Befreiung gewesen, etwas, das seine Brust weit gemacht hatte.

Jonas wollte seine Mutter gewiss nicht verraten, aber er

konnte mehr und mehr verstehen, warum der Vater fortwollte. Trotzdem hatte er der Mutter versprochen, ihr zur Seite zu stehen. Sie hatte niemanden außer ihm, niemanden, der für sie sprach.

»Aber man muss uns erst die Erlaubnis erteilen zu gehen, Vater, das weißt du auch«, sagte er also halbherzig.

Kasimir steckte die Hände in die Taschen. »Ich werde mein Glück woanders suchen, davon hält mich keiner ab. Und ihr kommt mit.« Kasimir musterte seinen Sohn, dann verzog sich sein Gesicht erneut zu einem Lächeln. »Erzähl mir nicht, dass du heute nicht auch Geschmack an der Idee gefunden hast.« Er legte den Kopf schief. »Ich habe dich da drinnen beobachtet, Sohn.«

Jonas gab keine Antwort. »Du wirst um die Erteilung der Entlassung als Untertan bitten müssen«, wiederholte er stattdessen.

Kasimir wurde wieder ernst. »Das werde ich. Lass dir das gesagt sein. Die Feiglinge im Dorf werden den Tag herbeisehnen, an dem die Hartungs das Feld räumen. Ich weiß doch, dass sie Angst haben, dass wir ihnen eines Tages zur Last fallen werden. Deshalb bin ich mir auch sicher: Meister Richter wird mein Gesuch befürwortend weiterleiten, denn er weiß sehr gut, wie es um unseren Grund und Boden und die Schulden steht. Sie werden froh sein, uns loszuwerden.«

Jonas erschrak. »Steht es so schlimm?«

Kasimir sah ihn an, ohne die Miene zu verziehen, gab aber keine Antwort. Dann ging er einfach los.

Jonas blieb nichts anderes übrig, als seinem Vater zu folgen.

In den Wochen, bevor die Antwort auf das Gesuch eintraf, war Kasimir Hartung nervöser, als er das selbst von sich erwartet hätte. Stets war er derjenige, der in allen Lebenslagen den kühlen Kopf bewahrte. Manch einen verunsicherte, dass er auch in Zeiten der Gefahr gelassen blieb. Dieses Mal war alles anders. Er konnte sich kaum darauf besinnen, etwas anderes zu tun, als zu warten. Sollte er noch die Flachssamen einbringen? Und wenn nicht, was würde aus der Familie, wenn sie einen abschlägigen Bescheid erhielten? Dann würde ihnen das Geld aus dem späteren Verkauf des Leinens ein zweites Mal fehlen, und sicher würde das noch schmerzlicher sein.

Obwohl er gewiss nicht darum gebeten hatte, fielen den Dörflern abends in der Gaststätte Geschichten über Leute ein, deren Gesuche abgelehnt worden waren. Er mied den Ort deshalb sogar für einige Tage und ging dann doch wieder hin, weil man dort am schnellsten Neuigkeiten erfuhr.

»Man müsste ja denken«, sagte Jost, ein vierschrötiger Rotschopf, beim abendlichen Umtrunk, »die da oben wären froh, wenn sie Schuldner loswürden. Aber nein, das ist nicht so. Da war mal jemand, den ich kannte, der musste sich nachts heimlich auf den Weg machen. Natürlich konnten er und seine Familie kaum etwas mitnehmen. Ich habe ihnen unter der Hand ihre Habseligkeiten abgekauft, damit er Geld für die Überfahrt hatte. Das musste ich, wir waren Freunde.«

Kasimir konnte seine Wut nur schwer bezähmen. O ja, er konnte sich vorstellen, wie die Freundschaft ausgesehen hatte. Er kannte den Rotschopf, und der hatte gewiss darauf geachtet, seinen Schnitt zu machen. Kasimir starrte in seinen Becher mit Wein.

»Noch ein Schluck?«, erkundigte sich Elsbeth, die Wirtin.

Kasimir schüttelte den Kopf. Elsbeth schenkte ihm trotzdem ein. »Du brauchst es, das sehe ich. Geht aufs Haus.«

Kasimir wollte aufbrausen, doch Elsbeth legte ihm beschwichtigend eine Hand auf den Arm.

»Geht aufs Haus. Das sagte ich doch.«

Kasimir starrte sie erbost an. »Das hab ich nicht nötig«, stieß er dann hervor und wühlte in seiner Tasche nach Münzen.

Elsbeth wandte sich einfach ab. Am liebsten hätte er sie festgehalten und zur Rede gestellt, aber er wusste auch, dass sie sich zu wehren wusste. Kasimir fühlte sich beschämt und dann doch irgendwie erleichtert. Als junger Bursche, bevor er Rosina kennengelernt hatte, hatte er die Wirtin heiraten wollen, doch die hatte abgelehnt.

Sie wolle ihn nicht heiraten, hatte sie gesagt, ohne ihm einen Grund zu nennen. Später hatte er dann gehört, dass sie keinen heiraten wollte, und deshalb konnte Kasimir ihr verzeihen.

»Danke«, sagte er rau.

Sie drehte sich wieder um. Sie schauten einander an. Ja, auch sie erinnerte sich. Sie waren einmal verliebt gewesen, einen Sommer, einen Herbst und einen Winter lang hatten sie auf jedem Fest miteinander getanzt.

Sie waren beide älter geworden, doch manchmal, besonders jetzt, da er daran dachte auszuwandern, erinnerte Kasimir sich an früher zurück. Er nahm den Becher Wein in die Hand. Sie nickten einander zu. Vielleicht, wenn das Leben anders verlaufen wäre …

Aber das war es nicht.

Es war ungewohnt, den Vater am Fenster stehend zu sehen. Normalerweise war Kasimir ständig in Bewegung. Er war eigensinnig, was es ihm schwer machte, sich in die Dorfgemeinschaft einzufügen, doch auch fleißig. Und er hatte stets seinen eigenen Kopf gehabt, etwas, das Jonas auch stolz machte.

Kasimir schaute zu den Feldern hinüber und regte sich nicht. Seit Wochen warteten sie nun schon auf die Entlassung aus der Herrschaft, und es fiel dem Vater nicht leicht. Zum ersten Mal machte er sich Sorgen, während sich die Mutter Hoffnungen machte.

Vielleicht würde man sie nicht entlassen. Was würden sie dann tun? Würden sie wirklich heimlich fortgehen, sich davonstehlen wie Verbrecher?

Jonas trat einen weiteren Schritt vor, was seinen Vater veranlasste, sich umzudrehen. Schweigend schauten sie einander an. Dann wandte sich Kasimir wieder ab.

Er sah müde aus. Jonas hatte seinen Vater noch nie so müde gesehen. Er sah, wie er sich am Fensterrahmen abstützte, und für einen Moment sah es so aus, als würde er weiter schweigend seinen Gedanken nachhängen. Dann begann er doch zu sprechen.

»Immer schon sind Menschen ausgewandert, wenn ihnen die Heimat ein besseres Leben versagte.«

Jonas gab keine Antwort. Es war alles schon so oft beredet worden. Aber er spürte, dass sich bei ihm etwas geändert hatte. Herbst und Winter waren schwer gewesen. Inzwischen dachte er selbst, dass ihnen die Neue Welt Besseres ermöglichen konnte. In Burgsponheim hatten sie weder etwas zu verlieren noch zu gewinnen.

»Und ich«, fuhr Kasimir jetzt fort, »habe die besten Voraussetzungen, um in der Fremde noch einmal neu zu beginnen. Ich bin vielleicht nicht mehr jung, aber ich kann arbeiten. Vielleicht bin ich kein Tischler, kein Zimmermann, kein Schuhmacher, ich weiß jedoch, wie man diese Arbeit macht. Ich weiß es besser als mancher Meister.«

Kasimirs kräftige Hände lösten sich vom Fensterrahmen. Erneut wandte er sich seinem Sohn zu, blickte ihm ernst in die Augen.

Jonas schluckte, räusperte sich dann, weil es in der zu trockenen Kehle kratzte. Sein Vater hatte ihn schon lange nicht mehr so angesehen, vielleicht noch nie.

»Hast du keine Angst, dass du dir falsche Vorstellungen von der Neuen Welt machst?«, fragte er.

Kasimir drehte sich abrupt wieder weg und starrte erneut aus dem Fenster. Dann drehte er sich doch noch einmal zu seinem Sohn um.

»Ich weiß, was uns erwartet, Jonas. Ich mache mir gewiss keine falschen Vorstellungen und habe ganz sicher keine Angst davor, schmerzlich enttäuscht zu werden, ich nicht.«

Neuntes Kapitel

Rosina wusste nur zu gut, dass Rupert bei der Abwicklung ihrer Ausreiseanträge seine Hände im Spiel gehabt hatte, aber sie schwieg. Sie war ein Weib und konnte ohnehin keinen Einfluss auf die Geschäfte der Männer nehmen. Die Aasgeier, die jetzt abends immer häufiger im Haus der Hartungs auftauchten, weil sie es kaum erwarten konnten, dass für sie etwas günstig abfiel, ließen sie noch schweigsamer werden.

Auch Jonas konnte sich nicht erinnern, dass in der Küche jemals so viel und so angeregt geredet worden war. Die Hartungs hatten immer sehr zurückgezogen gelebt. Eines Abends kam Rupert Richter zu Besuch, und es ging besonders vergnüglich zu. Man trank ausgiebig Alkohol, sang und lachte, und zum Ende hin umarmten sich die Männer immer wieder. Als Rosina endlich schweigend nach oben ging, folgte Jonas ihr.

»Was ist, Mutter?«, flüsterte er.

Rosina warf einen kurzen Blick auf den Lichtstrahl, der aus der einen Spaltbreit geöffneten Küchentür auf die schmale Stiege fiel. Man hatte sich verabschiedet, doch die Stimmen der Männer waren noch zu hören. Sie schüttelte den Kopf.

»Siehst du das? Jetzt wirft er das wenige, was wir besitzen, fort, und dann? Was tun wir, wenn es dort drüben nicht klappt? Was tun wir, wenn wir scheitern und zurückkommen müssen? Wir wären nicht die Ersten. Nein, mir gefällt das Ganze nicht, aber mich fragt hier niemand. Und der Vater denkt, er hätte genug kalkuliert. Ach, Jonas, ich habe ein schlechtes Gefühl. Wir werden elend zugrunde gehen. Das werden wir. Vielleicht erleiden wir bereits Schiffbruch, vielleicht nimmt uns Gevatter Tod erst im fremden Land an der kalten Hand …«

Aus der Küche war wieder Kasimirs Stimme zu hören, sie ließ Rosina unvermittelt verstummen.

»Es ist also endgültig besiegelt«, sagte er. »Brasilien wird unsere neue Heimat, und ihr werdet alle noch traurig sein, es nicht selbst gewagt zu haben. Im Süden ist das Wetter dem unseren im Übrigen sehr ähnlich, heißt es.«

Rupert antwortete etwas, doch so leise, dass man es oben nicht verstand.

Kasimir lachte. Einen Moment später klappte die Tür. Offenbar waren die beiden hinausgegangen.

Jonas hätte zu gern gewusst, was Rupert Richter wohl jetzt noch mit dem Vater zu besprechen hatte, wobei er keine Zeugen wünschte.

Jonas sah seinen Vater zum ersten Mal in seinem Leben weinen, als er endlich die Entlassung aus dem Untertanenverband und den Reisepass in der Hand hielt. Wie versprochen hatte Rupert Richter zudem über eine Schiffsagentur den Schiffsaccord besorgt, den Fahrschein, der verhindern sollte, nach langer Anreise am Abfahrtsort von unkalkulierbaren Preissteigerungen überrascht zu werden. Jonas fragte sich nicht zum ersten Mal, was er sich davon versprach. Richter hatte ihnen niemals unentgeltlich geholfen. Einige munkelten, dass er so wohlhabend geworden war, weil er unrechtmäßig Geschäfte machte, und sie hatten wohl recht damit.

Manchmal in diesen Tagen des nahenden Abschieds brachte Rupert auch Antonia mit, und Jonas musste daran denken, dass Greta und er mit ihr gespielt hatten, damals, als sie noch Kinder gewesen waren. Jetzt war sie zu einer sehr hübschen jungen Frau herangewachsen. Er mochte sie immer noch. Greta und sie schienen allerdings wie Hund und Katze zu sein. Er kannte seine Cousine zu gut, als dass sie dies vor ihm verbergen könnte. Jonas konnte sich gar nicht vorstellen, warum sie sich nicht mochten.

Unwillkürlich schaute er wieder zu seinem Vater hinüber. Der hatte sich an den Kamin zurückgezogen und umklammerte den Reisepass, als fürchtete er, irgendjemand könnte ihm diesen entreißen. Kurz hatte Jonas ihn sich anschauen dürfen, aber seitdem gab Kasimir ihn nicht mehr aus der Hand. Geburts- und Wohnort waren im Pass eingetragen. Es folgten Jahr und Tag der Geburt, die Körpergröße, Bemerkungen über die Ehefrau und den Sohn sowie die angenommene Patentochter. Außerdem vermerkt waren Kasimirs rundes Gesicht, sein blondes Haar und der blonde Bart, die blauen Augen. Auch die Reisestrecke war festgelegt – es ging von Bingen aus über den Rhein nach Köln und dann weiter nach Rotterdam. Von dort aus sollte es mit einem großen Auswandererschiff nach Rio de Janeiro gehen. Als Reisezweck benannt war die Auswanderung. Der Bürgermeister Rupert Richter hatte den Familienvater Hartung als unverdächtig legitimiert, die Familie durfte deshalb frei und ungehindert reisen.

Zur Verabschiedung der Hartungs fanden sich nur wenige Dörfler ein, die meisten waren wohl aus reiner Neugier gekommen. Rupert Richter gelang es als Einzigem, aufrichtig betrübt zu wirken.

»Ich werde dich vermissen, Kasimir.«

Die Männer schüttelten einander die Hände. Rosina stand vor dem Tor, neben dem Wagen, den sie gleich besteigen sollte, und wirkte wie betäubt. Zudem war sie besorgt um Greta, denn die war nirgendwo zu sehen.

Vielleicht, überlegte Jonas, hat sie beschlossen, noch einmal einen Spaziergang zu machen, wie er selbst es am Tag zuvor getan hatte. Niemand konnte ihm schließlich sagen, ob sie jemals, jemals wieder hierher zurückkehren würden.

Kasimir löste sich jetzt von Rupert und winkte seinen Sohn zu sich. Rosina bestieg wie in Trance den Wagen, auf dem schon eine Familie aus einem der Nachbardörfer saß, die sich ebenfalls auf den Weg in die Fremde machte. In diesem Moment bemerkte auch Kasimir Gretas Fehlen.

»Finde sie und komm uns dann nach«, flüsterte er seinem Sohn zu, »und zwar so rasch es geht. Wir haben keine Zeit mehr.«

Sehr plötzlich hatte Greta der Wunsch überkommen, sich von Burgsponheim zu verabschieden. Wie auch immer man es betrachtete, war ihr dieser Ort doch lange Heimat gewesen. Sie hatte also die Plätze aufgesucht, an denen sie als Kind gespielt hatte, und in Erinnerungen geschwelgt, die sie längst verloren geglaubt hatte. Jetzt stand sie auf dem Hügel, von dem aus sie und Jonas so oft den Sonnenuntergang beobachtet hatten.

Bin ich hier glücklich gewesen?

Greta fuhr herum, als sich hinter ihr Schritte näherten, doch es war nicht Jonas, wie sie es sich erträumt hatte …

»Antonia …«

»Also geht es jetzt endlich los?«

Greta hatte sich sofort wieder abwenden wollen, blieb jetzt aber wie erstarrt stehen.

»Ins Land der Wilden, wo du ja eindeutig hinpasst«, fuhr Antonia fort. Ihr Mund verzog sich zu einem feinen Lächeln, das ihre Augen allerdings nicht erreichte. »Jonas ist wirklich zu bedauern«, setzte sie dann hinzu. »Hier mit mir hätte er alles erreichen können.«

Greta wollte den Mund öffnen, um zu protestieren, doch Antonia kam ihr zuvor.

»Du glaubst doch nicht immer noch, dass er etwas für dich empfindet, oder, meine Liebe?« Sie lachte laut auf.

Greta zuckte unwillkürlich zusammen. Sie hatte Antonia nie gesagt, was sie für Jonas empfand, gerade Antonia nicht, aber die wusste zu beobachten. Das hatte sie schon immer gekonnt.

Greta wandte sich kurz entschlossen ab und lief eilig auf das nahe gelegene Waldstück zu. Antonia folgte ihr sogleich. So leicht würde Greta wohl nicht davonkommen …

»Träumst du tatsächlich immer noch von Heirat?«, stichelte Antonia.

»Das habe ich nie gesagt.«

»Das brauchtest du auch nicht.« Die andere lachte. »Ich habe Augen im Kopf.«

Ein paar Schritte gingen die beiden jungen Frauen jetzt schweigend nebeneinander her, denn immer, wenn Greta schneller lief, tat Antonia dies auch. Die anfängliche Angst und Verzweiflung, die sich in Greta ausbreiten wollte, wich der schon bekannten und verstörenden Wut.

Sie hatten das Waldstück, auch dies ein Ort, an dem Jonas, Antonia und sie früher gespielt hatten, fast erreicht. Greta erinnerte sich seltsamerweise gern daran. Es war eine schöne Zeit gewesen, die sich irgendwann – sie konnte nicht sagen wie – geändert hatte.

In einiger Entfernung nahm sie jetzt die Grube im Waldboden wahr, die alte Wolfskaut ... Hier, hatte ihr Patenonkel den Kindern in einer rauen Winternacht erzählt, habe man früher Wölfe gefangen, als noch Wölfe durch die Gegend geschlichen waren. Greta hatte sich so geängstigt, dass sie nachts zu ihrem Cousin ins Bett gekrochen war. Jonas hatte sie nicht fortgeschickt, sondern ihr Platz gemacht, und sie war von einem Gefühl der Dankbarkeit durchströmt worden. Damals hatte sie erkannt, dass Jonas zu ihr gehörte und immer zu ihr gehören würde. Gott hatte sie füreinander bestimmt.

Greta lief weiter, erreichte die Wolfsfalle mit wenigen Schritten. Antonia blieb an ihrer Seite stehen.

»Hier haben wir früher gespielt«, sagte sie unvermittelt in einem anderen, weniger gehässigen Tonfall.

»Das war einmal«, entfuhr es Greta.

Antonia und sie würden gewiss nie wieder etwas miteinander zu tun haben. Antonia konnte sie auch nicht mehr verletzen, wenn sich Jonas' Familie jetzt nach Brasilien aufmachte und sie mitnahm.

Greta drehte sich um und schaute der ehemaligen Kinderfreundin ins Gesicht. »Die schöne Antonia ...«, murmelte sie.

»Was?«

»... die schöne Antonia bekommt Jonas Hartung nicht.«

Antonia legte den Kopf schief und runzelte die Stirn. »Denkst du, du bekommst ihn, weil ihr jetzt gemeinsam zu den Wilden geht? Er will nichts von dir.«

Greta horchte einen Moment in sich hinein. Die Wut war immer noch da, klar und scharf wie ein Messer, kalt wie Eis, aber sie konnte sich beherrschen. Es war Antonia, die zurückbleiben musste, nicht sie. Greta spürte, wie sich ihre Mundwinkel hoben.

Antonia sah sie empört an. »Lachst du mich etwa aus, du wertloser Nichtsnutz?«

Greta zuckte die Achseln. Das Gefühl, einmal den Trumpf in der Hand zu halten, war angenehm.

»Ich gehe jetzt besser«, sagte sie.

Antonia blitzte sie an. »Du gehst, wenn ich es dir sage!«

Sie zerrte an Gretas Bluse, und beide stolperten sie auf die Wolfskaut zu. Greta versuchte, sich loszureißen, doch Antonia hielt sie erbarmungslos fest. Sie würden in die Grube hineinstürzen! Wie tief war das Loch? Gewiss tief genug, um sich schwer zu verletzen …

Greta ließ sich zu Boden fallen, Antonia aber taumelte, die Augen weit aufgerissen.

»Hilfe …«

Das Bild eines verendenden Wolfes am Boden der Grube blitzte vor Gretas Augen auf. Sie versuchte, Antonia zu fassen zu bekommen, es war jedoch zu spät.

Greta wartete auf Antonias Schrei, aber da war nichts, nur Stille.

Zehntes Kapitel

Die folgende Nacht verbrachten die Hartungs bereits auf dem Rheinschiff in Höhe von Oberwesel. Einige der Mitreisenden waren am Abend zuvor an Land gegangen, um ihre Vorräte aufzufrischen. Kasimir kaufte einen geräucherten Lachs, obgleich Rosina über die unnötige Ausgabe murrte. Sie achtete peinlich darauf, ihre Münzen beisammenzuhalten. Immer wieder wies sie darauf hin, dass keiner von ihnen wissen konnte, was noch alles vor ihnen lag.

Ja, das mochte stimmen. Es war sicher besser, umsichtig zu sein, aber der Magen brauchte auch Füllung, und Jonas war froh, einmal nicht mit gekochten Kartoffeln oder trockenem Brot und Käse abgespeist zu werden, wovon er in den nächsten Wochen oder gar Monaten sicher genug bekommen würde. Der Lachs jedenfalls schmeckte köstlich, er hatte schon lange nicht mehr so etwas Gutes zu essen bekommen.

Nachdem er sich satt gegessen hatte, entschied Jonas, sich noch etwas die Beine zu vertreten, und Greta schloss sich ihm an. Am Morgen war sie plötzlich angerannt gekommen, als seine Eltern gerade hatten abfahren wollen. Völlig erhitzt. Sie hatte seltsam auf ihn gewirkt, fast ein wenig verstört – auch wenn Jonas dieser Eindruck rückblickend übertrieben schien. Die Eltern hatten mit ihr geschimpft. Greta hatte erklärt, dass sie zu ihrem Lieblingsplatz am Fluss gegangen sei, und wenngleich sie aus einer anderen Richtung gekommen war, so glaubte er ihr. Sie hatte gewiss gut daran getan, wie er noch einmal die Orte ihrer Kindheit aufzusuchen und Abschied zu nehmen.

Für einen Moment standen Jonas und sie jetzt am Ufer des Rheins und schauten auf den breiten Strom hinaus. In Brasilien, so hatte er gehört, sollte es noch breitere Ströme geben. Jonas versuchte, sich das vorzustellen. Sein Blick schweifte zu dem Fischer hinüber, bei dem sie den Lachs gekauft hatten. Er säuberte seine Netze und verstaute sie auf seinem Boot. Als er auf die beiden jungen Leute aufmerksam wurde, verharrte er und kam dann zu ihnen herüber.

»Wohin geht es?«, fragte er freundlich. »In die Neue Welt?«

»Nach Brasilien«, gab Jonas zurück.

Der alte Mann nickte bedächtig. »Hab schon einige hier durchkommen sehen und manche auch zurück … Die meisten wollen allerdings in die Vereinigten Staaten, nach Neu York und in andere Städte dort …« Er hielt kurz inne. »Aber nicht immer bekommt man in der Neuen Welt das, was man sich wünscht«, fügte er dann nachdenklich hinzu.

Jonas spürte, dass Greta seine Hand nahm. Ein Schaudern überlief sie. Auch er konnte sich eines mulmigen Gefühls nicht erwehren. Dieser Mann hatte also Auswanderer gesehen, Menschen wie sie selbst es nun waren. Und dieser Mann konnte auch ein Scheitern bezeugen.

Der Fischer bemerkte die Unruhe der beiden jungen Menschen nun, wiegte den Kopf und versuchte, sie aufmunternd anzulächeln.

»Ach, hier ändert sich das Leben doch ebenso. In unserem Land lässt es sich gleichfalls trefflich scheitern. So ist das nun mal. Manche wollen es nur nicht erkennen.« Er machte eine ausladende Bewegung, die den Fluss und die Stadt umfasste. »Irgendwann«, fuhr er fort, »werden die Schiffe nicht mehr vor der Stadt ankern müssen, und es werden weniger Leute kommen, um einzukaufen. Das wird den Geschäften nicht guttun, aber es lässt sich schon jetzt nicht übersehen. Die neuen Dampfschiffe sind bereits heute viel schneller als ehemals.« Er verschränkte die Arme vor der Brust. »Als junger Mann hätte ich mir solche Entwicklungen nicht ausmalen können. Damals war ich dann dabei, als ein ziemlich großes Schiff, ohne Mast, Segel und Ruder, ungemein schnell den Rhein heraufgefahren kam. Gegen die Strömung! So etwas schien uns ja ganz und gar unmöglich. Hier war der Teufel los, das sage ich euch. Das ganze Ufer war voller Menschen ... Als ich das Dampfboot sah, da wusste ich, dass eine neue Zeit angebrochen war. Irgendwann in der Zukunft würde man kein Schiff mehr mit Pferden ziehen müssen, und irgendwann würden nur noch Tage vergehen und keine Wochen mehr, um von einem Ort zum anderen zu gelangen.«

»Aber der Fisch ist gut«, warf Jonas ein, als müsste er dem Alten mit irgendetwas Trost zusprechen.

Der Mann lächelte wehmütig. »Ja, unsere Fanggründe sind in ganz Europa bekannt. Es ist zu hoffen, dass sich wenigstens dies nicht so schnell ändert.«

Früh am nächsten Morgen, die Nebel über dem Fluss hatten sich kaum gehoben, ging es weiter Richtung Köln. Greta hatte in der Nacht kaum Schlaf gefunden. Wieder und wieder tauchte Antonias blasses Gesicht vor ihren Augen auf, der schlaffe Körper, wie er da reglos auf dem Grund der Wolfskaut lag.

War sie tot?

Aber ich habe sie nicht getötet, ich habe nur versucht, mich von ihr loszureißen, und dabei ist sie in die Grube gestürzt. Ich wollte ihr doch nichts tun, ich habe mich nur gewehrt …

Den Tag über suchte Greta die Gesellschaft der anderen, um sich von ihren Gedanken abzuhalten. Meist war Jonas an ihrer Seite. Viele der anderen Passagiere an Bord des Schiffes hatten eine ähnliche Geschichte zu erzählen wie die Hartungs. Alle hatten sie ihren gesamten Besitz verkauft und waren nun auf dem langen und mühevollen Weg zu den Auswandererhäfen. Eigentlich war nur das Nötigste an Gepäck erlaubt auf der langen Reise, doch Greta war erstaunt, wie viel manche mit sich führten. Einer, der den Weg schon einmal angetreten hatte, warnte davor, dass man in den Hafenstädten zuweilen wochenlang auf einen Platz auf einem Auswandererschiff warten musste, wenn man sich den Schiffsaccord nicht schon vorher besorgt hatte. Reisende mussten dann mit den primitivsten Quartieren vorliebnehmen, und mancher starb schon vor der Abreise an einer Krankheit.

Greta sah ihren Patenonkel milde lächeln. Der Accord für die Familie befand sich schon lange in seiner Tasche. Er war gut vorbereitet.

Greta trat an die Reling und schaute auf das Wasser. Sie freute sich mehr und mehr auf das, was vor ihr lag. Dass sie kämpfen konnte, hatte ihr die Auseinandersetzung mit Antonia gezeigt. Und Antonia würde ihr nicht mehr in die Quere kommen.

Antonias Verschwinden fiel erst gegen Abend der Abreise der Hartungs auf. Als es zu dunkel wurde, ließ Rupert Richter die Suche nach seiner Tochter mit Laternen fortsetzen, doch es dauerte Stunden, bis man die Schwerverletzte auf dem Grund der alten Wolfskaut fand, das blonde Haar blutverklebt. Zitternd brach Rupert am Rand der Kaut zusammen.

Zwei Männer hatten die junge Frau aus der Grube herausheben müssen, während ihr Vater unfähig gewesen war, sich zu bewegen. Zu diesem Zeitpunkt hatten sie alle noch befürchtet, Antonia hätte tödliche Verletzungen erlitten. Als man Rupert sagte, dass sie noch lebe, brach er in Tränen aus, für die er sich nicht schämte.

Auf einer Trage brachten sie Antonia nach Hause. Sie hatten ihr das Blut entfernt, ihre Mutter hatte ihr starr vor Entsetzen ein Nachthemd angezogen. Der Arzt, der gerufen wurde, hatte eine tiefe Bewusstlosigkeit festgestellt. Er konnte nicht sagen, ob sie noch einmal daraus erwachen würde. Den Eltern blieb nur, zu beten. Antonia lebte, aber sie würde vielleicht nie wieder dieselbe sein.

Dritter Teil

In der Ferne

1859

Erstes Kapitel

Valentin wagte kaum zu atmen. Pauline schlief.

Wie lange, fragte er sich, habe ich sie nicht mehr so ruhig schlafen sehen?

Ihre Flucht hatte sie von Marseille nach Genua geführt, wo er tagelang Ausschau nach einem Schiff gehalten hatte, das sie mitnehmen konnte. Wohin auch immer. Sie waren kaum zur Ruhe gekommen. Immer wieder hatte er zu spüren geglaubt, dass Fabris' Männer ihnen folgten. Vielleicht bildete er sich das alles ein, aber wer wusste schon, welche Verbindungen Santino Fabris hatte?

Bislang hatten Pauline und er nicht darüber gesprochen, was in Messina geschehen war. Messina lag hinter ihnen.

Eine unwillkürliche Bewegung Paulines riss Valentin aus den Gedanken. Kurz wirkte sie unruhiger, dann wurde ihr Atem wieder gleichmäßiger. Erneut verlor er sich in Erinnerungen.

Am Tag zuvor hatte er endlich gehört, dass in den nächsten Tagen ein Schiff von Genua aus in die Neue Welt gehen solle. Er musste zugeben, dass das gut klang. Schon die Worte gefielen ihm: Neue Welt – das klang nach Neuanfang, nach neuer Hoffnung. Und es war weit genug weg von Santino Fabris und seinen Schergen. Vielleicht würden sie dort drüben endlich ihr Glück finden, unbehelligt von ihren Verfolgern.

Das Problem war nur, dass sie wieder einmal kein Geld hatten und damit keine Möglichkeit, eine Schiffsreise anzutreten.

Ganz abgesehen davon, dass das Schiff womöglich schon längst belegt war.

Sollten sie sich heimlich an Bord schleichen, und die Reise als blinde Passagiere antreten? War das möglich? Er, ein großer, kräftiger Mann und eine hübsche junge Frau?

Valentin schüttelte den Kopf, wie um sich selbst diese Fragen zu beantworten. Er hatte sich das Schiff angesehen – es war nicht klein, aber er konnte sich doch nicht vorstellen, dass seine Tochter und er auf einer solch langen Reise unentdeckt blieben. Er musste auf eine andere Art versuchen, an Geld zu kommen, doch es wollte ihm einfach nichts einfallen, und deshalb floh ihn schon wieder der Schlaf.

Nur zwei Tage später kam Valentin der Zufall zu Hilfe.

Pauline hatte den Eindruck, Genua und seine Hafengegend nach einer Woche Aufenthalt schon wie ihren Heimatort zu kennen. Seit einigen Tagen schlief sie nachts wie ein Stein, während sie vorher immer wieder aus dem Schlaf gefahren war. Manchmal waren es die schrecklichen Bilder vom letzten Tag in Messina gewesen, die sie geweckt hatten. Manchmal wusste sie nicht, warum sie zitternd und schweißgebadet auf ihrem schmalen Bett saß. Meist war sie danach rasch aufgestanden und, da sie nichts anderes zu tun hatte, durch die Stadt spaziert wie auch jetzt.

Pauline blieb stehen und sah sich um. Von ihrer Unterkunft aus, einem billigen, feuchten Loch, das sie sich noch gerade so hatten leisten können, war sie in Richtung Hafen gelaufen. Von hier aus hatte man einen guten Blick über die Weite des Meeres.

Würden sie tatsächlich eine Schiffspassage buchen können, wie der Vater es am Abend zuvor angedeutet hatte, und wo würde sie ihre Reise dieses Mal hinführen? Einen Moment lang sah Pauline dem Tanz der glitzernden Wellen zu, beobachtete die Fischerboote, die mit ihrem frühmorgendlichen Fang in den Hafen einfuhren, schaute dann zu den größeren Schiffen, die nach Übersee fuhren.

Eines sollte wohl bald ablegen. Eine Anzahl Passagiere hatte sich davor am Kai eingefunden. Man erkannte gleich, dass sie sich nicht auskannten. Manche von ihnen waren sichtlich gut betucht, andere mussten offenbar an allem sparen. Pauline dachte daran, wie es für sie gewesen war, die vertraute Heimat hinter sich zu lassen und in die Fremde zu gehen. All diesen Menschen stand ein großes Abenteuer bevor.

Die beiden Frauen hatten zu nah an der Kaimauer gestanden. Valentin beobachtete sie schon geraume Zeit, denn um sie her drängten sich unzählige Menschen, die darauf warteten, als Passagiere des großen Schiffes, das hier im Hafen ankerte, registriert zu werden. Plötzlich begannen zwei junge Burschen, die in der Nähe standen, sich zu streiten. Die jüngere der Frauen, sie hatte gedankenversunken ins Wasser geschaut, strauchelte und drohte zu stürzen.

Es war dieser Moment, in dem Valentin nach ihrem Arm griff und sie zurückzog. Die Frau wandte ihm den Kopf zu, errötete und lächelte dann zaghaft. Sofort war die andere an ihrer Seite und schaute ihn misstrauisch an.

Valentin verbeugte sich formvollendet. »Guten Tag, meine Damen!«, sagte er. »Ich darf Sie doch auf Deutsch ansprechen? Ich habe Sie eben reden hören.«

»Natürlich«, platzte die Jüngere, die sich wohl wieder gefangen hatte, heraus. Sie sah Valentin neugierig an.

Die Ältere zeigte jetzt deutlich, dass es nicht an ihr war, zu reden. »Ja, wir sind Deutsche, Herr …?«, begann sie.

»Jordan, Valentin Jordan aus Koblenz. Antiquitätenhändler.«

Die Jüngere wollte etwas sagen, verstummte aber auf einen scharfen Blick ihrer älteren Begleiterin hin.

»Was bringt zwei Damen denn allein hierher, wenn ich fragen darf?«

»Was hat Sie denn hierhergebracht?«, erwiderte die Ältere recht keck.

Valentin zwang sich zu einem Lächeln. »Der Handel, die Damen, der Handel.« Er hielt kurz inne. »Ich glaube, ich muss mich entschuldigen, aber ich habe schon lange keine Landsleute mehr getroffen. Und als ich Ihre Stimmen hörte …«

Er wartete einen Moment. Die ältere Frau schien jetzt mit sich zu ringen, die jüngere flüsterte ihr etwas zu.

»Nein, Lucie«, konnte Valentin die Ältere leise sagen hören. Dann wandte sie sich ihm wieder zu.

»Entschuldigen Sie unser Misstrauen, Herr Jordan, aber man kann einfach nicht vorsichtig genug sein, besonders in der Fremde.«

»Da haben Sie vollkommen recht, Frau …«

»Fräulein … Fräulein Rath.«

»… Fräulein Rath. Das sage ich meiner Tochter auch immer.«

Das ältere Fräulein blickte jetzt neugierig drein. »Sie haben eine Tochter? Reist sie mit Ihnen?«

Valentin schaute bedauernd drein. »Seit dem Tod meiner guten Frau bin ich leider der Einzige, den das liebe Mädchen hat.«

»Oh, wie traurig«, hörte Valentin Lucie sagen.

Dieses Mal wurde sie von Fräulein Rath nicht zurechtgewiesen.

Valentin versuchte sein Glück. »Ich nehme an, Sie sind auch hier, um eine Schiffsreise anzutreten?«

»Nach Brasilien«, platzte Lucie heraus.

Fräulein Rath warf der Jüngeren einen strafenden Blick zu, dann erinnerte sie sich offenbar daran, dass sie Valentin Jordan nicht mehr misstrauen musste.

»Ja«, bestätigte sie, »nach Brasilien. Mein Schützling soll dort heiraten.«

»Ah, ich gratuliere«, sagte Valentin. Er lächelte. »Und Sie leben hier in einer guten Unterkunft, bis das Schiff abfährt?«

Valentin hörte aufmerksam zu, als die Frauen ihm von der netten Wirtin erzählten, die ihnen ein Zimmer vermietet hatte. Das war in der Tat interessant ...

»Wir fahren nach Brasilien?«

Pauline riss die Augen auf. Aber woher hatte ihr Vater denn plötzlich das nötige Geld? Sie starrte ihn an. Er kannte ihren Blick. Zu lange waren sie schon gemeinsam unterwegs. Es blieben keine Geheimnisse mehr.

»Ich habe die kleine Statue verkauft.«

»Die kleine Statue? Die Fälschung?«

Valentin zuckte zusammen. »Das Original.«

Pauline spürte, wie sie ein Schauder überlief. Die Statue also, die dazu geführt hatte, dass sie Messina hatten verlassen müssen? Die Statue, derentwegen Gregorio ...

Valentin nahm sie bei den Händen. Pauline dachte zuerst daran, sich von ihm loszureißen, blieb dann aber reglos sitzen.

Sie hatte nur noch ihren Vater. Die Großeltern, was auch

immer sich Valentin erträumte, würde sie gewiss nie wiedersehen. Sie würde auch Koblenz nie wiedersehen.

»Brasilien«, flüsterte sie.

»Ja«, sagte ihr Vater.

Sie mussten sich beeilen, um mit dem letzten Geld Nützliches für die Fahrt zu kaufen. Der Vater kam Pauline dabei ungewöhnlich nervös vor. Mehrfach erkundigte er sich nach der genauen Abfahrtszeit des Schiffes. Auf ihre Frage, ob er die Billetts für die Schiffspassage auch griffbereit habe, hatte er geantwortet, er habe sie in der Agentur hinterlegen lassen.

Pauline betrachtete ihre neuen Anschaffungen und war stolz darauf, was sie mit dem wenigen Geld erreicht hatte. O ja, inzwischen war sie geübt im Feilschen. Sie überprüfte noch einmal das Gepäck, heute sollte es an Bord des Schiffes gehen. Wieder einmal, doch dieses Mal würde sie ihr Weg weiter wegführen als je zuvor.

Pauline zögerte kurz, dann machte sie sich daran, die Vorräte zu verstauen. Vor nicht allzu langer Zeit war ihr Vater noch einmal weggegangen. Jemand werde vorbeikommen und das Gepäck zum Schiff bringen, hatte er gesagt. Sie solle sich bereithalten.

Doch wo blieb er, und warum war der Vater ausgerechnet jetzt noch einmal weggegangen? Pauline fühlte sich mit einem Mal unbehaglich. Hatte ihr der Vater überhaupt die Wahrheit gesagt? Würde tatsächlich jemand kommen und ihr helfen? Aber warum sollte er etwas Falsches sagen, das machte doch keinen Sinn.

Wenig später klopfte es an der Tür ihres kleinen Zimmers. Ein Mann mit einem Handkarren stand davor, der sich als

Giacomo vorstellte und ihr mitteilte, er werde sie zum Schiff bringen. Pauline half dabei, das Gepäck zu verstauen. Giacomo versuchte, ein paar Worte mit ihr zu wechseln, doch ihr war nicht nach einem Gespräch, und so machten sie sich schweigend auf den Weg.

Auf dem ersten Stück Weges hatte Valentin sich noch mehrfach umgedreht in der Befürchtung, Pauline könnte ihm folgen, doch sie folgte ihm nicht. Trotzdem war er unruhig. Er fühlte sich beobachtet, dagegen konnte er nichts machen.

Das ist das schlechte Gewissen, höhnte eine Stimme in seinem Kopf, du weißt, dass es nicht recht ist, was du tun willst …

Ja, vielleicht würde er damit wie schon einmal einen Schritt in eine Richtung tun, die er nie hatte einschlagen wollen. Im Grunde seines Herzens war er stets ein ehrlicher Mann mit einem Bewusstsein dafür gewesen, was falsch war und was richtig. Was würde er tun müssen, um seinen Plan umzusetzen? Würde er Gewalt anwenden müssen? Er hatte noch nie Gewalt angewandt.

Valentin fragte sich, ob er Pauline, falls es zum Schlimmsten kam, noch in die Augen sehen konnte.

Dann hatte er auch schon sein Ziel erreicht und verbot sich jeden weiteren Zweifel. Er konnte nicht anders handeln. Er und besonders Pauline verdienten eine Zukunft. Alles, was er tat, tat er nur für seine Tochter.

Ohne zu zögern, öffnete er die Tür des Hauses, vor dem er stehen geblieben war, und ging die Stufen hinauf, bis er die Wohnungstür im ersten Stock erreicht hatte. Dort klopfte er.

»Ja?«, war kurze Zeit später Lucies Stimme zu hören.

Valentin spürte, wie ihm der Schweiß ausbrach.

Zweites Kapitel

Kasimir mochte sich Brasilien als das Paradies auf Erden ausmalen, die Seereise dorthin aber stellte sich für sie alle schon nach kurzer Zeit als die wahre Hölle heraus. Das Zwischendeck, in dem die Hartungs die Überfahrt verbringen sollten, war dunkel und schlecht belüftet. Die Schlafplätze waren so knapp bemessen, dass man sich kaum bewegen, geschweige denn ausstrecken konnte. Die Kojen waren so niedrig, dass ein Aufrichten unmöglich war. Auch zu essen gab es nicht genug, die Wasserversorgung war unzureichend. Jonas sehnte jeden Morgen die Zeit herbei, die sie alle kurz an Deck verbringen durften, bevor man sie wieder nach unten schickte wie wilde Tiere, die es einzusperren galt.

Die *Johanne*, ein Dreimaster, war ursprünglich ein Frachtschiff gewesen und eigentlich nicht für die Personenbeförderung ausgerichtet. Auf ihrer Fahrt von Südamerika nach Europa herüber transportierte sie Handelswaren, auf dem Rückweg Menschen. Und wo so viele Menschen zusammenkamen, schwelten natürlich auch die Gerüchte. Manch einer hatte etwas aus der Neuen Welt zu erzählen, Dinge, die er gelesen oder gehört hatte. Auf dem Schiff gab es sogar einen, der war vor Jahren ausgewandert, hatte nun seine Familie besucht und kehrte wieder zurück. Josef Thaler war ein kräftiger Mann, mit breiten Schultern, einem stets geröteten Gesicht, grauem, schütterem Haar und einer dröhnenden Stimme. Er hatte es in der Neuen Welt weit gebracht, wie er erzählte, wurde aber nicht müde zu betonen, welche Enttäuschungen womöglich auf jeden Einzelnen von ihnen warteten.

»Ihr werdet noch alle lernen, dass sich erst nach eurer Ankunft herausstellt, wie viel auf die Versprechen eurer Werber und Auswanderungsagenten zu geben ist oder auf die Briefe eurer lieben Bekannten und Verwandten, die euch nur das Beste berichtet haben. Mancher kann es nämlich nicht leiden zu scheitern. Und viele, das lasst euch gesagt sein, tun eben genau das.«

Während Jonas dem Mann aufmerksam zuhörte, wann immer es möglich war, und es manchmal sogar wagte, Fragen zu stellen – wer konnte schon sagen, ob hinter der ganzen Prahlerei nicht auch ein Funken Wahrheit steckte –, konnte Kasimir ihn nicht ausstehen.

»Glaubt er denn, es kann außer ihm niemand die Arbeit leisten, die nötig ist, um erfolgreich zu sein? Denkt der Kerl, er hat die Weisheit mit Löffeln gefressen? Ist er der Einzige mit kräftigen Händen und Armen und Schultern und einem klugen Schädel, der auf denselben ruht?«, murrte er eben wieder kopfschüttelnd.

Jonas lehnte sich neben den Vater an die Reling. Der Segler lag an diesem Tag ungewöhnlich ruhig im Wasser, die Wellen klatschten sanft an die Bordwand. Er dachte kurz daran, wie rasch er sich an alles gewöhnt hatte.

»Aber es ist doch gut zu wissen, wo die Gefahren liegen und worauf wir achten müssen, Vater«, erwiderte er vorsichtig.

Kasimir riss den Kopf heftig zu seinem Sohn herum. Seine Augen funkelten. »Denkst du, ich schaffe es nicht allein?«

»Doch, ich will nur …«

»Dann halt das Maul.«

Jonas öffnete den Mund, um etwas zu sagen, doch Kasimir

ging schon mit langen Schritten davon. Jonas schaute ihm einen Moment hinterher, dann blickte er wieder auf das Meer hinaus und verlor sich in Gedanken an die Zukunft.

Obgleich Jonas von Kasimirs Abneigung gegen Josef Thaler wusste, versuchte er, sich auch in den nächsten Tagen so häufig wie möglich in dessen Gegenwart aufzuhalten. Begierig saugte er seine Geschichten und Ratschläge in sich auf und lauschte aufmerksam den Berichten über die neue fremde Heimat. Mit jeder Erzählung mehr wurde ihm deutlich, wie wenig er von dieser anderen Welt wusste und wie falsch mancher Bericht gewesen sein musste, den er im Dorf aufgeschnappt hatte.

Was immer man über Thaler sagen oder denken mochte, so schien er doch ehrlich zu sein, was die möglichen Schwierigkeiten anging, die in Brasilien auf sie zukommen konnten. Jonas erstaunte es auch, dass die Unterschiede zwischen den Vereinigten Staaten und den südlichen amerikanischen Ländern so groß waren. Und er war überrascht zu hören, dass es in ihrer neuen Heimat noch viel mehr Sklaven und Nachkommen von Sklaven gab als in den Südstaaten Nordamerikas.

Greta wich ihm kaum noch von der Seite. Sie mochte das Geschaukel des Schiffes nicht, die hohen Wellen ängstigten sie. Mehr als einmal erklärte sie ihm, wie froh sie sein würde, wenn sie ihr Ziel endlich erreicht hatten und dass sie danach gewiss nie mehr eine solche Reise antreten wolle.

Jonas selbst hatte sich rasch an den meist starken Wellengang gewöhnt, auch wenn der stundenlange Aufenthalt im Zwischendeck über dem Laderaum weiterhin an seinen Nerven zerrte. An der Seekrankheit litt er wenigstens nicht. Vielmehr genoss er die Bewegungen des Schiffes und die Weite des Ozeans. Niemals zuvor hatte er das Meer gesehen. Manchmal begleiteten Fischschwärme das Schiff, einmal sogar Delfine. Und dann hatten sie eine Schule Wale gesehen, was großes Aufsehen erregt hatte.

Neben den Erwachsenen waren auch mehrere Kinder an Bord. Anders als viele der Männer und Frauen schienen sie nicht an der Seekrankheit zu leiden. Wenn sie sich an Deck befanden, liefen die jüngeren ihren Müttern hinterher, unter Deck kauerten sie mit ihnen in den Kojen. Die älteren gingen ihrer eigenen Wege, wann immer das möglich war. Für sie war die Überfahrt ein einziges großes Abenteuer. Immer mal wieder wurde eines der Kinder panisch von den Eltern gesucht, und die Freude war groß, wenn man es wohlbehalten wiederentdeckte. Die Kinder schienen die Angst der Erwachsenen nicht zu bemerken und genossen ihre Freiheit.

Während Rosina an den ersten Tagen der Reise viel geweint hatte, suchte sie sich jetzt Beschäftigung, um das Heimweh wenigstens zeitweise zu vergessen. Sie hatte begonnen, den Matrosen beim Flicken ihrer Kleidung zu helfen, und manchmal, wenn der Schiffskoch wieder einmal betrunken war, durfte sie auch in der Küche aushelfen. Das brachte der Familie kleine Vorteile ein – eine Hartwurst aus dem Vorrat des Kapitäns beispielsweise oder auch einmal frischen Fisch. Sie alle waren froh darum, wusste doch keiner, wie lange der Proviant, den sie von zu Hause mitgebracht hatten, letztendlich reichen würde.

Die gewöhnlichen Gerichte an Bord bestanden aus Erbsen- und Kohlsuppen, Kraut, Kartoffeln, harten Klößen, Stockfisch und Schiffszwieback. Manchmal gab es auch ein wenig Speck oder Salzfleisch. Wer über das Geld verfügte, konnte sich Schinken und Eier, vielleicht auch mal eines der Hühner kaufen, die eigens dafür auf dem Segler gehalten wurden. Brot gab es keines und wurde von vielen vermisst. Ein paar der wohlhabenderen Reisenden hatten sich an Land mit zusätzlichen Nahrungsmitteln ausgestattet, um die Kost zu verbessern, darunter feinerer Zwieback, den sie in Blechkästen verwahrten, um ihn vor Feuchtigkeit zu schützen, sowie Reis, Zucker und Butter. Zu trinken gab es Tee und Kaffee. Eine Familie hatte eine Ziege mit an Bord bringen wollen, um ihr Kleinkind mit Milch versorgen zu können, was ihnen jedoch vom Kapitän verwehrt worden war. Die Milch musste aus seinem Vorrat gekauft werden, und er ließ sie sich teuer bezahlen.

Jeder der Hartungs bewahrte seinen Proviant und ein wenig Kleidung – Rosina hatte jedem eine eigene Kiste gepackt – direkt neben der Schlafkoje auf, wo man sie nicht aus den Augen ließ. Hier befanden sich auch die Matratzen aus Seegras und die Decken, die sie noch im Hafen gekauft hatten. Der Rest des Gepäcks war mit dem der anderen Passagiere im Schiffsbauch verstaut worden.

In der ersten Zeit war die Versorgung recht gut, auch die Stimmung unter den Reisenden. Morgens zum Kaffee und nachmittags zum Vesperbrot kamen alle zusammen. Dann redete man fröhlich miteinander, und alle waren voller Hoffnung. Die Gründe, aus denen die anderen Mitreisenden ihre Heimat verlassen hatten, waren vielfältig. Den einen trieben ähnliche Vorstellungen wie Kasimir, andere sprachen von Abenteuerlust, wieder andere wollten dem Vorbild erfolgreicher Auswanderer nacheifern. Mancher reiste allein, ohne Familie.

Nach zweieinhalb Wochen erreichten sie endlich Madeira, wo man den Proviant auffüllen würde. Weitere Passagiere sollten an Bord kommen. Jonas musste zugeben, dass er es kaum erwarten konnte, endlich wieder einmal festen Boden unter den Füßen zu spüren.

Drittes Kapitel

»Land in Sicht!«

Schon als Madeira in der Ferne auftauchte, versammelte sich ein Großteil der Passagiere an der Reling. Freudenrufe waren zu hören. Ausnahmsweise bestand der Kapitän nicht darauf, dass seine Passagiere wieder in das Zwischendeck zurückkehrten. Aufmerksam musterte Jonas die Steilküste, als die *Johanne* sich dem Hafen von Funchal näherte. Man hieß Madeira die Blumeninsel, das hatte Josef Thaler ihnen erzählt.

Jonas spürte mit einem Mal eine Bewegung an seiner Seite. Er hatte gar nicht bemerkt, dass Greta neben ihm stand. Sie hatte gegen den Wind ein Tuch um Kopf und Schultern geschlungen und schaute ebenfalls zum Land. Jonas musterte sie.

»Geht es dir gut?«

»Ja.«

Greta nickte und lächelte ihn an. In der ersten Zeit ihrer Reise hatte sie schrecklich unter Übelkeit gelitten und viele Stunden fast reglos in der Koje zugebracht, die sie mit ihrer Patentante Rosina und einer weiteren fremden Frau teilte. Manchmal hatte Jonas an ihrer Seite gesessen und leise mit ihr geredet, ohne zu wissen, ob sie davon überhaupt etwas mitbekam, aber sie hatte ihm danach dafür gedankt.

Zuerst schien es, als wollte sie noch etwas sagen, dann zog sie jedoch nur das Tuch enger um sich, als fröre sie. Jonas wunderte sich. Ihm war eher warm, trotz des Windes, der über das Deck blies.

»Ist dir kalt?«, erkundigte er sich besorgt.

»Nein.« Greta schüttelte den Kopf. »Es ist nur, dass ich mich manchmal doch vor dem fürchte, was auf uns zukommt.«

Jonas nickte verständnisvoll.

»Und deshalb bin ich wirklich sehr froh, dass du bei mir bist«, fuhr sie fort. »Das war ich schon damals, als ich zu euch kam.« Sie strich sich eine Haarsträhne aus dem Gesicht. »Erinnerst du dich daran, dass du mich einmal heiraten wolltest?«, erkundigte sie sich dann.

Jonas erinnerte sich nicht, aber er nickte. »Ja«, antwortete er.

Manchmal war er verwundert, woran sich Greta erinnerte, aber er hatte das seltsame Gefühl, dass es besser war, nicht immer die Wahrheit zu sagen. Es tat ihr offenbar gut, über früher zu sprechen, und er wollte sie nicht bedrücken. Sie maß diesen Sachen viel Bedeutung bei.

Der Hafen rückte immer näher. Weiße Häuser verteilten sich über das Halbrund einer natürlichen Bucht. Noch waren die Menschen klein wie winzige Spielzeugfiguren, aber sie wurden stetig größer. Andere Schiffe schaukelten im Hafen auf den Wellen.

Jonas versuchte Blumen auszumachen, die der portugiesischen Insel ihren Beinamen gegeben hatten. Ringsumher wurden die Stimmen lauter. Einige wenige der Passagiere würden auf Madeira bleiben und suchten ihr Gepäck zusammen. Im Hafen konnte man jetzt die Menge der Wartenden erkennen. Dazwischen verloren sich ein paar Neugierige, Urlauber und auch einige Händler. Jonas hakte sich spontan bei Greta unter. Kurz schien sie zu zögern, dann schmiegte sie sich dankbar an ihn.

Jonas hatte es also nicht vergessen. Greta hatte gleich gewusst, dass er es nicht würde vergessen können. Sie hatte den Tag noch ganz klar vor Augen. Sie waren stundenlang durch die Gegend gestromert, obgleich sie eigentlich Tante und Onkel hatten helfen sollen. Abends, als die Heimkehr kurz bevorgestanden hatte, hatte sie sich doch gefürchtet, und da hatte er ihr gesagt, dass er sie einmal heiraten würde und dass ihr dann niemand mehr ein Leid antun dürfe. Abends hatte es Prügel gesetzt, aber Jonas hatte darauf bestanden, dass es allein seine Idee gewesen sei zu verschwinden und dass er seine Cousine überredet habe, mit ihm zu kommen. Also hatte der Vater ihm die Rute gegeben, und Jonas hatte die Striemen über die nächsten Tage getragen wie eine Auszeichnung.

Greta beugte sich etwas vor. Eben kamen die letzten Passagiere an Bord, die die weitere Reise mit ihnen bestreiten würden – unter ihnen ein Mann und eine junge Frau. Die Frau mochte etwa in ihrem Alter sein. Greta kniff die Augen zusammen und betrachtete sie unwillkürlich genauer. Recht helle Haut hatte die andere und dunkles Haar. Die Augenfarbe konnte man auf die Entfernung natürlich nicht erkennen. Sie war zierlich, die Taille schmal, und sie trug ein Kleid der Art, wie es sich Greta immer gewünscht hatte.

Wohlhabende Reisende – was machten die wohl auf einem Schiff wie der *Johanne*? Greta hatte gehört, dass es so etwas gab: Menschen, die zum Vergnügen reisten. Nun gut, die beiden würden schon bald lernen, dass solch eine lange Schiffsreise kein Vergnügen war. Vielleicht waren es aber auch nur einfache Leute, und sie täuschte sich. Sie, Greta, musste in jedem Fall auf der Hut zu sein. Das hatte sie gelernt. Natürlich war Jonas ein guter Mann, und sie vertraute ihm, aber, nun ja, er war eben auch nur ein Mann.

Greta ließ die beiden neuen Passagiere, die ihre Aufmerksamkeit geweckt hatten, nicht aus den Augen. Der Mann drehte sich jetzt zu der jungen Frau um und sagte etwas zu ihr. Die raffte ihren Rock und beschleunigte ihren Schritt. Greta zog die Augenbrauen zusammen. Ob es sich um seine Ehefrau handelte? Sie sah kurz in Gretas Richtung, aber es sah nicht so aus, als ob sie wirklich etwas wahrnähme. Sie wirkte angestrengt. Vielleicht hatte sie Angst vor der Reise. Das war nicht verwunderlich. Die nächsten Wochen würden sie alle auf dem offenen Meer verbringen, bei Regen, Sturm und womöglich auch der genauso gefürchteten Flaute.

Greta sah zu, wie die Papiere der neuen Passagiere kontrolliert wurden und die beiden dann in Richtung einer der noch wenigen Kajüten verschwanden. So würden sie die Zeit also nicht im beengten Zwischendeck verbringen. Greta verspürte Neid. Dann dachte sie auf einmal daran, dass es somit etwas unwahrscheinlicher war, dass Jonas, sie und diese Frau sich ständig über den Weg liefen. Und das war sicherlich gut.

Als Pauline hinter ihrem Vater die Kajüte betrat, blieb sie zuerst einmal stehen und schaute sich schweigend um. Valentin stellte das Gepäck ab, kündigte an, dass sogleich ein Träger mit ihren restlichen Habseligkeiten kommen würde und ließ sie dann allein. Pauline ging zum Fenster und schob den karierten Vorhang beiseite. Durch das kleine Bullauge konnte man auf das Meer hinausschauen, aber was sie sah, sagte so gar nichts über die wahre Größe des Ozeans, auf dessen Wellen sie alle die nächsten Wochen über schaukeln würden. Von Genua hatte sie ihr Weg über Toulon und Barcelona, dann entlang der spanischen Küste und schließlich durch die Straße von Gibraltar nach Madeira geführt. Valentin und sie hatten einen ersten Vorgeschmack darauf erhalten, was in den folgenden Wochen auf sie zukommen würde.

Pauline starrte gedankenversunken auf das bewegte Wasser mit seinen tanzenden kleinen Wellen. Schon am frühen Morgen war es windig gewesen. Kurz hatte sie sich vorgestellt, auf Madeira zu bleiben, auf der Insel mitten im Atlantik, auf der sie etwas zur Ruhe gekommen war.

Und immer wieder musste sie an Gregorio denken. Wie es ihm wohl ging? Hatte sein Onkel ihn schwer bestraft? Gar getötet? Nein, diesen Gedanken wollte und durfte sie nicht zulassen. Blut war dicker als Wasser. Sicher war Gregorio am Leben. Würde sie ihn je wiedersehen und sich eines Tages bei ihm entschuldigen können?

Dann gab es noch etwas, das ihr nicht aus dem Kopf ging … Ein Schauder überlief Pauline. Eigentlich hatte sie sich, als sie in Genua an Bord gegangen waren, fest vorgenommen, einen Blick auf die Billetts für die Schiffspassage zu werfen, die ihr Vater gekauft hatte oder gekauft haben wollte … Sie zweifelte inzwischen daran, dass der Vater das Geld dafür auf ehrliche Art aufgetrieben hatte, doch wenn nicht, woher hatte er es dann genommen? Hatte der Vater die Billetts auf unlautere Weise erschlichen?

Will ich das wissen? Oder soll ich meine Augen lieber vor dem verschließen, was mein Vater ist: ein Betrüger, ein Dieb, ein Gauner …

Pauline schluckte heftig. Plötzlich stand es ihr glasklar vor Augen. Ja, Valentin Jordan, ihr Vater, den sie so sehr liebte, der Mann, der sie als Kind auf den Knien geschaukelt hatte und der ihr mit seiner angenehm tiefen Stimme Gute-Nacht-Lieder vorgesungen hatte, die einzige Familie, die sie hatte, ihr Vater war ein Gauner.

Viertes Kapitel

Die erneute Flucht, denn was war es anderes, auch wenn ihr Vater behauptete, dass alles mit rechten Dingen zugegangen sei, hatte Pauline gelehrt, Augen und Ohren offen zu halten. In ihrem neuen Leben musste sie stets gut vorbereitet sein, falls doch jemand kam, der Fragen stellte. Eigentlich hatte sie die Wahrheit herausfinden wollen, doch dann beschlossen, den Gedanken daran, wie ihr Vater an die Billetts gekommen war, wieder zu verdrängen. Sie wollte es nicht wissen, denn wenn er sie gestohlen hatte, was war dann mit den Besitzern passiert? Traute sie ihm zu, dass er tatsächlich ein Betrüger war? War auch Gregorio seiner Unaufrichtigkeit zum Opfer gefallen?

Ich bin feige. Und gleichzeitig schäme ich mich für mein Misstrauen.

Seit ein paar Tagen waren sie jetzt unterwegs, und Valentin sah sie manchmal so seltsam an, als müsste er ihr etwas sagen und wüsste nicht genau, wie er beginnen sollte. Vielleicht bildete sie sich das aber auch nur ein, ihre Nerven waren gewiss gereizt.

Wenn ich doch nur sicher wüsste, dass er tatsächlich eine seiner geliebten Statuen verkauft hat, um uns die Überfahrt zu ermöglichen …

Pauline stand an der Reling und starrte über die weite blaue Wasserfläche mit ihren kleinen tanzenden Schaumkrönchen hinweg. In der Ferne verlor sich das Blau im Himmel. Dort konnte man den Unterschied zwischen Himmel und Wasser tatsächlich nicht mehr ausmachen.

Von den anderen Reisenden hielt Pauline sich fern. Die meisten gingen wohl ohnehin davon aus, dass jemand, der eine Kajüte bewohnte, nichts mit denen aus dem Zwischendeck zu tun haben wollte. Sie selbst war einmal dort unten gewesen, aus Neugier, wie sie zugeben musste, und konnte sich nicht vorstellen, wie jemand es aushielt, wochenlang so beengt zu leben.

Es gab wohl auch nur wenige Reisende in ihrem Alter, zu denen sie Kontakt hätte aufnehmen können, die meisten reisten im Verband ihrer Familie und blieben auch zusammen. Nur zwei junge Leute waren ihr aufgefallen – ein junger Mann mit dunkelbraunem Haar und eine Frau, vielleicht etwas jünger, mit feinem aschblondem Haar, die selten getrennt voneinander zu sehen waren. Anfangs hatte Pauline sie sogar für ein Ehepaar gehalten. Dann erschien es ihr eher, als bestünde eine Verwandtschaft zwischen ihnen, aber auch dessen war sie sich nicht ganz sicher. Die beiden hielten sich jedenfalls eher abseits von den anderen, und Pauline fühlte bei allem Interesse von Anfang an eine seltsame Schüchternheit, sie anzusprechen.

Also hörte sie den Männern beim Diskutieren zu, lauschte, wenn sie sich großtaten mit Worten. Manche prahlten mit den Dingen, die sie auf der anderen Seite der Welt zu tun erwarteten. Große Fazendas wollten sie gründen, Gold und Diamanten finden, die wilden Indios vertreiben. Einer schleppte ein altes Buch mit sich herum, in dem sich Zeichnungen von Insekten und Fröschen fanden, wie sie keiner von ihnen je gesehen hatte. Pauline erhaschte einen Blick auf die Bilder und war ganz gebannt, während mancher Mann schauderte.

Sie befanden sich zwei Wochen auf See, als Valentin zu einer Entscheidung gezwungen wurde. Gerade kamen die Passagiere aus dem Zwischendeck, um sich ein wenig die Füße an der frischen Luft zu vertreten. Eine gute Stunde am Tag war ihnen das vergönnt, und er hatte diese Zeit immer dazu genutzt, mit ihnen vertraut zu werden, ohne allerdings zu sehr auf sich aufmerksam zu machen. Das Leben in den letzten zweieinhalb Jahren hatte ihn einfach gelehrt, auf Überraschungen, so gut es ging, vorbereitet zu sein. In der Mehrzahl fanden sich junge Männer an Bord, hinzugesellten sich etliche Familien. Es gab nur wenige allein reisende Frauen, und auch keine Vergnügungs- oder Weltreisenden, wie sie Pauline und ihm doch auch schon einige Male begegnet waren, zuletzt auf Madeira.

Manchmal fragte er sich, was die anderen wohl über ihn und seine Tochter dachten. Pauline wirkte in den letzten Tagen oft nachdenklich. Er vermutete, dass sie die Frage beschäftigte, wie er in den Besitz der Billets gekommen war. Er kannte seine Tochter schließlich, und er erkannte gewiss auch das Misstrauen in ihrem Blick.

Bin ich deswegen verletzt? Ja, ein wenig. Schließlich will ich nur das Beste für sie.

Valentin war so in Gedanken versunken, dass er den Matrosen, der auf ihn zukam, erst spät bemerkte.

»Herr Jordan?«, sprach ihn der Mann auf Deutsch an.

Valentin gelang es gerade noch so, ein zu offenkundiges Erschrecken zu verbergen.

»Ja?«

»Kapitän Lorenz würde Sie gern sprechen.«

»Mich?«

Valentins Unruhe wuchs, doch er bemühte sich, sich nichts anmerken zu lassen. Das Warum, das ihm auf der Zunge lag, schluckte er rasch herunter. Sicherlich wusste der Mann ohnehin nicht, warum der Kapitän ihn zu sich bestellt hatte. Valentin zwang ein entspanntes Lächeln auf sein Gesicht. Dann folgte er dem Mann. Aus den Augenwinkeln beobachtete er, ob jemand auf das aufmerksam wurde, was eben geschah, doch keiner schien sich für ihn zu interessieren. Auch Pauline war nirgendwo zu sehen. Sicherlich hielt sie sich auf der anderen Seite des Schiffes auf.

Vor der Kajüte des Kapitäns blieb der Matrose stehen, deutete mit einem Nicken auf die Tür und entfernte sich dann. Valentin zögerte kurz, doch es war sicherlich absurd, jetzt übers Fortlaufen nachzudenken. Wohin auch? Auf einem Schiff war die Flucht unmöglich. Noch einmal ließ er seinen Blick über die Weite des Meeres schweifen, dann holte er tief Luft und klopfte entschlossen an die Tür.

»Herein«, war von drinnen zu hören, und Valentin trat ein.

Kapitän Lorenz, ein Deutscher, schaute aus dem Fenster aufs Meer, wie Valentin es eben selbst noch getan hatte. Das Schiff schwankte an diesem Tag stark, und Valentin hatte mit dem Gleichgewicht zu kämpfen, der Kapitän stand jedoch fest auf seinen Füßen.

»Guten Tag, Herr Kapitän. Sie haben mich rufen lassen?«

»Ah, Sie sind Herr Jordan, nicht wahr? Schön, dass Sie so schnell kommen konnten.« Kapitän Lorenz hielt kurz inne. Er schien über etwas nachzudenken, dann sprach er weiter. »Ich hoffe, Sie nehmen es mir nicht übel, aber ich habe zufällig ...«

Valentin spürte, wie ihm die Kehle eng wurde.

»Nun«, setzte Kapitän Lorenz neu an, »als ich Ihre Billetts kontrollierte, habe ich gesehen, dass sie von Augusto Tewes gebucht wurden, für eine junge Dame und ihre Begleitung ...«

Valentin musste sich festhalten, weil seine Knie so stark zu zittern begannen, dass er glaubte einzuknicken. Er war froh, dass das Schlingern des Schiffes ihm dies erlaubte, ohne dass er sich verdächtig machte.

»Kennen Sie Senhor Tewes?«, erkundigte er sich.

»O ja, er ist ein sehr guter Freund und Geschäftspartner. Wir transportieren seit Jahren einen Teil seiner Waren nach Europa.«

Valentin nickte verstehend, während er zugleich fieberhaft nach Worten suchte. Was wollte der Kapitän wirklich von ihm? War er nur neugierig, oder war da mehr? Und war es nicht absurd, dass er ausgerechnet auf dem Schiff des Kapitäns mitfuhr, der Augusto Tewes kannte?

Kapitän Lorenz' Stimme riss ihn aus seinen Gedanken.

»Und deshalb möchte ich Sie und Ihre Tochter zum Essen in meine Kajüte einladen.«

Valentin wusste nicht, was er sagen sollte, doch der Kapitän fuhr auch schon fort. »Darf ich so neugierig sein zu fragen, was Sie nach Brasilien führt?«

»Sie dürfen«, entgegnete Valentin betont unbefangen. Sollte der Mann versuchen, ihn auszufragen, wüsste er sich schon herauszureden. »Meine Tochter wird Augusto Tewes heiraten.«

Kapitän Lorenz schien verblüfft. »Sie wird ihn heiraten?«, fragte er dann langsam. »Das ist wirklich interessant.«

»Ich werde was tun?«

Valentin hob beschwichtigend die Hand. »Mäßige deine Lautstärke, Pauline!«

»Nein, das werde ich nicht!«

Pauline spürte, dass ihre Wangen vor Empörung glühten. Wie konnte ihr Vater so etwas entscheiden, ohne sie auch nur zu fragen. Seit sie Genua verlassen hatten, wusste er, was sie in Brasilien erwartete, und er hatte keinen Ton gesagt. Sie verschränkte die Arme vor der Brust, obwohl sie sich wie ein kleines Kind vorkam.

»Ich werde gewiss niemanden heiraten, den ich nicht kenne.«

»Aber das ist unsere Gelegenheit. Senhor Tewes ist, soweit ich weiß, wohlhabend.«

»Wohlhabend?« Pauline schüttelte den Kopf. »Aber ich kenne ihn nicht. Warum sollte ich ihn heiraten? Woher kennst du ihn überhaupt?«

»Ich kenne ihn nicht persönlich …«, setzte Valentin an und brach wieder ab. »In Genua lernte ich seine Braut und ihre Gouvernante kennen. Sie sollten auf diesem Schiff reisen, doch dann überlegte die junge Frau es sich plötzlich anders … Tewes erwartet aber immer noch seine Braut. Das ist unsere Chance, Pauline, in der neuen Welt einen guten Anfang zu machen. Das ist der Beginn einer gesicherten Zukunft.«

»Nein.«

»Nein?«

»Ich lasse mich nicht wie ein Rind zum Markt führen und verkaufen, Vater, dazu hast du mich gewiss nicht erzogen.«

»Habe ich das nicht?«

Pauline wollte den Kopf schütteln, doch dann tat sie es nicht. Da war eine Veränderung auf dem Gesicht ihres Vaters zu sehen, etwas Seltsames, das sie zuerst gar nicht richtig erfassen konnte.

»Ich bin dein Vater«, sagte er dann, »also entscheide ich, was geschieht.«

»A… aber …«, stammelte Pauline und hielt sich im nächsten Moment die Wange.

»Sei still. Es ist das Beste, was uns geschehen konnte. Du

wirst dich nicht weigern und heute Abend um acht Uhr zum Abendessen beim Kapitän sein.«

Pauline öffnete den Mund, um etwas zu sagen, entschied sich dann aber dafür, die gemeinsame Kajüte zu verlassen, bevor der Vater ihre Tränen sehen konnte. Als sie die Tür hinter sich zuwarf, konnte sie sie nicht mehr zurückhalten.

Fünftes Kapitel

Manchmal wanderte Jonas in der Zeit, die sie an Deck verbringen durften, ruhelos auf und ab. Manchmal stand er an der Reling, schaute über die endlose Wasserfläche hinweg und versuchte sich auszumalen, wie ihr Leben in Brasilien wohl sein würde. Würden die Schilderungen und Versprechen mit der Realität übereinstimmen? Würden sie in Rio de Janeiro lange warten müssen, bevor sie weiterreisen konnten? Wo würde sie ihr Weg hinführen? Sie hatten noch kein Land. Kasimir hatte es abgelehnt, einen Großgrundbesitzer für sich bezahlen zu lassen und die folgenden Jahre unter den Bedingungen des Halbpachtsystems die Schulden abzutragen oder gar als Arbeiter auf den Kaffeeplantagen Sao Paulos zu arbeiten.

Auf Madeira hatten sie von Bord gehen dürfen. Jonas hatte die Zeit an Land sehr genossen. Nach der Weiterfahrt hatten sich die vormals noch recht guten Wetterbedingungen geändert. Es gab eine Flaute. Tagelang ging es kaum voran. Sie verloren Zeit. Der Lebensmittelvorrat wurde noch strenger überwacht als sonst. Würde das Essen für alle an Bord bis zum Ende der Reise reichen?

Manchmal sah Jonas die Unruhe im Gesicht seiner Mutter, wenn sie wieder einmal die Vorräte der Familie durchging. Mussten sie sich irgendwann nur noch auf das Essen verlassen, was ihnen an Bord zugeteilt wurde, und gab es davon genügend? Kaffee und Tee schmeckten nach Wochen der Überfahrt in jedem Fall seltsam. Nur noch selten gab es Fleisch. Zudem machte ihnen die Hitze zu schaffen. Die Sonne brannte gnadenlos vom Himmel, Haar und Haut klebten, die Kleidung war schweißdurchtränkt, die salzige Luft tat ihr Übriges. Das kostbare Trinkwasser durfte nicht zum Waschen der Kleidung benutzt werden.

Und dann war da diese einzige Stunde am Tag, an dem es ihnen erlaubt war, die Enge des stickigen Zwischendecks zu verlassen …

An diesem Abend hatte Jonas sich einfach noch einmal nach oben geschlichen, und das zu einer Zeit, zu der es auch den feineren Reisenden aus den Kajüten verboten war, sich an Deck aufzuhalten. Erst jetzt bemerkte er, dass er nicht allein war. Die junge Frau, die er schon öfter beobachtet hatte, stand an der Reling und schaute in die Ferne, offenbar vollkommen ohne Angst davor, von irgendjemandem bei ihrem verbotenen Tun beobachtet zu werden.

Kurz zögerte Jonas, dann ging er langsam zu ihr. Er hatte das Bedürfnis, sie anzusprechen. Irgendetwas an ihr hatte sein Interesse geweckt. Vielleicht lag es daran, dass sie ungefähr in Gretas Alter war, vielleicht war es etwas anderes, das wusste er nicht.

»Entschuldigen Sie«, rief er sie leise an.

Sie drehte sich sogleich um, den Mund zur Verteidigung geöffnet. Trotz der Dämmerung konnte man erkennen, dass sie geweint hatte.

»Tut mir leid, ich wollte Sie gewiss nicht erschrecken.« Jonas lächelte. »So wie ich das sehe, dürften wir wohl beide nicht hier draußen sein.«

Erst reagierte sie nicht, dann entspannte sich ihr Gesicht ein klein wenig. Traurig sah sie immer noch aus.

»Mein Name ist Jonas Hartung«, stellte er sich kurz entschlossen vor.

»Pauline Jordan.«

Sie lächelte immer noch nicht, aber ihre Stimme klang fest. Dafür wusste Jonas nicht, was er sagen sollte. Eine seltsame Verunsicherung überkam ihn. Jetzt fuhr sie sich mit dem Handrücken über das Gesicht.

»Ich muss mich entschuldigen«, sagte sie.

Offenbar war auch sie unsicher, und sie schämte sich ihrer Tränen. Und dann stellte sie die Frage, die er sich bisher nicht zu stellen getraut hatte.

»Was führt Sie nach Brasilien?«

»Mein Vater will ein neues Leben anfangen, einen Bauernhof aufbauen ... Eine Fazenda, so heißt das dort drüben wohl ...«

»Wissen Sie denn schon, wo genau es hingehen wird?«

Er sah sie an, sah, dass sie den Kopf etwas schief legte. Ihm gefiel das. Einen Moment lang wunderte er sich über sich selbst. Es war seltsam, aber er konnte den Blick einfach nicht von ihr nehmen.

»Sie müssen mir keine Antwort geben, sollte ich Ihnen zu nahe getreten sein«, hörte er sie sagen.

»O nein, das sind Sie nicht.« Er versuchte zu lächeln und wusste, dass es ihm misslang. »Nein, wir wissen einfach noch nicht, wo es hingehen wird. Mein Vater will sich in keine Abhängigkeit begeben und hat deshalb noch keinen Vertrag abgeschlossen ...«

Es gelang ihm endlich wegzusehen. Er sah wieder auf das Meer hinaus. Der Mond war aufgegangen. Sein silbriges Licht tanzte auf den Wellen. Irgendwie kam Pauline ihm nach der kurzen Zeit, die sie hier gemeinsam standen, schon vertraut vor. So etwas hatte er bislang nie erlebt. Trotzdem wollte er keineswegs aufdringlich wirken, immerhin war sie eine Fremde.

»Wo führt Sie die Reise denn hin?«

»Nach Rio Grande do Sul.« Ihre Stimme blieb gehoben, als wäre der Satz eigentlich noch nicht beendet. Nach einigen Atemzügen sprach sie weiter. »Ich werde dort heiraten.«

»Heiraten?«, entfuhr es Jonas. Sie sah ihn fragend an. Er suchte nach Worten. Seine Reaktion war ihm ja selbst unverständlich. »Heiraten ...«, wiederholte er. »Am anderen Ende der Welt?«

Kurz schien es, als schimmerten erneut Tränen in ihren Augen. Dann nickte sie nur. Hunderte Fragen schossen ihm durch den Kopf, von denen er keine einzige stellen konnte. Sie trat unvermittelt einen Schritt von der Reling zurück.

»Ich muss jetzt zurück. Mein Vater vermisst mich sicher schon. Es war schön, mit Ihnen geredet zu haben, Herr Hartung.«

Er gab ihr die Hand. »Ganz meinerseits. Vielleicht haben wir ja eine weitere Gelegenheit.«

»Vielleicht.«

Pauline Jordan drehte sich um, und bevor er noch etwas sagen konnte, verschluckten sie die Schatten der Nacht.

»Nehmen Sie noch etwas Wein?«

Valentin nickte, und Kapitän Lorenz gab dem anwesenden Matrosen ein Zeichen nachzuschenken. Pauline hielt den Blick auf ihren Teller gerichtet. Es hatte eine feine Kartoffelsuppe gegeben. Der zweite Gang bestand aus frischem Fisch und glasierten Karotten. Als Nachtisch winkte Schokoladencreme, wie Kapitän Lorenz angekündigt hatte. Ihr Vater war zufrieden. Während der Vorbereitungen zu diesem Abend war er sehr aufgeregt gewesen. Mehrfach hatte sie ihre beiden Kleider wechseln und sich neu frisieren müssen, bis er sich endlich zufriedengegeben hatte. Glücklich, das hatte er ihr deutlich gezeigt, war er aber nicht mit ihrem Aussehen gewesen. Erst als Kapitän Lorenz sie anerkennend gemustert hatte, hatte Pauline aufgeatmet. Die Frau, die ihr jetzt aus dem Spiegel über dem kleinen Beistelltisch in der Kajüte des Kapitäns entgegenblickte, war ihr ein wenig fremd, wirkte aber doch recht ansehnlich.

Ihr Vater hatte ihr Rosenöl auf Nacken und Haar getropft, das war der Lieblingsduft ihrer Mutter gewesen, den er seit ihrem Tod stets überall mit hinnahm, und er hatte sie genötigt, das Korsett anzuziehen, das er ihr in Genua gekauft hatte. Wann immer sie konnte, trug sie es nicht. Und heute hatte er es zudem unbarmherzig eng geschnürt.

Mein armes Täubchen, hatte er gesagt, ich kann gar nicht verstehen, wie man so etwas tragen kann. Die Brust sollte frei sein zum Atmen.

Pauline hatte keine Antwort gegeben. So war es eben. Ehrbare Frauen trugen ein Korsett, sie würde daran nichts ändern. Bedauerlicherweise konnte sie deshalb aber auch nicht viel essen.

Kapitän Lorenz legte sein Besteck beiseite. »Wie haben Sie Senhor Tewes eigentlich kennengelernt?«, fragte er unvermittelt.

Pauline beobachtete gespannt, wie ihr Vater den Blick von seinem Fisch hob. Nur sie kannte ihn gut genug, um seine Verunsicherung zu bemerken.

»Eine Anzeige«, antwortete er. »Senhor Tewes suchte nach einer Ehefrau. Meine Tochter machte mich darauf aufmerksam. Wahrscheinlich war es ihre Art, mich darauf hinzuweisen, dass ein alleinerziehender Vater einer jungen Frau nie die Mutter ersetzen kann.«

Auch Pauline legte ihr Besteck nun an den Tellerrand – laut klappernd. Valentin sah sie warnend an.

Kapitän Lorenz merkte von alldem nichts. »Interessant, ich wusste gar nicht, dass Tewes heiraten wollte. Ich dachte immer, er wäre ein Einzelgänger.« Er nickte Pauline zu. »Nichts für ungut. Wahrscheinlich musste er nur Ihr Bild sehen, mein liebes Fräulein, um davon abzukommen.« Er lachte. »Entschuldigen Sie bitte beide meine Forschheit, aber so sind wir alten Seebären eben.«

Pauline nickte, denn sie war sich sicher, ihrer Stimme in diesem Augenblick nicht trauen zu können. Natürlich wussten sie nicht, ob Augusto Tewes eine Anzeige aufgesetzt hatte. Ihr Vater hatte gesagt, das sei die übliche Art, in Europa nach Ehefrauen zu suchen. Sie fragte sich mit einem Mal neugierig, ob Kapitän Lorenz wusste, wie Augusto Tewes aussah und wie alt er war. Der beugte sich jetzt etwas näher zu ihrem Vater hin und zwinkerte Pauline zu.

»Und, wie gefällt Ihnen Ihr Zukünftiger? Ein stattlicher Mann, nicht wahr? Auch wenn der Altersunterschied recht beträchtlich ist.«

Pauline zog die Schultern hoch, sie konnte nur nicken.

»Ja«, hörte sie ihren Vater sagen, »aber das Wichtigste ist, dass er sich gut um meine Tochter kümmern wird. Seit dem Tod ihrer Mutter … Sie wissen schon.« Er brach ab.

Pauline lehnte sich zurück. Sie hatte keinen Hunger mehr, und das lag nicht daran, dass ihr Vater das Korsett zu eng geschnürt hatte.

Sechstes Kapitel

Einige Tage später änderte sich das Wetter erneut. Am Morgen frischte der Wind auf, und der vormals strahlend blaue Himmel hing mit einem Mal voller düsterer bleigrauer Wolken. Bald schon schaukelte die *Johanne* heftig auf den Wellen. Jonas war fest entschlossen, sich vom Wetter nicht davon abhalten zu lassen, an Deck zu gehen. Die Stunde, die ihnen das erlaubt war, verging sowieso immer viel zu schnell. Unten im Zwischendeck bei den anderen Passagieren, die sich nicht heraustrauten, schien es ihm an diesem Tag noch enger als in den Wochen zuvor. Er hasste es, dort eingesperrt zu sein. Die Menschen waren gedrückter Stimmung. Manche kauerten in ihren Kojen, ängstlich auf jedes Geräusch von außen horchend, während die Bewegungen des Schiffes minütlich stärker wurden und die ersten flüsternd wagten, das Wort »Sturm« in den Mund zu nehmen.

Auch seine Eltern entschieden, nicht herauszukommen. Dafür war Greta an Jonas' Seite. Fest hielt sie seine Hand umklammert. Jonas musste sich mit der anderen an der Reling festhalten, um nicht weggeweht zu werden, doch er genoss die Kraft der Natur.

Nur nicht unter Deck eingesperrt sein.

Die *Johanne* tauchte in ein Wellental hinab und stieg auch schon wieder daraus empor. Der Wind heulte wie ein wildes Tier und kämpfte mit den Segeln. Er trug die Stimmen der Besatzung und die gerufenen Anweisungen der Offiziere einfach mit sich davon. Weitere Passagiere gaben auf, kehrten in die Finsternis des Zwischendecks zurück. Die Reisenden aus den Kajüten hatten sich gar nicht erst an Deck blicken lassen.

Es wurde zunehmend dunkler. Nur hin und wieder gelang es der Sonne noch, zwischen den dichten Sturmwolken hervorzublitzen. Jonas spürte, wie Greta sich enger an ihn drückte. Die Wasserberge, die auf die *Johanne* zurauschten, türmten sich beeindruckend hoch auf, knallten lärmend gegen die Bootswand, die an Deck Verbliebenen konnten einer Dusche aus Meerwasser nicht entgehen. Die Besatzung agierte immer hektischer. Nun sah man offenbar die Zeit gekommen, auch die restlichen Passagiere unter Deck zu schicken. Ein letztes Mal drehte Jonas das Gesicht gegen den Wind und atmete die frische Salzluft in tiefen Zügen ein.

Er würde wohl nicht darum herumkommen, sich zu fügen. Ein Matrose bedeutete Greta und ihm, sich endlich ebenfalls ins Zwischendeck zu begeben. Die Luke über ihnen schloss sich mit einem dumpfen Schlag. Bald zeigte sich der Sturm nur noch als wildes Auf und Ab, als ein dumpfes Dröhnen und in den Gebeten und panischen Aufschreien der anderen Mitreisenden. Ein säuerlicher Geruch zeigte wenig später, dass sich der Erste hatte übergeben müssen. Sicher würde er nicht der Einzige bleiben. Aus mancher Koje drang mittlerweile nur noch klägliches Jammern. Familien, aber auch Fremde hielten einander umschlungen, um sich Trost zu spenden.

Jonas lauschte angestrengt und versuchte einzuordnen, was er da hörte, doch es gelang ihm nicht. Draußen schien alles drunter und drüber zu gehen. Mal neigte sich das Schiff nach links, dann wieder nach rechts – als wollte es auf dem Wasser zum Liegen kommen. Dann stieg es nach oben, um im nächsten Moment tief nach unten zu stürzen. Eine Frau, die sich nicht richtig festgehalten hatte, stürzte und schlug sich den Kopf an, dass es blutete. Keiner konnte ihr helfen. Ihr blieb nichts, als das Kopftuch gegen die Wunde zu pressen. Ein Säugling begann zu schreien, was die gereizte Stimmung noch steigerte.

Das ist wie in einem Gefängnis hier unten, fuhr es Jonas durch den Kopf. Wenn das Schiff untergeht, wird das Zwischendeck unser Sarg.

In diesem Moment verlosch die letzte Laterne und tauchte alles in völlige Finsternis.

Das Unwetter tobte fast zwei Tage lang, bevor es sich endlich legte. Überglücklich waren alle, dass ihre Gebete erhört worden waren. Als Jonas und die anderen Reisenden erstmals wieder hinausdurften, brannte die Sonne vom Himmel. Die an die Finsternis gewöhnten Augen schmerzten ob des grellen Lichts. Ungläubig sahen sie, was der Sturm angerichtet hatte: Die Segel waren zerrissen, der Kapitän und ein paar Männer begutachteten eben einen der Masten, doch offenbar hatte man noch einmal Glück gehabt. An anderer Stelle hatten die Wellen Schmutz, Algen, sogar Fische an Bord gespült, die verendet waren und nun zurück ins Meer geworfen wurden. Der Boden an Deck war glitschig.

Hungrig machten sich die Passagiere über das erste warme Essen her, nachdem jeder, so gut er konnte, bei den nötigen Aufräumarbeiten geholfen hatte.

Siebtes Kapitel

Die Schreie, die Pauline zwei Tage später weckten, waren durchdringend und voller Verzweiflung. Der Gedanke, einfach liegen zu bleiben – es hatte schon das ein oder andere Mal Aufruhr an Bord gegeben –, kam ihr nur kurz, zu viel Angst und Schmerz lagen in der Stimme. Entschlossen stand sie auf, schlüpfte eilig in ihr Kleid und verließ die Kajüte. Das Bett des Vaters war schon leer, weshalb er ihr wenigstens nicht verbieten konnte, sich den anderen Neugierigen anzuschließen.

Vor der Tür wäre Pauline beinahe mit einem Matrosen zusammengestoßen. Auch dieser schickte sie nicht in die Kajüte zurück, wie es eigentlich zu erwarten gewesen wäre. Sie fragte ihn, was denn geschehen sei. Er zuckte nur die Achseln und ließ sie einfach stehen.

Nach kurzem Zögern entschied Pauline, den verzweifelten Rufen zu folgen. Sehr bald erreichte sie eine Gruppe von Passagieren aus dem Zwischendeck, in deren Mitte eine junge Frau laut klagend auf dem Boden kauerte und ein Kind in den Armen wiegte. Pauline erinnerte sich sofort daran, die Frau schon öfter gesehen zu haben. Stets hatte sie das Kind, einen kleinen Jungen, in den Armen gehalten, es geherzt und geküsst und dabei sehr glücklich ausgesehen. Sie schien allein zu reisen, denn niemand nahm sie in den Arm oder tröstete sie.

Pauline zögerte kurz, schob sich dann durch die Menge hindurch und kniete sich neben die junge Mutter. Ihr schlimmer Verdacht bestätigte sich, das Kind war tot. Sein kleines

Gesichtchen war ganz grau, und wenn die Mutter sein Köpfchen nicht gestützt hätte, wäre es einfach nach hinten gefallen.

Die junge Frau hob jetzt den Kopf und sah Pauline misstrauisch an. Die versuchte tröstend zu lächeln. Sie hatte das Bedürfnis, der Fremden zu helfen, ihr irgendwie zur Seite zu stehen, und wusste jetzt doch nicht, was zu tun war.

Sie warf einen erneuten Blick auf das leblose Bündel – womöglich hatte sie sich ja geirrt –, doch die Frau drückte ihr Kleines noch enger an sich, sodass Pauline es nicht mehr ansehen konnte.

Stimmengewirr veranlasste sie, sich umzublicken. Zwei Matrosen sorgten eben dafür, dass sich die Menge zerstreute. Nun standen da nur noch ihr Vater, der Kapitän, Jonas Hartung und die junge Frau, die Pauline schon oft in Jonas' Nähe gesehen hatte.

Der Kapitän räusperte sich. »Sie muss uns das Kind jetzt überlassen.«

Die Frau begann erneut, herzzerreißend zu schluchzen. Pauline sah den Kapitän ratlos an. Unsicher streckte sie die Arme zu der trauernden Mutter hin. Die schüttelte den Kopf.

»Bitte!«, sagte Pauline und fragte sich zugleich, wie sie in diese schreckliche Situation hatte geraten können.

Warum bin ich nicht in der Kajüte geblieben? Was geht mich das hier an?

Mit einem Nicken bedeutete Kapitän Lorenz zwei Matrosen näherzukommen.

Wartet, wollte Pauline sagen, lasst es mich versuchen …

Im nächsten Moment brach die Hölle los. Die Frau schrie wie von Sinnen, als der eine Matrose sie festhielt und der andere ihr das Kind entriss. Er trug den kleinen Leichnam davon.

Alle erwarteten offenbar, dass die Mutter ihm hinterhereilen würde, doch die sackte, mit einem Mal ganz still, in sich zusammen. Sie hatte wohl das Bewusstsein verloren.

Pauline beugte sich über sie, wusste aber nicht, was zu tun war. Da kniete Jonas auch schon an ihrer Seite und klopfte der jungen Frau auf die Wangen. Ihre Augenlider flatterten, sie bewegte ihre Hände, als suchte sie nach etwas. Pauline griff kurz entschlossen nach ihrer Rechten, und gleich riss die Frau die Augen auf.

»Mein Kindlein«, wimmerte sie verwirrt. »Mein kleiner Junge.«

»Sorgen Sie sich nicht«, sagte Jonas. »Man kümmert sich darum.«

Er half der jungen Mutter aufzustehen. Pauline bot ihr an, sich in ihrer Kajüte auszuruhen.

Die Frau schüttelte den Kopf. »Es ist schon gut«, sagte sie sehr gefasst und lief in Richtung Zwischendeck.

Jonas schaute erstmals Pauline an. »Es war ein Fieber. Einige Kinder sind daran erkrankt«, erklärte er und sah sie dann prüfend an. »Kommen Sie zurecht?«

Pauline nickte. »Ja, danke.«

Sie wollte noch etwas sagen, da bemerkte sie, dass Jonas' Begleiterin sie unverwandt anstarrte. Sie gab sich einen Ruck und streckte die Hand aus. »Pauline Jordan.«

»Greta Hartung«, entgegnete die Blonde. »Sehr erfreut, Sie kennenzulernen.«

Am Abend – es war schon dunkel – verspürte Pauline das starke Bedürfnis, die Kajüte noch einmal zu verlassen. Wieder hatte sie Glück, der Vater war bei Kapitän Lorenz eingeladen.

Sie hatte Kopfschmerzen vorgetäuscht und gesagt, sie wolle früh zu Bett gehen. In Wirklichkeit beschäftigten sie die Ereignisse des Tages. Unverwandt musste sie an die junge Mutter denken und das kleine, unschuldige Kind, das so früh den Tod gefunden hatte. Sie konnte sich einfach nicht vorstellen, sich dem leeren Geschwätz einer Abendgesellschaft hinzugeben.

Als sie sich der Reling näherte, war sie nicht überrascht, Jonas zu sehen. Sie lief zu ihm. Einen Moment lang sagten sie beide nichts.

»Das war ein trauriger Tag«, bemerkte er dann leise und sah sie an.

Pauline nickte. »Wie geht es der Frau?«, erkundigte sie sich dann.

Jonas zuckte die Achseln. »Sie hat den ganzen Tag weinend in ihrer Koje gelegen und kein Wort gesagt. Sie wollte auch nichts essen und trinken. Meine Mutter hat sich um sie gekümmert ...«

Pauline wandte den Blick ab und starrte schweigend in die dunkle Nacht. Ihr kam in den Sinn, dass es sich gut anfühlte, neben diesem Jonas Hartung zu stehen. Vielleicht ging es ihm ja nicht anders, denn er rührte sich nicht vom Fleck.

»Wo ist Fräulein Hartung?«, erkundigte sie sich nun.

»Sie wollte nicht mitkommen.«

Pauline nickte verstehend. »Eigentlich ist es ja auch verboten«, erwiderte sie, und ein Lächeln huschte über ihr Gesicht.

Jonas gab keine Antwort. Er zögerte, bevor er die nächste Frage stellte. »Sie werden also bald heiraten?«

Pauline suchte noch nach Worten, als ein Geräusch sie beide herumfahren ließ. Doch es war kein Matrose oder gar der Kapitän, der sie zur Ordnung rief. Die junge Frau, die am Morgen ihr Kind verloren hatte, stand einige Schritte entfernt ebenfalls an der Reling und starrte ins Wasser. Sie wirkte vollkommen in sich gekehrt, als wüsste sie gar nicht, wo sie sich befand.

Am späten Nachmittag hatten sich alle an Deck versammelt, der Kapitän hatte eine kurze Ansprache gehalten und ein Gebet gesprochen, und man hatte den kleinen Leichnam, der in Segeltuch eingenäht worden war, den Fluten übergeben. Kurze Zeit hatte er noch auf dem Wasser in der Nähe getrieben, bevor er von einer Welle davongetragen worden war … Stocksteif hatte die Mutter des Kleinen dagestanden und war dann erneut in Tränen ausgebrochen. Wieder hatte Jonas' Mutter sich um sie gekümmert.

Pauline hatte mit einem Mal ein mulmiges Gefühl.

»Herr Hartung …«, sagte sie, »Jonas …«

Sie wechselten einen kurzen Blick, und sie konnte sehen, dass auch er sich sorgte. Im nächsten Augenblick lief Jonas los, doch es war zu spät. Die junge Mutter hatte sich bereits über die Reling gestürzt.

Pauline begann zu schreien.

Paulines Schrei hatte nicht nur die Matrosen alarmiert, auch der Kapitän wurde geholt. Obgleich man das Schiff zu stoppen versuchte und sogar eine kurze Wende fuhr, fand man die Frau nicht, sie war spurlos verschwunden. Wahrscheinlich hatte sich ihre Kleidung gleich mit Wasser vollgesogen und sie in die Tiefe gezogen. Sicher konnte sie auch nicht schwimmen.

Obgleich sich die beiden jungen Leute unerlaubterweise an Deck befunden hatten, rügte man sie nicht.

Die weitere Reise verlief ruhig, wenn auch nicht gänzlich ohne Zwischenfälle. Ein starker Wind trieb die *Johanne* ein wenig vom Kurs ab. Ein zweites Kind starb einige Tage später am Fieber, auch diese Mutter musste mit Gewalt von dem Kleinen getrennt werden. Wie das erste Kind wurde es dem Meer übergeben. Man überwachte die Mutter für mehrere Tage. Da sie noch weitere Kinder hatte, konnte sie sich der Trauer nicht sehr lange hingeben, doch man sah ihr an, wie sie litt.

Und dann, kurz vor dem Ende der Reise, wurden im Abstand von einigen Tagen drei Kinder an Bord geboren. Die Frauen halfen einander während der Geburten gegenseitig. Alles verlief ohne Komplikationen. Der Kapitän nahm die provisorische Taufe vor.

Danach richteten sich die Gedanken aller zunehmend auf das Reiseziel, das nun nicht mehr fernlag. Sie fuhren jetzt entlang der brasilianischen Ostküste, wie ihnen Kapitän Lorenz erklärt hatte, konnten das Land aber noch nicht sehen. Man sprach erneut von den Indios, die man bekämpfen wollte, vom Glück, das man für sich finden, vom neuen Leben, das auf sie alle wartete, wenn auch manche Stimme dabei zitterte.

Der Kapitän trieb die Mannschaft an, das Schiff wieder auf Vordermann zu bringen. Bald wurde überall gehämmert, gehobelt und gesägt, jede Beschädigung musste ausgebessert werden und die Fugen wurden mit Teer abgedichtet. Am Schluss wurde das Schiff gestrichen.

Mit jedem neuen Tag stieg die Unruhe an Bord. Es hieß, dass man bald das Ziel erreicht habe. Mancher Reisende fand überhaupt keinen Schlaf mehr, die Kinder waren noch aufgeregter als sonst. Sie rannten an Bord umher und brachten die Erwachsenen ganz durcheinander. Hin und wieder gab es eine

Tracht Prügel, wenn sie rücksichtslos andere anrempelten oder ihre Freude zu laut hinausschrien.

Jonas und Pauline verbrachten ihre Zeit nun häufiger miteinander. An jenem Tag, an dem das Kind und die Frau gestorben waren, hatte Pauline die Vergänglichkeit erlebt und beschlossen, Gregorio – die unwiederbringliche Vergangenheit – aus ihrer Erinnerung zu tilgen. Nur so würde sie die Kraft finden, ein neues Leben zu beginnen. Jonas' Gesellschaft erschien ihr hierzu wie ein Geschenk, wie eine Fügung. Greta war manchmal bei ihnen, und sie störten sich nicht daran.

Die junge Frau dagegen spürte, dass die beiden am liebsten allein waren, und das gab ihr einen schmerzhaften Stich. Greta war froh, dass die Reise sich dem Ende näherte – nicht, weil sie unbedingt an Land wollte, sondern weil sie es nicht mehr mit ansehen und anhören konnte, wenn Jonas und Pauline miteinander lachten.

Achtes Kapitel

Am Morgen des Ankunftstages gehörte Greta zu den Ersten, die die vor Rio de Janeiro gelegene Gebirgskette erblickten. Für die Passagiere aus dem Zwischendeck gab es jetzt keine Reglements mehr. Sie durften sich so oft und so lange sie wollten an Deck aufhalten. Josef Thaler wurde nicht müde, den Mitreisenden alles zu erklären. Man sah den schmalen Eingang in die Guanabara-Bucht und auf der linken Seite den Zuckerhut. Der sonderbare Granitkegel, der sich hier mitten aus dem Meer erhob, stand auf einer in scharfe Spitzen auslaufenden Landzunge und setzte sich mit seinen kahlen, baumlosen, geschwärzten Wänden nach allen Seiten scharf gegen den Himmel ab. Dann passierten sie die Ilha Rasa mit ihrem Leuchtturm. Im Westen erstreckte sich ein dunkelgraues Bergmassiv. Greta erinnerte sich, dass Jonas ihr erzählt hatte, dass dieser Teil des Gebirges von den Seefahrern mit einem auf dem Rücken liegenden Riesen verglichen werde. Auf einem isolierten Felsen erhob sich aus dem Meer ein kleines Fort, durch die unaufhörlich mit hohen Schaumwellen sich daran brechenden Wogen der Brandung gezeichnet.

Auch Jonas hatte sich zu den Reisenden gesellt, die sich an der Reling drängten, um so viel wie möglich von ihrer neuen Heimat zu sehen. Er stand neben Greta, und sie weideten sich gemeinsam am Anblick der verschwenderischen Schönheit der Küstenlandschaft, die malerisch in den buntesten Farben leuchtete, bis sie sich im zarten, lichtblauen Dunst verlor. Sie sahen die Höhenzüge im Nordosten, deren Abhänge und Gipfel bewaldet waren, und passierten nun zwei größere Inseln, die Ilha do Pai und die Ilha da Me. Dahinter sah man die Serra dos Órgãos. Zum ersten Mal erblickten die beiden jungen Leute Palmen auf einer wohl unbewohnten Insel.

Es war bereits früher Nachmittag, als man sich dem Hafen von Rio de Janeiro endlich näherte. Greta genoss es, dass Jonas bei ihr war. Sie lehnte sich immer wieder an ihn, froh, ihn einmal mehr ganz für sich zu haben. Pauline stand an der Seite ihres Vaters. Einen Moment lang nahm Greta sich Zeit, den groß gewachsenen, kräftigen Mann zu mustern. Er wirkte sehr selbstsicher, und doch war da etwas Unsicheres an ihm, etwas, das sie ein wenig verwirrte. Sicherlich war sie die Einzige, der dies auffiel. Greta hatte eine besondere Begabung, im Verhalten der Menschen zu lesen. Das hatte Jonas ihr immer wieder bestätigt. Früher war es notwendig gewesen, um zu überleben, heute konnte sie einfach nicht davon lassen.

Jonas' Stimme riss sie aus den Gedanken. Er hatte wohl gar nicht gemerkt, dass er nicht mehr ihre volle Aufmerksamkeit genoss, und machte sie jetzt auf die am Eingang der Bucht von Rio de Janeiro liegenden Bergkegel aufmerksam, die sich teilweise, gleich dem Zuckerhut, einzeln aus der See erhoben.

»Ich frage mich«, sagte er, »ob man diese Berge besteigen kann.«

Greta sagte nichts, aber sie bezweifelte es.

»Ist es nicht wunderschön?«, ließ sich Jonas wenig später hören.

Das musste sie allerdings zugeben. Durch die Meeresgebirge bildeten sich immer wieder überraschende Ansichten. Bald erblickte man Schluchten, bald einen reizend gelegenen Teil der Stadt, dann wieder das Meer oder eine herrliche kleine Bucht.

Jonas war so aufgeregt, dass er offenbar gar nicht bedachte, dass sie dasselbe sehen musste wie er. Er redete unablässig, zeigte, nannte Namen, die er den Büchern aus dem Besitz des Vaters entnommen hatte. Greta hörte sogar ein Zittern in seiner Stimme, als er sie nun auf eine auf einem Hügel liegende Kapelle und eine Festung aufmerksam machte. Er streckte den Arm aus.

»Schau nur, das dort muss die Festung Santa Cruz sein. Der Kapitän wird uns bald nähere Auskünfte erteilen, wann und wie wir endlich an Land kommen.« Jonas runzelte die Stirn. »Und dieser Gebirgsrücken da, der sich nach rechts zieht, heißt Serra dos Órgãos, das Städtchen dort unten muss Praia Grande sein.«

Greta blickte in die Richtung, in die er wies, sah weitere Dörfer und einzelne Gehöfte.

»Wird man uns befragen?«, erkundigte sie sich nach einer Weile.

Jonas hielt den Blick weiter auf das Land gerichtet. »Na ja«, er zuckte die Achseln, »man wird wohl wissen wollen, ob es Krankheiten an Bord gibt oder gab, so etwas eben ...« Er wirkte nachdenklich.

Sicher macht Jonas sich jetzt Gedanken darum, dass sich Paulines und sein Weg nun trennen müssen, fuhr es Greta durch den Kopf. Sie verspürte erneut Genugtuung, während das Schiff unablässig weiter auf ihr Ziel zusteuerte.

Die Stadt war von einer mittelhohen Gebirgskette umgeben, hinter der auf der Landseite das Orgelgebirge aufstieg. Diesen Namen hatte Greta sich gemerkt, als ihn einer der anderen Passagiere vor Tagen erwähnt hatte. Die riesigen, Orgelpfeifen gleich in Reih und Glied aufragenden Felszacken boten wirklich einen interessanten Anblick.

Ein Teil Rio de Janeiros blieb durch den Telegraphenberg verborgen, man sah dennoch erste Häuserreihen und Plätze. Den Worten der Passagiere, die sich jetzt zunehmend stärker um sie drängten, entnahm Greta, dass es sich um das große Spital, die Klöster Santa Luzia und Morro do Castelo, die Kirche Santa Candelária und einen Teil der prächtigen Wasserleitung handelte, die, wie sie gehört hatte, einem römischen Bauwerk glich.

Josef Thaler machte sie alle auf den Passeio Público, den öffentlichen Stadtgarten mit seinen hübschen Palmen und der eleganten gemauerten Galerie, aufmerksam. Deren bezaubernden Anblick vervollständigten die vielen riesigen Schiffe, die teils im Hafen vor der Stadt, teils in den verschiedenen Buchten vor Anker lagen, und die üppige Vegetation. Thaler ließ hören, dass sie Glück hatten an diesem Tag, denn allzu oft störten Nebel, Wolken oder ein feuchter Dunst den bezaubernden Anblick um diese Jahreszeit.

Als sie Santa Cruz endlich erreichten, war die Nervosität an Bord deutlich spürbar. Wie angekündigt musste dort am Fort Auskunft über das Schiff erteilt werden, ein Offizier nahm die Pässe in Empfang, dann kam ein Arzt, der jeden der Passagiere untersuchte. So sollte verhindert werden, dass das Gelbe Fieber, die Pest oder ähnliche Krankheiten ins Land eingeschleppt wurden. Danach wies ein weiterer Offizier ihnen den Ankerplatz an. Es war bereits dunkel, als sie diesen schließlich erreichten.

Wieder drängten sich die Passagiere an Deck und verfolgten, wie die Stadt mit ihren vielen Lichtern allmählich aus dem Dunkel der Nacht trat. Ein größerer Platz direkt gegenüber lag bald in schönster Helligkeit da. Bis zum Zuckerhut erstreckte sich die Lichterreihe und endete, so erklärte Josef

Thaler, in Botafogo, wo die stattlichen Landhäuser der reichen Einwohner Rios standen. Das Lichtermeer verlor sich in einer unbestimmten Anzahl schwach glänzender, flackernder Pünktchen, die sich in der ruhigen See spiegelten. Viele Schiffe ankerten in größerer Nähe zur Stadt.

Von den Passagieren durfte noch niemand von Bord. Die meisten blieben aber an Deck und betrachteten noch lange ihre künftige Heimat, bis die hereinbrechende Nacht Land und Meer tief überschattete.

Valentin legte sich in dieser Nacht entspannt schlafen, Pauline dagegen wälzte sich noch lange in ihrer Koje hin und her. Sie bedauerte, dass sie ausgerechnet am Tag ihrer Ankunft, am Ende der Reise, kein Wort mit Jonas und Greta hatte wechseln können. Aber irgendwie hatte sich keine Gelegenheit ergeben.

Ihr Vater hatte dafür viel geredet an diesem letzten Tag auf dem Schiff. Darüber, dass sie alle fröhlich zur Ruhe gehen könnten, dass sie das schöne Ziel der langen Reise ohne größere Zwischenfälle glücklich erreicht hatten. Er schien sich jedenfalls keine Gedanken um das zu machen, was nun geschehen würde.

Als Pauline am nächsten Morgen aufwachte, hatte sie den Eindruck, eben erst die Augen geschlossen zu haben. Der Vater war bereits angekleidet und hielt sie zur Eile an. Er ging schon einmal mit dem Gepäck vor die Tür, wo sie ihn wenig später mit dem Kapitän reden hörte. Pauline fragte sich, wie es wohl sein würde, erstmals nach zwei Monaten an Land zu gehen. Vor der Tür ermahnte Kapitän Lorenz den Vater und einige andere, die sich offenbar inzwischen dort versammelt hatten, erneut, ja nicht zu versuchen, verbotene Waren einzuschmuggeln, denn nirgends seien die Zollbeamten so streng und die Strafen so hoch wie hier in Rio de Janeiro.

Die Eindringlichkeit seiner Worte bewirkte eine gewisse Ängstlichkeit bei manchem Passagier, wie Pauline kurz darauf feststellte. Als sich wenig später das Wachschiff näherte, wirkten manche verunsichert. Die folgende Untersuchung im Hafenzollhaus war tatsächlich streng, die Abgaben, insbesondere für Bücher, waren hoch, wie Pauline manch erregtem Wortwechsel entnahm. An ihrem Gepäck und dem ihres Vaters war offenbar nichts auszusetzen, und so fanden sie sich wenig später als eine der Ersten an der Praia dos Mineiros wieder.

Was auf dic Ferne bezaubernd fremdartig gewirkt hatte, zeigte, wie Pauline beim näheren Hinsehen bemerkte, nun ein anderes Gesicht. Der Strand kam ihr recht schmutzig vor und war bevölkert von Menschen aller Hauttönungen, die auf dem Boden kauerten und lautstark Früchte und Naschzeug zum Verkauf anboten. Für eine Weile konnte Pauline den Blick nicht von diesen Fremden nehmen. Sie hatte natürlich schon Menschen dunklerer Hautfarbe gesehen, aber noch nie in solcher Anzahl. Der eintönige Gesang von Schwarzen, die Kaffeesäcke an Bord der Schiffe schleppten, war weithin zu hören. Während sich ihr Vater bereits nach einem Träger umschaute – Pauline fragte sich einmal mehr, wohin sie ihr Weg führen sollte –, beobachtete sie fasziniert das Treiben.

»Pauline«, ließ sie kurz darauf eine Stimme zusammenzucken.

Sie wandte sich um. »Jonas«, sagte sie, »ich …«

Als sie weitersprechen wollte, war ihr Kopf mit einem Mal wie leer gefegt. Jonas schien es genauso zu gehen, denn auch er starrte sie nur an. Nach einer Weile räusperte er sich.

»Hier trennen sich unsere Wege wohl«, sagte er mit rauer Stimme.

»Ja«, entgegnete Pauline und errötete. Ihr wollte einfach nicht mehr einfallen. In ihrem Kopf rasten die Gedanken und konnten doch kein Ziel finden. Für alles, was sie ihm gern gesagt hätte, war es jetzt wohl zu spät ...

Was wolltest du ihm denn sagen?

»Wissen Sie ...«, setzte sie an, »... wisst ihr schon, wo es hingehen wird?«

Jonas zuckte die Achseln. »Eine einfache Unterkunft werden wir zuerst einmal suchen, dann sehen wir weiter. Uns erwartet hier ja niemand ...« Er schaute sie fragend an.

Pauline zupfte am Ärmel ihres Kleides. »Ich weiß auch nicht, wie es jetzt genau weitergeht, mein Vater hat mir nichts gesagt.«

Als hätte sie nach ihm gerufen, sah sie Valentin kommen. Er war in Begleitung eines schmalen, sehr großen Mannes mit pechschwarzem Haar und einem dünnen Schnurrbart, dessen auffälligstes Merkmal sicherlich seine ebenfalls schwarzen Augen waren.

»Herr Hartung«, grüßte Valentin knapp den jungen Mann an der Seite seiner Tochter.

»Herr Jordan«, Jonas deutete dann eine Verbeugung an, »ich wollte mich noch von Ihnen und Ihrer Tochter verabschieden. Sie waren angenehme Reisebegleiter. Und jetzt wünsche ich Ihnen nur das Beste.«

»Das ist sehr freundlich von Ihnen. Wünschen Sie Ihren Eltern bitte auch alles Gute«, sagte Valentin.

Pauline schämte sich, denn der Stimme ihres Vaters war mehr als deutlich zu entnehmen, dass ihm das, was er da sagte, vollkommen gleichgültig war. Unwillkürlich streckte sie Jonas die Hand hin. Der ergriff und schüttelte sie.

»Auf Wiedersehen, Fräulein Jordan, alles, alles Gute für die Zukunft.«

»Danke. Ihnen auch viel Glück!«

Jonas lächelte. »Wir werden es brauchen können.«

Dann drehte er sich um. Pauline schaute Jonas hinterher, bis er in der Menschenmenge verschwunden war. Sie hätte noch lange so verharrt, wenn ihr Vater und der Fremde nicht wieder nach ihrer Aufmerksamkeit verlangt hätten.

»Darf ich vorstellen, meine liebe Pauline, dies ist Hector Martinez, Augusto Tewes' engster Vertrauter. Er soll uns hier abholen.«

»Guten Tag, Herr Martinez.«

Pauline reichte dem Mann die Hand. Er ergriff sie und führte sie kurz an seine Lippen.

»Senhorita Jordan. Ich freue mich, Sie kennenzulernen.«

Hector Martinez war mit einer Kutsche gekommen, mit der sie wenig später die breite Rua Direita, die Hauptstraße, entlangfuhren. Hier schien sich die gesamte erwerbstätige Bevölkerung zu drängen. Laden stand an Laden. Während die beiden Männer miteinander sprachen, taten sie so, als wäre Pauline nicht da. Martinez machte Valentin auf verschiedene öffentliche Gebäude – das Zollhaus, die Post, die Börse, die Wache – aufmerksam. Pauline konnte ihren Vater interessiert nicken sehen.

»Alle großen Handelshäuser«, erklärte Martinez, »haben hier ihr Kontor, alle Fabrikanten und Produzenten ihre Niederlassungen, doch weilt kein wohlhabender Einwohner länger als nötig in diesem Stadtteil. Gegen Nachmittag begibt sich der, der etwas auf sich hält, aufs Land und verbringt dort im Kreise seiner Familie die wenigen Erholungsstunden, welche die Geschäfte ihm erlauben – weit weg von der Stadt mit ihrem Lärm und der drückenden Hitze. Sie werden bald sehen, dass es in der Umgebung zahlreiche Landhäuser gibt, stattliche Pavillons, kleine Paläste sogar. Aber auch einfache Wohnhäuser mit hübschen kleinen Gartenanlagen, die sich an die Hänge der Hügel drücken.«

Am Ende der Rua Direita befand sich das kaiserliche Schloss, das sich allerdings als ein ganz gewöhnliches Privatgebäude entpuppte.

»Der Platz vor dem kaiserlichen Palast nennt sich Largo do Paco«, informierte Martinez Valentin wie ein beflissener Fremdenführer.

Pauline hatte jetzt das erste Mal den Eindruck, dass er sie kurz prüfend ansah. Verunsichert drehte sie den Kopf zur Seite.

Den Largo do Paco zierte ein einfacher Brunnen. Ein unangenehmer Geruch wehte zu ihnen herüber und ließ Pauline die Nase kräuseln. Offenbar diente der Platz einigen armen Menschen nicht nur als Schlafstätte, denn als sie nun hinausspähte, entleerte sich gerade ein Mann in aller Öffentlichkeit. Verunsichert lehnte sich Pauline zurück und schaute unwillkürlich zu Hector Martinez hinüber, der sie nun nicht mehr aus den Augen ließ.

»Schlafen …«, sie schluckte, »… schlafen diese Menschen etwa hier? Haben sie denn kein Heim?«

Martinez grinste. »Die Neger, meinen Sie? Ja, die schlafen hier.«

Pauline wollte weiterfragen, wollte sich erkundigen, warum diese Menschen kein Dach über dem Kopf hatten, da mischte sich ihr Vater ein.

»Was ist dahinter?«, fragte er und deutete auf eine Mauer, die einen Teil des Platzes umfasste.

»Ein Markt«, antwortete Martinez, »Fisch, Obst, Gemüse und Geflügel kann man da kaufen.«

Pauline fiel während der Weiterfahrt auf, dass die Häuser denen, die sie in Europa gesehen hatte, durchaus ähnelten, jedoch zumeist kleiner waren und eher schmucklos. Etliche verfügten nur über ein Geschoss, manche über ein weiteres Stockwerk. Sehr selten waren zweistöckige Gebäude zu sehen. Terrassen und Veranden mit schönen Geländern und Blumen konnte sie dennoch nicht ausmachen. An manchen Häusern gab es immerhin kleine Balkone, an den Fenstern waren hölzerne Läden angebracht, von denen die meisten geschlossen waren, sodass die Bewohner, sollten sie sich darin befinden, wohl in Dunkelheit sitzen mussten.

Obgleich viel vom Lärm die Rede gewesen war, der in der brasilianischen Hauptstadt herrschte, erschien Pauline die Lebhaftigkeit auf den Straßen bei Weitem nicht so groß, wie sie es aus Messina kannte.

»Wie ist es denn hier zur Nachtzeit?«, erkundigte sich ihr Vater nun, während Pauline einen neuerlichen Blick auf die Straße wagte.

»Die Stadt ist ziemlich gut beleuchtet«, ließ sich Hector Martinez hören. »Nach neun Uhr abends darf kein Sklave mehr ohne Auftrag seines Herrn auf der Straße angetroffen werden. Eine gute Regelung für dieses Gesindel.«

»Was geschieht, wenn er es doch tut?«, konnte Pauline ihren Vater neugierig fragen hören.

»Dann kommt er ins Strafhaus, wo ihm der Kopf geschoren wird. Dort muss er dann so lange bleiben, bis ihn sein Herr auslöst.«

Valentin räusperte sich. »Das scheint mir ebenfalls eine gute Regelung zu sein.«

Pauline wandte sich ihrem Vater zu. »Warum?«, fragte sie aufbrausend. »Es ist schrecklich, seine Mitmenschen solchermaßen zu behandeln.«

Sogleich spürte sie Martinez' Blick wieder auf sich. Mitleidig lächelte der Mann sie an. »Sie kennen die Schwarzen nicht, haben keine Erfahrung mit ihnen, Senhorita. Ob es Menschen sind wie unsereins, bleibt wohl auch noch zu klären ...« Martinez zuckte die Achseln.

Pauline musste sich beherrschen, nicht etwas Heftiges zu erwidern. Der Vater warf ihr einen warnenden Blick zu.

»Wie erkennt man überhaupt, wer Sklave ist und wer nicht? Ich nehme doch an, nicht jeder Schwarze hier ist Sklave?«, erkundigte sie sich dann. »Es sind doch einige.«

Hector Martinez presste kurz die Lippen zusammen. »Ganz einfach«, sagte er dann, »Sklaven ist es nicht erlaubt, Schuhe zu tragen.«

Für den Rest der Fahrt beteiligte Pauline sich nicht mehr an dem Gespräch, das die Männer führten. Die Kutsche hielt schließlich an einem Hotel, das aussah wie ein Schloss. Pauline bestaunte die Außenfassade mit ihren Erkern und Steinmetzarbeiten und kleinen Türmchen. Hier würden sie untergebracht sein, bis sich entschied, wann die Reise weitergehen sollte.

An diesem Abend saß Pauline lange am Fenster und schaute auf die ihr noch so unbekannte Stadt und das Land, von dem sie bislang kaum etwas wusste. Was würde Brasilien ihr wohl bringen?

Neuntes Kapitel

Sehr rasch nahm die prächtige Stadt Rio de Janeiro Pauline gefangen. Valentin dagegen hatte von Anfang an viel auszusetzen. Die junge Frau konnte nicht ausmachen, ob ihren Vater wirklich etwas störte oder ob seine allgemeine Unruhe dazu führte, dass er so hart über Land und Leute urteilte. Ihr jedenfalls erschien die Haupt- und Residenzstadt mit ihren über zweihunderttausend Einwohnern, den unzähligen Kirchen, Kapellen und Klöstern, der Universität, dem Hafen und dem lebhaften Handel überaus interessant.

Dass die vorherrschende Religion die katholische war, ließ sich nicht übersehen, auch darüber murrte der Vater, der sich doch vorher nie besonders religiös gezeigt hatte. Das Portugiesische, das hier allenthalben gesprochen wurde, störte ihn ebenfalls, während Pauline sich schnell an die Sprache gewöhnte und bereits erste kürzere Sätze verstand.

Nachdem sich die junge Frau in den ersten Tagen kaum allein vor die Tür des Hotels getraut hatte, änderte sich das bald. Pauline war einfach zu neugierig, um sich nicht hinaus in das bunte Gewirr der Straßen zu wagen. Sie spazierte durch die Rua Direita, die sie bereits bei ihrer Ankunft kennengelernt hatten, die Rua da Misericórdia und die Rua do Ouvidor. Letztere zeichnete sich durch große Warenlager aus. Pauline zogen hier besonders die Magazine an, in denen die herrlichsten Blumen auf Vogelfedern, Fischschuppen und Käferflügeln befestigt, zur Schau gestellt wurden.

Mit dem Largo do Rocio lernte sie bald darauf den schönsten Platz von Rio de Janeiro kennen, mit dem Largo St. Anna den größten. Auf dem Largo do Rocio befanden sich das Opernhaus, das Regierungsgebäude und die Polizei. Zugleich gingen von hier aus die meisten Omnibusse, die die Stadt in allen Richtungen durchkreuzten. Der Platz war auch recht sauber, während der Schmutz auf dem Largo St. Anna das ungewohnte Auge erschrecken konnte.

Pauline erinnerte sich noch Tage später an die aufsteigende Übelkeit, die sie bei ihrem ersten Besuch überkommen hatte, denn auf dem Platz verrichteten nicht nur Wäscherinnen ihre Arbeit, hier lagen auch, ohne dass sie einen Grund dafür ausmachen konnte, halb verweste Hunde und Katzen, ja sogar ein Maultier hatte sie gesehen.

In besonderer Weise aber beschäftigten die junge Frau die für sie so fremdartig wirkenden Menschen auf den Straßen. Neben Menschen mit europäischem Aussehen begegneten Pauline viele Dunkelhäutige, manche von ihnen halb nackt oder in elende Lumpen gehüllt, manche in abgetragene europäische Kleidungsstücke. Sehr bald lernte sie wie ein Einheimischer aus dem Weg zu gehen, wenn sie den rhythmischen Gesang der Lasten tragenden Schwarzen hörte. Ihr fiel bald auf, dass die meisten schweren und unreinen Arbeiten von Schwarzen verrichtet wurden, und sie fragte sich, ob das im Haus ihres zukünftigen Ehemannes wohl ebenso war. Erschreckt nahm sie wahr, wie viele Menschen an Gebrechen litten: Elephantiasis, die abnorme Vergrößerung eines Körperteils, Blindheit und dergleichen mehr. An räudigen Hunden und Katzen mangelte es gleichfalls nicht.

Wie Thaler auf dem Schiff bereits angekündigt hatte, waren wolkenlose Tage zu dieser Jahreszeit sehr selten. Die Luftfeuchtigkeit war sehr hoch, und die Moskitos machten ihnen zu schaffen. Kaum eine halbe Stunde nach Sonnenuntergang setzte zudem die Finsternis ein, und so konnte man die Abenddämmerung nicht sehr lange genießen.

Nach wenigen Wochen des Aufenthalts wurde schließlich der Markt, wohin der erste Weg des Tages sie meistens führte, zu Paulines liebstem Ort. Dunkelhäutige Hausangestellte drängten sich dort an den Ständen, aber auch hellhäutige Frauen mit ihren Einkaufskörben, Matrosen auf Landgang und Proviantmeister von den Schiffen. Offenbar gingen wohlhabende Brasilianerinnen nicht selbst zum Einkaufen in die Stadt, eine Beobachtung, die Hector Martinez ihr auf Nachfrage bestätigte.

»Für reiche Brasilianerinnen ist so etwas unter ihrer Würde.« Er lächelte sie an. »Sollten Sie Senhor Tewes heiraten, wird dies gewiss auch nicht mehr Ihre Aufgabe sein.«

»Sollte es nicht?«

Pauline hob eine Augenbraue und versuchte, sich ihre aufkommende innere Unruhe nicht anmerken zu lassen.

Von Anfang an hatte Hector Martinez den Eindruck gemacht, mehr über sie zu wissen, als er offenbarte. Pauline hatte auch schon mit dem Vater darüber geredet, aber der hatte von Einbildung und Überspanntheit gesprochen.

Am Tag zuvor war Martinez plötzlich auf dem Markt aufgetaucht. Ganz unerwartet hatte er neben ihr gestanden, als sie sich gerade an einem Stand, an dem Stoffe verkauft wurden, umgesehen hatte. Sie konnte sich nicht erinnern, ihn vorher hier gesehen zu haben, und war rechtermaßen verwundert gewesen.

Pauline riss sich aus ihren Gedanken. Für einen Moment folgte sie mit den Augen dem Weg einer Brasilianerin in Begleitung einer Bediensteten. Immer wieder blieb die Frau stehen und deutete wortlos auf eine Ware, die das junge, dunkelhäutige Mädchen daraufhin kaufte. Dann bemerkte Pauline den französischen Koch des Hotels, in dem der Vater und sie wohnten, umringt von mehreren korbtragenden Schwarzen. Er musterte das Angebot an den Ständen mit eisiger Miene, während sich die wartenden Händler unter seinen Blicken duckten. Dazwischen waren auch wieder Proviantmeister der vor Rio de Janeiro ankernden Schiffe und Matrosen in Seemannstracht auszumachen, Schiffsköche aller Nationen, mal von alten Seebären, mal von Schiffsjungen begleitet. Diejenigen, die des Portugiesischen nicht mächtig waren, erhandelten ihre Einkäufe begleitet von teils ungeduldigem, oft auch komischem, lebhaftem Gestikulieren. Ein Durcheinander verschiedenster Sprachen war zu hören, darunter auch Französisch und Deutsch, dennoch schien sich jeder – mittlerweile sogar Pauline – mit der hiesigen Währung auszukennen.

Jetzt im Winter, hatte Martinez irgendwann gesagt, würden auf dem Markt nur wenige Früchte angeboten, doch wenn die Ananas in Pernambuco und die Mangos in Bahia reif seien, brächten die Dampfer aus dem Norden Früchte in Mengen in die Hauptstadt.

Pauline bedauerte es sehr, dass ihre Abreise wohl vor der Reifezeit dieser Früchte lag. Doch sie genoss es auch, die Apfelsinen und Bananen, die es hier offenbar zu jeder Jahreszeit gab, kaufen zu können. Auch wenn Hector Martinez an ihren Einkäufen immer etwas auszusetzen hatte – sie müsse noch viel lernen, hatte er gesagt –, fand Pauline selbst, dass die Orangen an Saftigkeit, Aroma und Süße kaum noch übertroffen werden konnten. Die Bananen wiederum enttäuschten sie, sie waren weniger schmackhaft, als sie es sich erträumt hatte, und zudem meist fleckig.

Valentin nippte an seinem Tässchen frisch aufgebrühten Kaffees und ließ den Blick nicht zum ersten Mal über die Hotelterrasse schweifen, bis er sich im dichten Grün eines Mangobaums verlor. An einem Gestell in nächster Nähe waren winzige Näpfe mit Zuckerwasser angebracht, an denen man tagsüber Schmetterlinge, aber auch leuchtend bunte Kolibris beobachten konnte. Die Temperaturen, so hörte er von anderen Hotelbewohnern, waren angenehm, und da es Winter war, regnete es weniger als sonst. Valentin dachte daran, dass er als Kind öfter davon geträumt hatte, exotische ferne Länder zu bereisen, und dass er schließlich als erwachsener Mensch lange davon ausgegangen war, dass es wohl nie dazu kommen würde. Und jetzt saß er hier in der Neuen Welt in einem feinen Hotel der Art, von dem er kurz zuvor noch kaum zu träumen gewagt hatte. Einfach jeden Wunsch las man ihm von den Augen ab.

Bislang bezahlte Hector Martinez alles. Was Valentin beunruhigte, war nur die Tatsache, dass er immer noch nichts über ihr endgültiges Ziel hatte verlauten lassen. Offenbar wartete er auf Anweisungen. Über Augusto Tewes, den Pauline heiraten würde, wenn alles nach Plan lief, hatten sie noch nicht mehr erfahren als das, was ihnen Kapitän Lorenz erzählt hatte.

Pauline hatte sich seit ihrem letzten Gespräch auf dem Schiff nicht mehr zu den Plänen ihres Vaters geäußert. Allerdings hatte sie letztens davon gesprochen, dass sie die Vermutung habe, Hector Martinez durchschaue sie. Einmal habe sie sogar das Gefühl gehabt, er verfolge sie. Da hatte er, Valentin, laut über ihre Ängste gelacht und gleichzeitig dieses Gefühl in sich gespürt, das er vom Spieltisch her kannte, wenn man sein ganzes Geld auf eine Karte oder eine Zahl setzte.

Sieg oder Niederlage – dazwischen gab es nichts.

Valentin liebte es zu spielen, und was sollte dieser Senhor Martinez schon durchschaut haben? Er war ein Bediensteter, ein einfacher Mann. Er war nicht Augusto Tewes selbst und war ganz sicher auch nicht in dessen Pläne eingeweiht. Und was sollte Tewes auch an Pauline auszusetzen haben? Sie war eine hübsche junge Frau, mit einer gesunden Hautfarbe und glänzenden Haaren. Sicherlich war es ihm ganz gleich, welche Braut aus Europa zu ihm in die Wildnis kam. Er suchte eine Frau, und Pauline war eine.

Für einen Moment schloss Valentin zufrieden die Augen, öffnete sie dann wieder und winkte einen der Dienstboten zu sich. Er würde sich keine weiteren Gedanken machen, sondern sich lieber noch etwas Gebäck zu seinem Kaffee bringen lassen.

Zehntes Kapitel

Auch wenn sie die Augen schloss, konnte Greta sich nicht mehr darüber hinwegtäuschen, dass die deutsche Heimat nun in weiter Ferne lag. Seit zwei Wochen wohnten sie nun schon in dieser beengten Hütte mit den vier schmalen Schlafstätten, die nur ein kleines Fenster und eine Tür aufwies. In der Nacht zuvor hatte sie ein schrecklicher Albtraum überfallen. Sie hatte Antonias toten Leib vor sich auf dem Grund der Wolfskaut gesehen – das einstmals so schöne Mädchen zerfressen von Insekten und anderem Getier, weil man den Leichnam nicht rechtzeitig gefunden hatte. Als Greta aus dem Schlaf aufgefahren war, war ihr so übel gewesen, dass sie aus der Hütte gestürzt war und sich in der Gasse übergeben hatte, bis nichts mehr aus ihrem Magen gekommen war außer bitterer Galle.

Dann hatte plötzlich Jonas neben ihr gestanden.

»Bist du krank? Ist dir nicht gut?«, hatte er sich besorgt erkundigt.

Sie hatte die Achseln gezuckt. »Ich weiß nicht, vielleicht habe ich etwas Falsches gegessen …«

Sie hatte gemerkt, wie er kurz zögerte, bevor er ihr eine Hand an die Wange gelegt und sie mitleidig angesehen hatte.

»Du hast heute kaum etwas gegessen, Greta, kann es wirklich daran liegen?«

Sie war seinem Blick ausgewichen.

»Ich weiß nicht«, hatte sie geflüstert, plötzlich ängstlich, dass sie drinnen jemand hören und die Zweisamkeit stören könnte, doch dann war der Zauber auch schon vorbei gewesen, und sie waren beide wieder hineingegangen, um noch etwas zu schlafen. Jonas musste früh am Morgen aufstehen, denn er hatte Arbeit im Hafen gefunden.

Greta öffnete die Augen wieder. Irgendwo im Raum, sie hatte es sich angewöhnt, mit dem Gesicht zur Wand zu schlafen, waren ihre Paten zu hören. Rosina klang müde, Kasimir wirkte wütend. In seine Stimme mischte sich leise Verzweiflung.

Seit ihrer Ankunft bemühte er sich darum, Schritte in die Wege zu leiten, um eine Arbeit zu finden. Arbeiten konnte er, wenn man ihn nur ließ. Er war immer geschickt gewesen, auch nicht dumm. Aber niemand hatte die Hartungs in der Neuen Welt erwartet, und was Kasimir auch fand, wurde kaum bezahlt, oder es war unter seiner Würde.

Ich habe meine Heimat nicht verlassen, um hier in der Gosse anzufangen, hatte er schon mehr als einmal scharf gesagt.

Rosinas Stimme klang nun weinerlich. Kasimir antwortete ihr ungehalten, doch Rosina, die sonst so rasch nachgab, ließ sich dieses Mal nicht irritieren.

»Ich habe dir gesagt, dass diese Leute nur vorgetäuscht haben, dass hier alles besser ist, dass es herrliche Ländereien gibt, Nahrung im Überfluss und einen Mangel an Arbeitern, aber ihnen ist nicht an uns gelegen, Kasimir. Sie haben Frachtschiffe, die sie beladen nach Europa fahren lassen, und damit sie die Segler nicht leer zurückschicken müssen, werben sie Menschen an, denen sie Versprechungen machen, die sie nicht halten können. Sie lassen sich die Überfahrt dazu teuer bezahlen. Das ist das Einzige, woran ihnen etwas liegt. Sklavenhändler sind es, denen es ganz gleich ist, was danach aus uns wird!«

Greta lauschte. Noch nie zuvor hatte sie Rosina ihre Situation mit solcher Klarheit schildern hören. Kasimir atmete schwer.

»Ja, die Regierung hat uns nicht gerufen und unterstützt uns deshalb auch nicht«, sagte Kasimir nun, »wir bekommen kein Geld und kein Land. Aber ich brauche keine Almosen, und ich leiste auch keine Drecksarbeit!«

»Bislang hast du nichts gefunden ...«

»Weil ich eben nicht bereit bin, alles zu nehmen. Weil ich meinen Stolz habe.«

»Dein Stolz bringt uns kein Brot ein. Wenn das so weitergeht, werden wir betteln müssen. Von unserem Ersparten bleibt uns nichts, um ein neues Leben zu beginnen!«

Vorübergehend war es still, dann räusperte Kasimir sich. »Es sind die Neger, die einem die Stellen wegnehmen. Überall hieß es, als Handwerker finde man schnell Unterkunft und habe ein gutes Auskommen, aber jetzt wandern alljährlich zu viele ein und in neuerer Zeit, so heißt es, werden immer mehr von den stinkenden Schwarzen zu Handwerkern aller Art herangebildet. Es ist ihre Schuld.«

Dieses Mal hörte Greta längere Zeit nichts. Umarmten sie sich? Oder küssten sie sich gar?

»Meine liebste Rosina, ich habe das doch alles nur für dich getan«, sagte Kasimir sanft.

»Ich weiß«, flüsterte Rosina.

Greta zog unwillkürlich die Beine an ihren Körper. Am besten tat sie so, als würde sie schlafen. Am besten machte sie niemanden auf sich aufmerksam. Die Tür, die wenig später zuklappte, ließ sie dennoch zusammenzucken.

»Greta?«, hörte sie Rosina fragen.

Greta setzte sich auf. Rosina fuhr sich eben mit dem Ärmel

über das Gesicht. Ganz offensichtlich hatte sie geweint, aber sie wirkte nicht unglücklich. Greta wusste nicht, was sie sagen sollte. Musste sie sich Sorgen um Rosina machen?

»Es tut mir leid«, sagte Rosina, »wir wollten dich nicht wecken.«

Greta stand auf. »Das macht nichts.« Sie zögerte, bevor sie weitersprach. »Es ist alles nicht leicht.«

Rosina lächelte traurig. »Nein, das ist es nicht.« Sie seufzte. »Dabei bin ich mir wirklich sicher, dass mein Kasimir nur das Beste für uns will.«

Greta nickte. »In jedem Fall ergeht es uns besser als dieser Schneidersfrau«, sagte sie.

Rosina schaute sie kurz fragend an, dann fiel ihr offenbar ein, worauf Greta anspielte. Eine der Mitreisenden hatte bei der Ankunft eine schlimme Nachricht erhalten: Ihr Mann, der ihr vorausgereist war, war mit einer anderen, einer Negerin, hieß es, durchgebrannt und hatte ihr, die für ihn ihr sicheres Einkommen in der Heimat aufgegeben hatte, nichts als Schulden hinterlassen.

Einen Moment überlegte Greta, wie es der Frau wohl im Weiteren ergangen war. Sie hatten nichts mehr von ihr gehört, seit sie alle das Schiff verlassen hatten. Dann fragte sie sich, womit Rosina und sie wohl den heutigen Tag verbringen sollten. Sie waren es beide immer gewohnt gewesen, fleißig zu sein, doch hier, in der Neuen Welt, gab es bislang nicht viel für sie zu tun.

Außerdem scheuten sich ihre Patin und sie, vor die Tür zu gehen. Nur um das Nötigste zu besorgen, verließen sie die Hütte. Die Welt draußen war zu ungewohnt. Sie kannten die Sprache nicht. Auf dem Schiff hatte Jonas seine Cousine zwar immer wieder dazu aufgefordert, zusammen mit ihm Portugiesisch zu lernen – er versuchte, es sich mithilfe eines kleinen Wörterbuchs selbst beizubringen –, aber sie hatte abgelehnt. Sie werde das Haus ohnehin nicht verlassen, hatte sie ihm gesagt, sie werde ohnehin nicht mit diesen Fremden in dem neuen Land sprechen, und Kasimir hatte doch auch gesagt, es gebe viele Deutsche in Brasilien. Warum sollte sie dann die fremde Sprache erlernen? Sie mussten doch nur herausfinden, wo die Deutschen wohnten.

»Wollen wir etwas Ordnung schaffen?«, drang Rosina in ihre Gedanken.

Greta nickte. Erst am Tag zuvor hatten sie die Hütte gründlich geschrubbt und gelüftet, aber was sollten sie sonst tun? Es blieb ihnen ja nichts. Und wenn man nur herumsaß, kam man auf seltsame Gedanken.

»Dann lass uns Wasser holen.«

Rosina nahm den fadenscheinigen Umhang, den sie immer trug, ganz gleich, wie warm es draußen war. Greta überprüfte noch kurz den Sitz ihres Haars. Die Menschen draußen starrten sie immer so seltsam an, besonders Greta mit ihrem hellen Haar zog Aufmerksamkeit auf sich. Einmal war ihr sogar eine Horde Kinder gefolgt. Ein kleines dunkelhäutiges Mädchen von vielleicht sieben oder acht Jahren hatte an ihren Haaren gerissen, war aber rasch davongesprungen, als Greta sich empört umgedreht hatte.

Vor der Tür nahm Greta Rosina den hölzernen Eimer ab. Die Tante lächelte dankbar.

Hier in dem fremden Land waren sie einander näher als in der Heimat. Hier wussten sie, dass sie nur einander hatten. Das war wenigstens etwas. Während Greta ihre Schritte denen der Tante anpasste, fragte sie sich, wo Kasimir hingegangen sein mochte, aber sie wollte Rosina nicht danach fragen. Die beiden hatten es im Moment schwer genug. Sie schaute auf ihre Füße, auf den ungepflasterten schmutzigen Weg, der sich hier zwischen den Hütten entlangzog und angeblich bei starkem Regen zu einem reißenden Bach wurde. Man hatte sie davor gewarnt.

Rosina verzögerte ihren Schritt etwas. Greta hob den Blick wieder und bemerkte eine dunkelhäutige Frau, die ihnen entgegenkam. Sie musste etwa so alt wie ihre Tante sein. Rosina nahm ihre Nichte unwillkürlich beim Arm und zog sie näher zu sich.

»Sie sind hässlich«, zischte sie unüberhörbar, wenn die Frau auch sicher kein Deutsch verstand, »schau dir diese platten Nasen an, die wulstigen Lippen und dieses Haar! Ist das überhaupt Haar oder ist es doch Fell oder vielleicht Draht?«

Greta fiel nichts ein, was sie hätte sagen können, doch Rosina schien keine Antwort zu erwarten. Es erstaunte sie immer noch, wie gehässig ihre eigentlich eher sanftmütige Tante klingen konnte, wenn es um die Menschen in ihrer neuen Heimat ging. Die Schwarze ging hoch erhobenen Hauptes an ihnen vorüber.

»Ekelhaft«, zischte Rosina, »widerlich. Ich werde mich nie an den Anblick dieser ... dieser ... Kreaturen gewöhnen.«

Greta schwieg immer noch. Zwar verabscheute sie vieles im neuen Land ebenfalls, aber den Hass ihrer Tante konnte sie nicht nachempfinden, und eigentlich war sie ganz zufrieden.

Das ist Jonas' Verdienst, fuhr es ihr durch den Kopf, wo er ist, will ich sein, wenn ich bei ihm bin, ist alles gut.

Schweigend gingen die beiden Frauen ein weiteres Stück des Weges nebeneinander her.

»Hoffentlich«, sagte Rosina dann unvermittelt, »bringt heute wenigstens Jonas Geld mit.«

Greta hob den Kopf und nickte. »Ja, hoffentlich.«

Elftes Kapitel

Jonas war gern am Hafen. Es gab Arbeit dort, und von Zeit zu Zeit traf ein Schiff ein und brachte Neuigkeiten – und neue Kolonisten. Das gab ihm die Möglichkeit, nach Nachrichten aus der Heimat zu fragen. Er mochte den Hafen aber auch, weil er hier viel über seine neue Heimat lernen und sein Portugiesisch verbessern konnte. Und natürlich brachte die Arbeit Geld ein, das seine Familie mehr als dringend brauchte. Bislang war er der Einzige, der Geld heranschaffte. Der Vater suchte immer noch nach Möglichkeiten, das neue Leben anzufangen, das er sich zu Hause in den glühendsten Farben ausgemalt hatte.

Jonas reckte kurz Nacken und Schultern. An diesem Morgen hatten sie Äpfel von einem Schiff aus Montevideo abgeladen, bestimmt für den hiesigen Markt. Das Geld, das er dafür bekommen hatte, hatte er, so gut es ging, verstaut, und war nun auf der Suche nach neuer Arbeit.

Während er sich umschaute, schweiften seine Gedanken immer wieder ab. Er dachte an Pauline, die er seit der Ankunft in Rio de Janeiro nicht mehr gesprochen hatte. Einmal hatte er sie zufällig vor einem Hotel gesehen, in dem sie und ihr Vater wohl abgestiegen waren, aber er hatte es nicht gewagt, das prunkvolle Gebäude zu betreten. Er gehörte dort nicht hin, das hatte er sofort erkannt.

Ich werde sie vergessen müssen, versuchte er nicht zum ersten Mal, sich zur Räson zu rufen, sie wird hier heiraten, das hat sie mir gesagt, auch wenn ihre Stimme dabei seltsam unglücklich geklungen hat.

Ob sie den Mann kennt, den sie heiraten soll?

Obwohl Jonas mit seinen Gedanken ganz woanders war, hielt er weiterhin aufmerksam nach Arbeit Ausschau. Dann nahm er aus den Augenwinkeln eine Bewegung wahr. Irgendwo in der Menschenmenge hatte er jemand Bekanntes gesehen. Er schaute sich um, konnte jedoch niemanden ausfindig machen.

Wen hatte er gesehen? Pauline? Nein, das war unwahrscheinlich. Der Hafen war kein Ort für eine junge Frau, die doch drauf und dran war, eine lukrative Verbindung einzugehen. Hier würde er sie sicherlich nie antreffen.

Kasimir? Nein, er kannte seinen Vater. Der Vater hatte entschieden, dass diese Arbeit am Hafen unter seiner Würde war. Er würde sich nicht unter diese ganzen dunkelhäutigen Affen, wie er die Menschen nannte, mischen. Ich bin kein Sklave, Sohn, hatte er gesagt.

Jetzt hörte er Rufe, sah, wie einige der Arbeiter einen Kreis um zwei Männer bildeten, und plötzlich wusste er auch, was seine Aufmerksamkeit geweckt hatte: der schmale, schwarzhaarige Mann, der Pauline und ihren Vater am Hafen in Empfang genommen hatte. Er war in einen Streit mit einem blonden Hünen verwickelt. Der hielt ein Buch in die Höhe, das Jonas trotz der Entfernung bekannt vorkam. Kurz entschlossen näherte er sich den beiden Streitenden.

Es herrschte ein ziemliches Gedränge, weil gerade ein neues Schiff eingetroffen war und offenbar viele auf Arbeit hofften. Alle riefen durcheinander. Jemand brüllte. Kurz darauf war eine schrille Frauenstimme zu hören.

Jonas schlich näher an die Streithähne heran. Immer wieder verharrte er allerdings, fürchtete, ohne genau zu wissen weshalb, entdeckt zu werden. Trotzdem wollte er wissen, was die beiden zu besprechen hatten oder worüber sie sich stritten.

Jetzt erkannte er das Buch endlich, es hatte sich auch im Besitz seines Vaters befunden. Aber warum stritten die beiden Männer darum? Jonas war jetzt so nah herangekommen, dass er die beiden hören konnte.

»Die Regierung wird die Kontrakte der Unternehmer mit den von ihnen hergeführten Familien oder Personen für gültig anerkennen und auf die Erfüllung derselben achten«, zitierte der Blonde eben aus dem Buch.

Jonas erinnerte sich sofort, dass auch der Vater Ähnliches vorgelesen hatte. Es war eines der Argumente für die Reise gewesen. Der Blonde zitterte vor Aufregung. Der andere lachte und zog dann eine Augenbraue hoch, was ihm etwas Überlegenes gab.

»Der Kaiser«, sagte er dann mit weicher Stimme, »ist für solche wie euch nicht erreichbar.«

Einen Moment sah es so aus, als wollte der Blonde zuschlagen, dann sackten seine Schultern herab, alle Kraft schien aus ihm zu weichen. Jonas fühlte sich wie erstarrt. Aber so war es, sein Widersacher hatte recht. Der Kaiser war tatsächlich unerreichbar für solche wie sie. Keiner von ihnen würde sich bei ihm beschweren können. Es war absurd, auch nur einen Gedanken daran zu verschwenden.

Jetzt sah der Schwarzhaarige plötzlich zu ihm herüber. Kurz war der Blick des Mannes nachdenklich, dann weiteten sich seine Augen erkennend.

»Senhor Hartung.«

Jonas war ebenso überrascht, dass er seinen Namen kannte, als auch darüber, dass er Deutsch sprach. Paulines Vater musste ihn informiert haben.

»Mein Name ist Hector Martinez. Ich arbeite für Senhor Tewes, den Mann, den Pauline Jordan heiraten wird.«

Jonas nickte. »Senhor Martinez«, grüßte er.

Es war gut, dass er das jetzt wusste, aber er konnte nicht verhindern, dass ihn ein Schauder überlief.

Spät am Nachmittag traf ein weiteres Schiff ein und Jonas gelang es noch einmal, für ein paar Stunden Arbeit zu bekommen. Als er seinen Lohn erhalten hatte, trug er so viel Geld bei sich wie schon seit Langem nicht mehr. Kurz überkam ihn ein mulmiges Gefühl, dann straffte er die Schultern. Er war kein Schwächling. Er würde sich jetzt auf den Weg in ihre Hütte machen, sie würden die ausstehenden Rechnungen bezahlen, und Mutter und Greta konnten die Vorräte auffüllen.

Wenn etwas übrig bleibt, fuhr es ihm durch den Kopf, werden wir vielleicht bald unserem Ziel näherkommen – Rio Grande do Sul. Weiter im Süden lag dieses Fleckchen Erde. Es sollten viele Deutsche dort wohnen.

Wieder schweiften Jonas' Gedanken ab. Es war seltsam, aber es kam ihm inzwischen so vor, als wäre Rio Grande do Sul seit ihrer Ankunft in noch weitere Ferne gerückt als damals, als sie sich noch in der Heimat befunden hatten. Was, wenn sie es niemals dorthin schafften, was, wenn es dem Vater niemals gelang, einen neuen Bauernhof aufzubauen, wie er es sich erträumt hatte, wenn sie auf immer in diesem Loch in einer schmutzigen Gasse von Rio de Janeiro hausen mussten?

Jonas schreckte zusammen. Was war das für ein Geräusch? Waren das Schritte? Wurde er verfolgt? Was, wenn ihn am Hafen doch jemand beobachtet hatte, der es nun darauf anlegte, ihm das hart verdiente Geld abzunehmen?

Nein, das durfte nicht geschehen. Jonas lief schneller. Die Gegend hier war einsam, aber es war nicht mehr weit bis zu den ersten Häusern. Er würde nicht um Hilfe rufen, dazu war er zu stolz, aber es war gut möglich, dass die Aufmerksamkeit der Leute dort seine Verfolger abschreckte.

Bildete er sich doch alles nur ein? Vielleicht narrte ihn ein Trugbild. Das passierte manchmal, wenn man nicht genug gegessen hatte. Er hatte schon lange nicht mehr richtig gegessen, eigentlich nichts mehr seit dem Frühstück.

Jonas horchte noch einmal. Aber nein, die Schritte waren da. Als er nun endlich einen Blick über die Schulter wagte, nahm er drei Gestalten wahr, die ihm auf den Fersen waren. Also hieß es, noch schneller zu laufen, auch wenn er sich nicht als jemand sehen wollte, der vor irgendetwas davonlief. Aber er kannte sich hier nicht aus. Dieses Land war noch fremd für ihn. Er musste vorsichtig sein.

Quälend langsam näherte sich die erste Häuserreihe. Sollte er doch mit einem Hilfeschrei auf sich aufmerksam machen? Aber die Gegend wirkte wie ausgestorben.

Jonas spürte erstmals, wie ihm der Schweiß über den Rücken rann. War das Angstschweiß?

Erneut wagte er einen unauffälligen Blick über die Schulter. Seine Verfolger waren noch da, und sie schienen es nicht eilig zu haben. Womöglich wussten sie, dass es für ihn hier kein Entkommen gab.

Er hatte kürzlich erst erfahren, dass das in diesem Teil der Stadt ohnehin nichts nutzte. Niemand öffnete einem schreienden Fremden das Haus. Nur zu oft entpuppte sich der Hilfesuchende nämlich als Dieb.

Jonas erreichte die Häuser und verlangsamte seinen Schritt wieder ein wenig. Vielleicht würden es seine Verfolger doch nicht wagen, ihn in einer bewohnten Gegend zu überfallen …

Er irrte sich. Nur einen Augenblick später traf ihn ein heftiger Stoß in den Rücken. Im nächsten Moment schickte ihn ein kräftiger Schlag zu Boden. Jonas stürzte mit dem Gesicht voran in den Schmutz, spürte, wie seine Wange aufgeschürft wurde, und verschränkte schützend die Hände über dem Kopf. Ein Tritt traf ihn in der Seite. Stimmen waren zu hören. Er glaubte zu verstehen, dass man ihn etwas fragte oder etwas von ihm forderte, doch nichts von dem Portugiesischen, das er sich so fleißig auf der Reise angeeignet hatte, war ihm jetzt eine Hilfe. Er verstand einfach kein Wort.

Endlich riss man ihn hoch. Drei junge Männer in abgerissener Kleidung umringten ihn. Im nächsten Moment schlug ihm der Kräftigste in den Magen. Jonas krümmte sich. Jetzt bestätigte sich seine Vermutung – sie wollten natürlich sein Geld …

Sie müssen mich am Hafen beobachtet haben.

Ein nächster Schlag traf ihn im Gesicht. Er schmeckte Blut. Blut rann auch aus seiner Nase und befleckte sein Hemd. Der dritte Mann begann, ihn abzutasten, gab endlich ein Grunzen von sich. Man hatte offenbar gefunden, was man suchte.

Jonas wurde losgelassen, ein neuerlicher Stoß schickte ihn wieder zu Boden. Er hatte starke Schmerzen. Erschöpft blieb er liegen, bis die Männer verschwunden waren. Jemand aus einem der umliegenden Häuser stieß einen hölzernen Fensterladen auf, und für einen kurzen Moment fiel ein Lichtschein auf die Straße. Doch keiner kam ihm zu Hilfe, und es würde auch keinen Sinn machen, bei der Polizei Anzeige zu erstatten, das wusste er schon.

Stöhnend kam Jonas auf die Knie und kämpfte sich von dort aus in den Stand. Die ersten Schritte ging er schwankend, dann fühlte er sich etwas sicherer. Nur die Seite schmerzte höllisch, und er spürte, wie das Blut aus seiner Nase ihm den Rachen hinunterlief. Er spuckte aus, bewegte dann die Zunge im Mund, um zu prüfen, ob irgendeiner seiner Zähne sich gelockert hatte. Zu seiner Erleichterung saßen alle fest.

Jonas tastete mit der Hand nach seinem Kopf und unterdrückte ein Stöhnen. Er konnte sich gar nicht recht daran erinnern, dass man ihn auch dort getroffen hatte, aber es waren einfach zu viele Schläge gewesen. Er musste langsamer gehen, weil ihm schwindlig wurde.

Es dauerte ewig, bis er die Häuserreihe hinter sich gelassen hatte, dann musste er eine Straße überqueren und dann noch eine. Als er endlich die Hütte erreichte, in der seine Familie wohnte, konnte er kaum noch die Hand vor Augen sehen. Jonas öffnete die Tür und stolperte hinein. Die Eltern und Greta saßen um den Tisch, eine schmale, flackernde Kerze vor sich, und sahen ihn entsetzt an.

Greta sprang auf. »O mein Gott«, stieß sie hervor und gab Jonas damit eine erste Idee davon, wie man ihn zugerichtet hatte.

Er versuchte sich an einem Lächeln, doch es geriet so gequält, dass die Mutter im nächsten Moment an seiner Seite war. Sie wollte ihn berühren und schreckte doch davor zurück.

»Was …?« Mehr brachte sie nicht hervor.

»Ich … ich wurde überfallen.«

Es war dieser Moment, in dem sich der Vater erstmals hören ließ. »Und das Geld?«

»Gestohlen … man hat mir alles gestohlen.« Jonas fühlte sich plötzlich sehr einsam. Er rieb sich die Augen. »Ich bin müde«, sagte er dann, »ich lege mich schlafen.«

Keiner erwiderte etwas, selbst Kasimir war wie erstarrt.

Zwölftes Kapitel

Pauline langweilte sich wieder einmal. Alles, was sie anfangs gereizt hatte – das prachtvolle Hotel, der Luxus, den es bot, das sorglose Leben, für das Hector Martinez zahlte –, erschien ihr an diesem Tag fad. Auch der Markt lockte sie nicht. Gemalt hatte sie seit Messina nicht mehr, stattdessen schaute sie lieber den Kolibris zu, trank Schokolade und aß zu viele süße Leckereien.

Immer noch warteten sie auf Nachrichten aus Rio Grande do Sul, auf ein Schreiben von Augusto Tewes, ihrem zukünftigen Ehemann, wenn sich alles so entwickelte, wie es der Vater erwartete …

Ein neuer Betrug, und dieses Mal einer, für den ich einem Wildfremden das Jawort geben muss.

Der Vater war sehr zufrieden damit, wie es bislang gelaufen war. Manchmal hatte Pauline den Eindruck, ihn nicht mehr zu kennen. Er war ihr fremd geworden und wurde ihr mit jedem Tag fremder.

»Senhorita?« Einer der dienstbeflissenen Geister näherte sich ihr und blieb dann ehrerbietig abwartend stehen.

»Ja?« Pauline schaute das Mädchen in seiner gestärkten weißen Uniform fragend an.

Nein, sie war nicht neugierig – über dieses Stadium war sie längst hinaus. Sie war hier ja nur verdammt dazu zu warten, während die Männer …

Pauline schüttelte den Gedanken ab und lächelte das Mädchen ermutigend an. Sie war offenbar noch jung und arbeitete noch nicht lange im Hotel, wie es Pauline schien. Sie wirkte unsicher.

»Eine Frau möchte die Senhorita sprechen.«

»Eine Frau?«, echote Pauline. Sie kannte hier keine Frau. Sie kannte ja auch sonst niemanden. Sie nickte dennoch. »In Ordnung. Bring sie zu mir.«

Erwartungsvoll schaute sie in die Richtung, in die das Mädchen verschwand. Und wirklich, es dauerte nicht lange, da kam es zurück. Auf die Entfernung kam Pauline der Besuch nicht bekannt vor, dann weiteten sich jedoch ihre Augen.

Das war Greta, Jonas' Cousine. Eigentlich hatte sie gedacht, dass sich Greta und Jonas mit ihrer Familie sofort weiter auf den Weg gemacht hatten. Waren sie etwa doch noch in Rio de Janeiro?

Mit einem Mal klopfte Paulines Herz schneller. Die junge Bedienstete brachte Greta bis zum Tisch, knickste und verschwand dann. Greta starrte Pauline kurz an, dann ging ein Ruck durch ihren Körper, als wäre sie für einen Moment ganz woanders gewesen. Sie grüßte leise, beinahe unterwürfig.

»Greta!«, grüßte Pauline zurück.

An Bord hatten sie nicht viel miteinander zu tun gehabt, aber sie war oft an Jonas' Seite gewesen, wenn sie mit ihm geredet hatte. Jonas zufolge war Greta zwar seine Cousine und das Patenkind seiner Eltern, sie lebte aber seit dem Tod der Eltern bei den Hartungs, und sie waren sich nah wie Geschwister.

Jetzt erst nahm Pauline Gretas besorgten Gesichtsausdruck wahr.

»Greta, ist etwas passiert?«, fragte sie.

»Pauline …« Greta zögerte, sprach dann aber rasch weiter. »Ich würde mich nie an Sie wenden, doch …«

Pauline lächelte Greta ermutigend an. »Wir waren wochenlang Seite an Seite auf einem Schiff. Sollten wir es nicht mit dem Du versuchen?«

Für einen Moment schien Greta irritiert, dann lächelte die junge Frau zurück.

»Natürlich, vielen Dank.«

»Also, was führt dich zu mir?«

Greta zögerte erneut. Mit einem Mal schimmerten Tränen in ihren Augen.

»Jonas ist überfallen worden. Er hat starke Schmerzen, aber ...«

»Aber?« Pauline beugte sich vor.

»Wir können uns keinen Arzt leisten, und ich glaube, er braucht einen Arzt.«

Pauline war aufgesprungen, noch bevor Greta den Satz beendet hatte.

»Ich werde euch helfen. Ich komme mit.«

Greta schaute sie fragend an. »Ich dachte, du könntest einen Arzt ...«

»Mein Vater ist nicht da. Ich werde mir selbst ein Bild von der Lage machen und ...«

Ich werde Jonas wiedersehen, schoss es ihr durch den Kopf. Erstaunt stellte sie fest, wie sehr sie ihn vermisst hatte. Als sie sich am Schiff voneinander verabschiedet hatten, war er ihr noch wie eine normale Schiffsbekanntschaft vorgekommen, obgleich er ihr von Anfang an so vertraut gewesen war und sie viel Zeit miteinander verbracht hatten – und sie hatten ja auch manch Schreckliches erlebt.

Paulines Herz klopfte mit einem Mal so heftig, dass sie fürchtete, Greta könnte es bemerken. Doch die stand einfach nur da und wartete.

»Komm«, Pauline zwang sich zu einem Lächeln, von dem sie hoffte, dass es ihr nicht vollkommen misslang. »Gehen wir.«

Greta machte keine Anstalten loszugehen. Sie schaute Pauline an, dann wich sie dem Blick der anderen wieder aus.

»Ich weiß nicht, ob das etwas für dich ist. Es ist eine sehr einfache Gegend.«

Pauline schüttelte den Kopf. »Das ist mir egal. Ihr benötigt Hilfe. Ist das nicht so?«

»Ja«, sagte Greta einfach und sah wieder zu ihr. Dann drehte sie sich um und hastete Richtung Ausgang.

Pauline folgte ihr rasch.

Pauline versuchte ihr Entsetzen zu verbergen, aber sie war mehr als erschüttert über die Gegend, in der Jonas und seine Familie Unterkunft gefunden hatten. Die Gasse, in der ihre kleine Hütte stand, war voller Unrat. Der Regen hatte sie in eine Schlammfurt verwandelt. Hühner liefen gackernd umher. Räudige Hunde und ausgemergelte Katzen schliefen in der Sonne. Als Greta Pauline einließ, hob Jonas den Kopf und versuchte dann sogleich, sich stöhnend aufzurichten, doch es wollte ihm nicht gelingen. Als sie die Tür hinter ihnen schloss, war es so schummrig in dem engen Raum, dass Pauline zunächst kaum etwas erkennen konnte. Nur ein schmales Fenster spendete ein wenig Licht.

»Es tut mir leid«, sagte er schließlich und deutete auf seine rechte Seite. »Ich bin verletzt.«

»Er wurde überfallen«, sagte Greta erneut.

»Kannst du dich aufsetzen?«, fragte sie.

Jonas schüttelte den Kopf. »Nur mit viel Mühe, aber aufstehen kann ich gar nicht.«

»Ich vermute, dass er sich eine Rippe gebrochen hat«, mischte sich Greta ein.

Pauline schauderte. »Ein Überfall?«, versicherte sie sich dann noch einmal.

Jonas nickte vorsichtig. »Auf dem Weg vom Hafen. Ich habe dort gearbeitet.«

»Ist dir denn niemand zu Hilfe gekommen?«

Jonas' Mund verzog sich zu einem gequälten Lächeln. »Es schien niemand da zu sein.«

Greta schüttelte den Kopf. »Es hat ihm niemand geholfen, sie waren alle zu feige«, stieß sie bitter hervor.

Pauline hörte eine Mischung aus Wut und Entsetzen in ihrer Stimme. So viel Wut, wie sie es kaum für möglich gehalten hätte. Greta wirkte immer so sanft. Für einen Moment musterte Pauline Jonas' Cousine nachdenklich, dann riss Jonas' Stimme sie wieder aus den Gedanken, und Gretas Blick, der sie eben noch so seltsam angerührt hatte, war vergessen.

»Man hat mir gesagt ...«, eine leise Bitterkeit war aus Jonas' Stimme herauszuhören, und Pauline erinnerte sich gleich wieder an die Zeit auf dem Schiff, »... ich hätte *em nome do rei*, also im Namen des Königs, oder *fogo*, Feuer, rufen müssen, und schon wären alle aus den Häusern gestürmt. Andernfalls hat man zu viel Angst, sich einen Dieb ins Haus zu holen, obgleich doch wohl auch ein Dieb diese Worte rufen könnte.« Er hielt kurz mit schmerzverzerrtem Gesicht inne. »Was soll's ...«, fuhr er dann fort, »... mich schmerzt noch mehr das Geld, das sie mir abgenommen haben.«

»Wir sparen auf die Weiterfahrt nach Rio Grande do Sul«, fügte Greta erklärend an. »Dort sollen viele Deutsche wohnen. Warum seid ihr eigentlich noch nicht abgereist?«

Pauline zog die Schultern hoch. »Hector Martinez, der

Mann, der uns vom Schiff abgeholt hat und der für meinen zukünftigen Ehemann arbeitet, sagte, er müsse noch einige Kleinigkeiten für seinen Herrn erledigen. Offenbar zieht sich die Sache hin.« Ihr Hals fühlte sich mit einem Mal seltsam trocken an. »Könnte ich bitte etwas zu trinken haben?«

»Wir haben nur Wasser.«

»Ich trinke gern Wasser.«

Greta verschwand seltsam unwillig.

Jonas streckte unwillkürlich die Hand nach Pauline aus und drückte sie. »Sei ihr bitte nicht böse. Sie meint es nicht so, aber sie gewöhnt sich nur schwer an das neue Leben. Ganz ehrlich, wir haben uns alle etwas anderes vorgestellt.«

»Ich bin ihr nicht böse.« Beherzt setzte Pauline sich auf den Schemel an Jonas' Schlafstatt. »Du siehst erschöpft aus.«

»Ich schlafe schlecht, der Schmerzen wegen und manchmal ...« Er brach ab.

»Was?«, ermunterte Pauline ihn weiterzusprechen.

»Ich mache mir Sorgen, was aus uns wird, jetzt, da ich nicht arbeiten kann.«

Pauline wollte etwas entgegnen, doch draußen waren wieder Schritte zu hören. Wie auf ein Wort fuhren beide auseinander. Als Greta die Hütte betrat, stand Pauline neben Jonas' Bett, als wäre nichts geschehen.

»Wir müssen ihnen helfen.« Pauline war gleich mit der Tür ins Haus gefallen, als ihr Vater sie vorwurfsvoll gefragt hatte, wo sie sich herumgetrieben habe. »Jonas braucht einen Arzt.«

»Jonas, der junge Mann vom Schiff?« Valentin zog die Augenbrauen hoch. »Ihn hast du heute also ohne meine Erlaubnis besucht?«

»Ohne deine Erlaubnis? Ist es dir sonst nicht ganz gleichgültig, wo ich den Tag verbringe?«

»Nein, das ist es nie, Pauline. Doch die Zeiten haben sich geändert. Du wirst bald heiraten, wir müssen also auf deinen Ruf achten.«

»Man hat mich um Hilfe gebeten, und vielleicht werde ich ja auch nicht ...«

Valentin hob die Hand. »Diesen Gedanken willst du bestimmt nicht zu Ende denken, denn dann landest du auf der Straße.«

»Wir ... wir werden auf der Straße landen.«

Eine Weile herrschte eisiges Schweigen zwischen ihnen, dann straffte Pauline die Schultern. Die nächsten Worte schmerzten sie mehr, als sie es gedacht hätte.

»Wenn ich weiterhin tun soll, was du erwartest, wirst du einen Arzt zu den Hartungs schicken, lieber Vater. Außerdem möchte ich, dass du dafür sorgst, dass sie mit uns gemeinsam nach Rio Grande do Sul reisen.«

Valentin musterte seine Tochter überrascht. »Und wenn das gar nicht in meiner Macht steht?«

»Das steht in deiner Macht, Vater, und es wird dir gelingen.« Pauline lächelte traurig. »Das weißt du so gut wie ich.«

An diesem Abend fiel es Pauline schwer einzuschlafen. Irgendwann stand sie noch einmal auf und schlich sich ans Fenster. Durch die einen Spaltbreit geöffnete Tür zum Nachbarraum hörte sie ihren Vater leise schnarchen. Er hatte getan, was sie von ihm verlangt hatte. Hector Martinez hatte dabei geholfen, einen Arzt zu finden, der Vater übernahm die Kosten. Die Familie würde mit ihnen zusammen nach Süden reisen.

Pauline hoffte, dass Jonas sich schnell erholte. Sie wusste, dass er hart arbeiten musste, um die Familie finanziell zu unterstützen.

Der Gedanke, dass sie ihrem Vater nun ferner war als je zuvor, schmerzte sie. Sie hatte ihm versichert, Augusto Tewes zu heiraten, wenn der sie nur akzeptierte. Sie hatte versprochen, ihre eigenen Wünsche und Bedürfnisse hintanzustellen, wenn Jonas und seine Familie Hilfe erhielten.

Eine Gänsehaut überlief Pauline, als ihr bewusst wurde, dass sie wie ein Tier zur Schlachtbank geführt wurde. Wie alt mochte Senhor Tewes, wie man hier sagte, wohl sein? So alt wie ihr Vater? Und wie war das Leben auf seiner Fazenda in Rio Grande do Sul? Sie wusste nichts darüber, und das machte ihr Angst. Ja, sie hatte Angst vor dem, was sie in naher Zukunft erwartete.

Wehmütig dachte Pauline an Gregorio, den sie für immer verloren hatte, und an Jonas, den sie nun ebenfalls verlieren würde. Wenn sie verheiratet war, würden sie gewiss keine Zeit mehr miteinander verbringen dürfen, auch wenn Jonas und seine Familie dann ganz in ihrer Nähe wohnten.

Pauline hatte sich noch nie so traurig gefühlt.

Ein paar Tage später erlaubte Valentin seiner Tochter, mit Begleitung zum Hafen zu fahren, wo es eine Weile dauerte, bis sie Jonas zwischen den anderen Tagelöhnern entdeckte. Er war immer noch etwas blass, aber er konnte arbeiten. Er freute sich sichtlich, als er sie sah.

»Vielen Dank!«, sagte er, nachdem er sie begrüßt hatte. »Ich kann dir gar nicht genug für das danken, was du für meine Familie und mich getan hast.«

»Das freut mich.«

Pauline war traurig darüber, wie förmlich er sich anhörte, und auch Jonas schien die Veränderung in seiner Stimme zu bemerken, denn er zögerte kurz.

»Geht es dir nicht gut?«, fragte er dann.

»Doch, doch, es ist alles in Ordnung.« Pauline holte tief Atem, weil sie fürchtete, ihre Stimme würde zittern. »Ich freue mich übrigens sehr, dass wir gemeinsam weiterreisen.«

»Ja. Vielleicht werden wir uns ja auch dort unten ab und an sehen.«

»Vielleicht.«

Pauline sah zu Boden. Sie bezweifelte es.

Vierter Teil

Verlorene Träume

1859

Erstes Kapitel

Sie brachen früh am Morgen auf, die Sonne hatte sich gerade über dem Meer erhoben. Der Zuckerhut lag majestätisch im ersten Licht des Tages da. Pauline trug die bequeme Reisekleidung, die sie auf Hector Martinez' Geheiß hin gekauft hatte. Valentin stand an ihrer Seite und trat unruhig von einem Fuß auf den anderen, seine Reisetasche umklammernd. Viel, das wusste sie allerdings, fand sich nicht mehr darin, weshalb Valentins Verhalten umso seltsamer wirkte. Pauline erinnerte sich, dass er das letzte Figürchen in Madeira verkauft hatte – ob es ein Original war oder eine Fälschung, würde sie nie erfahren. Sie wollte es auch gar nicht wissen.

Die junge Frau schaute zum Meer. Seit dem Vortag wusste sie, dass es von Rio de Janeiro aus per Schiff südwärts bis nach Porto Alegre gehen sollte. Danach würden Maultiere die Reisenden weiter bis zur Fazenda Augusto Tewes' bringen, die den Namen Boa Vista trug, was so viel wie »Schöne Aussicht« bedeutete. Führer würden sie begleiten. Pauline fürchtete sich ein wenig vor der weiten Strecke, die sie auf dem Rücken der Tiere würden zurücklegen müssen, doch bis dahin waren zuerst einmal fast tausend Meilen auf dem Wasser zurückzulegen.

Unwillkürlich sah sie zu Greta hinüber, die kreidebleich war. Jonas hatte ihr davon erzählt, wie schwer seine Cousine unter der Seekrankheit zu leiden gehabt hatte. Jetzt ging es schon wieder auf ein Schiff. Pauline tat die junge Frau leid. Mit einem Mal bedauerte sie es, nicht öfter mit Greta geredet, sie nicht besser kennengelernt zu haben. Vielleicht konnten sie ja auf der Weiterreise oder in der neuen Heimat Freundinnen werden. Sie waren im gleichen Alter ...

Pauline trat auf Greta zu, streckte den Arm nach ihr aus, wagte es aber nicht, die andere zu berühren. »Vielleicht wird es weniger schlimm werden, wenn die Reise nahe an der Küste entlangführt«, bemerkte sie und versuchte, Greta aufmunternd anzusehen.

Die zwang sich sichtlich zu einer Antwort. »Ja, das kann sein.«

Pauline sah wieder aufs Meer und zupfte den Umhang über ihren Schultern zurecht.

»Herr ... Senhor Martinez hat gesagt, dass es sich um ein kleines Dampfschiff handelt, das allein uns zur Verfügung steht. Offenbar gehört es Senhor Tewes, meinem ...« Sie brach ab.

Jetzt war es an Greta, sie aufzumuntern. Sie lächelte, und Pauline bemerkte, dass es sie überraschte, dass Greta zu einem solchen Lächeln fähig war. Bisher hatte die junge Frau stets auf sie gewirkt, als bekäme sie nicht viel von dem mit, was um sie her geschah.

»... deinem zukünftigen Ehemann.«

»Ja ...«

Greta berührte ihren Arm, und Pauline fühlte sich der jungen Frau von einem Moment auf den anderen sehr nah.

»Es muss seltsam sein«, fuhr die junge Frau nun fort, »jemanden zu heiraten, den man gar nicht kennt.«

Pauline wollte erwidern, dass es doch ganz normal war, dass man sich erst in der Ehe nahekam, doch dann entschied sie zu schweigen.

Die meisten Bräute kennen ihren Ehemann zumindest schon ein wenig vor der Ehe …

Eine Bewegung auf dem Wasser riss Pauline aus den Gedanken. Spontan hakte sie sich bei Greta unter.

»Es scheint, als käme unser Schiff«, sagte sie und lächelte, obgleich ihr eigentlich gar nicht nach Lächeln zumute war.

Die Mannschaft an Bord bestand aus sechs Schwarzen und einem hellhäutigeren Kommandanten.

»Er ist Mulatte«, erklärte Martinez. »Mulatten sind Nachkommen eines schwarzen und eines weißen Elternteils. Sie haben eine etwas höhere geistige Begabung als die Neger. Es gibt unter ihnen tatsächlich sogar ganz ausgezeichnete, vielseitig gebildete Männer. Allerdings ist der Mulatte an sich auch äußerst leichtfertig und arbeitsscheu, und er gibt sich deshalb schnell dem Spiel und dem Alkohol hin. Im schlimmsten Fall ist er rachsüchtig, hinterlistig und verschlagen. Man muss immer aufpassen.«

Pauline schaute verwirrt zu dem jungen Kommandanten, der seine Aufgaben so umsichtig zu erledigen schien. Eben sorgte er dafür, dass das Schiff ruhig aus dem Hafen hinausfuhr. Sie trat an die Reling und sah auf Rio de Janeiro zurück, das ihnen, wenn auch nur für wenige Wochen, Heimat gewesen war. Martinez folgte ihr.

»Noch schlimmer sind allerdings die Mulattenweiber«, fuhr er fort. »Mancher hält sie ja für schön, doch üppige Formen, verführerische Bewegungen und ein feuriger Blick machen nicht die wirkliche Schönheit eines Weibes aus. Lassen Sie sich das gesagt sein, Senhorita Jordan.«

Paulines Blick wanderte unwillkürlich wieder zu dem

Kommandanten. In der Tat fand sie den Mann recht gut aussehend mit seinen dunklen Augen und dem bronzenen Hautton. Martinez beugte sich jetzt so dicht zu ihr hin, dass sie seinen warmen Atem auf ihrer Haut spürte.

»Die Nase einer Mulattin ist immer etwas zu breit, die Lippen sind zu wulstig. Der Blick mag feurig sein, sinnlich-herausfordernd, aber er ist zugleich ohne Geist, und die Hautfarbe ...« Martinez schüttelte sich. »Im Übrigen sind schätzungsweise drei Viertel der Mulattinnen Mätressen und leichte Mädchen. Es ist also durchaus ratsam, sich von ihnen fernzuhalten.«

Pauline wollte Martinez eben rügen, besann sich aber im letzten Moment darauf, nichts zu sagen. Hatte ihr der Mann nur Ratschläge gegeben, oder beabsichtigte er etwas anderes? Seiner verschlossenen Miene konnte sie jedenfalls nichts entnehmen. Sie fühlte sich verunsichert, entschied sich jedoch, ihm nicht zu zeigen, wie sehr er sie aus der Fassung gebracht hatte.

»Und die Schwarzen an Bord«, erkundigte sie sich dann mit so viel Ruhe, wie ihr möglich war, »sind das Sklaven?«

»Libertados«, Martinez schaute kurz zu einem der Männer. »Sie haben sich freigekauft. Dem dort«, er deutete auf einen weiteren Mann, »hat mein Herr die Freiheit geschenkt. Senhor Tewes ist ein guter Mann.«

Pauline nickte, seltsam froh darüber, etwas Gutes über ihren zukünftigen Ehemann zu hören. Noch immer wusste sie viel zu wenig über ihn.

»Aber sie arbeiten noch für Senhor Tewes?«, erkundigte sie sich dann.

Martinez zuckte die Achseln. »Warum sollte er sie davonjagen? Sie sind wie Kinder für ihn, und das Los der *libertados* ist selten ein rosiges. Ein Sklave muss sich weder um Kleidung noch um Nahrung sorgen. Leider gelingt es den wenigsten Freigelassenen, den rechten Gebrauch von ihrer Freiheit zu machen.«

Pauline wusste nicht, was sie darauf sagen sollte. Senhor Martinez schien ein recht genaues Bild von all diesen Menschen zu haben. Vielleicht hatte er mit allem recht – sie, Pauline, kannte dieses Land schließlich nicht –, vielleicht, und davon war die junge Frau weit eher überzeugt, irrte er sich aber auch.

»Danke, Senhor Martinez«, sagte sie ruhig. »Ich werde mich jetzt ein wenig zurückziehen.«

Hector Martinez lächelte. »Fragen Sie nur, wenn Sie weitere Fragen haben. Sie müssen noch viel lernen. Hierzulande dürfte alles neu für Sie sein.«

Gegen Mittag erst verließ Pauline die Kajüte wieder, die sie mit ihrem Vater teilte. Einer der Schwarzen bereitete eine Mahlzeit aus Maniokmehl, gekochtem Fisch, Orangen, Kokos und Nüssen zu. Sogar Weißbrot fehlte nicht. Pauline entschied, den Hartungs etwas von allem zu bringen.

Die Familie war am Heck des Schiffes untergebracht. Lediglich eine Zeltplane schützte sie vor der Witterung. Als Pauline sich näherte, saß Jonas an der Seite seiner Cousine. Greta war noch etwas blasser, sah aber nicht wirklich elend aus. Pauline lächelte beide an.

»Ich habe etwas Weißbrot und, hm …«, sie musterte den Blechnapf in ihrer Hand, »… Eintopf gebracht …«

Jonas sprang auf. Seit dem frühen Morgen hatte sie kein Wort mehr mit ihm gewechselt. Sie überreichte ihm das Essen.

»Das ist sehr freundlich.«

Jonas lächelte jetzt. Auch seine Eltern erhoben sich. Rosina Hartung holte die Blechnäpfe der Familie und breitete freudestrahlend etwas abseits eine Decke aus.

Greta räusperte sich. »Du musst nicht hierbleiben, du hast sicherlich auch noch nichts gegessen«, sagte sie zu Pauline.

Die schüttelte den Kopf. »Ich bleibe gern ein wenig hier. Es tut gut, auch einmal mit einer Frau zu sprechen.« Sie setzte sich zu Greta. »Und jetzt wünsche ich allen einen guten Appetit.«

Valentin hatte es sich unter einem Sonnenschutz gemütlich gemacht und beobachtete seine Mitreisenden. Einige Tage waren sie nun schon unterwegs und würden wohl bald in Porto Alegre eintreffen. Die Hartungs hatte er bislang nicht wirklich kennengelernt, und das stimmte ihn ein wenig unruhig. Er rätselte immer noch über Paulines Beweggründe, die Familie mitzunehmen. Misstrauisch verfolgte er jedes Gespräch zwischen seiner Tochter und Jonas, doch ihm fiel nichts Verdächtiges auf. Aus der anderen seltsam blassen jungen Frau wurde er einfach nicht klug. Gewöhnlich konnte Valentin Menschen gut einschätzen, bei Greta Hartung wollte ihm das nicht gelingen.

Obwohl sie sich wieder einmal eine Kajüte teilten, sprachen Pauline und Valentin weniger miteinander, als sie es in Rio de Janeiro getan hatten. Manchmal sah der Vater seine Tochter an, als stünde er kurz davor, ihr eine Frage zu stellen, doch dann wandte er den Blick wieder ab.

Jonas fühlte sich Pauline in diesen Tagen besonders nah, auch wenn sie keine Zeit allein miteinander verbringen konnten. Und da war das Verhalten ihres Vaters, das sie verstörte, je mehr sie darüber nachdachte. Wie war er an die Fahrkarten für die Schiffsreise gekommen? Wie konnte er davon ausgehen, dass sie einen Mann heiratete, der sich eine fremde Frau aus Europa kommen ließ? Warum war Augusto Tewes nicht in Rio de Janeiro gewesen, um sie zu empfangen?

Der Nachthimmel war von Sternen übersät. Greta hatte, wie so oft, Mühe in den Schlaf zu finden. Sie war froh, dass es ihr auf dieser zweiten Schiffsreise weitaus besser ging als auf der ersten, wenn sie ihren wahren Zustand auch zu verbergen suchte. War sie unpässlich, blieb Jonas zumeist an ihrer Seite. Manchmal kam Pauline vorbei und unterhielt sich mit ihm. Dann hielt sie die beiden im Blick. Zum Glück war das Schiff nicht besonders groß. Sie musste sie im Blick behalten, denn Jonas, *ihr* Jonas, sah Pauline immer auf diese merkwürdige Art an. Und strahlten Paulines Augen nicht stets, wenn sie ihn sah? Ihr machten die beiden nichts vor.

Doch wirklich böse konnte sie, Greta, Pauline nicht sein. Sie mochte die junge Frau. Sie war sehr freundlich ihr gegenüber und hatte ja auch dafür gesorgt, dass sie aus dem Elend der kleinen Hütte in Rio de Janeiro herauskamen. Obwohl sie sicher genug eigene Probleme hatte. Sie würde einen Mann heiraten, den sie gar nicht kannte.

Das würde ich niemals tun …

Greta schüttelte sich. Sie wusste schon immer, dass sie Jonas eines Tages heiraten würde. Sie wusste es, und deshalb konnte sie warten, denn eines Tages würde er erkennen, was sie ihm bedeutete.

Zweites Kapitel

Sie würden Porto Alegre in einem der *barcos*, die von Sklaven und *Libertados* den Rio dos Sinos hinaufgerudert wurden, verlassen. Von der kleinen Stadt São Leopoldo aus sollte die Reise für die Männer auf Maultieren, für die Frauen, zu Paulines Erleichterung, in einem einfachen Karren in nördlicher Richtung weitergehen. Martinez ließ sie wissen, dass man je nach Witterungs- und Straßenverhältnissen in weiteren zwei bis zweieinhalb Tagen über Novo Hamburgo zu dem hauptsächlich von Deutschen besiedelten Ort Santa Maria do Herval gelangte – dem Ort, an dem Augusto Tewes sich einst niedergelassen hatte.

Sie hatten noch eine letzte Nacht auf dem Schiff verbracht. Jetzt, es war noch sehr früh am Morgen, sollte es losgehen. Pauline schaute auf das Meer hinaus. An dieser Stelle war das Ufer von Gras bewachsen. Die niedrigen Bäume und Büsche ließen sie für einen Moment an die Vegetation Siziliens zurückdenken.

Martinez stand plötzlich neben ihr und räusperte sich. »Haben Sie genug gesehen, Senhorita? Es wird Zeit aufzubrechen.«

Pauline nickte nur und biss sich zugleich auf die Lippen. Sie wollte nicht sprechen, denn sie wusste, dass ihre Stimme zittern würde. Es ging Martinez gewiss nichts an, wie sie sich fühlte. Schneller als erwartet war das Gepäck auf die wartenden Boote geladen worden. Kaum eine Stunde später hielt die fremde Umgebung die deutschen Auswanderer gefangen. Beiderseits des Ufers wucherten Bäume, Büsche und Blumen im Überfluss. In Ufernähe, aber auch im Fluss selbst tauchten immer wieder fremdartige Tiere auf. Aufgeregt machte man einander auf Kaimane, Wasserschweine, Sumpfratten und auch auf Schlangen aufmerksam, die faul auf den in das Wasser gestürzten Baumstämmen lagen. Am Himmel zeigten sich Vogelschwärme in den prächtigsten Farben, darunter blau gefiederte Papageien und solche mit grünen Federn und einem goldgelben Nacken. Am Ufer saßen Reiher und Kormorane. Etwas weiter entfernt vom Fluss ließ sich Weideland erahnen. Aufgeregt deutete Pauline auf Schildkröten, die sich auf Steinen am seichten Ufer sonnten.

Wieder kam Martinez zu ihr. Manchmal hatte sie den Eindruck, dass der Mann sie gar nicht mehr aus den Augen ließ.

»Es ist nicht immer so schön hier«, sagte er unvermittelt, und Pauline spürte, wie er sie zugleich eindringlich von der Seite musterte. »An kalten, nebligen und feuchten Wintertagen wirkt dieses Tal ganz anders.«

Pauline schwieg erneut. Sie hatte kein Vertrauen zu diesem Menschen.

Sie schafften es tatsächlich am selben Tag noch bis Novo Hamburgo, wo sie spät abends eine Unterkunft fanden. Pauline war so erschöpft, dass sie bald in einen festen Schlaf sank.

Die nördlich Novo Hamburgos gelegene Serra Gaúcha, die sie mit dem nächsten Reisetag erreichten, wirkte beinahe so sanft hügelig wie ein deutsches Mittelgebirge, doch das Bild veränderte sich, je tiefer die Reisenden in den Urwald eindrangen. Hier gab es steile Flussufer mit Wasserfällen und Schluchten. Zum ersten Mal sahen die Hartungs, Pauline und ihr Vater Araukarien. Martinez erklärte, dass die immergrünen Bäume bis zu neunzig Meter hoch wurden. Ein weiteres Stück des Weges führte bald darauf wieder durch hügelige Landschaft, Wälder und vorbei an Wiesen, Feldern und sogar Weinbergen. In einem kleinen Ort standen etliche Fachwerkhäuser, die sie an die Heimat gemahnten. Hier hatten sich ganz sicher Deutsche angesiedelt. Rosina brach in Tränen aus und konnte sich lange Zeit nicht beruhigen.

An diesem Abend übernachteten sie in einer der einfachen kleinen Herbergen, von denen sie einige unterwegs gesehen hatten. *Pousadas* nannte man diese in Brasilien. Trotz ihrer Erschöpfung konnte Pauline lange Zeit nicht einschlafen. Der Zeitpunkt rückte näher, an dem sie Augusto Tewes gegenübertreten würde. Sie musste zugeben, dass sie sich ein wenig davor fürchtete.

Jetzt war es nicht mehr weit bis zu Augusto Tewes' Fazenda, vielleicht zwei Stunden noch, wie Hector Martinez Pauline eben beschied. Drei Tage waren sie jetzt unterwegs. Seit der Weg schlechter geworden war, hatten Greta, Rosina und sie allerdings mehrmals absteigen müssen, damit die Männer den Karren gemeinschaftlich aus dem Dreck schieben konnten. Mittlerweile sahen sie alle erschöpft aus. Hector Martinez und ihre Führer schienen es gewohnt zu sein, lange Strecken reitend zurückzulegen, doch Jonas und sein Vater wie auch Valentin konnten es kaum noch erwarten, ihr Ziel zu erreichen.

Pauline hatte versucht, ein wenig zu schlafen, gab nun jedoch endgültig auf. Auf dem unebenen Untergrund holperte der Wagen einfach zu sehr, außerdem erschien ihr die Natur zunehmend zauberhaft. Zu beiden Seiten des Weges blühten jetzt wilde Ananas in rosaroten Farben. Hin und wieder war ein schillernd bunter Kolibri zu sehen – Abbildungen der winzigen Vögel hatte sie schon in einigen der Bücher, die sie über Brasilien gelesen hatte, bewundern können. Die Wälder waren dichter als die in Deutschland oder auch in Italien, aber die Bäume waren weder ungewöhnlich dick noch besonders hoch, so wie sie es erwartet hatte. Dafür wirkte die Vegetation nur ein paar Schritte vom Weg entfernt geradezu undurchdringlich. Es gab Unmengen an kleineren Bäumen, Gesträuchen, Schling- und Schmarotzerpflanzen.

Wieder einmal führte der Weg sie durch ein kleines, von Hügeln umgebenes Tal. Manchmal sah man auch einen Weideplatz, kleinere Felder und sogar armselige Hütten. Sie durchquerten noch einmal ein Dorf mit Wohnhäusern, einem Kramladen, einer *pousada*, einer kleinen Kirche und einer Apotheke. Dieses Mal legten sie keine Rast ein, vielmehr hielt Martinez sie alle zur Eile an.

Der Weg war jetzt besser ausgebaut, gefährlich waren lediglich die Brücken, die sie zuweilen überqueren mussten. Sie waren offenbar bei den Unwettern, die es oft während der Regenzeit gab, beschädigt worden. Kurz nachdem sie den Urwald endlich hinter sich gelassen hatten, passierten sie eine Fazenda. Pauline schaute zu der Anlage hinüber, die einem großen Landsitz glich. Die Ebenen und niederen Anhöhen ringsumher waren mit Zuckerrohr bepflanzt.

»Nachbarn«, erklärte Hector Martinez. »Sie und Ihre Tochter«, er drehte sich zu Valentin um, »werden sie alle noch kennenlernen.«

Auf das im Wind knisternde Zuckerrohr folgten Felder mit Maniokpflanzen. Dann wurde die Vegetation wieder dichter und üppiger. Pauline sah wunderschöne Lianen, die hier nicht nur den Grund bedeckten, sondern sich derart um die Bäume geschlungen hatten, dass ihre herrlichen Blüten wie die der Bäume selbst erschienen. Überall blühte es gelb und rot, im grünen Blättermeer leuchtete es hier und da auch silbrig weiß. Ab und an gab es kleine Pflanzungen. Nicht alle waren gepflegt, in manchen wucherte so viel Unkraut, dass man die eigentliche Pflanze auf den ersten Blick gar nicht ausmachen konnte.

Und dann erreichten sie eine Kaffeeplantage. Pauline richtete sich auf. Aufmerksam ließ sie ihren Blick über die Anpflanzung wandern. Auch die anderen schauten sich neugierig um.

Martinez räusperte sich. »Hier beginnt das Land von Boa Vista.«

»Sie meinen, diese Plantage gehört Senhor Tewes?«, vernahm Pauline ihren Vater.

»Ja, das ist Senhor Tewes' Land«, bestätigte Martinez.

»Dann produziert er seinen eigenen Kaffee?« Valentin lachte.

Pauline hörte Unsicherheit aus seiner Stimme heraus. Vielleicht begann er sich ja jetzt, da die Begegnung mit Augusto Tewes kurz bevorstand, Sorgen zu machen ...

Die junge Frau ließ sich wieder zurück in ihren Sitz sinken. Die Kaffeepflanzen waren sicherlich zwei Meter hoch.

Martinez ritt nun neben dem Wagen her. »Sie können noch viel höher werden, weshalb man auch Kaffeebaum sagt«, erklärte er. »Die Blätter sind länglich und leicht gezackt, die Blüte ist weiß. Die Früchte gleichen Kirschen. Sie wachsen wie Trauben dicht an dicht. Zuerst sind sie grün, dann rot, dann braun, im Laufe der Röstung werden sie schwarz.«

Pauline sah, dass die Kaffeepflanzen zu gleicher Zeit Blüten und Früchte trugen. »Senhor Martinez«, rief sie neugierig. »Wurde dieser Teil der Plantage noch nicht abgeerntet? Ich sehe neue Blüten, aber da sind auch immer noch reife Früchte.«

Martinez lächelte. »Man erntet auf den Kaffeeplantagen beinahe das ganze Jahr über. Es befinden sich also fast immer Blüten und Früchte zugleich an den Pflanzen. Im dritten Anzuchtjahr fangen sie an, Früchte zu tragen, sie sind dann etwa zehn Jahre lang fruchtbar.«

»Interessant«, ließ sich jetzt Jonas hören, der sein Maultier ebenfalls an ihre Seite gelenkt hatte. Er deutete auf eine Frucht von roter Farbe. »Und dieses Farbenspiel ... Darf ich?«

Hector Martinez nickte zustimmend. Jonas lenkte sein Maultier nah an das Feld heran und pflückte eine der Früchte.

»Die äußerste Schale ist tatsächlich noch weich«, ließ er dann verlauten. »Ich habe gelesen, dass sie im Laufe der Zeit vollkommen hart wird und dann wie eine hölzerne Kapsel aussieht.«

»Das stimmt«, bestätigte Martinez. »Interessieren Sie sich für den Kaffeeanbau?«

»Ich halte es für wichtig, über die verschiedensten Dinge Bescheid zu wissen«, erwiderte Jonas. »Ich hoffe, einmal bei einer Kaffeeernte dabei sein zu können.«

»Das ist gut möglich«, erwiderte Martinez knapp und hieß die Gruppe weiterreiten.

Pauline kämpfte erneut gegen die Müdigkeit. Sie hatten eine weite Strecke zurückgelegt, und sie würde, bei aller Unsicherheit darüber, was sie erwartete, froh sein, wenn sie ihr Ziel endlich erreichten. Sie legte die Arme auf den Rand des Wagens und stützte ihren Kopf darauf.

»Da!«, rief Greta plötzlich aus.

Pauline zuckte zusammen und wäre im nächsten Moment

beinahe aufgesprungen. Nur kurz zuvor waren sie erneut in ein Wäldchen gefahren. Zwischen dichten grünen Bäumen, am Ende eines mit schneeweißen Kieseln bedeckten Weges, lugte hinter einem hohen Metallzaun ein ebenfalls weißes Haus hervor. Pauline betrachtete fasziniert das Portal des Gebäudes, als Martinez das Tor nun öffnete. Wenige Stufen führten zu einer großzügigen, von Säulen gesäumten Veranda hinauf, vor der der Wagen jetzt zum Stehen kam. Die Männer rutschten steifbeinig vom Rücken ihrer Maultiere.

Pauline ließ neugierig den Blick schweifen, wenn das Herz in ihrer Brust auch langsam immer stärker schlug. Jetzt würde sich alles entscheiden. Das war sicher. Sie waren angekommen.

Hector Martinez verschwand im Haus, ihr Vater kam an ihre Seite. Auch er war sichtlich darum bemüht, die Ruhe zu bewahren. Die Hartungs wirkten erschöpft und hielten sich abwartend im Hintergrund.

Keiner von uns weiß, was ihn hier erwartet, auch sie nicht.

Pauline lenkte ihre Aufmerksamkeit auf die Umgebung, betrachtete zuerst einen Arbeiter, der den Rasen rechts des Weges schnitt, dann ein Mädchen, das Laub zusammenrechte. Von der Arbeit eines Landguts konnte man hier noch nicht viel sehen. Es war ein großartiges Anwesen. War eine Fazenda wie Boa Vista überhaupt ein Gut? Pauline wusste es nicht.

Sie schnupperte. Der Geruch war ungewohnt, aber nicht unangenehm. Würde sie hier den Rest ihres Lebens verbringen?

Ein Räuspern ließ sie plötzlich zusammenschrecken. Sehr langsam und gefasst drehte Pauline sich um. Auf der obersten Treppenstufe des Hauses stand ein schlanker Mann. Als er nun langsam die Stufen hinunterging und auf sie zukam, als gäbe es die anderen nicht, fielen ihr als Erstes die intensiv blauen Augen auf, die er prüfend auf sie richtete. Seine Gesichtszüge wirkten – wie nannte man das? – aristokratisch. Sein Haar war dunkelblond und hier und da von silbergrauen Strähnen durchzogen, doch noch voll und sehr sorgfältig frisiert. Er war sicher zwanzig Jahre älter als sie. Als er sie anschaute, fühlte Pauline sich, als blickte er direkt in ihr Herz. Sie öffnete den Mund, um etwas zu sagen, da wandte er sich plötzlich ihrem Vater zu.

»Senhor Jordan, ich hoffe, Sie hatten eine gute Reise.«

Valentin nickte. Hector Martinez hatte seinen Herrn also darüber informiert, wer ihn draußen erwartete. Er war vorbereitet. Augusto Tewes musterte jetzt die Hartungs, grüßte die Familie aber nur kurz und rief dann einen Mann herbei, dem er Anweisungen gab. Pauline warf Jonas und Greta einen kurzen, unsicheren Blick zu. Jonas lächelte ihr ermutigend zu, während seine Eltern sich schon dem Mann anschlossen.

Wieder Pauline und ihrem Vater zugewandt, sagte Tewes: »Folgen Sie mir bitte.«

Valentin nahm seine Tochter an die Hand. Nebeneinander schritten sie hinter Tewes die Treppe hinauf. Durch einen breiten Gang gelangten sie in den Salon. Pauline riss die Augen auf. Der Salon wirkte auf sie unerwartet überladen. Ein Sofa mit unzähligen Kissen aus kostbaren Stoffen lud zum Verweilen ein. Ein Mahagonitisch nebst Stühlen aus demselben Holz stand in der Mitte des Raumes. Skulpturen reihten sich an den Wänden auf, als wüsste der Besitzer nicht recht, etwas mit ihnen anzufangen. An einer Wand hing eine fremdartige Maske.

Augusto Tewes hieß Pauline, sich zu setzen, und trug einer Bediensteten auf, etwas zu trinken und zu essen zu bringen. Als wenig später ein Tablett mit gebratenem Hühnchenfleisch, frisch gebackenem Brot und ein Teller mit Obst vor ihnen stand, bemerkte Pauline erst, wie hungrig sie war. Doch sie zögerte.

»Greifen Sie schon zu«, ermunterte Tewes sie. »Ich weiß, wie lange Sie unterwegs waren und werde Sie für eine gewisse Unbeherrschtheit«, er zwinkerte ihr zu, was Pauline verwirrte, »gewiss nicht verurteilen.«

Valentin war der Erste, der sich bediente. Pauline folgte ihm eher zaghaft. Immer noch waren ihre Nerven bis zum Zerreißen gespannt. Das Huhn war ungewohnt würzig, schmeckte aber gut.

»Ein Rezept meiner lieben Köchin, einer Frau, schwarz wie die Nacht«, bemerkte Tewes, der sie die ganze Zeit über nicht aus den Augen ließ.

Pauline nickte, froh darüber, dass sie mit vollem Mund nicht zu antworten gezwungen war.

»Ich nehme an, die Reise war anstrengend? Von zu Hause sind Sie solche Entfernungen sicher nicht gewohnt«, fuhr Tewes nun im Plauderton fort.

»Nein, Senhor Tewes«, antwortete ihr Vater, »und, ja, es war anstrengend, aber auch höchst interessant. Ich bin jedenfalls froh, etwas mehr von diesem schönen Land gesehen zu haben. Und auch schon von Boa Vista. Es ist ein wirklich prächtiges Anwesen.«

Tewes lächelte. »Ach, von Boa Vista haben Sie beide nur einen sehr kleinen Teil gesehen. Hector Martinez wird Sie in den nächsten Tagen sicher herumführen und Ihnen alles zeigen können, sollten Sie beide das wünschen.«

»Ja, sehr gern«, sagte Pauline rasch, und wieder war es ihr, als schaue Tewes bis tief in ihr Herz.

Es war seltsam. Sie hatte so etwas noch nie erlebt. Tewes

musste ein kluger Mann sein, er hatte den Betrug ihres Vaters – und dass es ein Betrug war, daran zweifelte sie nicht mehr – sicherlich längst durchschaut. Gewiss hatte er eine Fotografie seiner zukünftigen Ehefrau erhalten und gewiss sah sie diesem Bild nicht im Mindesten ähnlich. Pauline hatte mit einem Mal das Gefühl, als würde ihre Kehle ganz eng. Sie zwang sich, äußerlich ruhig zu bleiben.

Wo bin ich da nur wieder hineingeraten, Vater? Soll unser ganzes Leben eine einzige Lüge sein?

Der Vater schien nichts von ihrer Aufregung zu bemerken. Er aß mit gutem Appetit, gerade widmete er sich genüsslich einer Mango. Pauline sah, wie Augusto Tewes' Blick ihren Vater amüsiert streifte. Sie senkte den Kopf, als sie bemerkte, dass ihre Wangen zu glühen begannen wie bei einem kleinen Kind.

Mein Vater ist ein Betrüger ... Ich bin eine Betrügerin ... Er weiß es ...

Sie schämte sich. Mit zitternden Händen versuchte sie, sich selbst etwas von dem Getränk aus der Karaffe einzuschenken. Tewes kam ihr zu Hilfe.

»Ein Früchtetee«, erklärte er, als sie probierte.

»Er ist sehr schmackhaft«, antwortete Pauline, trank einen großen Schluck und nahm dann allen Mut zusammen, um die Frage zu stellen, die ihr schon seit ihrer Ankunft auf der Seele brannte.

»Was geschieht mit der Familie, die mit uns gereist ist?«

Tewes schenkte ihr noch einmal nach, und Pauline leerte das Glas in einem Zug.

»Gut möglich, dass sie sich schon mit meinem Verwalter geeinigt hat«, sagte Tewes mit einem Lächeln. »Meine Leute kennen meine Wünsche genau und wissen sie umzusetzen. Die

Familie wird ein Stück Land zum Eigenanbau erhalten und es für mich urbar machen. Solange sie das tut, kann sie die Früchte dieses Landes wie ihre eigenen betrachten. Ein Teil von Boa Vista ist immer noch Urwald, wissen Sie. Es braucht Kraft und viele Hände, bis dieses Land für die landwirtschaftliche Nutzung geeignet ist.«

»Es tut mir leid, dass wir nicht vorher um Erlaubnis gebeten habe, aber die Hartungs und wir fanden zufällig auf dem Schiff zusammen, und als ich hörte, dass ihr Ziel auch Rio Grande do Sul ist ...« Pauline senkte den Kopf. »Ich habe meinen Vater darum gebeten, sich ihrer Mitreise nicht zu verschließen und ...«

»Sie haben offenbar ein gutes Herz, Senhorita Jordan. Machen Sie sich keine Sorgen, auf einer Fazenda werden Sie viele eigene Entscheidungen treffen müssen.«

Hieß das ... Pauline wagte nicht zu fragen. Hieß das, dass Tewes tatsächlich von einer Heirat ausging? Aber warum, wenn er doch gewiss wusste, dass sie nicht die war, die sie vorgab zu sein?

Ihre Stimme zitterte, als sie sich bedankte. Dann war wieder ihr Vater zu hören.

»Entschuldigen Sie, ich will nicht stören, aber ich müsste mich erleichtern.«

»Natürlich.«

Während Pauline ein leises Gefühl der Scham überkam, blieb Tewes gelassen. Er klingelte. Ein schlankes, vollkommen in Weiß gekleidetes dunkelhäutiges Mädchen kam wenig später zur Tür herein, erhielt von Tewes eine Anweisung und ging gleich wieder darauf mit Paulines Vater. Pauline sah noch kurz auf die geschlossene Tür, hinter der die beiden verschwunden waren, dann drehte sie sich wieder zu Tewes um.

»Sie ... Sie wissen es«, stammelte sie.

Tewes lächelte. »Was meinen Sie, dass Sie nicht meine richtige Braut sind oder dass Sie beide ein Geheimnis hüten?«

»Wir hüten kein Geheimnis«, platzte Pauline heraus, noch bevor sie nachgedacht hatte.

Tewes lachte auf. »Das war ein Scherz.« Dann wurde er wieder ernst. »Aber Sie entsprechen tatsächlich in keiner Weise der Frau, die ich erwartet habe.«

»Das tut mir leid. Wir können wieder abreis...«

»Ich habe nicht gesagt, dass ich Sie wegschicken will. Sie sind eine deutsche Frau. Ansehnlich genug, dass ich mit den veränderten Umständen leben könnte ...«

Pauline überkam wieder das Gefühl, wie ein Rind auf dem Markt behandelt zu werden. Sie war ärgerlich, aber zugleich auch zu kraftlos, sich gegen die Anmaßung zu wehren.

»Was ist mit der anderen geschehen?«, hörte sie Tewes fragen.

Pauline blickte ihn fest an. »Sie hat es sich anders überlegt«, log sie.

Tewes wartete einen Moment, während er sie streng ansah. »Warum?«, fragte er dann.

»Sie hatte Angst.«

Tewes lächelte. In seinen blauen Augen funkelte etwas wie Belustigung.

»Und Sie haben keine Angst, Senhorita Jordan?«

»Nein.«

Pauline wich seinem Blick nun nicht mehr aus. Sie war fest entschlossen, ihm standzuhalten, auch wenn sie wusste, dass sie in der schwächeren Position war, hier in dem neuen Land, in dem sie nichts und niemanden kannte.

»Warum nicht?« Tewes verschränkte die Arme vor der

Brust. »Sie kennen mich doch genauso wenig. Wer weiß«, er lächelte wieder, »wer sich hinter diesem Lächeln verbirgt.«

»Ich habe keine Angst.«

Pauline leckte sich blitzschnell über die trockenen Lippen und hoffte dabei, dass Tewes es nicht bemerkte.

Draußen im Flur waren Schritte zu hören. Einen Moment später klopfte es, und Hector Martinez trat ein. Er schien sehr wichtige Angelegenheiten mit Senhor Tewes besprechen zu müssen. Die Unterhaltung war damit vorerst beendet.

Drittes Kapitel

Jonas saß vor der Hütte, zu der Augusto Tewes' Verwalter sie am Vortag begleitet hatte, und schnitzte gedankenverloren an einem Stück Holz. Rechter Hand waren Urwald und Buschland bereits gerodet worden. Man konnte erahnen, dass man hier später einmal Felder würde beackern können. Linker Hand war nur tiefe Wildnis. Wenn man den Pfad hinter dem Haus direkt ins Dickicht hinein nahm, hatte ihnen Hector Martinez am Morgen gesagt, gelangte man nach etwa zehn Minuten an einen kleinen Teich und eine Quelle, an der sie frisches Wasser holen konnten. Andere Deutsche, Pächter wie sie, wohnten nur wenig entfernt. Man musste sich lediglich mit ihnen bekannt machen. Vor der Hütte war Platz genug, um einen kleinen Stall zu bauen, in dem sie Hühner halten konnten. Rosina sprach schon davon und freute sich erstmals, seit sie in diesem Land angekommen waren. Augusto Tewes hatte versprochen, ihnen das Geld für den Kauf der Hühner vorzustrecken, sie konnten es ihm später zurückzahlen.

Tewes …

Jonas verharrte kurz in seinem Tun, dann schnitzte er verbissen weiter. Die Holzspäne flogen nur so davon. Er war so vertieft in seine Arbeit, dass er Greta erst bemerkte, als sie dicht hinter ihm stand. Er zuckte zusammen, als sie ihn ansprach.

»Greta!«, rief er und sah von seinem Schnitzwerk auf. »Du hast mich erschreckt.«

Sie zögerte, dann setzte sie sich neben ihn. »Du solltest nicht deine Zeit mit Gedanken an sie verschwenden. Es war immer klar, dass sich unsere Wege irgendwann trennen würden. Sie wird ein anderes Leben führen, das wusstest du doch von Anfang an.«

Greta sah ihn abwartend von der Seite an.

Jonas runzelte die Stirn. Woher wusste sie nur …?

Ja, wahrscheinlich hatte sie recht, wahrscheinlich war es genau so, wie sie sagte. Aber je mehr Zeit er mit Pauline auf der Reise verbracht hatte, desto mehr hatte er das vergessen. Er hatte vergessen, dass Pauline heiraten würde. Er hatte vergessen, dass sie aus unterschiedlichen Welten stammten und dass sich ihre Wege im Normalfall niemals gekreuzt hätten. Er hatte vergessen, dass er ihr niemals genügen konnte, dass er ihr niemals das würde bieten können, was sie ganz sicherlich gewohnt war. Er hatte sich einfach in sie verliebt, ohne sich Gedanken darum zu machen, ob das schicklich war.

Ich liebe sie. Das ist es, was ich mir die ganze Zeit nicht eingestehen konnte.

Langsamer ließ Jonas das Messer nun über das Holz gleiten, feinere Späne flogen davon, blieben an seiner groben dunklen Hose hängen.

»Natürlich wusste ich das von Anfang an«, murmelte er und schaute dann mit einem schiefen Lächeln erneut zu Greta auf. »Du bist immer so vernünftig.«

Greta legte eine Hand auf seinen Arm. »Du wirst dich an das neue Leben gewöhnen.«

»Gewiss. Und du wirst mir dabei helfen, nicht wahr?«

»Natürlich.«

Greta lächelte. Sie war überglücklich.

Viertes Kapitel

Greta hatte keine Angst. Sie rückte die Holzstange zurecht, an deren Enden jeweils ein Eimer hing. Drei Tage waren sie jetzt schon auf der Fazenda, und Rosina fürchtete sich immer noch davor, allein zu der Quelle zu gehen, doch Greta nicht. Sie nahm den Weg durch das Dickicht, als ginge sie eine belebte Straße entlang. Sie vertraute auf Gott. Er beschützte sie und würde sie immer beschützen. Und weil sie diese Kraft hatte, würde sie Jonas helfen, sich an das neue Leben zu gewöhnen, und darüber würde er diese Pauline irgendwann vergessen.

Bestimmt würde es ihm nicht leichtfallen, aber sie war geduldig. Greta war immer geduldig gewesen. Sie hatte gelernt zu beobachten und zu warten. Am Ende wurde alles gut.

Nicht alle waren für das Leben hier gemacht. Sie war es, das hatte sie gewusst, als sie das kleine Schiff in Porto Alegre verlassen hatte. Früher war sie die Neue gewesen, hier waren sie alle neu.

Greta hatte die Quelle erreicht, die zwischen ein paar moosbewachsenen Steinen hervorsprudelte. Das Wasser sammelte sich einige Schritte weiter in einem kleinen Teich. Mithilfe einer alten hölzernen Kelle fing sie es auf und schöpfte es in die Eimer. Vielleicht würde man hier irgendwann ein kleines Becken mauern können, in dem sich das Wasser fing, sodass das Schöpfen leichterfiel. Das Wasser in dem natürlichen Teich schien ihr zu schmutzig.

Sie hatte den Eimer fast gefüllt, als sie aus den Augenwinkeln eine Bewegung wahrnahm und den Kopf hob. Wer war das? War sie doch nicht allein? Bis zur Hütte war es nicht weit, aber …

Greta duckte sich. Wenn sie jetzt losrannte … Sie erstarrte. Drüben im Dickicht auf der anderen Seite der Quelle bewegte sich wieder etwas. Greta erkannte jetzt ein dunkles Gesicht, aus dem große blaue Augen leuchteten. Ob es sich um ein Kind oder einen Erwachsenen handelte, konnte sie auf die Entfernung und bei den Lichtverhältnissen nicht ausmachen. Für einen Augenblick sah das Wesen sie an, dann drehte es sich auf dem Fuß um und war im nächsten Moment schon verschwunden.

Greta richtete sich wieder auf und streckte sich. Zu ihrem Erstaunen verspürte sie keine Furcht. Irgendwie hatte sie das unbestimmte Gefühl, das Geschöpf zu kennen …

Rosina stand am einzigen Fenster ihrer Hütte und starrte hinaus. Sie stellte sich vor, wo sich einmal der Garten befinden würde, wo der Hühnerstall, später könnten sie vielleicht auch eine Kuh halten. Alles, was sie sich so sehr gewünscht hatten, war jetzt ganz nah, aber sie war nicht glücklich. Anfangs hatte sie es sich nicht eingestehen wollen, aber inzwischen wusste sie, dass sie hier nie heimisch werden würde. Sie würde sich niemals an die Fremde gewöhnen, nicht an die Gerüche, nicht an das Essen, nicht an die Geräusche, nicht an das Getier …

Sie verbarg ihren Unwillen vor den anderen, und sie fühlte sich allein. So furchtbar allein. Kasimir blühte auf, seit er die Hütte gesehen hatte, sprach bereits von einem größeren Haus mit mehreren Räumen. Von Stallungen. Von Feldern, so weit das Auge reichte. Von ihrer eigenen Fazenda, ihrem eigenen Boa Vista, das er Heimat nennen wollte.

Erkannte er denn nicht, dass nichts hier ihnen gehörte, noch nicht einmal das Werkzeug, und dass Senhor Tewes sie jederzeit davonjagen konnte, wenn ihm nur danach war? Rosina machte sich da nichts vor, doch sie hatte das Gefühl, die Einzige zu sein, die einen klaren Kopf bewahrte. Die anderen waren einfach blind.

Sie ging zur Tür, beobachtete Kasimir und Jonas, die dabei waren, einen Zaun zu errichten. Sie schlugen Pfosten in den Boden, durch die später ein Geflecht aus Reisig gezogen werden sollte. Danach wollten sie einen kleinen Verschlag für das Federvieh errichten, und dann würden die Hühner kommen.

Hühner, die uns nicht gehören.

Rosina konnte nicht sagen, was mit einem Mal in Kasimir gefahren war. Ihr Mann, der immer so viel auf Eigenständigkeit gegeben hatte, tat so, als gehörte dies alles ihnen, als hätte er sich nicht in völlige Abhängigkeit begeben. Rosina wurde die Kehle eng. Sie spürte Tränen in ihren Augen, die ihr bald schon die Wangen hinabrannen und auf ihre Schürze tropften. Es war schrecklich, aber sie erkannte plötzlich mit vollkommener Klarheit, dass sie hier in der Fremde sterben würde, ohne die Heimat je wiedergesehen zu haben.

Fünftes Kapitel

Pauline erwachte sehr früh am nächsten Morgen wie so oft in den letzten Tagen von den ungewohnten Geräuschen, die von draußen zu ihr hereindrangen. Einen Moment lang blieb sie einfach liegen und starrte gegen die dunkel getäfelte Holzdecke. Die fein gewebte Decke, unter der sie geschlafen hatte, fühlte sich zart und weich an und roch angenehm. Sie drehte den Kopf zur Seite und betrachtete den schweren Silberleuchter mit den honiggelben Kerzen, dann spähte sie zu dem Stuhl hinüber, auf dem sie am Vorabend wie immer ihre Kleidung abgelegt hatte, und erschrak. Der Stuhl war leer. Verunsichert sprang Pauline auf. Sie trug ein feines Leinenhemd, jeden Abend brachte ihr eines der Hausmädchen ein sauberes, aber sie konnte ja kaum im Nachtgewand vor die Tür gehen.

Unsicher blickte die junge Frau sich im Zimmer um. Da gab es einen Ankleidetisch nebst Schminkutensilien, Cremes und Duftwässern, einen großen Spiegel, einen kleinen Damentisch, auf dem eine Karaffe mit Wasser und ein Glas standen. Augusto Tewes hatte das Zimmer vollständig einrichten lassen, bevor es hier auch nur eine Frau gegeben hatte. Nirgendwo konnte sie allerdings ihre Kleidung entdecken.

Unruhig begann Pauline auf und ab zu laufen. Kaum hatte sie ein paar Schritte getan, da hörte sie ein leises Klopfen an der Tür. Pauline straffte die Schultern.

»Herein!«

Das junge Mädchen, das ihr das Nachtgewand am Abend

zuvor gebracht hatte, trat ein. Pauline bewunderte ein zweites Mal seine hellbraune Haut, die großen grünen Augen, die es wohl von seinem weißen Vater geerbt hatte, und das straff zurückgekämmte, im Nacken zu einem dicken Knoten gewundene krause Haar. Natürlich entsprach dieses Mädchen, das sich so elegant wie eine Königin bewegte, nicht den allgemeinen Schönheitsidealen, doch Pauline fand es wunderschön.

»Senhorita, haben Sie wohl geschlafen?«

»Ja, vielen Dank …« Pauline musste einen Moment lang überlegen, doch dann fiel ihr der Name des Mädchens wieder ein. »Vielen Dank, Vitória.« Sie lächelte, und für den Bruchteil einer Sekunde erschien es ihr, als erwiderte Vitória ihr Lächeln. Pauline straffte ihre Schultern. »Was ist mit meiner Kleidung? Ich würde mich gern anziehen.«

»Der Senhor hat mir aufgetragen, Ihnen behilflich zu sein, und befohlen, Ihre alte Kleidung fortwerfen zu lassen.«

»Aber …«

»Der Senhor hat etwas heraussuchen lassen, was Ihnen sicherlich passen wird. Der Senhor hat einen guten Blick für so etwas.«

Pauline öffnete den Mund, entschied sich dann aber, nicht zu fragen, wie Augusto Tewes diese Fähigkeiten bewiesen hatte. Sie wusch sich rasch, als Vitória verschwand, um kurze Zeit später mit einem blassgrünen Seidenkleid zurückzukommen. Dann ließ sie sich in Unterkleid, zarte Strümpfe und Kleid helfen. Vitória frisierte ihr das Haar und steckte es am Hinterkopf zu einem kunstvollen Knoten auf. Ein paar Locken, die sich nicht bändigen ließen, umspielten Paulines fein geschnittenes Gesicht. Das Mädchen tupfte ihr etwas Rouge auf die Wangen und erklärte sie dann endlich für hübsch genug, um dem Senhor gegenübertreten zu können.

Pauline folgte Vitória den Flur entlang und dann durch den Salon hindurch, in dem Augusto Tewes sie am ersten Tag empfangen hatte. Auf der Veranda wartete ein gedeckter Frühstückstisch auf sie. Obgleich sie bislang keinen Hunger verspürt hatte, knurrte Pauline beim Anblick der verschiedenen fremdartigen Obstsorten und der weichen weißen Brötchen der Magen. Unwillkürlich griff sie nach einem – sie hatte seit ihrer Ankunft in Rio de Janeiro solches Gebäck nicht mehr gekostet – und schaute Vitória fragend an.

»Der Senhor lässt sie nach einem alten Rezept aus seiner Heimat backen.«

Pauline nickte verstehend. »Wo ist der Senhor?«

In den ersten Tagen hatten der Vater und sie das Frühstück allein zu sich genommen. Umso erstaunter war sie an diesem Morgen, dass sie sich für ihren zukünftigen Ehemann hatte herrichten müssen. Von Tewes hatte sie nach ihrer Ankunft kaum mehr etwas gesehen. Und wo ihr Vater wohl steckte?

»Er ist nach seinem ersten Frühstück zu einem Morgenritt aufgebrochen, wird aber nach seiner Rückkehr zu Ihnen kommen, Senhorita. Er lässt sich für die letzten Tage entschuldigen.«

Vitória kam zu Pauline herüber und rückte einen Stuhl für sie zurecht. Pauline bedauerte es, nicht besser Portugiesisch zu sprechen. So konnte sie nur die einfachsten Fragen stellen, und die brachten ihr nicht die Antworten, die sie suchte.

Sie setzte sich. Vitória nahm einen Teller und schaute Pauline fragend an. Die wählte nach kurzem Zögern Ananas und Mango und biss endlich in das Brötchen, das sie immer noch in der Hand hielt. Es schmeckte köstlich. Während sie aß, wählte Vitória einen Platz im Hintergrund und wartete. Pauline wandte sich dem Mädchen zu.

»Sie müssen nicht hier auf mich warten. Ich denke, ich komme jetzt allein zurecht.«

Vitória schüttelte den Kopf. »Der Senhor sagt, ich soll immer an Ihrer Seite sein. Sie kennen sich hier doch nicht aus.«

Pauline nickte nachdenklich. Vielleicht hatte das Mädchen recht, und es war gut, dass es hierblieb. So konnte sie ein wenig mit ihm plaudern, um die Sprache besser zu lernen. Und vielleicht konnte sie doch die eine oder andere der unzähligen Fragen stellen, die ihr im Kopf umherschwirrten.

Aber würde Vitória auch ehrlich antworten?

Der Morgen zog sich dahin wie zähflüssiger Zuckersirup. Augusto Tewes kehrte erst gegen zehn Uhr zurück, als Pauline gerade eine zweite Schokolade genoss. Sie hörte seine energischen Schritte im Salon hinter sich, noch bevor sie ihn durch die Tür auf die Veranda heraustreten sah.

»Senhorita Jordan!«, begrüßte er sie freundlich. »Sie sind schon wach? Als ich das letzte Mal nach Ihnen sah, schliefen Sie so tief und fest, dass ich nicht den Eindruck hatte, sie würden in absehbarer Zeit aufwachen.« Er musterte sie prüfend. »Ich vermute allerdings, die ungewohnte Umgebung hat ihr Übriges getan. Habe ich recht damit?«

Pauline nickte.

»Hat meine Vitória sich gut um Sie gekümmert?«

»Ja, sehr gut.«

Augusto schien ihre Antwort nur nebenher zu erfassen, denn nun musterte er das Kleid, das sie trug, und nickte dann anerkennend.

»Sie nehmen es mir doch nicht übel, dass ich Ihre Reisekleidung habe entsorgen lassen? Ich versichere Ihnen, da war nichts mehr, was man mit diesen Sachen hätte tun können.«

Pauline, die eigentlich einen gewissen Ärger über diese eigenmächtige Vorgehensweise verspürte, verneinte jedoch. Es war nicht der richtige Zeitpunkt, eine Diskussion zu beginnen. Augusto schien nichts anderes erwartet zu haben.

»Es tut mir leid, dass ich in den letzten Tagen keine Zeit hatte, aber auf einer gut geführten Fazenda gibt es stets viel zu tun. Würden Sie mir also heute die Ehre erweisen, mich zu begleiten? Ich finde, Sie sollten Ihre neue Heimat etwas besser kennenlernen.«

Pauline legte die Serviette aus der Hand, die sie, wie sie jetzt bemerkte, seit Beginn ihres Gesprächs nervös in den Händen geknetet hatte. Tewes streckte ihr die Hand entgegen und zog sie an seine Seite. Er wirkte sehr geübt darin, höflich und charmant zu sein, eigentlich nicht wie ein Einsiedler, der jahrelang keine Frau an seiner Seite gehabt hatte.

Vitória ist sehr hübsch ...

Pauline überlief ein Schauder. Dann straffte sie die Schultern. Sie würde vorerst beobachten und keine Vorbehalte haben, solange sie nichts Näheres wusste.

Während Augusto Tewes sie nun durch das großzügige Haus führte, versuchte sie, sich alles einzuprägen, aber es wollte ihr nicht gelingen. Es war einfach zu groß, und trotz der klaren Bauweise wirkte die Aufteilung der Räumlichkeiten auf Pauline seltsamerweise verwirrend.

Vielleicht bin ich einfach noch nicht angekommen ...

In jedem Fall bemerkte sie, dass das Herrenhaus von Boa Vista sehr viel exquisiter eingerichtet war als einige der Häuser, in denen sie auf dem Weg hierher Unterkunft gefunden hatten.

Augusto Tewes hielt sich nicht damit auf, ihr die Wirtschaftsgebäude und Stallungen sowie die Kapelle zu zeigen, die sich an das Wohnhaus anschloss. Die Senhorita könne all das in den nächsten Tagen an Vitórias Seite erkunden, sagte er. Boa Vista war so groß, dass man das Gelände nicht zu Fuß hätte abschreiten können. Augusto Tewes wies einen der Dienstboten an, Pferde zu bringen.

»Ich kann nicht gut reiten«, meldete Pauline sich unsicher zu Wort.

»Ich hatte auch nicht daran gedacht, die zukünftige Senhora Tewes selbst reiten zu lassen. Ich werde den Wagen anschirren lassen.«

Pauline errötete. Wie albern, warum hatte sie nicht selbst daran gedacht? Die Kutsche, die schließlich vor der Haupteingangstür auf sie beide wartete, war ein leichter Zweispänner aus edlem hellbraunem Holz, von zwei Falben gezogen, von denen einer eine dunkle, einer eine helle Mähne hatte. Auf dem Kutschbock saß ein Fahrer von solch tiefschwarzer Hautfarbe, wie Pauline es noch nie zuvor in ihrem Leben gesehen hatte. Er grüßte freundlich.

Augusto Tewes half Pauline beim Einsteigen, folgte dann selbst und gab dem Kutscher ein Zeichen loszufahren. Die Fazenda war noch viel weitläufiger, als Pauline angenommen hatte. Sie sah Mais- und Maniokfelder, Zuckerrohr und Kaffee, immer wieder gab es auch kleine Waldstücke, unterbrochen von bizarren Felsformationen.

Ein Teil des Landes war der Viehzucht vorbehalten. Hin und wieder passierten sie kleinste Bauernhöfe, bewohnt von Menschen, die gegen Logis Land urbar machten. Hier irgendwo musste auch das Leben der Hartungs begonnen haben. Dann erreichten sie eine kleine Siedlung – hier standen Hütten, in denen die Hilfskräfte Boa Vistas lebten, dahinter Gelände, das noch der Natur abgerungen werden musste.

Auf dem Weg zurück in Richtung Haupthaus kamen sie an einem leicht ansteigenden Hügel vorbei. Hier hieß Augusto Tewes den Fahrer anhalten, sprang aus dem Wagen und half auch Pauline heraus. Er bot ihr den Arm und führte sie noch einige Schritte weiter. Als sie den Hügel ein Stück umrundet hatten, erschrak Pauline, denn hier fiel das Gelände steil ab. Unten sah man ein breites, wohl auch tiefes Wasserbecken, in das ein Fluss mündete. An dessen Ufer standen Zitronenbäume, die sich in einem kleinen, wunderschönen Tal verloren. Wie in Messina, dachte sie. Die Aussicht war atemberaubend. Pauline konnte sich kaum daran sattsehen. Es musste herrlich sein, dort spazieren zu gehen.

Ein sanfter Wind streichelte ihre Haut. Erstmals waren ihr die fremdartigen Gerüche vertrauter. Lange Zeit standen sie beide nur schweigend da, dann begann Augusto Tewes wieder zu sprechen.

»An dieser Stelle«, sagte er, »habe ich beschlossen, für immer hierzubleiben. Hier würde ich mein Glück machen oder scheitern. Hier ersann ich den Namen für meinen kleinen Bauernhof …« Tewes lachte, als er Paulines fragendes Gesicht sah. »O doch, auch Boa Vista war zu Anfang nur ein kleiner Hof mitten in der Wildnis, der seinen Besitzer kaum ernähren wollte. Ich hatte aber das Glück, das Potenzial des Landes zu erkennen.«

»Wann kamen Sie nach Brasilien?«, erkundigte sich Pauline.

Kurz wirkte ihr Begleiter in Gedanken versunken. »Vor fünfundzwanzig Jahren«, sagte er dann. »Damals wurde dem Urwald im Umland der späteren Stadt São Leopoldo«, er deutete nach Norden, »Land abgerungen. Es wurde vermessen, zahlreiche Kolonien entstanden, und den Familien wurden Parzellen zugeteilt.«

Pauline runzelte die Stirn und versuchte sich vorzustellen, wie es wohl damals dort ausgesehen hatte. Auch hier bei Boa Vista war der Wald teils noch sehr dicht, und sie war sich sicher, dass es schwierig war, ihn gegen die Natur, die immer wieder ihr Recht einklagte, zu verteidigen.

»Wir ersten Siedler«, Augusto Tewes drehte sich um und deutete auf eine kleine Hütte aus Palmwedeln in der Nähe, die Pauline bislang gar nicht bemerkt hatte, »richteten uns zunächst auch in solch primitiven Hütten häuslich ein. Darauf begannen wir mit dem Abbrennen und Roden unseres jeweiligen Landstücks und rangen dem Dschungel so unsere Felder ab. Meine erste Pflanzung begann ich übrigens in Verbindung mit einer Schweinezucht.«

Pauline konnte ihr Erstaunen darüber nicht verbergen. »Eine Schweinezucht?«, fragte sie.

Augusto Tewes lächelte. »Ich halte auch heute noch Schweine, aber weit entfernt vom Haupthaus. Ich kann ihren Gestank und ihr Gequieke einfach nicht mehr aushalten. Sie erinnern mich …« Er ließ sie los. »Ach, es lohnt nicht, daran zu denken. Ich habe die Aufsicht über die Schweinezucht jemand anderem überlassen. Mir genügt es, das Geld zu zählen, das sie mir einbringen, und ihr Fleisch zu verzehren. Es ist gutes Fleisch, Sie werden es bald schmecken dürfen, Senhorita Jordan.«

In den nächsten Tagen setzte Pauline alles daran, ihre neue Heimat noch besser kennenzulernen. Sie war erstaunt, welche

Wegstrecken manche Männer zurücklegten, um an ihren Arbeitsort zu gelangen, und erfuhr, dass sich deren Anzahl in der Regenzeit sogar verdoppeln konnte. Teilweise wurden die Arbeitskräfte mit selbst gedrucktem Geld entlohnt, das sie in harte Währung umtauschen konnten. Doch viele verließen die Umgebung von Boa Vista ohnehin nie.

Mit jedem neuen Tag wagte Pauline sich ein Stück weiter vor, mit jedem Tag wurde ihr die neue Heimat vertrauter, fühlte sie sich sicherer. Sie lernte die Abläufe auf der Fazenda kennen. Die Pächter von Boa Vista, solche wie die Hartungs, wirkten zufrieden, doch man konnte ihnen auch deutlich ansehen, dass es immer noch Zeiten gab, in denen sie von der Hand in den Mund lebten. Ihre Kleidung war sauber, jedoch einfach und oft mehrfach geflickt. Pauline konnte sich beim besten Willen nicht vorstellen, dass sie sich ein solches Leben erträumt hatten, als sie der alten Heimat entflohen waren.

In diesen Tagen dachte sie wieder so oft an ihre Großeltern, die sie nicht mehr gesehen hatte, seit der Vater und sie aus Koblenz geflohen waren.

Soll ich ihnen vielleicht schreiben? Haben sie nicht wenigstens ein Recht darauf, zu erfahren, wie es uns geht?

Pauline hatte ihre Großeltern trotz aller Schwierigkeiten immer geliebt. Die Abneigung, die das alte Ehepaar ihrem Vater gegenüber empfand, hatten die beiden nie auf die Enkelin übertragen, der sie vielmehr jeden Wunsch von den Augen abgelesen hatten. Aber Pauline wollte ihren Vater auch nicht verraten – und sie wusste nur zu gut, dass Valentin einen Brief als Verrat empfunden hätte. Also schrieb sie nicht.

Was Augusto Tewes anging, so beschloss Pauline, ihm gegenüber, soweit es ging, ehrlich zu sein. Das Frühstück nahmen sie weiterhin nicht zusammen ein, weil die junge Frau, nachdem sie sich an all das Neue gewöhnt hatte, in den weichen Kissen ihrer Bettstatt tief und lange schlief, doch zum Mittag- und zum Abendtisch fanden sie stets zusammen. Dann befragte sie ihn neugierig über ihre neue Heimat, und er gab geduldig Auskunft. Er war ein durchaus interessanter Gesprächspartner. Von Tag zu Tag genoss Pauline die Zeit, die sie mit ihm verbrachte, mehr.

»Warum«, fragte sie an diesem Abend, »leben hier auf Boa Vista eigentlich so viele Menschen in einfachsten Verhältnissen? Haben sie sich nicht etwas Besseres vorgestellt, als sie die Heimat verließen?«

Augusto, der gerade dabei war, ein Stück von dem Rindfleisch auf seinem Teller abzuschneiden, hielt in seinen Bewegungen inne. Zum ersten Mal, seit sie ihn kennengelernt hatte, nahm Pauline Unmut in seinem sonst so freundlichen Gesicht wahr.

»Auch im Paradies kann man sich nicht auf die faule Haut legen«, beschied er sie dann knapp.

»Liegen diese Menschen denn auf der faulen Haut?«

Tewes steckte sich das Stück Fleisch in den Mund und kaute sorgfältig, bevor er ihr antwortete.

»Sagen wir so … Nicht jeder ist für ein neues Leben gemacht. Mancher hat die Kraft nicht, die wirklich großen Ziele zu erreichen. Aber seien Sie versichert, meine liebe Senhorita, jeder auf Boa Vista ist seines Lebens zufrieden. In jedem Fall geht es den Menschen hier besser als in der Heimat.«

Pauline senkte den Kopf und überlegte einen Moment lang, dann richtete sie den Blick wieder auf Augusto. Sie kannte den Mann, den sie heiraten sollte, noch nicht lange. Sicher gab es viele Wesenszüge, die es lohnte, besser kennenzulernen. Manchmal war er sehr charmant, manchmal hatte sie den Eindruck, er betrachtete sie mit Spott, weil er mehr über sie wusste als sie über ihn. Er hatte ihr nie gesagt, warum er Hector Martinez nach Rio de Janeiro geschickt hatte, um seine zukünftige Braut abzuholen … Wahrscheinlich hatte es zu viel zu tun gegeben auf Boa Vista. Schließlich gab es hier immer viel zu tun. Oder war es ihm einfach gleichgültig gewesen?

Pauline verdrängte den seltsamen Gedanken und straffte Schultern und Nacken. »Vielleicht wäre es ja für manch einen besser gewesen, sein Glück in den Vereinigten Staaten zu suchen?«, führte sie das Gespräch fort.

Augusto Tewes wirkte weiterhin, als wollte er sich durch etwas Weibergeschwätz nicht aus der Ruhe bringen lassen. Gleichmütig zerteilte er sein Fleisch, schob sich ein neues Stück in den Mund, kaute, schluckte und antwortete ihr dann geduldig.

»Der Vorteil der Vereinigten Staaten mag darin liegen, dass man sich erst als Lohnarbeiter auf dem Land verdingen und die Verhältnisse so langsam kennenlernen kann, aber lassen Sie sich Folgendes gesagt sein, Senhorita Jordan: Nicht alle Schwierigkeiten hängen mit dem Zielland zusammen. Manch ein Auswanderer ist einfach so unbeholfen wie ein Neger und noch dazu eigensinnig wie ein Maultier.«

»Sie halten dunkelhäutige Menschen allgemein für ungeschickt?«

Augusto Tewes musterte Pauline einen Moment lang eindringlich. Sie verbarg das Zittern ihrer Hände, indem sie sie unter dem Tisch im Schoß verschränkte. Sicherlich hatte sie sich jetzt zu weit vorgewagt.

»Sie hatten wohl noch mit keinem näher zu tun, oder, Senhorita Jordan? Lassen Sie sich in jedem Fall gesagt sein, sie sind *anders* als wir.«

»Aber diese Menschen arbeiten für Sie. Sie scheinen also zufrieden zu sein.«

»Sie arbeiten dort, wo ich sie einsetzen kann. Aber die Einsatzmöglichkeiten sind begrenzt.« Augusto Tewes hielt kurz inne und fuhr dann zu sprechen fort. »Was denken Sie denn von den Negern, Senhorita Jordan? Sind Sie auch eine Anhängerin der Abschaffung der Sklaverei? Nun, dann wird es Sie freuen, dass die Einfuhr neuer Sklaven in Brasilien schon lange verboten ist.«

Pauline nahm allen Mut zusammen. »Ich denke jedenfalls, es sollte uns nicht hochmütig stimmen, dass wir Weiße sind, denn Gott hat Menschen verschiedener Hautfarben geschaffen«, erwiderte sie.

Nur einen Atemzug später durchfuhr sie ein Schauder. Sicherlich würde Senhor Tewes sie dafür vor die Tür setzen, gewiss würde er sie jetzt nicht mehr heiraten wollen. Aber sie wollte einfach nicht mehr lügen müssen, nichts sagen, was sie nicht glaubte. Es genügte vollauf, dass ihr Leben zu einer Lüge geworden war.

Tewes verzog zuerst keine Miene, dann lächelte er schmallippig. »Nun, wenn Sie das so sehen wollen. Wenn Sie etwas länger hier gelebt haben, werden Sie Ihre Meinung womöglich ändern.« Er hielt kurz inne, bevor er fortfuhr. »Ich habe unsere Verlobungsfeier übrigens für Ende des Monats ansetzen lassen. Ihr Vater ist schon dahingehend informiert.«

Pauline stand so rasch auf, dass ihr schwindlig wurde. Mit beiden Händen stützte sie sich am Tisch ab, der Appetit war ihr von einem Moment auf den anderen gründlich vergangen. Offenbar war schon alles entschieden. Sie hatte wirklich nicht mehr den geringsten Einfluss auf ihr Leben.

Sechstes Kapitel

Greta war es, als müsste sie gleich ersticken, so lange hatte sie den Atem angehalten. Sie konnte gar nicht sagen, wie sie, von den Stimmen Paulines und Senhor Tewes' angelockt, auf die Veranda gelangt war. Von ihrem Platz hinter dem Strauch im Garten aus hätte sie die beiden gut beobachten können.

Augusto Tewes hatte also einen Termin für die Verlobungsfeier festgelegt. Greta wusste sofort, wem sie davon berichten musste. Jonas. Er dachte immer noch zu viel über diese Frau nach, sie, Greta, musste ihm aufzeigen, dass das sinnlos war. Pauline würde Augusto Tewes heiraten, daran gab es nichts zu rütteln. Jonas musste verstehen, dass Pauline und er einander begegnet waren und einen Teil des Weges zusammen bestritten hatten, aber dieser Weg war nun zu Ende. Jeder von ihnen kehrte in seine Welt zurück.

Pauline erwachte am nächsten Morgen früh, ohne jedoch Hunger zu verspüren. Dabei hatte sie sich bislang, besonders der exotischen Früchte wegen, immer auf das Frühstück gefreut. Heute fühlte sich ihr Magen wie zugeschnürt an. Lange hatte sie in der letzten Nacht auf den Schlaf gewartet. Sie fühlte sich erschöpft. Bald würde sie eine verlobte Frau sein, ein weiterer Schritt in eine ungewisse Zukunft, und sie spürte, dass es wohl immer so weitergehen würde, ohne dass sie etwas dagegen tun konnte. Der Gedanke schmerzte sie unerwartet heftig. Hatte sie geglaubt, all dem doch noch zu entkommen?

Pauline stand auf, begann sich anzukleiden und schickte Vitória, die auf die Geräusche aus dem Zimmer der jungen Herrin hin sofort herbeigeeilt war, wieder nach draußen, kaum, dass die junge Mulattin ihr hatte helfen dürfen, das Korsett zu schnüren. Pauline seufzte. Das Korsett, noch etwas, das sich geändert hatte, seit sie auf der Fazenda lebte. Etwas, dem sie auch nicht mehr würde entgehen können. Ihr Vater bestand darauf, dass sie nun immer eines trug – der Schnitt der hübschen Kleider, die Senhor Tewes ihr hatte schneidern lassen, verlangte ebenfalls danach, ein Korsett zu tragen.

Wenig später schlüpfte Pauline aus der Verandatür, zog diese fest zu und eilte über die Treppe in den Garten.

Ich muss mit Jonas sprechen. Jetzt kann ich es nicht mehr aufschieben. Ich muss mit ihm sprechen.

Inzwischen wusste Pauline sicher, in welcher Richtung die Hartungs zu finden waren. Sie hoffte, dass die Familie gut Fuß gefasst hatte in der neuen Heimat, denn das, stellte sie sich vor, würde ein Gespräch einfacher machen. Jonas und sein Vater waren gute, verlässliche Arbeiter, die sicherlich in der Lage dazu waren, ihr Glück zu finden. Pauline konnte und wollte nicht daran zweifeln.

Als sie das Ende des Gartens erreichte, keuchte sie, so schnell war sie gelaufen. Sie verlangsamte ihren Schritt. Ein schmaler Streifen Land trennte hier die kultivierte Erde von der Wildnis. Hector Martinez hatte ihr kürzlich auf ihre beiläufige Frage hin gesagt, dass es zu den neuen Pächtern nach rechts ginge. Paulines Gedanken rasten. Sie hatte Jonas seit ihrer Ankunft nicht mehr gesprochen, vielleicht wollte er sie nun gar nicht mehr sehen?

Aber ich habe ihn vermisst, fuhr es ihr durch den Kopf, und ich brauche jemanden, den ich kenne und dem ich vertrauen kann. Ganz sicher wird er das verstehen.

Pauline hastete weiter, und nach einer Weile erreichte sie endlich die Hütten, die sie schon auf der Kutschfahrt mit Augusto Tewes gesehen hatte, als der ihr das Anwesen gezeigt hatte. Sie waren einfacher, als sie sich das aus der Ferne vorgestellt hatte. Nach kurzem Zögern setzte Pauline ihren Weg verunsichert fort. Eine Frau saß auf einer einfach gezimmerten Bank und schälte Kartoffeln. Sie fragte, so gut ihr Portugiesisch es zuließ, nach den Neuankömmlingen, und die Frau wies ihr freundlich den Weg.

Etwas weiter weg, am Rande des Geländes, erkannte Pauline Greta und Jonas vor einer der Behausungen. Ihr Herz klopfte mit einem Mal schneller.

Auch Greta habe ich vermisst. Schließlich waren wir doch so etwas wie Freundinnen, wenigstens auf dem letzten Abschnitt der Reise, und ich kenne hier keine andere junge Frau, die meine Sprache spricht.

Wie von selbst lief sie weiter. Gleich würde sie den beiden gegenüberstehen. Sie konnte es plötzlich kaum noch erwarten.

Der Boden rund um die Hütte der Hartungs war noch unbefestigt, aber man sah schon einen einfachen Zaun, hinter dem einige Hühner eifrig pickten. Auf den zweiten Blick sah es doch recht idyllisch aus, wie Pauline fand. Sie wollte jetzt nicht mehr zweifeln.

Einen Atemzug später stand sie vor der kleinen Veranda der Hütte der Hartungs. Jonas' Cousine bemerkte sie und sprang von dem Stuhl auf, auf dem sie gesessen hatte. Sie war damit beschäftigt, Erbsen auszulesen. Zwei Schalen standen auf einem behelfsmäßigen Tisch an ihrer Seite. Sie stupste Jonas an, der daraufhin den Kopf in Paulines Richtung drehte. Erst weiteten sich seine Augen, dann verdüsterte sich sein Blick.

»Greta! Jonas!« Pauline war die Erste, die etwas sagte. »Wie schön, euch endlich einmal wiederzusehen.«

Zu ihrer Überraschung erwiderte Greta nichts. Jonas wartete kurz ab und kam dann auf Pauline zu. Sein Blick wurde nicht freundlicher.

»Dir geht es gut?«, fragte er nur.

»Ja.« Pauline fühlte, wie sie ein Schauder durchrieselte. »Und dir?«, fragte sie dann.

Jonas zuckte die Achseln. »Wir sind hier. Wir haben es bis hierher geschafft. Was soll ich sagen? Wir müssen wohl zufrieden sein.«

Er schaute sie noch etwas länger an, drehte den Kopf dann abrupt zur Seite und ließ seinen Blick über die umliegende Landschaft schweifen.

Pauline musste schlucken, bevor sie weitersprechen konnte. »Ja, wir haben es alle geschafft. Ich …«

Obgleich sie nicht näherkam, trat Jonas einen Schritt zurück.

»Wir sollten uns nicht mehr sehen, Pauline. Nicht jetzt, da wir alle unser Ziel erreicht haben.«

Pauline öffnete den Mund und schloss ihn wieder, senkte den Blick. »Aber … aber wir sind doch Freunde … Die lange Reise … Ich kenne hier sonst niemanden …«, versuchte sie sich jetzt zu erklären.

»Bald wirst du verlobt sein, Pauline, und heiraten.«

Du bist keine von uns … Er brauchte es nicht auszusprechen. Sie hörte es ja deutlich. Trotzdem wollte sie nicht aufgeben.

»Die Verlobungsfeier wurde für Ende des Monats angesetzt, nicht wahr?«, hörte sie ihn jetzt sagen.

Pauline fühlte wieder Jonas' Blick auf sich, unheilvoll, so, wie sie es gar nicht kannte. Woher wusste er …? Sie verstand nicht. Und was passiert war, war doch nicht ihre Schuld. Sie musste sich nur fügen.

»Ja, aber …«

Paulines Mund schloss sich unwillkürlich wieder, denn Jonas hatte sich einfach umgedreht und war in der Hütte verschwunden. Greta schaute Pauline mitleidig an. Die hob die Hände.

»W… was«, stammelte sie, »was soll ich denn jetzt tun? Ich wollte doch nicht, dass das so kommt … Ich wollte …«

Nein, sie wusste es nicht. Seit sie Messina hatten verlassen müssen, war alles anders. Sie hatte Gregorio verloren und dann Jonas gefunden. In Jonas Trost gefunden. Und wen hatte sie jetzt noch? Niemanden.

Greta zögerte, dann trat sie einen Schritt auf Pauline zu, wartete einen Moment, kam noch näher.

»Du musst ihn verstehen. Und er hat recht. Du wirst bald verheiratet sein. Ich weiß nicht, wie Jonas es erfahren hat, aber er sagt die Wahrheit: Eine Freundschaft zwischen euch beiden …« Sie schüttelte den Kopf.

»… ist unmöglich«, flüsterte Pauline und vergrub das Gesicht in den Händen, doch es kamen keine Tränen. Ihr ganzer Körper schmerzte mit einem Mal, so sehr hatte sie sich verkrampft.

Pauline ließ die Hände sinken und straffte die Schultern. Sie würde auch diesen Verlust überleben, es war nicht der erste. Woher wusste er nur von der Verlobung? War er da gewesen? Hatte er sie belauscht? Sie fragte nicht.

»Danke, Greta«, sagte sie stattdessen und nickte der anderen zu. »Ich wünsche euch weiterhin alles Gute.«

Dann drehte sie sich um und ging ohne ein weiteres Wort davon. Endlich begannen die Tränen zu laufen. Sie hatte sich seit Messina nicht mehr so allein gefühlt.

Greta blieb stehen, bis sie Pauline nicht mehr sehen konnte. Da war kein Lächeln in ihrem Gesicht, und doch war sie zufrieden. Pauline hatte keinen Verdacht geschöpft, das war nur zu deutlich geworden. Offenbar glaubte sie, dass Greta als Frau auf ihrer Seite war und sie verstand.

Ja, ich verstehe sie, aber ich bin nicht auf ihrer Seite.

Mit beiden Händen überprüfte die junge Frau ihr Haar, löste den Zopf und flocht ihn fester. Dann folgte sie Jonas in die Hütte. Der stand am Fenster, zuckte zusammen, als er Greta hinter sich hörte, und verließ seinen Platz umgehend. Offenbar hatte auch er Pauline hinterhergeschaut. Als er Greta anblickte, sah sie, dass sein Gesichtsausdruck sehr ernst war.

»Ich weiß nicht, ob ich das Richtige getan habe …«

»Du hast das Richtige getan.«

»Ich wollte Pauline niemals verletzen.«

»Ich wollte dich auch nicht verletzen, aber ich musste dir die Wahrheit sagen. Sie wird heiraten. Du musst verstehen, dass sich damit alles ändert.«

Greta legte Jonas die Hand auf den Arm. Er fühlte sich warm an, und er zitterte ganz leicht. Erst sah er sie Hilfe suchend an, dann wandte er den Blick ab. Von der Seite konnte sie sehen, wie sich sein Kiefer verhärtete.

»Du musstest sie verletzen«, sagte Greta sanft. »Sie wird heiraten. Was denkst du, was ihr Mann dazu sagen würde, wenn er erführe, dass sie einfach durch die Gegend stromert?

Sie darf ihren Ruf nicht gefährden. Du hast es für sie getan. Nur für sie. Das zeigt deine Größe.«

Jonas drehte sich wieder zum Fenster. Er schwieg. Zögernd näherte Greta sich ihm erneut und legte dann die Hand auf seinen Rücken.

»Du hast das Richtige getan«, flüsterte sie. »Es war das Richtige.«

Und ich habe auch das Richtige getan. Er muss sie vergessen. Trotzdem muss ich Pauline im Blick behalten, sicher ist sicher.

Greta erwachte mitten in der Nacht. Durch das kleine Fenster fiel das Mondlicht in silbergrauen Streifen direkt auf ihr Bett. In der Hütte war es still, nur ab und an waren die leisen Geräusche der anderen Schlafenden zu hören. Schräg gegenüber, auf der anderen Seite des Raumes, lag Jonas mit dem Rücken zu ihr, fest in seine dünne Decke eingewickelt. Am liebsten hätte sie sich an seine Seite gelegt, wieder, wie früher am Tag, die Hand auf seinen Rücken gelegt. Lange Zeit hatte sie danach keine Ruhe gefunden, sich jedoch nichts anmerken lassen. Immer und immer wieder hatte sie sich durch den Kopf gehen lassen, was an diesem Tag geschehen war, und darüber nachgedacht, ob es irgendetwas zu bedenken gab, irgendetwas, das sie womöglich übersehen hatte. Dann hatte sie sich zum hundertsten Mal ausgemalt, wie sich Pauline und Jonas küssten. Sie konnte nicht sagen, warum sie das tat. Ihr Cousin hatte schließlich nicht das leiseste Wort darüber verloren, dass sie das schon getan hatten. Aber glaubte er ihr wirklich, dass er Pauline nicht gefährden durfte, dass er sich von ihr fernhalten musste? Konnte sie sich wirklich darauf verlassen? Was, wenn die beiden einander heimlich sahen, wenn sie nicht da sein konnte, um ihn an seine Pflicht zu erinnern? Sie lebten hier schließlich alle gemeinsam auf Boa Vista, wahrscheinlich ließ sich ein Treffen hin und wieder gar nicht vermeiden. Und dann?

Was soll ich nur tun?

Greta biss die Zähne aufeinander. Sie wusste einfach nicht, was sie tun sollte. Sollte sie dafür sorgen, dass Jonas von hier fortging? Aber seine Eltern, ihre Paten, sie brauchten ihn. Sie konnten nicht auf seine Arbeitskraft verzichten. Und sie, sie brauchte ihn auch. Sie konnte jedoch nicht zulassen, dass er Pauline weiterhin sah und Schlimmeres passierte. Sie musste eine Lösung finden. Es musste eine Möglichkeit geben, sie beide im Auge zu behalten, ohne dass einer von beiden Verdacht schöpfte.

Wider alle Vernunft hoffte Jonas während der nächsten Tage, dass Pauline ihn noch einmal aufsuchte, doch nach einer Woche musste er sich eingestehen, dass es keinen Sinn hatte, weiter zu hoffen. Viel Zeit zum Nachdenken blieb ihm sowieso nicht, und er war froh darum. Seine Eltern schufteten von morgens bis abends, er stand ihnen zur Seite, und auch Greta arbeitete hart. So hart, dass er wiederholt um ihre Gesundheit fürchtete. Er wünschte, sie würde sich mehr schonen und wusste doch, dass sie das nicht tun würde.

Stück um Stück rangen sie dem Wald mehr Land ab. Schneller als erwartet zeigten sich erste Fortschritte, auch wenn sie nicht auf die Brandrodung zurückgriffen, die hier in der Gegend offenbar gang und gäbe war: Rosina fürchtete sich einfach zu sehr vor Feuer und hatte Kasimir deshalb inständig darum gebeten, das Land nicht auf diese Weise zu gewinnen, und der Vater hatte sich, unerwartet und vielleicht zum ersten Mal, nach ihren Wünschen gerichtet.

Sie besprachen, was sie anpflanzen sollten. Bei den Nachbarn wuchsen Bohnen, Mais, Maniok, Zuckerrohr, Kürbis und auch Flachs. Einer versuchte sich sogar im Tabakanbau. Kartoffeln durften nicht fehlen, ebensowenig Weizen und Roggen. Je nach Witterungs- und Bodenverhältnissen, so erfuhr man von den Alteingesessenen, konnte bis zu zwei- oder dreimal jährlich geerntet werden. Mancher, der schon länger Land von Augusto Tewes gepachtet hatte, verkaufte inzwischen den Überschuss. Auf den Weideflächen hielt man sich Zucht- und Milchtiere, Pferde, Schafe, Schweine oder Ziegen.

Für den Erfolg war gewiss Augusto Tewes selbst das beste Beispiel. Kasimir sah sich mehr und mehr seinem Ziel nah. Schon lange nicht mehr, das fiel allen auf, war er so guter Dinge gewesen. Rosina tat sich dagegen immer noch schwer mit dem neuen Land, mit den fremdartigen Gemüsen und Obstsorten, mit Batate, der allgegenwärtigen Süßkartoffel, mit den schwarzen Bohnen, dem Brot aus Maismehl und vor allem mit dem Maniok, den es hier zu jedem Essen gab. Viele Deutsche, wenn sie auch noch die alte Sprache sprachen, hatten sich dem Neuen angepasst – auch Kasimir war es recht gleichgültig, was er zu essen bekam. Hauptsache er musste nicht hungern.

Greta war Jonas in diesen Tagen so nah wie nie zuvor, und Jonas erkannte, dass sich auf ihrer Reise und dann nach der Ankunft in Rio de Janeiro etwas zwischen sie geschoben hatte, das er zuerst hatte leugnen wollen. Jetzt tat es ihm leid. Sie brauchte ihn doch, war so angewiesen auf ihn als Beschützer, das durfte er nicht vergessen. Er hatte sie immer beschützt. Also bemühte er sich wieder mehr um sie, und sie zeigte ihm still ihre Dankbarkeit.

Abends, wenn Jonas noch die Kraft dazu hatte, beschäftigte er sich neuerdings außerdem wieder eingehender mit den Berichten über Achatfunde, von denen ihm Onkel Kurt in der alten Heimat erzählt hatte. Irgendwann musste er dem Onkel schreiben, der sicher auf einen Bericht des Neffen wartete. Angeblich war es ein Mann aus Idar gewesen, ein gewisser Johann Veeck, der die ersten Achate entdeckt und in die Heimat gebracht hatte. Allerdings waren sich die Quellen darüber uneinig, wo die Entdeckung stattgefunden hatte. Vielleicht war es ein ausgetrocknetes Flussbett bei Soledade in Rio Grande do Sul gewesen, ein paar Geschichten berichteten sogar von einer aus Achat gebauten Mauer.

Um die Zeit ihrer Entdeckung waren die heimatlichen Achatvorkommen jedenfalls weitgehend erschöpft gewesen, die örtliche Edelsteinindustrie hatte daniedergelegen, sodass die Nachricht aus Südamerika einiges Aufsehen erregte. Mancher hatte sich damals aufgemacht, um sein Glück in der Neuen Welt zu suchen. Auch Onkel Kurt hatte eine Weile mit dem Gedanken gespielt, aber die Berichte von der langen Überfahrt, den Strapazen, denen mancher nicht gewachsen war, Tropenkrankheiten, Schlangen, Raubtieren, feindlich gesinnten Eingeborenen oder gar rücksichtslosen Viehdieben brachten ihn schließlich davon ab.

Vielleicht werde ich ihm eines Tages Achate schicken können.

Bei seinem Onkel und den anderen Schleifern kamen die begehrten Steine, das wusste Jonas, in rohen Ledersäcken verpackt, nach einer mehrmonatigen Schiffsreise an. Den gen Europa fahrenden Segelschiffen, so hatte der junge Mann auf der Reise in die Neue Welt erfahren, dienten sie als Ballast. Von den Häfen an der Küste aus ging es dann mit kleineren Kähnen über die Flüsse bis nach Bingen, und von dort aus auf Ochsenkarren bis zu den Werkstätten von Idar und Oberstein. Jonas erinnerte sich an den Tag, an dem er bei seinem Onkel zum ersten Mal einen brasilianischen Achat in der Hand gehalten hatte.

Nie habe ich etwas Schöneres gesehen. Daran muss ich denken, wenn alles mir zu schwer wird …

Schau ihn dir genau an, hatte sein Onkel ernst zu ihm gesagt. Das ist einer der Achate, die uns aus der Krise geführt haben.

Für einen Moment starrte Jonas an die Decke. Er hatte damals nicht nach Brasilien auswandern wollen, weil er in Kurts Werkstatt Steinschleifer hatte werden wollen, und jetzt plötzlich war ihm die Steinschleiferei näher als zuvor. War es nicht so, dass er nur herausfinden musste, wo in der Nähe sich Fundstellen befanden, sobald seine Eltern endgültig Fuß gefasst hatten? Dann musste er dafür sorgen, dass sie ihn gehen ließen, und er würde seinem Traum folgen …

Als Jonas einige Tage später mit einem deutschen Nachbarn, einem ehemaligen Achatsucher, sprach, klangen dessen Worte eher ernüchternd.

»Weiter nach Norden«, sagte der alte Mann, ein Priem Tabak kauend und immer wieder zielgenau ausspuckend, »soll es wirklich prächtige Vorkommen geben, doch für die meisten von uns gab es kein Glück. Die Natur, die Indios und herumstreunende Banden spielten vielen übel mit. Die meisten hatten ja auch keine Erfahrung und wussten ohnehin nicht, wo sie zu suchen hatten. Es war immer das Gleiche. Kam das Gerücht eines neuen Fundortes auf, so eilte man dorthin, schlug ein großes Loch in den Boden und schaute nach. Reich wurde keiner von uns. Ich war froh, dass mir Senhor Tewes schließlich ein Stück Land verpachtete. Besser den Spatz in der Hand als die Taube auf dem Dach, so sagt man in Deutschland, und das ist richtig.«

In der Nacht nach dem Gespräch mit dem alten Achatsucher konnte Jonas lange nicht einschlafen. Sollte er es wagen oder doch besser alles vergessen? Mit dem Geräusch prasselnden Regens auf dem Hüttendach fiel er schließlich in einen unruhigen Schlaf.

Siebtes Kapitel

Die Feier, auf der die Verlobung von Augusto Tewes und Pauline Jordan verkündet wurde, war klein, aber exquisit. Die wichtigsten Nachbarn waren eingeladen, und wer nicht eingeladen worden war, machte sich gewiss Gedanken darum, was er falsch gemacht hatte. Augusto Tewes war reich genug, seine Wahl unter den Nachbarn zu treffen, und die Eingeladenen bemühten sich nach Kräften, sich würdig zu erweisen, um beim nächsten Fest wieder dabei zu sein.

Ein Bereich des Hofs war an diesem Tag festlich geschmückt. Auf den Tischen wurden immer wieder neue Speisen aufgefahren, die Dienerschaft sorgte unablässig dafür, dass kein Glas leer blieb. Nachdem ihr Verlobungsring ausgiebig bewundert worden war, saß Pauline die meiste Zeit artig neben ihrem Verlobten, lächelte und nahm höflich Glückwünsche entgegen. Manchmal war es ihr, als würde ihr Gesicht zerspringen wollen, und doch lächelte sie weiter.

Jonas hatte eigentlich nicht kommen wollen und stand nun doch zwischen den anderen Pächtern, für die Tewes etwas abseits Tische hatte aufstellen lassen. Die Feiernden schienen sich gut zu vergnügen. Augusto Tewes selbst hatte Jonas geraume Zeit nicht gesehen. Pauline dagegen saß an ihrem erhöhten Platz, der ein wenig an einen Thron gemahnte, lächelte, gab artig Antwort, wenn man sie ansprach, und hielt offenbar jedem, der sie fragte, den Ring entgegen. Es ärgerte Jonas, wie stolz sie aussah, zugleich konnte er die Augen nicht von ihr nehmen. Der Gedanke kam ihm, dass er sie jetzt endgültig verloren hatte, aber war es nicht absurd, so etwas zu denken? Hatte er sie denn jemals besessen? Sie waren gemeinsam gereist, nicht mehr und nicht weniger. Sie waren Freunde geworden, aber das lag eher daran, dass sie wie Greta kaum jünger war als er. Es war nie die Rede davon gewesen, dass Pauline und er einmal zusammenkommen könnten, und deshalb hatte er auch nie wirklich darüber nachgedacht, erst jetzt …

»Du musst sie vergessen«, sagte eine Stimme an seiner Seite, so leise, dass Jonas für einen Moment glaubte, er hätte es sich eingebildet, doch als er den Kopf wandte, stand da Greta und lächelte traurig. »Ich würde dir so gern helfen«, flüsterte sie.

Der junge Mann zwang sich, das Lächeln seiner Cousine zu erwidern. »Ach, Greta, ich weiß doch, dass ich sie vergessen muss. Eigentlich hätte ich gar nicht herkommen sollen.«

Im offensichtlichen Versuch, ihn aufzumuntern, strich sie kurz über seinen Arm. Das hatte sie in letzter Zeit oft getan.

»Stimmt, das hättest du nicht.«

Jonas lächelte schief, umfasste Gretas Hand und drückte sie. »Ich wüsste wirklich nicht, was ich ohne dich tun sollte. Du holst mich immer wieder auf die Erde zurück …« Er schüttelte den Kopf. »Wie kann ich dir je danken?«

»Das musst du nicht. Du musst mir niemals danken …« Greta wich seinem Blick unwillkürlich aus und sah zu Boden. »Ich will nicht, dass wir einander danken müssen. Ich will nur für dich da sein, so wie du für mich da bist.«

Jonas zögerte, legte seine Hand an das Kinn seiner Cousine und schaute ihr fest in die Augen.

»Ich werde immer für dich da sein, Greta, das verspreche ich dir hier und jetzt. Du kannst auf mich zählen.«

Sie schauten einander an, und Jonas hatte den Eindruck, dass sie seltsam erstarrt wirkte, dann trat sie einen Schritt zurück.

»Ich weiß.«

Ohne ein weiteres Wort wandte sie sich ab und kehrte an den Tisch zurück, an dem seine Eltern saßen. Jonas entschied, nach Hause zu gehen.

Das Essen war endlich vorüber. Augusto Tewes führte sie auf die Tanzfläche. Dem Walzer folgten ein paar Tänze aus der alten Heimat. Es war warm, und Pauline fühlte sich unwohl. Nach einer Weile wagte sie es endlich, um eine kleine Ruhepause zu bitten. Ein Bediensteter brachte ihr eine Limonade.

Sieht so mein zukünftiges Leben aus? Lächeln, tanzen, sich bedienen lassen …

Es klang gewiss erstrebenswert, ein solches Leben führen zu dürfen, und doch freute Pauline sich nicht.

Die junge Frau leerte ein zweites Glas Limonade und schaute den anderen Tänzern noch eine Weile zu, bevor ihr Blick zum Tisch mit den Hartungs wanderte. Jonas war nirgends mehr zu sehen. Pauline schloss die Augen.

Ob er nach Hause gegangen ist? Wenn er nicht zu mir kommt, muss ich zu ihm gehen.

Der Gedanke kam so plötzlich, dass er sie überraschte.

Ich muss mich erklären, ich muss ihm sagen … Ja, was muss ich ihm sagen? Ist es nicht ohnehin zu spät? Zu spät für … für was?

Pauline sah zu den Feiernden hinüber und zögerte, doch der

Gedanke ließ sich einfach nicht verdrängen. Sie wollte zu ihm. Sie musste mit ihm reden, ohne noch recht zu wissen, worüber. Aber sie zweifelte nicht, sie würde es wissen, sobald sie ihm gegenüberstand.

Pauline schaute nun zu Augusto Tewes, der inzwischen ebenfalls die Tanzfläche verlassen hatte und mal wieder in ein Gespräch mit einem der Nachbarn vertieft war. Auch am Tag der Verlobung gab es Geschäftliches zu bereden. Er würde sicher nichts bemerken, wenn sie sich nur beeilte. Sie war ja gleich wieder da. Als Nächstes versicherte sie sich, dass Hector Martinez in der Nähe seines Herrn war. Gut, auch er war in ein Gespräch vertieft. Dann würde sie ganz sicher niemand bemerken. Und der Vater hatte dem Alkohol schon so ausreichend zugesprochen, dass er sie kaum noch wahrnehmen würde. Anstatt sich für ihn zu schämen, war Pauline erleichtert. Dieses Mal wenigstens.

Sie entschuldigte sich bei dem Kreis von Frauen, der sich gerade wieder um sie gebildet hatte, und verkündete, sie müsse sich etwas frisch machen. Die älteren Damen nickten wohlwollend. Zwei jüngere tuschelten miteinander und kicherten.

Pauline fühlte, wie sie errötete, aber offenbar hielt man das für die Scheu einer jungen Frau. Gemessenen Schrittes ging sie auf das Haus zu, dann schneller durch den Flur zu ihrem Zimmer. Würde dieses Zimmer eigentlich auch nach der Hochzeit noch ihres bleiben? Sie hoffte es, denn sie hatte es liebgewonnen.

Ein Dienstmädchen folgte ihr und fragte sie, ob sie Hilfe benötige. Pauline lehnte lächelnd ab und schaute dem Mädchen dann hinterher, bis es sicher am Ende des Ganges verschwunden war. Es war dunkelhäutig, wie alle Bediensteten auf der Fazenda. Ob das auf den anderen Fazendas auch so war? Und gab es dort auch so viele von ihnen?

Pauline betrat ihr Zimmer, huschte durch den Raum, um sogleich durch die Verandatür auf der anderen Seite hinaus in den Garten zu schlüpfen. Sie beeilte sich, die kleine Grasfläche zu überqueren – nicht auszudenken, wenn sie jemand sah, bevor sie zwischen den üppig wachsenden grünen Büschen verschwand.

Ein schmaler Pfad führte zu dem Weg, auf dem man zu den Hütten der Pächter gelangte. Pauline hatte ihn schon bald nach ihrer Ankunft entdeckt. Augusto Tewes hatte ihn nicht anlegen lassen, aber im Laufe der Zeit war die Erde hier flach getrampelt worden; es war eine Abkürzung zur Siedlung. Wahrscheinlich war auch Jonas schon des Öfteren den Pfad entlanggelaufen.

Pauline lief entschlossen weiter. Jetzt, da sie allein unterwegs war, erschienen ihr die Geräusche, an die sie sich seit ihrer Ankunft gewöhnt hatte, plötzlich wieder ungewohnt. Vogelschreie ließen sie zusammenzucken. Ein großer Schmetterling, der dicht an ihrem Gesicht vorbeiflatterte, verunsicherte sie. Gab es giftige Schmetterlinge?

Pauline war froh, als sie das Ende des Gartens erreicht hatte und auf den offiziellen Weg stieß. Der Feier wegen war es heute hier wie ausgestorben. Während Pauline einen Schritt vor den anderen setzte, dachte sie unablässig darüber nach, was sie Jonas sagen wollte.

Vielleicht ist er ja gar nicht da, fuhr es ihr durch den Kopf. Doch sie kehrte nicht um. Sie wollte nicht feige sein. Sie wollte ihn fragen, warum er sie mied, denn er mied sie doch, oder tat er das nicht? Sie wollte ihm sagen, dass sie ihm getraut hatte, und ihn fragen, was sich zwischen ihnen verändert hatte.

Pauline blieb abrupt stehen, als die Hütte der Hartungs in

ihr Blickfeld kam. Sie entdeckte Jonas im Garten hinter dem Haus, vollkommen darin vertieft, den Zaun zu verstärken. Pauline wollte etwas sagen, doch die vielen Worte schienen in ihrer Kehle festzustecken.

Warum bin ich hier, allein, am Tag meiner Verlobung? Warum bin ich hier und nicht an Augusto Tewes' Seite?

Beinahe wäre sie umgekehrt, doch dann nahm sie allen Mut zusammen und ging weiter. Schritt für Schritt. Sie musste das tun.

Pauline konnte nicht sagen, ob sie ein Geräusch gemacht oder gesprochen hatte, doch plötzlich hob Jonas den Kopf. Lange sagte er nichts, starrte sie nur an.

Pauline schluckte. Warum war er ihr jetzt so fremd? Sie waren doch Freunde gewesen auf dem Schiff. Und warum tat es so weh, wenn er sie so anblickte? Sie riss den Blick von ihm los und schaute sich um, räusperte sich.

»Ihr habt gute Fortschritte gemacht«, sagte sie dann.

»Vater und ich haben Tag und Nacht geschuftet«, entgegnete Jonas.

Er klang kühl, und doch war da noch etwas anderes, etwas, das Pauline nicht erfassen konnte. Sie seufzte tief, bevor sie ihn wieder ansehen konnte. Er erwiderte ihren Blick, trat dann unwillkürlich einen Schritt auf sie zu. Sie spürte seine Wärme, auch ohne ihn zu berühren, legte den Kopf zurück, fest entschlossen, ihm nicht auszuweichen. Mit einem Mal legte er den Arm um sie. Pauline roch Erde, ein wenig Schweiß. Sie roch ihn, und ihre Lippen öffneten sich wie von selbst. Jonas zögerte nicht, seine Lippen auf die ihren zu drücken. Erst sanft, dann ein wenig drängender.

Am Tag meiner Verlobung, dachte sie, verrate ich meinen zukünftigen Mann. Und dann erwiderte sie Jonas' Kuss, und sie tat es, ohne weiter nachzudenken. Im nächsten Moment vergaßen Jonas und Pauline alles um sich herum. Die Welt ging unter, zurück blieben nur sie beide.

Gretas Unruhe nahm stetig zu von dem Moment an, an dem sie Pauline nicht mehr sah. Zuerst versuchte sie, sich damit zu beruhigen, dass Jonas das Fest ja längst verlassen hatte, aber das genügte bald nicht mehr. Als sie sich gerade auf die Suche machen wollte, forderte sie ein benachbarter Pächter zum Tanzen auf. Greta konnte nicht ablehnen. Der Mann schwatzte auf sie ein, sie nahm gar nicht wahr, wovon er sprach. Aber wie bei den meisten Männern genügte es ihm vollauf, wenn sie ihm ab und zu zustimmte. Leider war der Mann ein sehr ausdauernder Tänzer. Greta konnte ihr Glück kaum fassen, als sie ihm endlich entkam.

Eine Weile suchte sie weiter selbst nach Pauline, dann sprach sie eines der Dienstmädchen an. Das erklärte ihr fröhlich, die Senhorita sei im Haus, um sich frisch zu machen. Greta ließ das Haus nicht aus den Augen, doch Pauline blieb verschwunden.

Schließlich hielt sie es nicht mehr aus. Natürlich musste sie aufpassen, durfte sich nicht erwischen lassen, aber Greta war es schon seit langer Zeit gewohnt, wie ein Schatten umherzuhuschen. Wenn sie es nicht wollte, sah sie auch niemand. Sie schaute sich um und versicherte sich, dass niemand zu ihr hinsah. Mit wenigen schnellen Schritten erreichte sie die Hausecke und verschwand dahinter. Sie schlich an der Hausmauer entlang und um die nächste Ecke herum. Nur wenig später erreichte sie die hintere Seite des Haupthauses. Hier befand sich die Veranda, von der aus man gut ungesehen über eine

Treppe in den Garten gelangte – oder lauschen konnte, wie sie wusste.

Greta war nicht überrascht, die Verandatür zu Paulines Zimmer nur angelehnt vorzufinden. Sie hatte sich so etwas schon gedacht: Pauline hatte sich tatsächlich von der eigenen Verlobungsfeier fortgeschlichen, und Greta wusste ganz sicher, wo sie zu finden war.

Es tat weh.

Gretas Herz klopfte so schnell und so hart, dass sie glaubte, es wollte ihr aus der Brust springen. Wie von Spinnfäden gezogen lief sie weiter, und plötzlich bemerkte sie, dass sie mitten in Paulines Zimmer stand, in all dem Zauber aus teuren Stoffen und Kissen, aus kristallenen Leuchtern und edlen Mahagonimöbeln.

Wie bin ich hierhergekommen?

Sie wusste es nicht. Greta sah sich um, sah einen angefangenen Brief auf dem zierlichen Rokokoschreibtisch liegen – an die Großeltern gerichtet –, sah Bücher und Modedrucke aus Frankreich.

Was will sie von Jonas? Sie hat doch alles, was ein weibliches Herz begehrt ... Sie darf ihn mir nicht nehmen.

Gretas Herz beruhigte sich langsam, endlich konnte sie wieder klar denken. Sie musste weg. Und doch konnte sie sich nicht rühren, auch nicht, als im Gang draußen Schritte zu hören waren. Sie blieb einfach reglos stehen und starrte die Tür an, die sich gewiss gleich öffnen würde. Die Schritte wurden langsamer, verharrten schließlich ganz. Ein kurzes Klopfen, dann öffnete sich die Tür, und Augusto Tewes trat ein.

»Darf ich Sie fragen, was Sie hier machen?«, fragte er verblüfft, kniff die Augen zusammen und musterte sie eingehend. »Senhorita Hartung, nicht wahr?«

Greta konnte nichts anderes tun, als zu nicken.

Jetzt wird er mich rausbringen lassen und dann bestrafen, dachte sie. Sie hatte schon gehört, was mit Untergebenen geschah, die ungehorsam waren oder Unrechtes taten. Thaler hatte auf dem Schiff viele Geschichten erzählt.

Doch zu ihrer Verblüffung schmunzelte Senhor Tewes nur. »Ist das ein Einbruch?«, fragte er, klang aber zu belustigt, um wirklich besorgt zu wirken.

Greta schüttelte den Kopf.

Augusto Tewes zog die Tür hinter sich zu. »Darf ich Sie dann also nochmals fragen, was Sie hier tun, Senhorita? Im Zimmer meiner Verlobten? Sie hat Sie doch nicht hierhergebeten, oder?«

Greta musste schlucken. »Ich habe Senhorita Jordan gesucht. Ich habe sie seit geraumer Zeit nicht gesehen und wollte einfach wissen, ob ... ob es ihr gut geht.«

Augusto Tewes nickte. »Ja, Sie haben recht«, sagte er dann. »Tatsächlich habe auch ich mein liebes zukünftiges Eheweib schon eine ganze Weile nicht gesehen. Haben Sie denn vielleicht eine Ahnung, wo sie sein könnte?«

Greta schüttelte den Kopf. Sie hoffte, dass Tewes ihr kurzes Zögern nicht wahrgenommen hatte. Er trat nun an ihr vorbei, zog die Verandatür zu und verriegelte sie. Wieder sagte er nichts, dann drehte er sich zu Greta um.

»Seltsam, ich habe ihr schon mehr als einmal gesagt, sie dürfe die Verandatür nicht unbeaufsichtigt lassen, wenn sie offen steht ... Die Wildnis ist so nah. Das ist gefährlich, wissen Sie?«

Greta leckte sich über die Lippen und gab sich einen Ruck. »Vielleicht ... vielleicht wollte sie nur kurz ein paar Schritte durch den Garten gehen. Vielleicht musste sie zur Ruhe kommen. Es war sicher ein aufregender Tag für Senhorita Jordan.«

»Ja, vielleicht.« Tewes runzelte die Stirn.

Greta fühlte sich endlich sicherer. »Ich könnte in den Garten gehen und sie suchen. Ich könnte nachsehen, ob es ihr gut geht. Wir ... Wir sind so etwas wie Freundinnen, wissen Sie?«

»Tatsächlich?« Tewes musterte sie und nickte dann. »Das wäre dann wohl eine Möglichkeit. Wenn Sie also so freundlich wären.«

Greta erreichte mit wenigen Schritten die Verandatür und wollte sie gerade wieder entriegeln, als Tewes' Stimme sie noch einmal zurückhielt.

»Ich könnte Ihre Aufmerksamkeit vielleicht auch sonst gebrauchen«, sagte er mit kaum erhobener Stimme. »Wie wäre es, Senhorita Hartung, können Sie mir auch zukünftig sagen, was meine zukünftige Frau so treibt? Möchten Sie vielleicht für mich arbeiten?«

Greta schluckte. »Das wäre«, sie drehte sich um, »das wäre wunderbar.«

Und sie meinte es sehr ernst.

Greta hastete den Pfad entlang, von dem sie sicher war, dass Pauline ihn genommen hatte, denn man stieß direkt auf ihn, wenn man sich von der Veranda vor ihrem Zimmer aus in das grüne Dickicht des Gartens schlug. Sie beeilte sich, weil da plötzlich Bilder in ihrem Kopf waren, Bilder von Jonas und Pauline, die miteinander sprachen, die sich an den Händen fassten, die sich vielleicht ... Greta mochte nicht weiterdenken.

Und dann stand Pauline plötzlich da, wunderbar anzusehen in ihrem Verlobungskleid. Sie schien nichts von dem rings um sie her mitzubekommen, noch nicht einmal, dass Greta sich näherte und es zuerst kaum wagte, sie anzusprechen.

»Pauline?«, fragte Greta endlich und konnte es doch nicht verhindern, dass die andere zusammenfuhr.

»Greta!« Einen Moment noch war Pauline wie erstarrt, dann warf sie sich ihr in die Arme. »Ich bin ja so froh, dass du da bist!«

Greta ließ die Umarmung noch einen Augenblick zu und trat dann einen Schritt zurück. »Was ist denn geschehen?«

Pauline starrte ins Dickicht. Sie befanden sich auf einer kleinen Lichtung, ringsum undurchdringliches Buschwerk. Kurz überlegte Greta, ob Pauline sich wohl gar nicht fragte, warum sie, Greta, hier war. Gleichfalls schien sie nicht daran zu denken, ihre eigene Anwesenheit zu erklären.

»Ich weiß nicht«, flüsterte sie. »Ich fühlte mich beobachtet, und dann war da plötzlich ein Kind und ...«

»Ein Kind?«

»Ein kleines dunkelhäutiges Kind. Mit blauen Augen. Ich ... Ich glaube, ich habe es schon einmal gesehen.«

Greta folgte Paulines Blick. Ein Kind mit blauen Augen ... Es hatte auch sie schon einmal erschreckt. Aber das sagte sie besser jetzt nicht. Das würde Pauline ganz verwirren.

»Ist es das Kind eines Dienstmädchens?«

»Nein«, Pauline schüttelte den Kopf. »Augusto will keine Kinder am Haus. Keine der Bediensteten hat Kinder. Sie ... Sie verlieren sofort ihre Arbeit, wenn sie schwanger sind.«

»Hast du Senhor Tewes schon einmal davon erzählt?«

»Von dem Kind?« Pauline schüttelte den Kopf. »Nein. Hätte ich das tun sollen?«

Nachdenklich schaute sie wieder zu der Stelle, an der das Kind verschwunden war. Nein, seltsamerweise hatte sie nie darüber nachgedacht, ihm von diesem Kind mit den blauen Augen zu erzählen. Warum eigentlich?

»Wahrscheinlich nicht.« Gretas Stimme riss Pauline aus den Gedanken. »Gehen wir zurück? Vielleicht solltest du dich etwas ausruhen. Es war heute sicher alles ein bisschen viel.«

»Ja«, Pauline nickte zustimmend. »Vielleicht sollte ich das. Es war ein anstrengender Tag.«

Sie hakte sich bei Greta unter, dann schüttelte sie erneut den Kopf. »Ich bin mir nicht sicher, ob ich mich einfach so zurückziehen kann.«

»O ja, die Verlobung ...« Greta schaute Pauline bedauernd an. Dann lächelte sie. »Vielleicht kann dir Augusto Tewes ja helfen. Sag ihm, du warst erschöpft, deshalb hast du dich für eine Weile zurückgezogen. Er wird das verstehen.«

»Ja, vielleicht.« Pauline lächelte müde.

Kurze Zeit später hatten sie die Veranda erreicht, über die Pauline in ihr Zimmer gelangte. Greta ließ Paulines Arm los. Die drehte sich Hilfe suchend zu ihr hin.

»Geh schon hinein, mach dich etwas frisch – du siehst wirklich erschöpft aus. Und dann kommst du wieder zu uns. Senhor Tewes wird dir sicher zur Seite stehen. Er ist ein guter Mann.«

»Ja ...«

Pauline zögerte, bevor sie sich noch einmal umdrehte und das Dickicht des Gartens mit ihren Augen absuchte. Aber es war nichts zu sehen. Seufzend stieß sie die Tür auf, trat ein und erstarrte.

»Augusto!«

»Pauline ...« Pauline konnte den Tonfall in Augustos

Stimme nicht deuten und schlug unsicher die Augen nieder. »Du wurdest vermisst, meine Liebe«, fuhr er sanft fort.

Sie räusperte sich. »Es tut mir leid. Mir war ... Mir war nicht gut ...«

»Und du wolltest dich hinlegen?«

Pauline starrte ihren Verlobten an. War das ein Lächeln auf seinem Gesicht? Aber warum jagte seine Anwesenheit ihr dann einen Schauder über den Rücken? Warum war er überhaupt hier? Hatte er auf sie gewartet?

Doch dann war das Gefühl der Verunsicherung auch schon wieder vorüber. Sicherlich war er nur besorgt, versuchte sie sich zu beruhigen, und hatte nach ihr schauen wollen. Pauline straffte die Schultern.

»Nein«, gab sie endlich Antwort. »Es hat genügt, kurz durch den Garten zu spazieren. Der Garten ist einfach wunderschön. Es geht mir schon viel besser.«

Augusto musterte sie, trat dann zur Tür und schaute hinaus.

»Ja, es ist ein schöner Garten ... Weißt du, Pauline, als ich hierherkam, war alles Wildnis. Es hat seine Zeit gedauert, bis wir dieses kleine Paradies dem Urwald abgerungen hatten, und es ist immer noch ein harter Kampf ...« Er schwieg kurz und drehte sich dann zu seiner Verlobten um. »Allerdings erwartet man uns jetzt draußen, meine Liebe. Bist du bereit?«

Pauline wusste, dass sein letzter Satz keine Frage war. Augusto reichte ihr den Arm. Nur kurz später mischten sie sich wieder unter die Gäste. Niemand stellte eine Frage, aber Pauline spürte mehr als einen Blick auf sich.

Achtes Kapitel

Greta war Jonas schon am Abend der Verlobungsfeier seltsam abwesend vorgekommen. Auch am nächsten Tag änderte sich daran nichts. Sie beobachtete ihn nun schon seit dem gemeinsamen Frühstück aus Maisbrei, das Rosina, wie so oft, nach wenigen Löffeln angewidert zur Seite schob. Jonas hatte seinen Teller zwar geleert, dabei aber vollkommen abwesend gewirkt. Danach war er ohne ein weiteres Wort in den Garten gegangen und hatte ein weiteres Beet angelegt, in dem sie Gemüse anpflanzen konnten. Nach dem Mittag kümmerten Kasimir und er sich um den neuen Kartoffelacker, der etwas entfernt lag, und sie hatte ihn nicht weiter beobachten können. Inzwischen war Kasimir wieder zurück, um sich erneut dem Zaun zu widmen. Greta entschied, dem Cousin einen Krug Wasser zu bringen. Es war warm, und sie war sicher, dass er nicht daran gedacht hatte, etwas zu trinken mitzunehmen.

Als sie sich dem Acker näherte, fand sie ihn nicht bei der Arbeit. Stattdessen stand er da, auf seine Hacke gestützt, und schaute in die Ferne.

»Jonas?«, fragte sie leise.

Er drehte sich mit einem Lächeln zu ihr um. Sein Blick fiel auf den Krug.

»Bringst du mir etwas zu trinken? Das ist schön.« Er lächelte. »Ich hatte gar nicht daran gedacht, etwas mitzunehmen.«

»Ich weiß.«

Greta überreichte ihm das Wasser. Jonas stemmte den Krug an seine Lippen, und sie betrachtete das Spiel seiner Muskeln unter dem dünnen Hemd, stellte sich vor, seine warme Haut zu berühren, und errötete leicht. Als er ihr den Krug zurückgab, war er fast leer. Jonas musste großen Durst gehabt haben. Wieder lächelte er sie an.

»Du kamst wirklich gerade recht.«

»Das sehe ich, und ich mache es gern.« Greta zögerte kurz, dann fragte sie doch, was sie beschäftigte. »Du hast eben nachgedacht, nicht wahr? Worüber?«

»Hast du das gemerkt? Und ich dachte, ich hätte es gut verborgen.« Er schlug die Hacke in den Boden, dann stützte er sich fest darauf, als suchte er nach Halt. »Ich muss ständig an etwas denken, das gestern geschehen ist.«

»Die Feier?«

Jonas schüttelte den Kopf. Wieder sah er in die Ferne, dann fixierte er sie.

»Ach, verdammt, irgendjemandem muss ich es sagen, und du bist meine Cousine, meine Vertraute, also ...« Er holte tief Luft. »Pauline war gestern hier.«

Greta wich seinem Blick nicht aus. Ich weiß das, dachte sie, das weiß ich, du erzählst mir nichts Neues ...

»Am Tag ihrer Verlobung?«, hörte sie sich fragen.

»Ja.«

Kurz schien es ihr, als errötete er kaum merklich. Sie musste nicht nachfragen, denn er sprach von allein weiter, offenbar geradezu erleichtert darüber, sein Geheimnis teilen zu können.

»Wir haben uns geküsst.«

Greta ließ sich nicht anmerken, dass seine Worte sie wie Messerstiche durchfuhren.

»Das war sehr gefährlich«, sagte sie nur.

»Ich weiß.« Jonas runzelte die Stirn.

»Hast du sie seitdem wiedergesehen?«

»Nein, natürlich nicht.« Er schüttelte den Kopf. »Ich will ihr ja auch sagen, dass das ...«

Greta unterbrach ihn. »Du *musst* es ihr sagen. Sie wird bald heiraten. Sie wird den Mann heiraten, von dem wir hier alle abhängig sind. Er ist ein reicher Mann. Denkst du, sie wird froh an deiner Seite werden, wenn sie irgendwann später mit dir in einer kleinen Hütte sitzt und auf diese Tage zurückblickt? Es wird nicht mal hier sein, nein, denn wir werden wieder alles verlieren. Ihr dürft euch nicht mehr sehen, aber du musst diese Entscheidung treffen. Für sie ...« Greta zögerte kurz, »... damit sie glücklich sein kann.«

Jonas starrte sie stumm an. »Du hast sicher recht«, sagte er dann.

Doch Greta war klar, dass sie sich nicht darauf verlassen konnte. Nur kurz hatte sie die beiden aus dem Blick verloren, und waren die Folgen nicht verheerend? Es war klar, sie musste die Dinge selbst in die Hand nehmen.

Neuntes Kapitel

Messina ...

Gregorio stand auf der Terrasse, von der aus man einen wunderbaren Blick über den Hafen und die Meerenge hatte, und atmete den würzigen Duft des Ortes tief ein. Ja, er fühlte sich wohl hier, auch wenn sein Onkel Santino ihm sicherlich nie ein richtiger Vater und sehr streng gewesen war, so hatte er doch darauf geachtet, dass es dem verwaisten Neffen an nichts mangelte.

Als Gregorio Schritte hinter sich hörte, drehte er sich um. Klack, klack, klack ... so klangen nur die eisenbeschlagenen Schuhe seines Onkels. Santino, gefolgt von seinem Leibwächter, trat aus dem Haus. Er setzte sich an den gedeckten Tisch, und Gregorio wartete auf die Aufforderung, es ihm gleichzutun, die erfolgte jedoch nicht. Einen Moment lang blieb ihm wieder einmal nichts, als zu warten. Sein Onkel begann genüsslich zu essen. Es gab Arancini, mit Hackfleisch gefüllte und frittierte Reisbällchen, Spaghetti mit Auberginen und Ricotta und zum Nachtisch Mandel-Granita. Ärgerlicherweise begann Gregorios Magen zu knurren, doch er verzog keine Miene. Es dauerte geraume Zeit, bevor Santino seine Kaffeetasse leerte und das Besteck beiseitelegte.

»Ich habe nachgedacht«, sagte er nun.

Gregorio sah den Onkel abwartend an.

»Ich habe nachgedacht«, wiederholte Santino, »und ich bin zu dem Schluss gekommen, dass du weitere Nachforschungen anstellen wirst, um das wiedergutzumachen, was du mir schuldest.«

Gregorio runzelte die Stirn. »Nachforschungen? Ich soll herausfinden, wo Signor Jordan und seine Tochter sind?«

»Ebendies.« Santino lächelte jetzt. »Der finanzielle Verlust damals mag unwesentlich gewesen sein, aber er ist doch schmerzlich, weil er von ungeheurem Verrat begleitet war.«

Gregorio nickte langsam. Auch ihn hatte der Verrat verwirrt und, ja, auch geschmerzt. Es hatte eine Zeit gegeben, als er sich von seiner Strafe erholt hatte – unwillkürlich berührte er den kleinen Finger seiner rechten Hand, an dem das vorderste Glied fehlte –, da hatte er sogar Hass empfunden. Doch inzwischen war dieses düstere Gefühl verflogen. Jetzt war da kein Hass mehr, nur noch Erinnerung …

Er dachte immer öfter an die schönen Tage zurück, die er gemeinsam mit Pauline verbracht hatte. Er hatte die junge Deutsche geliebt, und vielleicht tat er das ja immer noch – trotz allem, was nun zwischen ihnen stand und was er sich nicht erklären konnte, so viel er auch darüber nachgesonnen hatte, seit sie verschwunden war. Pauline hatte ihm als Erste von einem Leben jenseits der Grenzen dieser Insel und jenseits der engen Grenzen seiner Familie erzählt. Durch sie erst hatte er sich vorstellen können, Messina eines Tages, wenn auch nicht für immer, zu verlassen, und in der letzten Zeit hatte er tatsächlich erneut darüber nachgedacht.

Seit dem Tag, an dem geschehen war, was Santino Fabris Verrat nannte, hatte sich seine Situation im Haushalt seines Onkels allerdings deutlich verändert. Eine Hochzeit mit Signor Pasquales Tochter war zum Glück lange kein Thema mehr, genauso wenig sah ihn der Onkel zurzeit wohl als eine große Hilfe an, die seine Verbindungen stärken konnte, und gute Verbindungen waren immer etwas gewesen, auf das Santino Fabris Wert gelegt hatte. An eine Flucht, auch die hatte er immer wieder erwogen, war dennoch nicht zu denken, denn er wurde beschattet, durfte kaum einen Schritt allein tun, fühlte sich gefangen im eigenen Zuhause. Und er sah keinen Ausweg. Nun erwartete sein Onkel Santino Fabris eine Wiedergutmachung – Gregorio hatte immer geahnt, dass dieser Moment eines Tages kommen würde, er hatte sich nur nie vorstellen können, wie eine solche wohl aussehen sollte.

Jetzt soll ich die Jordans also ausfindig machen … Ist das vielleicht meine Chance?

Gregorio runzelte die Stirn und folgte mit den Augen einer Gruppe von Segelbooten, die draußen auf dem Meer wie riesige weiße Vögel über die Wellen tanzten. Er dachte an ein Bild, das Pauline gemalt hatte – zwei Segelboote, die über das Wasser glitten. Wie oft hatte er ihr damals beim Malen zugesehen. Ob sie noch malte? Er konnte sich nicht vorstellen, dass sie es nicht mehr tat. Es hatte immer zu ihr gehört.

Wie aus weiter Ferne hörte Gregorio jetzt wieder die Stimme Santinos.

»Gregorio, hörst du mir überhaupt zu?«

»Ja, Onkel, ich höre dir zu.«

»Ich verlange von dir, dass du die beiden auftreibst. Niemand, ich sage, niemand betrügt ungestraft Santino Fabris. Gelingt es dir, meine Forderungen zu erfüllen, so sollst du fürstlich belohnt werden, gelingt es dir nicht, so hast du keine Familie und keine Heimat mehr. Habe ich mich klar und deutlich ausgedrückt?«

Zehntes Kapitel

Die Sonne ging gerade auf, als Pauline am nächsten Morgen erwachte. Man teilte ihr mit, dass Augusto Tewes noch früher als sonst zu seinem Ausritt aufgebrochen war. Pauline kam kurz der Gedanke, Jonas aufzusuchen, doch sie verwarf ihn sogleich wieder. Sie beide mussten vorsichtig sein. Zudem war ihr immer noch nicht klar, was da überhaupt zwischen ihnen passiert war. Sie hatten sich geküsst, und es hatte sich gut angefühlt, aber sie hatten nicht viel miteinander gesprochen. Pauline hatte es sich damit erklärt, dass kaum Zeit dafür gewesen war, jetzt war sie sich dessen nicht mehr sicher. Sie hatten sich beide von ihren Gefühlen überwältigen lassen, doch war das richtig gewesen?

Nachdenklich kleidete sie sich an, ging dann in den Salon, in dem der Frühstückstisch gedeckt war, und setzte sich. Sie nahm ein wenig Obst, bestrich eines der weichen weißen Brötchen, die Augusto jeden Morgen frisch backen ließ, mit Butter und Honig und begann zu essen. Zum Schluss trank sie eine Tasse heiße Schokolade. Dann überlegte sie, was an diesem Tag zu tun war. Augusto hatte ihr noch keine Aufgaben übertragen, er wollte damit wohl bis nach der Hochzeit warten. Sie hoffte, dass es dann endlich so weit sein würde, denn sie mochte nicht müßig sein.

Der neuerliche Gedanke an die Hochzeit versetzte der jungen Frau jetzt doch einen Stich. Tatsächlich hatte sie gedacht, wenigstens an diesem Morgen gemeinsam mit Augusto zu frühstücken. Aber vielleicht war es auch kindisch, betrübt und verunsichert darüber zu sein, dass ihr Verlobter es vorzog zu arbeiten …

Pauline seufzte, legte die Serviette beiseite und stand auf. Irgendjemand würde den Tisch abräumen, auch darum musste sie sich nicht kümmern, ja, sie durfte es nicht. Dann nahm sie ihr Umschlagtuch und legte es sich um die Schultern, bevor sie auf die Veranda trat, um einen kleinen Spaziergang um das Haupthaus zu machen. Wenn sie schon keine Aufgabe hatte, konnte sie zumindest versuchen, mehr von ihrem neuen Zuhause kennenzulernen. Sie hatte immer noch den Eindruck, dass sie vieles noch nicht erkundet hatte.

Wie oft spazierte Pauline zuerst über die Veranda zur Rückseite des Hauses, von wo aus man direkt zu den Privatzimmern gelangte. Dann blickte sie hinüber zum Garten, verwehrte sich aber erneut den Wunsch, Jonas aufzusuchen. Vor ihrer eigenen Tür blieb Pauline stehen. Seit ihrer Ankunft stand dort ein Tisch nebst Stühlen, an dem sie schon manche Zwischenmahlzeit eingenommen, aber auch geschrieben und gelesen hatte. In den Tagen vor der Verlobung hatte Pauline endlich ihre Malutensilien durchgesehen, sie wollte Augusto nun bitten, Fehlendes zu ersetzen. Wieder zu malen konnte sie sich allerdings noch nicht vorstellen. Dabei hatte sie eigentlich stets in jeder Stimmung malen können. Beim Malen hatte sie am besten ihre Gefühle ausdrücken können, doch seit Messina …

Pauline schüttelte den Kopf, während sie langsam weiter die Veranda entlangschritt. Augustos Zimmer fand sich fast am anderen Ende, in jedem Fall recht weit von ihrem entfernt. Irritiert stellte Pauline fest, dass sich der Schaukelstuhl, der vor seiner Tür stand, leicht bewegte. Allerdings konnte sie niemanden sehen, der darin saß. Hatte der Wind den Stuhl in

Bewegung gesetzt? Aber es war eher windstill. Als sie näher kam, sah Pauline, dass eine kleine Porzellanpuppe auf der Sitzfläche saß. Wo kam sie nur her? Plötzlich fühlte sie sich wieder beobachtet, doch als sie sich umblickte, war niemand zu entdecken.

Pauline nahm die Puppe und klopfte beherzt an die Tür. Sie musste Augusto dringend sprechen.

Hatte Augusto eben kurz innegehalten, als er sie hereingebeten und sie ihm die Puppe gezeigt hatte? Nur für einen Atemzug lang? Pauline runzelte die Stirn, während Augusto die Puppe nun betrachtete.

»Wo kommst du denn her?«, fragte er in scherzendem Tonfall.

»Ich habe sie in deinem Schaukelstuhl gefunden, Augusto, auf der Veranda.«

»Erstaunlich.« Augusto drehte die Puppe hin und her. »Laufen kannst du wohl nicht, oder? Wie bist du dann in den Schaukelstuhl gekommen?«

»Wem gehört diese Puppe?«

»Niemandem.« Augusto lachte.

»Niemandem?«

»Nun ja«, Augusto reichte ihr die Puppe zurück, »sie gehört mir. Ich bin gern vorbereitet.«

»Vorbereitet?« Pauline schaute ihren Verlobten fragend an. Der lächelte jetzt.

»Als ich beschloss zu heiraten, wusste ich auch, dass eines Tages Kinder kommen mussten. Ich habe also vorsorglich ein Kinderzimmer einrichten lassen.«

»Es gibt ein Kinderzimmer auf Boa Vista?«

»Ja, natürlich.« Augusto schaute sie aufmerksam an. »Ist das so überraschend?«

Pauline war erneut verwirrt. »Nein, natürlich nicht ... Ich hatte noch nicht ... Ich wollte ...« Sie brach ab.

»Lass dir das Zimmer von Vitória zeigen. Es ist sehr hübsch, wie ich finde.«

Spät an diesem Abend entschied Augusto, noch einen Spaziergang durch seinen Garten zu machen. Jetzt stand er im Gebüsch schräg gegenüber von Paulines Verandatür und beobachtete, so gut es ging, die Vorgänge im Zimmer seiner zukünftigen Frau. Seit sie ihm die Puppe gezeigt hatte, war er ihr, ohne sich das recht einzugestehen, aus dem Weg gegangen. Abends war er sogar nicht zum Abendessen erschienen, hatte sich mit dringlicher Arbeit entschuldigen lassen.

Er hatte sich gerade noch so beherrschen können, als er sie mit der Puppe gesehen hatte, und er wusste nur zu gut, wer dieses Spielzeug dort auf dem Stuhl zurückgelassen hatte. Es stand außer Frage, aber er würde Adélia zur Rede stellen müssen. Adélia, von der Pauline nichts wissen durfte. Adélia, die ihn liebte und die Dinge über ihn wusste, die sie über den Schwur hinaus aneinanderketteten.

Was würde wohl geschehen, wenn sich ihre Liebe eines Tages verlor? Würde sie ihn dann verraten, ihn und alles, was ihm wichtig war?

Auch er hatte die schöne Adélia einmal geliebt, hatte sie sogar geheiratet und dann ... Dann war das Schreckliche geschehen.

Hinter der Verandatür seiner zukünftigen Frau erlosch das Licht, offenbar ging Pauline an diesem Abend früh zu Bett.

Ob sie sich das Kinderzimmer angesehen hatte? Was sie wohl darüber dachte? Hatte seine Geschichte sie überzeugt?

Obwohl es dunkel war, gelangte Augusto fast vollkommen lautlos hinaus. Als Hector Martinez ihm kurze Zeit später das Pferd sattelte und eine Laterne brachte, stellte der Mann keine Fragen. Hector hatte noch nie unnötige Fragen gestellt. Er war zehn Jahre jünger als Augusto und diesem treu ergeben, seitdem er ihn aus der Gosse in Rio de Janeiro gerettet hatte. Die beiden Männer wechselten nur einen kurzen Blick. Sie mussten nicht reden. Hector wusste Bescheid.

Einen Augenblick später trabte Augusto durch den Garten davon. Seit Pauline mit ihrem Vater auf Boa Vista weilte, war er seltener hier entlanggeritten. Eigentlich hatte er sich sogar vorgenommen, sie nie wieder aufzusuchen, doch nun hatte Adélia ihm den Fehdehandschuh hingeworfen, und er musste handeln ...

Adélia ...

Augusto dachte an den Tag, an dem er sie zum ersten Mal im Salon ihrer Eltern gesehen und gewusst hatte, dass er sie haben musste. Noch nie zuvor hatte er eine solch schöne Frau gesehen. Adélias Haut war milchig weiß, die Augen groß und von hellem Braun, das Haar schwarz wie Ebenholz. Sie war ihm als jüngste Tochter des Gouverneurs vorgestellt worden, und als ihr Vater und sie seinem Heiratsantrag zugestimmt hatten, hatte er sich am Ziel seiner Träume gesehen und war der glücklichste Mann der Welt gewesen.

Doch man hatte ihn belogen. Diese Frau mit der mehr als weißen Haut hatte ihm ein rabenschwarzes Kind geschenkt, ein Kind, dem er Boa Vista niemals würde vererben wollen und können. Er betrachtete seine Ehe als nicht gültig.

Hector wüsste sicherlich, was ...

Augusto runzelte die Stirn. Aber Hector war so etwas wie ein Kind für ihn. Diese Verantwortung konnte er ihm nicht übertragen.

Im Schein der Laterne tauchte nun aus dem Dunkel endlich das kleine weiß gestrichene Holzhaus auf, in das Adélia sich auf sein Geheiß zurückgezogen hatte.

Damit ich ihr nah sein kann. Pah, wir werden uns nie wieder nah sein ...

Augusto schwang sich vom Pferd und band es am Geländer der Veranda an. Er machte sich keine Mühe, leise aufzutreten, als er die Stufen hinaufging. Er hatte gerade die Hand zum Klopfen erhoben, als die Tür von innen geöffnet wurde.

»Adélia ...«

Noch immer überwältigte ihn ihre Schönheit. Auch in diesem eher unscheinbaren Häuschen wirkte sie majestätisch und glich einer Königin mehr als dem Kind der Sklavin, in die sich ihr Vater einst verliebt hatte.

»Augusto ...« Sie wirkte ganz ruhig. »Ich wusste, dass du kommen würdest.«

»Lässt du mich herein?«

Wortlos trat sie zur Seite. Das Innere der kleinen Behausung wirkte ordentlich. Er schickte ihr ja auch immer noch täglich eine Frau vorbei, die ihr zur Hand ging. Adélia, das Sklavenkind, war es schließlich nicht gewohnt, für sich selbst zu sorgen. Er wollte weitersprechen, als sein Blick auf den Jungen fiel, der auf seiner Bettstatt saß und Augusto anstarrte.

Meine Augen, dachte Augusto, das sind meine Augen ...

Dann riss er den Blick von dem Kleinen los. Fünf Jahre alt war er inzwischen, sein Sohn ... Es schüttelte ihn. Sechs lange Jahre, die auf die Hochzeit gefolgt waren, hatte er vergeblich auf einen Erben gehofft, dann war Adélia guter Hoffnung gewesen – und hatte ihm ein pechschwarzes Kind geboren. Einen Jungen, der niemals ein Deutscher sein konnte.

Adélia war ganz sicher der Beweis dafür, dass nicht alle Mulattinnen unfruchtbar waren … Dass dies so sei, hatte Augusto einmal irgendwo in einem Reisebericht gelesen. Dort hatte auch gestanden, dass es ihren Neigungen weit mehr entspreche, in wilder Ehe zu leben. Sie mussten ja nichts befürchten.

Er hörte, wie Adélia dem Jungen auf Portugiesisch zuraunte, sich wieder hinzulegen, dann führte sie Augusto hinaus und um das kleine Haus herum in den offenen Küchenbereich, wo sie vor neugierigen Blicken geschützt waren.

»Was willst du?«

Wortlos hielt er ihr die Puppe hin. Gleichzeitig nahm er diesen eigenen Duft wahr, den Duft nach Adélia und einer ganz bestimmten Blüte, der ihn wie immer fast wahnsinnig machte. Jetzt sofort wollte er ihre Haut spüren, ihre Wärme und Weichheit. Er hörte sie lachen.

»Ich sorge nur dafür, dass du uns nicht vergisst«, sagte sie dann. »Was willst du mit dem blassen jungen Ding aus Europa?«

»Ich werde sie heiraten.«

Adélia lachte dunkel. »Das kannst du nicht, du bist schon verheiratet.«

»Denkst du, du kannst es verhindern?«

»Ja, das denke ich.«

Ihre hellbraunen Augen blitzten ihn im Licht der Laterne an, die er immer noch in der Hand hielt. Augusto stellte sie ab.

»Wie sehr liebst du deinen Sohn?«, fragte er dann kühl.

In Adélias Blick mischten sich Neugier und Misstrauen. »Er ist auch dein Sohn.«

»Wie sehr?«, wiederholte Augusto seine Frage.

Adélia sagte eine Weile nichts, musterte ihn nur stumm.

»Du würdest ihm niemals etwas antun«, sagte sie endlich.

»Ich nicht«, Augusto lächelte, »aber es gibt Menschen, die alles für mich tun würden. Alles. Merk dir das.« Er trat ein paar Schritte zurück, ging aus der Küche hinaus und sah zum Mond hinauf, der jetzt so hell leuchtete, dass die Laterne gar nicht mehr nötig war. »Auf Wiedersehen, Adélia, denk über das nach, was ich gesagt habe. Es ist zu deinem Besten.«

Elftes Kapitel

Es war ihr erstes richtiges Unwetter in dem fremden Land, und Rosina konnte, nachdem sie erwacht war, vor Aufregung die ganze Nacht kein Auge mehr zutun. Irgendwann begann sie, Gebete zu murmeln, bis Kasimir sie rüde anfuhr. Seit einigen Tagen wirkte er wieder unzufriedener. Obgleich es ihnen mittlerweile recht gut ging, wie sie fand, so wusste sie doch, dass die Enttäuschung nun wieder an ihm nagte. Er hatte es nicht aus eigener Kraft geschafft, sich etwas aufzubauen. Kasimir gab sich wieder launischer, unberechenbar, manchmal aufbrausend. Insbesondere war ihr das in den letzten Tagen aufgefallen, wenn er vom Herrenhaus, wie er es nannte, zurückkam.

Bin ich nicht ein gestandener Mann, nicht ebenso stark und gewitzt wie Augusto Tewes? Und doch bin ich nichts als ein Pächter, der sich befehlen lassen muss, hatte sie ihn am Tag zuvor murmeln hören.

Am Morgen nach der Sturmnacht wagte Rosina sich kaum vor die Tür, aus Angst vor dem, was sie dort draußen erwarten mochte. Kasimir, Jonas, sogar Greta hatten das Bett längst verlassen. Keiner war zu ihr zurückgekehrt, um zu berichten.

Inzwischen waren sie sicherlich eine Stunde fort, so sagte ihr die Uhr auf dem Bord an der Wand, eine Stunde, in der sie, Rosina, an die amerikanischen Wirbelwinde denken musste, vor denen in einem von Kasimirs Büchern gewarnt worden war, und daran, dass es so etwas in Brasilien doch eigentlich nicht gab. Aber hatte sich das Unwetter in der Nacht nicht ganz schrecklich angehört?

Es half nichts, sie konnte sich vor dem da draußen nicht länger verstecken. Mit angehaltenem Atem stieß Rosina die Tür auf …

Tatsächlich war es noch viel schrecklicher, als sie erwartet hatte. Der Garten, in dem Greta und sie erst in den vergangenen Tagen wieder im Schweiße ihres Angesichts gearbeitet hatten, war nur noch eine einzige Schlammwüste, die Beete zerstört und für einen erneuten Anbau wohl vorerst unbrauchbar. Von den Hühnern konnte sie keines mehr entdecken. Rosina schloss für einen Moment die Augen, kämpfte gegen Tränen der Verzweiflung an und hoffte inständig, dass sich die Tiere in Sicherheit gebracht hatten.

Kasimir war damit beschäftigt, Schlamm und Schutt beiseitezuräumen. Er achtete gar nicht auf sie. Gedankenverloren ging Rosina die Stufen hinunter, trat mit den Holzschuhen, die natürlich sofort stecken blieben, vorsichtig in den zähen Matsch, wartete noch einen Moment, bevor sie ihren Mann endlich leise ansprach.

»Kasimir!«

Zuerst tat er so, als hörte er sie nicht, auch wenn er sich längst mit einer Bewegung seiner Schultern verraten hatte. Rosina bemühte sich, ihren Schuh aus dem Matsch zu bekommen, und kämpfte sich dann mühsam Schritt für Schritt auf ihren Mann zu.

»Die Hühner sind fort.«

»Ich werde sie nachher suchen«, gab Kasimir schroff zurück.

Rosina nickte, obgleich er nicht zu ihr hinsah, so, wie er sie ohnehin kaum beachtete. Sie störte, das zeigte er nur zu deutlich. Alles, was jetzt zählte, war das Vorankommen bei den Aufräumarbeiten. Dass das Unwetter sie erneut zurückgeworfen hatte, führte Kasimir sicherlich umso deutlicher vor Augen, dass da jemand war, der es trotz aller Widrigkeiten geschafft hatte, jemand, der ihn, Kasimir, zum ewigen Zweiten machte, hier in dem Land, von dem er sich alles erhofft hatte: Augusto Tewes.

Rosina schaute sich erneut um. Die Zerstörung hatte sie bis ins Mark getroffen, aber zugleich schien es ihr fast so, als hätte sie sich bereits an den Anblick gewöhnt. Ihr Leben war niemals einfach gewesen, und es würde niemals einfach sein. Das erkannte sie jetzt. Die Hartungs hatten immer kämpfen müssen. Das würde auch hier, in der Neuen Welt, nicht aufhören.

Von einem Moment auf den anderen riss die Wolkendecke über ihnen auf. Rosina blickte unwillkürlich nach oben. Die grünen Äste der ihr immer noch fremden Bäume schienen den tiefblauen Himmel, der zwischen den Wolken hervorkam, zu berühren, so hoch waren diese, und es sah plötzlich so aus, als hätte es gar keinen Sturm gegeben. Für einen Moment spürte Rosina, dass ihr Gott noch niemals so nah gewesen war. Sie atmete einmal tief ein und aus und wandte sich dann wieder Kasimir zu. Sie hatte ihm schon lange keinen Vorschlag mehr gemacht, und es fühlte sich tatsächlich ungewohnt an, aber sie nahm allen Mut zusammen. Schließlich hatte er ihr einmal gesagt, dass die Frau, die er liebe, auch selbst denken können müsse.

»Wir sollten Vorkehrungen treffen, für das nächste Mal«, sagte sie.

Die Wut, die sein Gesicht jetzt zeigte, kam so unmittelbar, dass Rosina zusammenzuckte. Kasimir schaute sie düster an, und sie wusste, ohne dass er etwas sagen musste, dass sie eine

Grenze überschritten hatte, was auch immer er je zu ihr gesagt hatte.

»Ich ... Ich meine ja nur ... Ich sage nicht, dass es falsch war, diese Hütte ...«

Kasimir ließ sie nicht ausreden. »Du weißt gar nichts, Weib! Ich tue alles für euch, ich arbeitete mich krumm für euch. Zweifelst du daran, dass ich das Richtige tue?«

»Nein ... Nein!«

Kasimir stand jetzt so dicht vor ihr, dass Rosina fürchtete, er würde sie schlagen. Sie schloss unwillkürlich die Augen.

»Vater«, war mit einem Mal Jonas' Stimme zu hören.

Kasimir und Rosina wichen auseinander.

Kasimir fand als Erster seine Sprache wieder. »Jonas, Sohn ...«

Jonas sah seinen Vater an. »Ich bin zurück von den Feldern. Dort ist es nicht so schlimm, wie wir dachten ...« Sein Blick huschte zu Rosina.

Kasimir trat zu seinem Sohn und klopfte ihm auf die Schulter. »Gute Arbeit, Junge.«

Jonas antwortete nicht. Er konnte den Blick nicht von seiner Mutter nehmen.

Rosina erwachte aus ihrer Trance. »Ja, es ist alles gut«, sagte sie rasch und lächelte. »Mach dir keine Sorgen.«

Sie waren den ganzen weiteren Tag damit beschäftigt, die Spuren der Zerstörung zu beseitigen. Doch als es dämmerte, schien es immer noch, als wären sie kaum vorangekommen. Rosina und Greta war es immerhin gelungen, den Großteil der Hühner wieder einzufangen. Zwei waren ertrunken, eines blieb verschwunden. Die Frauen fürchteten, dass es irgendwo unter den Schlammmassen vergraben lag. Am Abend bereiteten Rosina und Greta ein einfaches Mahl aus Getreidebrei zu. Die Sorge in den Gesichtern seiner Eltern ließ Jonas schaudern. Gerade hatte es so ausgesehen, als würde es aufwärtsgehen, nun hatte das Unwetter alles zunichtegemacht. Sie standen wieder am Anfang. Wieder einmal würden sie Hilfe benötigen. Jonas wusste, was er zu tun hatte, aber es fiel ihm nicht leicht. In dieser Nacht ließ der Schlaf lange auf sich warten.

»Besuch für Sie, Senhorita Jordan.«

Pauline hob den Blick von den französischen Modedarstellungen, die Augusto ihr schon vor einiger Zeit aus Rio de Janeiro hatte bringen lassen, und schaute den Dienstboten fragend an.

»Für mich?«

Wer konnte das nur sein? Der Vater und sie hatten gemeinsam auf der Veranda gefrühstückt. Wieder einmal war es darum gegangen, wo Valentin sein Leben verbringen würde, wenn Augusto und sie erst verheiratet waren. Valentin wollte selbstverständlich auch für sich eine annehmbare Zukunft … Ihr Blick wanderte wie von selbst zu dem Platz, an dem ihr Vater beim Frühstück gesessen hatte. Seine Serviette hatte er achtlos hingeworfen und war dann wie immer seiner Wege gegangen. Pauline wusste nicht, was er am Tag so trieb. Er sprach kaum davon. All die Annehmlichkeiten, die ihr neues Leben mit sich brachte, nutzte er jedoch gern. Wie schnell man sich daran gewöhnte, stets bedient zu werden …

Sie erhob sich. »Sag den Mädchen, sie können abräumen. Ich empfange den Gast im Salon.« Pauline war schon fast an der Tür, als sie sich noch einmal umdrehte. Fragen, um wen es sich handelte, konnte sie ja gewiss.

»Wer ist es?«

»Jonas Hartung, einer der neuen Deutschen.«

Pauline bemühte sich, sich ihre Überraschung nicht anmerken zu lassen. Was wollte er von ihr? Seit der Feier mied er sie, was sie mehr als verunsichert hatte. Wie sollte sie reagieren?

Jonas stand am Fenster, als sie den Raum betrat, und schaute in den Garten hinaus. Unwillkürlich erinnerte Pauline sich daran, wie unglaublich üppig und grün dieser Garten auf sie bei ihrer Ankunft gewirkt hatte, wie überwältigend – fast ein wenig, als könnte man so viel Pracht nicht aushalten. Durch eine der geöffneten Verandatüren konnte man, von dieser Seite des Hauses nur von sehr fern, die Geräusche wahrnehmen, die den Alltag auf der Fazenda Boa Vista ausmachten. Wie sehr sie sich bereits daran gewöhnt hatte, erkannte Pauline just in diesem Augenblick.

Sie schloss die Tür geräuschvoll hinter sich. Jonas zuckte zusammen, offenbar war er so in Gedanken versunken gewesen, dass er sie erst jetzt bemerkte. Langsam drehte er sich um und schaute sie dann einen Moment schweigend an. Pauline beobachtete ihn, ebenfalls wortlos.

War das Hochmut, oder wusste er nicht, was er sagen sollte?

Sie straffte die Schultern. »Was machst du hier?«

Warum bist du nicht früher gekommen?

»Ich ...« Er räusperte sich. »Du denkst sicher, ich hätte ...« Er brach ab, fing von vorne an. »Ich kann mich nur entschuldigen. Ich dachte, es wäre das Beste für uns beide, nicht mehr zu kommen. Was an jenem Abend geschehen ist, war falsch ...«

Pauline stockte der Atem, während die Gedanken in ihrem Kopf durcheinanderwirbelten. Was wollte er damit sagen? Dass sie den Kuss vergessen sollten und das, was zwischen ihnen gewesen war? Sie wartete ab. Jonas suchte offenbar nach Worten.

»Es hat ein Unwetter gegeben«, sagte er dann nur.

Pauline nickte. »Es hat hier ein paar der Stallungen getroffen, an denen noch gearbeitet wird, einige Äste ... Die meisten Schäden konnten schon heute behoben werden. Augusto kennt sich aus mit solchen Unwettern.«

Sie runzelte die Stirn. Wollte er ihr tatsächlich von dem Unwetter erzählen? Natürlich hatte sie das auch mitbekommen. Sie hatte den Gedanken noch nicht ganz zu Ende gedacht, als sie erkannte, dass da mehr war. Wie hatte sie nur so dumm sein können? Wie hatte sie nur vergessen können, dass die Hartungs nicht in einem stabilen Steinhaus mit einem befestigten, geschützt liegenden Garten wohnten wie sie, sondern in einer einfachen Hütte. Aber sie hatte so sehr daran denken müssen, was zwischen Jonas und ihr geschehen war, dass alles andere unwichtig gewesen war.

»Ist alles in Ordnung bei euch?«

»Wir wurden ziemlich schwer getroffen.« Jonas zögerte. »Wir werden Hilfe brauchen.«

»Deshalb bist du hier?«

Er sah sie fest an. »Ja.«

Pauline fühlte, wie ihr Gesicht starr wurde, und hoffte, dass er es nicht sah. Deshalb ist er also zu dir gekommen, sagte eine Stimme in ihrem Kopf, deshalb, nur deshalb. Weil er deine Hilfe braucht, nicht, weil du ihm etwas bedeutest.

Ihre Stimme hörte sich steif an, als sie ihm antwortete. »Ich werde mit Augusto sprechen, kann aber nichts versprechen.«

Dann fügte sie hinzu: »Ich muss mich jetzt verabschieden, Herr Hartung, ich habe zu tun. Sie finden sicher allein hinaus.«

»Ich wusste, dass sie uns nicht helfen würde.« Greta hatte sich dicht an Jonas' Seite gesetzt. »Du musst sie aber auch ein wenig verstehen. Pauline lebt jetzt in einer anderen Welt. Ihre Probleme sind nicht mehr die unseren ...«

Jonas schüttelte den Kopf. »Sie hat nicht gesagt, dass sie nicht helfen wird. Ich bin mir sicher, sie hat sich gefreut, mich zu sehen, aber dann plötzlich ...«

Er brach ab, seufzte tief und legte den Arm um Gretas Schultern. Greta schmiegte sich an ihn, gerade so, dass es nicht zu auffällig war.

»Ich bin froh, dass wir uns haben«, flüsterte er ihr ins Ohr.

Greta errötete. Sie war froh, dass er sie in diesem Moment nicht ansah, und tätschelte seine Hand.

»Wir werden einander immer haben, Jonas. Vergiss das nicht. Ich werde dich niemals alleinlassen, so, wie du mich niemals alleingelassen hast.«

Jonas seufzte. »Ich weiß, Greta, ich weiß, und ich bin sehr froh darüber.«

Er beugte sich hinunter und rupfte einen Grashalm aus, begann, darauf herumzukauen.

»Was ist?« Greta legte ihrem Cousin eine Hand auf den Rücken.

»Ich weiß nicht«, hörte sie Jonas undeutlich sagen, dann nahm er den Grashalm aus dem Mund und wandte ihr das Gesicht zu.

Greta las Ratlosigkeit darin.

»Ich weiß nicht«, wiederholte Jonas, »wahrscheinlich habe ich mir etwas anderes erhofft, und kann das, was geschehen ist, einfach nicht akzeptieren. Natürlich wissen wir beide, dass es falsch war, sich zu küssen, aber …«

Wieder brach er ab.

Greta räusperte sich. »Ja, es war falsch. Das darfst du nie vergessen.« Sie hielt kurz inne, bevor sie weitersprach. »Und natürlich war es richtig, um Hilfe zu bitten. Für deine Familie. Es wäre gewiss zu erwarten, dass Pauline uns hilft, aber …«, Greta sah ihren Cousin fest an, »… wir müssen auch akzeptieren, wenn sie es nicht tut.«

Jonas runzelte die Stirn. »Ich bin mir sicher, ihr sind die Hände gebunden.«

Greta überlegte. Jetzt, das wusste sie, war die Gelegenheit, die Dinge zu ihren Gunsten zu lenken. Sie musste ihre Worte also mit Bedacht wählen. Sie durfte nicht ungeduldig sein, nicht den Anschein erwecken, dass sie etwas Bestimmtes wollte.

»Ich frage mich natürlich trotzdem, was du getan hättest an ihrer Stelle.«

Jonas drehte den Kopf von ihr weg und sah nachdenklich in die Ferne. Unter ihren Fingern spürte Greta jetzt ein leichtes Zittern, das von seinem Körper ausging.

»Lass uns über etwas anderes reden«, entschied er dann knapp.

»Gern.« Greta lächelte. Sie durfte ihn nicht bedrängen, das wusste sie nur zu gut. Wie man jemandem einen Trank einflößte, musste sie ihm ihre Gedanken einflößen, bis sie zu seinen wurden. »Du darfst eben nur nie vergessen, dass ich immer für dich da bin. Versprich mir das.«

Jonas lächelte. »Das vergesse ich nicht. Niemals. Ich bin froh, dass du hier bist. Ach, Greta, ich wüsste wirklich nicht, was ich ohne dich täte.«

Zwölftes Kapitel

Der Tag verging quälend langsam für Pauline. Mehrfach hatte sie sich Vorwürfe gemacht, Jonas aus dummem Stolz einfach davongeschickt zu haben, und das nur, weil er gesagt hatte, es sei das Beste für sie, sich nicht mehr zu treffen. Dass es falsch gewesen war, dass sie sich … Was hatte sie denn erwartet? Sicherlich hatte er nur vorsichtig sein wollen … Wie hatte sie nur so herzlos sein können?

Tausende Gedanken jagten durch ihren Kopf. Sie hatte überlegt, ob es klug war, ihn aufzusuchen, hatte sich aber dagegen entschieden. Sie fürchtete sich vor seiner Reaktion.

Was, wenn es jetzt zu spät war? Auch Jonas hatte seinen Stolz.

Schließlich entschied Pauline, auf Augusto zu warten, doch der blieb an diesem Tag lange aus. Sicherlich musste auch er sich einen Überblick über die Schäden machen, aber … Unruhig lief Pauline im Empfangszimmer, von dem aus man einen guten Blick auf den Eingangsbereich hatte, auf und ab. Als sie ihren Verlobten endlich draußen entdeckte, wurden ihre Knie kurz so weich, dass sie sich an der Wand abstützen musste. Schnell fasste sie sich wieder. Augusto war noch auf den Treppenstufen zur Haupteingangstür, als sie schon auf ihn zustürmte.

»Wir müssen ihnen helfen, Augusto!«

Augusto hob die Augenbrauen und schaute Pauline fragend an. Seine junge Verlobte war wirklich außergewöhnlich aufgeregt. Bisher war sie ihm eher durch ihre Ruhe und Beherrschtheit aufgefallen, etwas, das er von den Frauen aus der Gesellschaft hier nicht kannte.

»Wem müssen wir helfen?«, fragte er, während er sich von dem Tablett, das ihm eines der ebenfalls herbeigeeilten Dienstmädchen anbot, etwas zu trinken nahm.

»Den Hartungs.« Pauline schaute ihn bittend an.

»Den Hartungs?«

Augusto musste tatsächlich kurz überlegen, bevor er sich daran erinnerte, von wem sie sprach. Der heutige Tag war anstrengend gewesen. In den letzten Wochen und Monaten hatten sich viele Menschen auf dem Land, das zu Boa Vista gehörte, angesiedelt. Manche würden nur vorübergehend bleiben, andere hatten das Land dauerhaft gepachtet. Er konnte sich nicht jedes Gesicht merken, dafür war der gute Hector zuständig.

Jetzt fiel es ihm aber wieder ein. Sie sprach von der Familie, die gemeinsam mit ihr hier eingetroffen war. Wenn er sich recht erinnerte, hatte sie bereits auf der Schifffahrt von Europa herüber in Kontakt zu ihr gestanden. Augusto ließ sich nachschenken und leerte auch dieses Glas, bevor er antwortete.

»Und warum sollten wir ihnen helfen?«

»Das Unwetter hat sie schwer getroffen.«

»Das Unwetter hat viele getroffen.« Er stellte das Glas zurück auf das Tablett und schickte das Dienstmädchen weg. »Wenn ich mich recht erinnere, habe ich alle Neuen auf das drohende Unwetter hingewiesen. Sicher wussten sie es mal wieder besser und haben mich nicht ernst genug genommen, um genügend Vorkehrungen zu treffen. Ein Unwetter hierzulande ist eben nicht wie eines in der alten Heimat.«

Pauline schaute ihn bittend an. »Aber es sind gute Menschen. Sie ... Sie verdienen unsere Hilfe.«

Augusto verzog den Mund. »Ich verpachte mein Land aber nicht, um dann jeden meiner Pächter ans Händchen nehmen zu müssen.«

»Bitte, Augusto!«

Pauline griff nach der Hand ihres Verlobten, und er fragte sich kurz, was sie wirklich mit dieser Familie verband. Sicher, durchfuhr es ihn, ist es besser, die Augen offen zu halten. Er brauchte diese junge Frau. Pauline Jordan war einfach perfekt für seine Pläne ... Besser, als die andere, die er sich bestellt hatte und an deren Namen er sich schon gar nicht mehr erinnerte. Wie hieß sie noch? Lucille? Lucie? Natürlich hatte er längst Nachricht erhalten, dass da irgendetwas schiefgelaufen war. Waren ihr und ihrer Begleiterin die Billetts abhanden gekommen? Es interessierte ihn nicht wirklich.

»Bitte, Augusto!«, flehte Pauline nochmals.

»Ich werde es mir überlegen.« Augustos Stimme war leise, klang dafür aber umso schärfer.

Pauline spürte die Warnung in seinem Ton und konnte sich doch nicht bremsen. »Bitte, Augusto, bitte. Du würdest mir eine sehr große Freude machen.«

Ohne es zu bemerken, griff Pauline nach Augustos Hand. Der schüttelte sie unwirsch ab.

»Ich werde es mir überlegen«, sagte er noch einmal lauter. »Und nun lass mich bitte allein. Senhor Martinez und ich haben etwas zu besprechen.«

Pauline blieb noch lange reglos im Empfangszimmer stehen, nachdem Augusto nach Martinez hatte rufen lassen und dann in seinem Arbeitszimmer verschwunden war. War sie zu weit gegangen? Hatte sie sich mit ihrer Forschheit jetzt die eigene Zukunft verbaut? Nachdenklich arrangierte sie die Krüge auf dem kleinen Tischchen mit Erfrischungsgetränken neu, schob die benutzten Gläser zusammen, die sehr bald ein dienstbarer Geist abholen würde, denn ihr Verlobter hasste nichts mehr als Unordnung.

Unordnung und Müßiggang sind der Weg ins Verderben, so pflegte er zu sagen, und dass er zu hart gearbeitet habe, Boa Vista aufzubauen, um es jetzt zu vernachlässigen. Eines Abends hatte er ihr erzählt, wie es ihn vor nunmehr so vielen Jahren hierher verschlagen hatte. Schwere Zeiten waren es gewesen, damals in der Heimat, in den Zwanzigerjahren dieses Jahrhunderts. Augustos Vater war früh gestorben, die Mutter hatte viele Mäuler zu versorgen gehabt. Acht Kinder waren sie gewesen, von denen Augusto, oder August, wie er damals noch hieß, das jüngste war. Schon früh hatte er davon geträumt, seine Situation zu verbessern. Als die ersten Auswanderungsagenten ins Dorf gekommen waren und von der Neuen Welt erzählt hatten, hatte er gewusst, dass er sich ihnen eines Tages anschließen musste.

»Natürlich hörte ich auch von Leuten, die scheiterten, ich wusste aber, dass ich nicht scheitern würde.«

Und so hatte er sich, als sich endlich die Möglichkeit ergab, voller Zuversicht aus eigener Kraft auf die Reise gemacht.

»Man muss sich auf sich selbst verlassen können«, murmelte Pauline tonlos. »Gott hilft nur dem, der sich selbst zu helfen weiß.«

Ein Geräusch hinter der Tür ließ sie aufmerken. Pauline straffte die Schultern. Vor den Bediensteten ließ man sich nicht gehen. Noch etwas, das Augusto sie bereits gelehrt hatte. Sie zauberte ein Lächeln auf ihr Gesicht, als sie zur Tür sah, das jedoch sogleich wieder verschwand.

»Vater!«

»Was hast du dir nur dabei gedacht?«

Pauline hob die Augenbrauen. »Wobei?«

Kopfschüttelnd kam Valentin näher, musterte den Weinkrug auf dem Beistelltisch und schenkte sich schließlich ein Glas eines kräftigen französischen Roten ein. Er trank, bevor er seine Tochter wieder ansah.

»Dabei, Senhor Tewes so zu bedrängen.«

»Hast du uns belauscht?« Pauline sah ihren Vater ärgerlich an. »Wenn ich seine Frau bin, werde ich auch meine Meinung vertreten müssen.«

»Du bist aber nicht seine Frau. Noch nicht. Wir müssen sehr vorsichtig sein.« Valentins dichte Augenbrauen bildeten über der Nasenwurzel eine düstere Linie. »Willst du, dass er uns vor die Tür setzt, weil du dich wie eine Xanthippe benimmst?«

Pauline hielt sich sehr gerade, wich dem Blick ihres Vaters nicht aus.

»Ist das das Einzige, was zählt? Ich bin nicht käuflich, das habe ich dir schon oft gesagt.«

Mit einer gewissen Genugtuung stellte Pauline fest, dass Valentin ihrem festen Blick auswich und sich Wein nachschenkte.

»Jetzt werde nicht theatralisch, Pauline. Du wusstest, dass das Leben, das wir nach dem Willen deiner Großeltern führen müssen, uns Opfer abverlangt. Du hättest mich nicht begleiten müssen.«

Pauline starrte ihren Vater an und presste die Lippen aufeinander, um die Tränen zurückzuhalten. »Ich war fast noch ein Kind, als wir fortliefen, Vater«, rief sie dann, »und ich habe dich natürlich geliebt. Ich brauchte dich. Aber es war deine Entscheidung fortzulaufen, statt dich zu verteidigen.«

»Mich verteidigen? In einer Welt voller Ungerechtigkeit?« Er sah sie spöttisch an. »Und jetzt liebst du deinen alten Vater also nicht mehr?« Valentin führte das Glas an die Lippen und nahm hastig einen Schluck. »Jetzt bedauerst du deine Entscheidung. Nach allem, was ich für dich getan habe? Fast noch ein Kind, so, so ... Ein junges, verwöhntes Ding warst du, das sich keine Gedanken darum gemacht hat, welche Entscheidungen einem das Leben abverlangen kann. Und du bist es noch.«

Pauline schnappte nach Luft. Nein, es ging wirklich nicht mehr. Sie musste endlich sagen, was sie schon viele Male gedacht, jedoch nie ausgesprochen hatte.

»Die Großeltern ... die Großeltern wollten immer nur Gutes für mich.«

»Denkst du, das wollte ich nicht?« Valentin klang empört.

Pauline schüttelte den Kopf. »Ich weiß es nicht mehr. Manchmal denke ich ...«

Einen Moment herrschte Stille zwischen ihnen. »Nun, wie dem auch sei ...«, sagte Valentin dann. »Unsere Lage ist wie sie ist, und du solltest dein Bestes tun, dass sie sich nicht verschlechtert. Haben wir uns verstanden, liebste Tochter?«

Pauline nickte. Und hatte doch wieder das Gefühl, das sie in Messina zum ersten Mal überkommen hatte, das Gefühl, dass da etwas an ihrem Vater war, das ihr überhaupt nicht behagte. Etwas an ihm machte ihr Angst.

Es war schon dunkel. Pauline saß in Nachthemd, Hausmantel und Pantoffeln in ihrem Zimmer und schrieb endlich an dem

Brief an die Großeltern weiter, den sie schon vor langer Zeit begonnen hatte. Ob sie ihn wohl abschicken oder wie schon so viele Briefe zuvor einfach wegwerfen würde?

Als es klopfte, kam sie gar nicht dazu, Herein zu rufen. Die Tür wurde geöffnet, und Augusto trat ein. Pauline fiel auf, dass sie sich, seit er in sein Arbeitszimmer gegangen war, nicht mehr gesehen hatten. Auch das Abendessen hatte sie allein eingenommen, was die Befürchtungen ihres Vaters sicher nur noch mehr stärken würde. Sie unterdrückte ein Stirnrunzeln.

»Guten Abend, Pauline«, sagte Augusto mit einem freundlichen Lächeln, ganz, als hätte es das Gespräch am späten Nachmittag gar nicht gegeben, »ich wollte nur sehen, wie es dir geht und ob du alles hast, dessen du bedarfst.«

»Ja, es ist alles zu meiner Zufriedenheit. Vielen Dank, Augusto.«

Augusto sah Pauline nachdenklich an, dann blickte er sich suchend nach einer Sitzgelegenheit um. Pauline konnte ihm nur einen der feinen Damenstühle anbieten, auf denen er sehr vorsichtig Platz nahm. Das zierliche Möbelstück ließ den eigentlich schlanken Mann beinahe massig wirken.

»Ich habe noch einmal über unser Gespräch nachgedacht …«, setzte er an.

Pauline hob die Hand und schüttelte zugleich den Kopf. »Ich war vielleicht etwas zu forsch, ich möchte mich wirklich entschuldigen, Augusto, ich …«

Nun war es an Augusto, Pauline mit einer Handbewegung zu unterbrechen. »Mitnichten, mitnichten, meine kleine Senhorita. Du wolltest das Richtige tun, das zeigt dein gutes Herz. Obgleich ich mir solche Eigenmächtigkeiten verbitte, sobald du meine Frau bist. Das verstehst du doch sicher, oder?«

»Ich …«

Pauline war verunsichert. Was hatte er da eben gesagt? Was sollte dieses ganze Gerede, wenn doch ihr ganzes Leben und das ihres Vaters in der Schwebe hing …

Augusto neigte sich etwas vor. Was tue ich, wenn er mich jetzt darum bittet, bald seine Frau zu werden?, fuhr es Pauline durch den Kopf. Jonas' Gesicht tauchte für den Bruchteil einer Sekunde vor ihrem inneren Auge auf, und ihr wurde schwindlig.

»Natürlich verstehe ich das«, sagte sie mit rauer Stimme.

»Das freut mich.« Augusto lächelte. »Dann werden wir einmal sehen, wie wir den Hartungs helfen können, nicht wahr?«

Als Augusto gegangen war, saß Pauline noch lange nachdenklich an ihrem Schreibtisch. Der Brief blieb unbeendet, sie hätte ihn ohnehin niemals auf den Weg gebracht. Mit einem Mal war es, als hätte sich die alte Heimat noch weiter entfernt.

Pauline schreckte erst aus den Gedanken, als ein Geräusch draußen vor ihrem Fenster zu hören war. Sie sprang auf und spähte hinaus, konnte jedoch nur einen Schatten wahrnehmen, der gleich wieder verschwand. Vielleicht war es ein Vogel, vielleicht ein anderes Tier … Andererseits war es nicht das erste Mal, fiel ihr jetzt auf, dass sie sich beobachtet fühlte. Konnte man sich von einem Tier beobachtet fühlen, oder war da draußen ein Mensch gewesen? Pauline schauderte.

Augusto war überrascht, als er zwei Tage später von einem seiner Ausritte nach Hause kam. Er hatte das Tor fast erreicht, als er jemanden aus dem Gebüsch huschen und auf den Weg treten sah. Es war die junge Deutsche, Greta hieß sie, und sie sah ihn ernst an, auf diese Art, die ihn immer bei anderen etwas irritierte. Er fragte sich, ob es gut gewesen war, ihr den Vorschlag zu machen, Pauline ein wenig hinterherzuspionieren. Mit einem Mal schien es ihm, als hätte er damit bereits zu viel von sich preisgegeben. Er ärgerte sich, ließ es sich aber nicht anmerken.

»Senhor Tewes«, sprach sie ihn an.

Augusto brachte sein Pferd zum Stehen, musterte sie, so ungerührt es ihm möglich war, und unterdrückte zugleich ein Frösteln.

»Senhorita Hartung.«

Er zwang sich zu einem Lächeln und hoffte, dass man ihm sein Unbehagen nicht ansah. Tatsächlich konnte er es sich selbst nicht erklären. Greta Hartung war eine junge, sehr zarte Frau, nichts Unheimliches war an ihr.

»Senhor Tewes.« Sie senkte den Kopf jetzt etwas, machte mit einem Mal einen unterwürfigen Eindruck. »Ich wollte fragen ...« Sie brach wieder ab.

»Ja?« Mehr würde er ihr nicht entgegenkommen.

Sie hob den Kopf und sah ihn an. Er hatte sich geirrt. Sie brauchte ihn und wusste doch nichts über ihn. Sie konnte ihm nützlich sein. Er musste sie nur prüfen.

»Ihr Angebot ...« Sie straffte ihre Schultern. »Es wäre gut, wenn ich in der Nähe Ihrer Verlobten sein könnte, um sie im Blick zu behalten.«

Augusto hob eine Augenbraue, sagte aber nichts. Greta Hartung strich sich eine Haarsträhne aus dem Gesicht und sprach weiter. »Ich würde gern als Senhorita Paulines Gesellschafterin arbeiten, bei Ihnen im Haus.«

Augusto wartete einen Moment mit einer Antwort, um die wachsende Unsicherheit der jungen Frau auszunutzen. »So? Würden Sie das?«

»Ich denke, es wäre von Vorteil.«

»Hm …« Augusto kreuzte die Hände auf dem Sattelknauf, dann beugte er sich vor. »Nun, vielleicht geben Sie mir einen kleinen Hinweis, warum dies für mich von Vorteil sein könnte?«

Greta wich seinem Blick nicht aus, was ihm imponierte.

»Geben Sie mir einfach die Chance, Sie werden es nicht bereuen.«

Wieder wartete Augusto mit einer Antwort, dann zuckte er die Achseln. Gut, warum nicht, vielleicht konnte diese seltsame junge Frau ihm ja tatsächlich von Nutzen sein.

Wenige Tage später bezog Greta ihr Zimmer im Herrenhaus. Es lag direkt neben Paulines und hatte zuvor als Abstellkammer gedient. Es war das erste Zimmer, das sie sich mit niemandem teilen musste, denn sie war nun die Gesellschafterin der zukünftigen Herrin von Boa Vista.

Nachdenklich trat Greta an das kleine Fenster und sah in die Morgendämmerung hinaus. Pauline hatte sich sichtlich über die Neuigkeiten gefreut, und Greta hatte so getan, als ob sie das auch täte.

Sie ist naiv, fuhr es ihr durch den Kopf, so naiv.

Sie war froh, dass Kasimir ihr keine Steine in den Weg gelegt hatte. Natürlich würde sie einen Gutteil ihres Lohnes abliefern müssen, aber das war ihr gleichgültig. Solange sie nur in Paulines Nähe sein konnte.

Sie horchte auf Geräusche aus dem Nachbarzimmer, aber es war noch sehr früh. Wenn dieser Tag ablief wie die vergangenen, würde es noch seine Zeit dauern, bis Pauline aufstand und sich mit Vitórias Hilfe ankleidete. Danach erst stand das gemeinsame Frühstück an.

Greta behielt ihren Platz am Fenster bei. Dann, von einem

Moment auf den anderen, wurde sie unruhig. Wieder einmal kam ihr Jonas in den Sinn, wieder einmal sorgte sie die Tatsache, dass Pauline und er sich jederzeit über den Weg laufen konnten. War es nicht so, dass sie nicht sicher sein konnte, solange Pauline nicht verheiratet war? Würde es nicht besser sein, wenn Jonas Boa Vista verließ? Doch wie konnte sie das erreichen?

Ein paar Tage später kam ihr der Zufall zu Hilfe.

Dreizehntes Kapitel

Als Greta Hufschläge hinter sich hörte, verbarg sie sich instinktiv hinter einem Busch, bevor sie mit angehaltenem Atem durch das dichte Blattwerk spähte, um etwas später erstaunt Augusto Tewes an sich vorbeireiten zu sehen.

Was machte er hier? Sie hatte ihn noch nie in dieser Gegend gesehen. Am Ende dieses Weges befanden sich nur noch die Hütten der einfachen Landarbeiter, oder? Wollte Senhor Tewes etwa dorthin? Soweit Greta bekannt war, kümmerte sich ausschließlich Hector Martinez um die Arbeiter.

Sie überlegte, kam dann kurz entschlossen hinter dem Busch hervor und folgte ihrem Arbeitgeber. Sie sollte Pauline im Auge behalten, was aber verbarg er wohl selbst vor der Welt? Vielleicht irrte sie sich ja, aber Greta wurde das Gefühl nicht los, dass sie kurz davorstand, etwas äußerst Wichtiges zu erfahren, etwas, das ihr Leben verändern würde.

Zum Glück war sie von jeher eine gute Läuferin gewesen und Augusto Tewes auch zu Pferd nicht sonderlich schnell unterwegs. Als sie die Hütten der Arbeiter erreichten, zog Greta sich rasch wieder hinter einen Busch zurück. Sie war zum ersten Mal hier und erstaunt, dass die Behausungen in diesem Bereich in besserem Zustand waren, als sie erwartet hatte. Eine Hütte, nein, es war eher ein Häuschen, fiel dabei besonders auf. Es stand etwas abseits, war weiß gestrichen und größer als die anderen und verfügte zudem über eine kleine Veranda.

Ohne dass man es ihr hätte sagen müssen, wusste Greta sofort, dass dies Augusto Tewes' Ziel war.

Vielleicht wohnt hier ein Vorarbeiter, überlegte sie. Nur einen Augenblick später öffnete sich die Tür und eine groß gewachsene, sehr schöne Frau trat heraus, an der rechten Hand einen kleinen schwarzen Jungen.

Was geht hier vor?, schoss es Greta durch den Kopf.

Sie sah, dass Tewes von seinem Pferd sprang – sie hatte sich also nicht geirrt –, sich zu der Frau hinunterneigte und sie küsste.

Eine Geliebte unter den Bediensteten? Aber warum hielt Augusto Tewes diese Sache solchermaßen geheim? Das war schließlich nichts Ungewöhnliches, soweit Greta informiert war.

Jetzt zupfte der Kleine an Tewes' Hosenbein und reckte sich zu ihm hinauf. Augusto Tewes' Körperhaltung drückte von einem Moment auf den anderen starken Unwillen aus. Die Frau sagte etwas, was Greta auf die Entfernung nicht hören konnte. Tewes spuckte aus und stieß den Jungen von sich.

Die Schultern der Frau strafften sich, etwas Abwehrendes erschien in ihrer Haltung, als Augusto Tewes sie jetzt nochmals küssen wollte. Einen Moment lang stand er unschlüssig da, dann wandte er sich abrupt ab und ging zu seinem Pferd zurück.

Greta hielt den Atem an, als er kurz darauf dicht an ihr vorbeiritt, doch derart in Gedanken versunken, wie er war, bemerkte er sie nicht.

Die Frau und das Kind standen noch eine Weile vor dem Häuschen und verschwanden dann beide wieder im Innern.

Greta überlegte kurz. Sie brannte darauf zu erfahren, wer diese Frau war, doch brauchte sie nicht eigentlich etwas Zeit, um über ihr weiteres Vorgehen nachzudenken? Allerdings war es auch später Nachmittag. Sie musste ihre Entscheidung also schnell treffen, bevor die Arbeiter zurückkehrten.

Kurz entschlossen stand Greta auf und lief los. Als sie die Veranda betrat und auf den Eingang zusteuerte, erschrak sie über ihre eigenen Schritte. Sie hörten sich überlaut an. Dann stand sie vor der Tür und klopfte ohne zu zögern, um nicht den Mut zu verlieren. Drinnen blieb es zuerst still, dann hörte man eilige Schritte. Die Tür wurde aufgerissen.

»Augusto!«

Schon im nächsten Moment wich die schöne Frau zurück. Jetzt, da Greta vor ihr stand, sah sie, dass sie noch viel schöner war, als es ihr aus der Entfernung vorgekommen war. Sie war geradezu bezaubernd. Weißhäutig und schwarzhaarig mit blitzenden hellbraunen, sanften Augen. Gretas Blick richtete sich unwillkürlich auf den kleinen schwarzen Jungen, der an ihrer Seite stand, ihr bis knapp zur Hüfte reichte und sie aus großen blauen Augen ansah.

Das ist das Kind, das Pauline gesehen hat. Und ich habe es auch schon gesehen.

Greta hob den Kopf wieder. »Wer sind Sie?«, fragte sie.

Die Frau musterte Greta hochmütig. »Sind Sie das?«, entgegnete sie. »Sind Sie die neue weiße Frau, die mir meinen Augusto genommen hat?«

»Ihren Augusto?«

Greta war verwirrt, zugleich arbeitete es in ihr. Wieder suchte ihr Blick den des Jungen. Da war etwas in seinen Gesichtszügen, etwas, das ihr auf den ersten Blick bekannt vorgekommen war. Nein, sie irrte sich nicht. Das war Augustos Kind, und diese Frau …

»Sind Sie seine Geliebte?«

Die Frau verzog zuerst keine Miene, dann lachte sie, tief und kehlig. »Seine Geliebte? Ich bin seine Frau. Ich bin Adélia do Silveira Tewes.«

Greta musste sich zwingen, auf dem Stuhl sitzen zu bleiben, den Hector Martinez ihr im Empfangszimmer angeboten hatte. Damit man ihr die Nervosität nicht ansah, verkrampfte sie die Hände ineinander. Jetzt hielt sie die Fäden in der Hand. Endlich. Seit sie von Tewes' erster Frau zurückgekehrt war, hatte sie sich unaufhörlich Gedanken darum gemacht, was mit diesem neuen Wissen anzufangen war. Und sie hatte sich genügend Zeit gelassen, alles sorgfältig zu überdenken.

Aber hatte Adélia überhaupt die Wahrheit gesagt? Womöglich hatte sie das nicht. Greta konnte sich eigentlich nicht vorstellen, dass Tewes und sie wirklich verheiratet waren. Trotzdem waren sie verbunden. Durch das Kind. Das war nicht zu übersehen.

Was stimmt also nicht?

Greta rieb sich die Hände. Sie dachte daran, wie erstaunt Hector Martinez sie angeschaut hatte, als sie gegen zehn Uhr abends – Pauline schlief schon – noch einmal um ein Gespräch mit seinem Herrn gebeten hatte. Erst hatte das Erstaunen in seinem Blick überwogen, dann das Misstrauen. Hector Martinez schützte seinen Herrn immer und überall. Er hielt ihm stets den Rücken frei.

Draußen im Gang waren Schritte zu hören. Greta zuckte zusammen, doch das Geräusch entfernte sich wieder. Sie konzentrierte sich darauf, ruhig aus- und einzuatmen. Sie wollte auf keinen Fall nervös wirken. Sie wollte ihr Leben jetzt in die Hand nehmen. Sie musste nicht mehr schwach sein. Gott hatte ihr endlich die Gelegenheit dazu gegeben.

Wieder näherten sich Schritte. Dieses Mal verharrten sie vor der Tür. Greta stand auf, als sich der Türknauf drehte. Tewes trat ein.

»Senhorita Hartung?« Er nickte ihr zu. »Sie wollten mit mir sprechen?«

Für einen Moment fürchtete Greta, ihre Stimme könnte zittern, doch als sie zu sprechen begann, klang sie ganz ruhig. »Wollen wir uns nicht setzen? Ich bin etwas durstig, wissen Sie. Es ist recht warm heute.«

Tewes hob die Augenbrauen. Dann wandte er sich ohne ein Wort zu den Tischchen mit den alkoholischen Getränken.

»Portwein?«

»Gern.«

Greta spürte ihr Herz heftig klopfen. Sie kannte keinen Portwein, geschweige denn, dass sie je einen getrunken hätte. Das kleine Glas, das Tewes ihr reichte, enthielt eine dunkelrote Flüssigkeit. Greta nahm allen Mut zusammen und trank. Erleichtert stellte sie fest, dass Portwein recht angenehm schmeckte und keineswegs scharf, wie sie befürchtet hatte. Sie lehnte sich in ihrem Stuhl zurück und entspannte ein wenig. Tewes, der sich ein Glas mit Whisky gefüllt hatte, sah sie abwartend an.

»Und?«, fragte er dann. »Worum geht es?«

»Ich habe Ihre Frau kennengelernt.«

»Meine Frau?«

»Adélia. Und Ihr Kind. Hinten, bei den Hütten der Arbeiter.«

Tewes' Gesichtsausdruck veränderte sich für den Bruchteil einer Sekunde, dann erlangte der Plantagenbesitzer seine Beherrschung auch schon wieder zurück.

»Adélia«, sagte er langsam, bevor er in einem Zug sein Glas leerte, zum Tisch mit den Flaschen ging und es erneut füllte.

Als er zu Greta zurückkehrte, blieb er kurz vor ihr stehen und betrachtete sie nachdenklich, bevor er sich wieder setzte.

»Sie ist eine schöne Frau, nicht wahr? Unglaublich schön. Das war es auch, was mich damals angezogen hat. Ich wusste … Ich wusste ja nicht …« Er brach ab, setzte sein Glas an und leerte es wieder in einem Zug.

Greta beugte sich vor. »Sie wussten was nicht?«

»Dass sie keine von uns ist.« Tewes starrte in sein leeres Glas. »Äußerlich ist sie weiß, aber innerlich gehört sie zu ihnen. Sie ist eine Schwarze.«

»Eine Mulattin meinen Sie?«

»Für mich macht das keinen Unterschied. Sie ist nicht weiß, auch wenn uns ihre Haut täuschen kann.« Er stellte das Glas ab. »Haben Sie das Kind gesehen?«

Greta nickte. »Ihren Sohn.«

Tewes lachte auf. »Meinen Sohn, ja. Rabenschwarz wie die Nacht.«

Es dauerte etwas, bis er weitersprach, doch Greta wusste, dass sie nur geduldig sein musste, wenn sie alles erfahren wollte. Tewes schien beinahe erleichtert darüber zu sein, sein Geheimnis endlich mit jemandem teilen zu können.

»Ich habe ihr gleich gesagt«, setzte er wieder an, »dass das Kind weg muss. Sie hätte es zu ihren Eltern geben können. Aber dann bleibt das Problem: Wird sie mir je ein weißes Kind gebären können?« Er lachte noch einmal bitter auf. »Ich brauche ein weißes Kind, ein deutsches Kind. Ich brauche jemanden, der Boa Vista erben kann.«

»Und warum sollte Ihr Sohn nicht erben?«

Für einen Moment verspürte Greta eine fast schmerzhafte

Verbundenheit mit dem Jungen, einem Außenseiter, genau wie sie einer war, Teil einer Familie und wieder nicht. Ein Ausgestoßener.

»Ein Schwarzer?«, spie Tewes aus. »Ein Schwarzer soll erben, was ich mir aufgebaut habe? Sie sind wohl nicht bei Trost. Nur ein deutscher Junge wird mein Boa Vista erben.«

»Aber er ist Ihr Sohn.«

»Eine Missgeburt kann niemals mein Sohn sein.«

Greta schwieg, um das Gehörte zu verdauen, dann versuchte sie, sich wieder auf das zu besinnen, was zu diesem Gespräch geführt hatte. Es brachte nichts, sich Gedanken um diesen Jungen zu machen. Dieser Junge ging sie nichts an. Jeder musste für sich selbst sorgen, so war das im Leben. Dieser Junge musste ihr gleichgültig sein.

»Sie sind schon verheiratet. Das macht es unmöglich, Pauline Jordan zu heiraten.«

Tewes schaute Greta ernst an, dann verzogen sich seine Mundwinkel zu einem Lächeln.

»Ah, ich verstehe. Unmöglich, wenn Sie Pauline gegenüber nicht schweigen, soll das wohl heißen. Sagen Sie schon, was wollen Sie?« Seine Stimme klang höhnisch. »Wollen Sie mich heiraten?«

Greta musste kurz darum kämpfen, seinem Blick standzuhalten. Bevor sie etwas sagte, schüttelte sie den Kopf.

»Nein, ich möchte Sie nur bitten, Jonas Hartung Arbeit zu geben. Weit weg von hier.«

»Und warum sollte ich das tun? Weil Sie ihn lieben?« Augusto Tewes quittierte ihren verunsicherten Blick mit einem Lächeln. »Nun, jetzt weiß ich es …«

Greta schlang unwillkürlich die Arme um den Leib. Ich habe

immer noch genügend Trümpfe in der Hand, sprach sie sich stumm Mut zu.

»Ja, vielleicht ist das so. Und weil ... Sie müssen wissen, dass Pauline Jordan und Jonas Hartung auf der Fahrt viel Zeit miteinander verbracht haben. Sie schätzen einander und möglicherweise mehr als das ... Ich kann Ihnen nur anraten, Jonas Hartung bis zur Hochzeit von Boa Vista wegzuschicken. In Ihrem Interesse.«

»Und warum sollte ich Ihren Bruder nicht einfach entlassen?« Tewes legte interessiert den Kopf schief. »Ach, lassen Sie mich überlegen ... In diesem Fall verraten Sie, dass ich bereits verheiratet bin. Ist es nicht so?«

Greta schlug kurz die Augen nieder, dann sah sie Tewes wieder fest an. »Meinen Cousin. Er ist nicht mein Bruder, er ist mein Cousin. Und wir sollten heiraten, wissen Sie. Das steht schon lange fest. Aber dann kam Senhorita Jordan ...«

»Ich verstehe.« Tewes sprang auf und schenkte sich ein drittes Glas ein. Als er sich wieder setzte, drehte er es langsam in seinen Händen. »Was wollen Sie also noch einmal genau von mir?«

»Bieten Sie Jonas Hartung einen Arbeitsplatz an. Ich hörte, Sie haben Anteile an einer Diamantenmine ...«

»Sie hörten ... So, so ... Sie scheinen wirklich jemand zu sein, der Augen und Ohren überall offen hält. War es vielleicht falsch, Sie anzustellen?«

Tewes hielt sein Glas nun ein Stück von sich weg und bewegte es hin und her. Die fast ölig anmutende Flüssigkeit schimmerte goldbraun im Licht der Öllampe, die an der Wand hing. Fasziniert starrte Greta darauf.

»Sie wollen ihn von hier forthaben?«, fuhr er dann fort und setzte das Glas nach einem erneuten großen Schluck wieder ab. »Obgleich er Ihnen etwas bedeutet ...«

Er fixierte sie, Greta wich seinem Blick nicht aus.

»Nur vorübergehend.«

»Hm.« Tewes lehnte sich zurück und legte die Spitzen seiner Finger gegeneinander. »Aber damit könnten Sie ihn auch verlieren. Das ist doch so?«

Greta fröstelte plötzlich. »Ich würde ihm irgendwann folgen. Überallhin, bis er versteht ...«

»Und Ihre Eltern?«

»Meine Eltern leben nicht mehr. Jonas' Eltern sind meine Paten. Sie haben mich aufgezogen, doch ich bin ihnen nicht wichtig.«

Tewes' Augen weiteten sich nachdenklich, dann nickte er.

»In Ordnung, ich denke über Ihre Worte nach.«

Jonas war auf dem Feld beschäftigt, als er den Hufschlag hörte. Nur selten kam jemand bis hier heraus, also richtete er sich sofort auf und spähte in die Richtung, aus der er das Geräusch vernahm. Unwillkürlich erinnerte er sich daran, dass man sie vor Räuberbanden gewarnt hatte, die vor nicht allzu langer Zeit ihr Unwesen in der Gegend getrieben hatten, sicher war es also besser, vorbereitet zu sein. Jonas packte seinen Spaten fester. Als er wenig später Senhor Tewes erkannte, entspannte er sich etwas, wenn er sich auch sofort fragte, was der Mann wohl hier draußen suchte. Hatte er erfahren, was zwischen Pauline und ihm vorgefallen war? Wollte er sich von den Fortschritten seiner Pächter überzeugen? Was würde überhaupt geschehen, wenn sie Grund und Boden nutzbar gemacht hatten? Eines war sicher: Irgendwann, da war Jonas überzeugt, musste seine Familie dieses Land wieder verlassen.

Tewes hob zur Begrüßung schon von Weitem kurz die

Hand. Neben Jonas brachte er sein Pferd zum Stehen und grüßte nochmals, bevor er sich aufmerksam umschaute.

»Ihre Familie und Sie haben gute Fortschritte gemacht, muss ich feststellen.«

Jonas folgte seinem Blick und nickte. Kurz trat Schweigen ein.

»Wie gefällt Ihnen die Arbeit?«, erkundigte sich Tewes dann, um ohne auf eine Antwort zu warten fortzufahren. »Ihre Cousine erzählte mir, Sie wollten eigentlich Steinschleifer werden.«

Jonas nickte, während er sich gleichzeitig überlegte, zu welcher Gelegenheit Greta dies erzählt haben mochte. Nun ja, sie arbeitete inzwischen als Gesellschafterin im großen Haus, sicher begegnete sie dort auch ab und zu dem Herrn von Boa Vista. Er wusste es allerdings nicht, denn seit sie aus der Hütte ausgezogen war, um ihre Stellung anzutreten, hatten sie kaum Möglichkeiten gehabt, miteinander zu sprechen. Er räusperte sich.

»Mein Onkel mütterlicherseits ist Edelsteinschleifer in Oberstein, Senhor Tewes. Die Arbeit hat mich tatsächlich schon als Kind fasziniert. Eine Weile habe ich bei ihm gearbeitet, bevor wir in die Neue Welt gereist sind«, antwortete er dann.

»Auch hierzulande findet man gute Steine«, sagte Tewes. »Diamanten sogar. Vielleicht wissen Sie das …«

Jonas runzelte die Stirn. »Und Achate, ja natürlich. Die brasilianischen Achate sind auch in der alten Heimat bekannt.«

»Achate … ja …« Tewes ließ den Blick erneut über die Umgebung schweifen, dann wandte er sich wieder Jonas zu. »Ich habe vor einigen Jahren Anteile an einer Diamantenmine erworben«, sagte er dann. »Bislang konnte ich mich allerdings wenig darum kümmern, und ich bezweifle mittlerweile, dass dort immer alles mit rechten Dingen zugeht. Ich bräuchte einen verständigen Mann, der sich die Mine einmal ansieht.«

Jonas stutzte. »Und da haben Sie an mich gedacht?«

»Sie nehmen Ihre Arbeit ernst, und Sie scheinen mir jemand zu sein, der sich mit der Materie auskennt«, entgegnete Augusto Tewes und lächelte. »Ihre Cousine hat mir von Ihrem großen Wissen über Achate berichtet.«

Auch Jonas' Blick wanderte jetzt kurz in die Ferne. Greta hatte also tatsächlich über ihn mit Senhor Tewes gesprochen? Sollte sein Traum so rasch in Erfüllung gehen?

Und Pauline, drängelte nur einen Atemzug später eine Stimme in seinem Kopf. Aber Pauline war mit Senhor Tewes verlobt und würde ihn heiraten. Er durfte ihr nicht im Weg stehen. Sicher war es am besten für alle, wenn er Tewes' Angebot annahm und sich bald auf den Weg machte. Dann würde Pauline mit Senhor Tewes glücklich werden können, und alles würde gut.

»Also«, holte ihn Tewes' Stimme in die Wirklichkeit zurück, »wie sehen Sie die Sache, Senhor Hartung?«

»Ich nehme an, Senhor Tewes, ich nehme Ihr Angebot gern an.«

Vierzehntes Kapitel

Seit einigen Wochen war Pauline nun schon eine verlobte Frau, und doch wachte sie manchmal morgens auf und überlegte, wie sie alldem entkommen könnte. Sie konnte es nicht leugnen, es war der Tag ihrer Verlobung gewesen, an dem ihr klar geworden war, wie viel sie für Jonas Hartung empfand. Da war nicht mehr nur Freundschaft, nein, sie begehrte ihn wie sie einst Gregorio begehrt hatte. Und mehr noch – was sie für Jonas Hartung von Tag zu Tag stärker empfand, kam nicht an ihre Gefühle für den jungen Sizilianer heran. Sie schämte sich dessen, konnte aber nichts dagegen tun.

Ich liebe ihn. Wir haben uns geküsst. Ich kann Augusto nicht heiraten, es wäre falsch …

Nachdenklich starrte Pauline sich im Spiegel an. Obgleich seit ihrer Ankunft in Brasilien und insbesondere in Rio Grande do Sul für ihr körperliches Wohl gut gesorgt wurde und sie auch recht gut schlief, hatte sie abgenommen. Es stand ihr nicht schlecht. Ihre Gesichtskonturen wirkten klarer dadurch, sie sah reifer aus.

Was sie am meisten beschäftigte, war die Langeweile. Sie hatte viel zu viel Zeit nachzudenken. Würde das so weitergehen, nach der Hochzeit? Würde sie eines dieser Schmuckstücke sein, die zu Hause sitzen mussten und keine andere Aufgabe hatten, als schön zu sein? Und angepasst?

Pauline nahm die Bürste vom Tisch und fuhr mit langsamen Strichen durch das Haar. Nein, das konnte und wollte sie nicht. Sie würde sich eine Beschäftigung suchen müssen. Sie war nie ohne Beschäftigung gewesen, seit sie Koblenz verlassen hatten. Sie hatte für sich und ihren Vater gesorgt, hatte ihm im Geschäft geholfen, hatte gemalt und den Haushalt geführt. Sie hatte es stets bedauert, nichts Rechtes zum Lebensunterhalt beizutragen, aber über ihre Idee, Zeichenunterricht anzubieten, hatte der Vater nur gelacht.

Vor der Tür war jetzt ein Geräusch zu hören, dann klopfte es.

»Herein.«

Greta trat ein, zwei neue Kleider über dem Arm, die Augusto sicherlich in Rio de Janeiro bestellt hatte. Obgleich sie noch nicht verheiratet waren, verwöhnte Augusto seine zukünftige Frau bereits nach Kräften. Und sie konnte sich gar nicht darüber freuen.

Pauline schauderte. War es recht, so unzufrieden zu sein?

Aber ihr Vater hatte gesagt, dass sie mitziehen müsse, und sie beide waren nun schon über so lange Zeit ein eingespieltes Gespann. Manchmal hatte sie das Gefühl, dass sie ihm die Sache schuldig war, weil er sich stets um sie gekümmert hatte, aber war das nicht auch seine Pflicht gewesen als Vater?

Für einen Moment überkam Pauline eine seltsame Erschöpfung. Sie musste sich zwingen, sich zu Greta umzudrehen, dann lächelte sie die andere junge Frau an.

»Schön, dass du da bist.«

Ja, obwohl Greta manchmal so gar nicht zugänglich wirkte, empfand sie das wirklich so. Manchmal hatte sie sogar den Eindruck, Greta wüsste als Einzige, was sie empfand. Sie war wirklich froh, dass Augusto ihr vorgeschlagen hatte, Jonas' Cousine als ihre Gesellschafterin einzustellen. Das Leben inmitten fremder Menschen war so viel weniger einsam.

»Leg die Kleider aufs Bett, Greta. Ich schaue sie mir nachher an. Trinkst du einen Nachmittagstee mit mir?«

Greta nickte und tat wie ihr geheißen. Kurze Zeit später saßen die beiden jungen Frauen an Paulines zierlichem Tischchen auf der Veranda. Pauline ließ ein wenig Gebäck bringen, obgleich sie eigentlich keinen Hunger verspürte, bald würde es ohnehin schon Abendessen geben. Aber womöglich ging es Greta anders. Sie überlegte, ob sie die andere nach Jonas fragen konnte, wusste aber nicht wie.

Unschlüssig nahm sie sich einen der kleineren Kuchen und knabberte daran, ohne recht etwas zu schmecken. Sie schaute wieder zu Greta. Die saß sehr aufrecht da und nippte an ihrem Tee. Die strenge Kleidung, die sie von Augusto für ihre Arbeit als Gesellschafterin erhalten hatte, ließ auch sie älter aussehen. Pauline überlegte noch einen Augenblick und fasste sich dann doch ein Herz.

»Wie geht es Jonas?«

Seltsamerweise war es Pauline, als zuckte Greta zusammen. Jetzt hob die junge Frau die Achseln.

»Gut, denke ich. Er ist seit gestern unterwegs, wie du sicher weißt. Er hat sich doch von dir verabschiedet, oder?« Greta schaute Pauline ernst an. »Senhor Tewes hat ihm den Auftrag erteilt, in seiner Diamantenmine nach dem Rechten zu sehen …«

Pauline spürte, wie es ihr eiskalt den Rücken herunterlief. Ihr Mund war mit einem Mal so trocken, dass sie daran zweifelte, einen Ton herauszubekommen.

»Nein, nein, das weiß ich nicht.« Sie räusperte sich. »Er ist fort?«

Greta nickte. Pauline richtete den Blick auf ihren Teller, um ihre Verblüffung, ihr Entsetzen gar, zu verbergen. Jonas war fortgegangen, ohne sich von ihr zu verabschieden … Trotz der widrigen Umstände war sie überzeugt gewesen, dass er niemals einfach gehen würde, egal wohin. Sie war ihm doch wichtig, war es nicht so? Oder hatte sie sich geirrt? War ihr Kuss bedeutungslos gewesen?

Und wie lange wird er wohl unterwegs sein?

Pauline trank einen Schluck Tee, in dem Bemühen, ihre Verwirrung zu verbergen.

»Weißt du denn, wann er wiederkommen wird?«, versuchte sie ruhig zu fragen, während sie Greta aus den Augenwinkeln beobachtete.

Die zuckte die Achseln. »Nein, er hat alles mit Senhor Tewes besprochen. Soweit ich verstanden habe, ist die Mine weit weg von hier. Es kann also dauern, bis er wieder zurück ist. Vielleicht muss er sogar länger dort bleiben. Aber er ist gern gegangen. So etwas hat er sich immer gewünscht, weißt du.«

Pauline strengte sich an, die Tasse ohne zu zittern zurück auf den Tisch zu stellen.

Warum hat Jonas mir nichts gesagt …? Wird er je zurückkommen?

Sie musste jetzt alle Kraft zusammennehmen, um weiterzusprechen. »Aber er kommt zurück, oder, Greta? Er kommt doch zurück?«

Greta zögerte, schüttelte dann den Kopf und sah Pauline traurig an. »Ich weiß es nicht, da ist noch eine Sache … Mir ist es erst spät aufgefallen, weil ich ja nicht oft bei meinen Paten bin. Ich weiß nicht, ob ich davon erzählen soll …«

Pauline kämpfte unwillkürlich gegen die Tränen an. Sie suchte ein Taschentuch aus dem Beutelchen, das an ihrem Stuhl hing, und tat so, als müsste sie sich die Nase putzen.

»Manchmal denke ich«, sagte Greta jetzt mit gesenkter

Stimme, »da steckt auch eine Frau dahinter. Jemand, dem er imponieren möchte ... Er war so anders in den Tagen, bevor er abreiste.«

»Eine Frau?«, echote Pauline, bevor sie sichs versehen hatte.

Greta schaute sie betroffen an. »Ja.«

Pauline stand abrupt auf und lief zum Fenster. Sie sah in den Garten hinaus.

»Ich, ich ... Es tut mir leid, ich habe schon die ganze Zeit Kopfschmerzen. Ich glaube, ich lege mich für ein Weilchen hin.«

»Natürlich.« Greta stand nun ebenfalls auf. »Ich hoffe doch, nichts von dem, was ich erzählt habe, hat dich zu sehr aufgeregt?«

»Nein, nein«, Pauline gelang es zu lächeln. »Es ging mir wirklich schon seit dem Morgen nicht so gut. Danke für dein Verständnis.«

Pauline wartete, bis Greta gegangen war, dann lief sie zu ihrem Bett, warf sich darauf und vergrub das Gesicht in den Armen.

Hätte sie so etwas nicht erahnen müssen? Sie würde Senhor Tewes heiraten, Jonas wusste das und hatte sich natürlich anderweitig umgesehen. Konnte sie ihm das verdenken? Nein, das konnte sie nicht. Aber es schmerzte, dass er sie so schnell vergessen hatte.

Pauline begann zu schluchzen. Sie kämpfte gegen die Tränen an, aber sie konnte sie einfach nicht mehr zurückhalten.

Augusto Tewes wartete hinter den Stallungen auf Greta, die langsam auf ihn zuschlenderte. Ganz offensichtlich genoss sie es, ein gutes Blatt in der Hand zu haben, wie man das beim Kartenspiel nannte.

»Und?«, fragte er, ohne sich Zeit für eine Begrüßung zu lassen.

Greta zuckte die Achseln. »Sie hat mir geglaubt.«

»Es wird also keine Probleme bei der Hochzeit geben?«

Greta lächelte fein. »Ich gehe davon aus. Ihr bleibt kaum etwas anderes übrig, als zu heiraten, nicht wahr? Außerdem sind Jonas und ich füreinander bestimmt.«

Augusto Tewes lachte auf, dann wurde sein Gesichtsausdruck wieder ernst. »Gut, damit ist unser Handel für dieses Mal abgeschlossen. Sehe ich das richtig?«

Greta nickte. »Ich kann hier wohnen bleiben?«, versicherte sie sich dann.

»Natürlich.« Tewes lächelte sie verschwörerisch an. »Ich möchte auch weiterhin gut über meine zukünftige Frau informiert werden. Sie wissen, ich habe meine Gründe.«

»Ja, das weiß ich.«

Greta lächelte.

Irgendwann musste Pauline eingeschlafen sein. Als sie wieder erwachte, war es mitten in der Nacht, und sie lag, immer noch voll bekleidet, auf dem Bett. Sie fühlte sich wie gerädert. Ihr Brustkorb schmerzte, weil das Korsett gegen ihre Rippen drückte. Warum lag sie hier auf dem Bett in ihrem Kleid? Was war geschehen?

Stöhnend richtete Pauline sich auf. Kurz erschien es ihr, als bekäme sie keine Luft. Sie riss an ihrem Ausschnitt, dann kam die Erinnerung jäh zurück. Doch ihre Augen blieben trocken. Für diese Nacht hatte sie alle Tränen geweint.

Pauline hob ihr Haar im Nacken an und trocknete den Schweiß mit einem Tuch. Im Dunkeln tastete sie sich zum Tisch vor. Mit viel Geduld gelang es ihr, die kleine Öllampe, die daraufstand, anzuzünden. Eine Weile stand sie reglos da, bevor sie sich setzte.

Die Entscheidung war gefallen. Jonas war gegangen, ohne sich zu verabschieden. Weil er eine andere liebte. Es schmerzte, aber sie konnte ihm deshalb nicht böse sein. Er wusste, dass er sie niemals besitzen würde. Augusto Tewes würde es nicht zulassen.

Pauline löste das Kleid und ließ es zu Boden gleiten, doch da war das Korsett, das sie allein nicht ausziehen konnte. Sie fühlte sich hilflos. Wieder stiegen Tränen in ihre Augen, und zu den Tränen gesellte sich Wut.

Mit der Glocke rief sie Vitória herbei, die ihrer Herrin aus dem Korsett und in das Nachthemd half. Sie war froh, dass das Mädchen keine Fragen stellte.

Pauline schlüpfte zurück unter die Decken. Es dauerte lange, bis sie in den Schlaf fand.

Fünfzehntes Kapitel

Die Diamantenmine, zu der ihn sein Auftrag führte, lag in nordöstlicher Richtung, er wusste nicht genau, wie viele Meilen entfernt. Einen Tagesritt hinter Boa Vista erreichte Jonas einen kleinen Wasserfall. Hier begann ein Stück herrlichen Urwalds. Ein Teil des Weges führte über einen schmalen Steig an einem Bach entlang. Palmen mit majestätischen Kronen erhoben sich über den Blätterbäumen. Orchideen wucherten auf den Zweigen und Ästen, Schlingpflanzen und Farnkräuter schossen an den Bäumen auf, verzweigten sich miteinander und bildeten dichte, prachtvoll gefärbte Blütenmauern. Jonas entdeckte einen Weißkehlkolibri und wenig später einen Pfefferfresser. Der Vogel zeichnete sich durch seinen immens großen gebogenen Schnabel aus. Auch prächtig gefärbte Papageien sah er. Gefährlichen Tieren, Raubkatzen oder giftigen Riesenspinnen, begegnete er nicht, bis auf eine bestimmte Schlangenart, vor der ihn ein Nachbar gewarnt hatte. Einmal huschte eine riesige Eidechse über den Weg. Affen, auf die Jonas ein wenig gehofft hatte, erblickte er keine. Vielleicht verbargen sie sich noch tiefer in den Wäldern vor den Menschen, die immer weiter in den Urwald vordrangen.

Zuerst hatte Jonas so schnell wie möglich Abstand zwischen sich und Boa Vista bringen wollen, doch schließlich musste er einsehen, dass er es nicht gewohnt war, lange Strecken zu reiten, und so sah er sich am frühen Abend nach einer Unterkunft um. Es dauerte noch etwas, bis er Erfolg hatte. Am Rand einer brandgerodeten Fläche lag eine kleine *pousada*, wie es hier viele gab. Jonas stieg ab, band sein Pferd an die Verandabrüstung und trat ein.

Viele Gäste kamen wohl nicht vorbei, denn sehr bald setzte sich die Wirtin neugierig zu ihm, während eine dunkelhäutige Frau und zwei junge Männer sich um die Küche und das Essen kümmerten. Der kleine Gastraum wirkte trotz seiner Schlichtheit einladend. Die Küche, das konnte Jonas durch die geöffnete Tür sehen, war ebenfalls sehr einfach eingerichtet. Ein Herd, über dem Kochgerät hing, ein sicherlich selbst gezimmerter Holztisch mit zwei wackligen Stühlen und ein Regal, das war auch schon alles. Zum Abendessen bereiteten die Köchin und ihre beiden Helfer ein Kartoffelgericht zu. Jonas sah, wie sie Zwiebeln schälten und Maniokwurzeln putzten. Das grobe Salz wurde mit einer Flasche zerdrückt, die gekochten Kartoffeln ebenfalls. In einer großen Pfanne wurden alle Zutaten goldbraun gebacken.

Als man zum Essen rief, nahmen die Familie und zwei andere Gäste, englische Reisende, am Tisch Platz, die schwarzen Bediensteten kauerten sich in der Küche zusammen. Zu den schmackhaften Kartoffelkuchen gab es schwarze Bohnen mit gekochtem *carne seca*, eingesalzenem, in der Luft getrocknetem und in lange Streifen geschnittenem Ochsenfleisch. Wer bezahlt hatte, konnte nach Belieben zulangen und erhielt nach dem Essen einen Becher schwarzen Kaffee.

Jonas versorgte sein Pferd, das die Nacht in einem Stall verbringen konnte, mit Heu und Wasser. Dann begab er sich zur Ruhe. Seine Schlafstatt für die Nacht entpuppte sich schließlich als einfache Hängematte auf der großzügigen Veranda.

Am nächsten Morgen fühlte Jonas sich erstaunlich gut erholt, die Erschöpfung hatte ihn schneller einschlafen lassen als erwartet. Nach einem kurzen Frühstück – frisch gebackenen Maniokmehlfladen und Kaffee mit etwas Ziegenmilch – packte Jonas seine wenigen Habseligkeiten zusammen, zahlte und verabschiedete sich von der freundlichen Wirtin.

Das Pferd, ein stämmiger Brauner aus Tewes' Besitz, begrüßte ihn mit freudigem Wiehern. Für einen Moment genoss es der junge Mann, ruhig neben dem Tier zu stehen, seine Hand auf dessen Hals zu legen und die Wärme zu spüren, bevor er es aus dem Stall führte und sich wieder auf den Weg machte.

Gegen Nachmittag, als Jonas gerade daran dachte, eine kurze Rast zu machen, erreichte er eine Fazenda. Gewöhnlich, so wusste er von Hector Martinez, erforderte es der Anstand, am Tor anzuhalten und durch einen Bediensteten um Erlaubnis zu bitten, wenn man über Nacht bleiben wollte. Erst danach betrat man das Gehöft. Doch Jonas reiste allein und sah niemanden weit und breit, so blieb ihm nur, weiterzureiten. Vor dem Portal des Haupthauses stieg er von seinem Pferd und klopfte.

Die Fazenda hieß Boa Esperança, was »Gute Hoffnung« bedeutete, das wusste er schon, und Jonas entschied einfach, Grüße von Augusto Tewes auszurichten. Ob es dessen Name war, der ihm die Türen öffnete, konnte er nicht sagen. In jedem Fall nahm man ihn freundlich auf und lud ihn sogar ein, am Mittagessen teilzunehmen, das hier, wie auf Boa Vista, zwischen drei und vier Uhr eingenommen wurde. Sein Pferd wurde von einem Stallburschen versorgt.

Bald stellte man ihm neugierig Fragen nach Boa Vista und Augusto Tewes' Verlobter aus Europa, die er ehrlich beantwortete, auch wenn sich ihm beim Gedanken an Pauline der Magen zusammenzog. Er durfte sich nicht anmerken lassen, wie viel ihm die junge Frau bedeutete, wollte aber auf jeden Fall verhindern, dass sie ins Gerede kam.

Um sich auf andere Gedanken zu bringen, erkundigte er sich nach den Kaffeepflanzen und deren Weiterverarbeitung. Stolz präsentierte man ihm die Anlage. Nach dem Pflücken der Früchte, so konnte er auf der Führung erfahren, wurden diese auf großen Plätzen ausgebreitet, die eigens festgestampft und von niedrigen, gemauerten Wänden umgeben waren. Unter der glühenden Sonne wurden sie getrocknet, was unter Umständen einige Wochen dauerte. Im Fall eines Regengusses lief das Wasser über kleine Löcher ab.

Die getrockneten Früchte wurden in steinerne Mörser geschüttet. Stolz zeigte man Jonas derer zehn bis zwanzig, die unter einem hölzernen Dach aufgestellt waren, von welchem ebenfalls hölzerne Hämmer in die Mörser fielen, um die Hülsen zu zerdrücken und so die Bohnen zu extrahieren. Auf die Konstruktion der Mühle, die die Hämmer durch Wasserkraft in Bewegung setzte, war Senhor Curtius, der Herr von Boa Esperança, besonders stolz.

Danach kam die zerquetschte Masse in hölzerne Kästen, die in der Mitte einer langen Tafel befestigt waren und an beiden Seiten kleine Öffnungen hatten, aus welchen die Kaffeebohnen samt der Spreu langsam herausfielen. Hier saßen Sklaven, allesamt dunkelhäutig, sonderten die Bohnen von der Spreu und brachten sie dann in flache, kupferne, leicht erhitzte Kessel, wo sie so lange umgewendet wurden, bis sie vollkommen getrocknet waren.

»Diese letzte Arbeit, das Rösten«, teilte Senhor Curtius Jonas mit, »erfordert besondere Aufmerksamkeit. Vom Grad der Hitze ist nämlich die Farbe des Kaffees abhängig. Trocknet man ihn zu schnell«, Curtius tauchte seine Hand in einen Sack mit Kaffeebohnen und hob zur Demonstration eine Handvoll heraus, »erhalten die Bohnen statt der grünlichen eine gelbliche Farbe, die nicht erwünscht ist. Im Ganzen«, er zwinkerte Jonas zu, »und wenn es sich auch anders anhört, ist die Bearbeitung des Kaffees und selbst die Ernte desselben aber bei Weitem nicht so beschwerlich wie beispielsweise der Getreideschnitt. Eine Zuckerplantage ist da ebenfalls nicht zu vergleichen. Insbesondere das Ausjäten des Unkrauts und das Schneiden des Rohrs. Ich bin jedenfalls froh, mich für den Türkentrank entschieden zu haben.«

Wenig später setzte ein kurzer, aber heftiger Regen ein, und Jonas nahm das gastliche Angebot von Senhor und Senhora Curtius, noch etwas zu bleiben, gern an. Die Einrichtung des Haupthauses von Boa Esperança war zu seiner Überraschung höchst einfach. In den Fenstern befand sich kein Glas. Des Nachts wurden sie lediglich mit hölzernen Läden geschlossen. Auch die Möbel waren recht einfach. Alle Weißen auf der Fazenda, der Senhor und die Senhora nebst ihren drei Töchtern, einem kleinen Sohn und der unverheirateten Schwester des Senhors, aßen an einem großen Speisetisch, den – so berichtete man Jonas – der Senhor in den Anfängen der Fazenda eigenhändig gebaut hatte. Im selben Raum gab es, neben genügend Stühlen, zwei farbenfrohe Sofas. Ihre Wäsche bewahrte die Familie Curtius zum Schutz vor Insekten und anderem Getier in Blechkoffern auf.

Am frühen Abend konnte Jonas den kleinen Sohn der Curtius ohne Schuhe und Strümpfe mit seinen dunkelhäutigen Spielgefährten umherlaufen sehen. Vor dem Schlafengehen untersuchte ein älterer dunkelhäutiger Junge dessen Füßchen eingehend nach Sandflöhen, die, wenn sie sich eingenistet hatten, mittels einer Stecknadel herausgeholt werden mussten. Auf dieser Fazenda, beobachtete Jonas mit Erstaunen, wuchsen die Kinder der Herrschaft gemeinsam mit denen der Schwarzen auf.

Nach einem späten Abendessen zog Jonas sich in das Gästezimmer, das man ihm zur Verfügung stellte, zurück. Auch dieses war sehr einfach eingerichtet. Holzhaken an der Wand dienten zum Aufhängen der Kleidung, ein stabiles Holzgestell mit einer Matratze ersetzte das Bett. Erschöpft von den vielen neuen Eindrücken legte Jonas sich zur Ruhe.

Früh am nächsten Morgen brach Jonas auf. Er hatte in dieser Nacht auf der recht bequemen Bettstatt weit schlechter geschlafen als in der vorigen, die er in der Hängematte zugebracht hatte.

Schon bald, nachdem er Boa Esperança hinter sich gelassen hatte, ritt er durch herrliches Waldgebiet, und schließlich galt es, einen Fluss zu durchqueren, aus dem unzählige Klippen und Felsen ragten und in dem sich hier und da kleine, mit Bäumchen oder Gebüsch bewachsene Inseln zeigten. Seit Beginn der Reise orientierte er sich an der Himmelsrichtung. Es gab kaum Schilder, und die wenigen waren so verrottet, dass man kaum noch etwas darauf lesen konnte.

An diesem Abend fand Jonas erst im letzten Licht des Tages eine mehr als einfache Unterkunft. Den ganzen Tag über, und obgleich er sich nach Kräften dagegen gewehrt hatte, war er in Gedanken bei Pauline gewesen. Er fragte sich, was sie jetzt wohl machte, ob die Vorbereitungen für die Hochzeit nach seiner Abreise voranschritten und ob sie wohl an ihn dachte. Ganz schlimm wurde es, als er auf einer harten Liege in der armseligen *pousada* lag und durch das undichte Dach in den Sternenhimmel hinaufschaute.

Warum habe ich mich nicht von ihr verabschiedet?

Was hatte er sich nur dabei gedacht, einfach zu gehen, nachdem sie seiner Familie geholfen hatte, dem Elend in Rio de Janeiro zu entkommen? Ohne sie wären er, Greta und die Eltern gewiss noch nicht in Rio Grande do Sul. Man konnte es drehen und wenden, wie man wollte – er war vor seinen eigenen Gefühlen davongelaufen. Und er schämte sich dessen.

Sechzehntes Kapitel

In den letzten Tagen hatte es viel zu tun gegeben auf Boa Vista, und obwohl Pauline nicht allein war, seit man ihr Greta zur Seite gestellt hatte, fühlte sie sich doch noch nicht sicher in ihrer Rolle als zukünftige Ehefrau. Leider war Greta das Leben auf Boa Vista ähnlich fremd, sodass sie ihr die vielen Fragen, die sie hatte, nicht beantworten konnte. Pauline war deshalb freudig überrascht, als Augusto an diesem Abend einmal früher nach Hause zurückkehrte. Bald würden sie Eheleute sein, und sie hatten bisher kaum Zeit gehabt, sich miteinander vertraut zu machen.

Nach einer kurzen, aber herzlichen Begrüßung ging Augusto in seine Räumlichkeiten, um sich frisch zu machen. Greta zog sich wenig später, ohne dass Pauline etwas sagen musste, in ihr Zimmer zurück. Die Zeit des Wartens verbrachte die junge Frau voller Ungeduld. Dann kam Augusto endlich zurück. Er hatte einen hellen Anzug gewählt, den sie an ihm noch nie zuvor gesehen hatte, sein Bart, den er seit Kurzem trug und der ihm sehr gut stand, und auch das Haar waren ganz offensichtlich gewaschen und gestutzt worden. Ein angenehm frischer Duft ging von ihm aus. Pauline war irritiert – bislang hatte sie an ihm nur den Geruch von Leder, Tabak und manchmal auch den von Pferden wahrgenommen.

»Ich habe uns heute wieder einmal einige Kleinigkeiten zur Abendspeise hierherbestellt«, sagte er und lächelte.

Als hätte man seine Worte gehört, huschten gleich darauf

zwei Bedienstete herein. Pauline sah eine Schüssel mit Reis, eine weitere mit Gemüse und eine große Silberplatte mit bereits mundgerecht geschnittenen Fleischstücken. Galant rückte Augusto ihr den Stuhl zurecht und hieß sie mit einem Nicken, sich zu setzen. Pauline gehorchte. Sein Verhalten ließ die Spannung in ihr wachsen.

Beabsichtigte er etwas? Er war so anders, offenbar hatte er irgendetwas vor ... Doch er sagte vorerst nichts.

Während des Essens unterhielten sie sich über dies und das, hauptsächlich waren es Belanglosigkeiten. Augusto erkundigte sich, wie ihr Tag gewesen sei, und ob sie sich irgendetwas wünsche für die zukünftigen.

Pauline verneinte, obwohl sie viele Wünsche hatte. Seine Frage war zu überraschend gekommen. Sie musste zuerst darüber nachdenken.

Nach dem Hauptgang gab es noch eine süße Nachspeise, von der sie allerdings nur ein paar Bissen herunterbekam. Danach folgte der Kaffee, an den sie sich inzwischen gewöhnt hatte.

Pauline lächelte Augusto an. »Zu Hause in Deutschland gab es öfter Getreidekaffee. Richtiger Kaffee war Luxus, den wir uns nicht leisten konnten.«

Augusto erwiderte ihr Lächeln. »Seit ich hier bin, habe ich niemals mehr Ersatzkaffee getrunken, und ich werde es auch nie wieder tun.«

Pauline nickte. »Das verstehe ich sehr gut.«

Sie schwiegen eine Weile, dann fragte Augusto: »Stört es dich, wenn ich rauche?«

Pauline schüttelte den Kopf. Wieder fiel ihr seine ungewohnte Fürsorglichkeit auf. Heute wirkte er nicht spöttisch, wie sonst so oft. Sie musterte ihn verstohlen von der Seite.

Eigentlich war er ein wirklich gut aussehender Mann mit einem scharfen, männlichen Profil. Vielleicht etwas hart im Ausdruck, aber er hatte sicherlich um Boa Vista kämpfen müssen. So etwas hinterließ seine Spuren.

Warum denke ich das?

Pauline musste errötet sein, denn als er sie nun ansah, lächelte er. Er steckte sich eine Zigarre an, nahm einige Züge und legte sie dann in einen schweren kristallenen Aschenbecher. Eines der Mädchen, das sich darum kümmerte, den Tisch abzuräumen, nahm auch diesen mit. Nun, da sie wieder allein waren, stand Augusto auf, trat zu Pauline, nahm ihre Hände in seine und bat sie, ebenfalls aufzustehen.

»Dir wird aufgefallen sein, dass heute einige Dinge anders verlaufen als sonst ...«

»Du ... du warst früher zu Hause«, stammelte Pauline.

Für einen Moment war ihr, als hörte sie vor der Veranda ein Geräusch. Sie wollte den Kopf drehen, doch Augustos eindringliche Stimme hinderte sie daran.

»Senhorita Jordan ... Pauline, wenn du mir erlaubst ...?«

Augusto sah sie ernst an. Pauline war verwirrt.

Was will er von mir?

»Pauline«, setzte Augusto neu an, »willst du meine Frau werden?«

Was?

Einen Augenblick dachte sie, die Frage wäre ihr laut entfahren, aber so war es wohl nicht, denn Augusto schaute sie lediglich erwartungsvoll an. Er wollte es noch einmal ganz offiziell von ihr wissen.

Hinter ihr war erneut ein Geräusch zu hören. Ja, sie war sich jetzt ganz sicher. Vielleicht ein Tier, das sich im Schutz der Dunkelheit näher heranwagte.

»Pauline?«, hörte sie wie aus der Ferne Augustos Stimme.

Ein Schauder überlief sie. »Ja«, sagte sie dann. »Ja, ich will.«

Pauline senkte den Kopf. War sie das gewesen, die gerade Ja gesagt hatte? Die Worte schienen von ganz allein aus ihrem Mund gekommen zu sein.

Augusto drückte einen Kuss auf ihren Scheitel.

Ja, sie hatte Ja gesagt. Wie sie es auch drehte und wendete, es blieb, wie es war. Die Reise, die in Messina begonnen hatte, hatte ihr Ende gefunden.

Hinter dem Busch, hinter dem er sich versteckt hatte, war es Jonas, als hätte ihn ein Schlag in den Magen getroffen.

Zu spät. Er war zu spät gekommen. Der mörderische Ritt zurück nach Boa Vista – umsonst. All die Dinge, die er Pauline hatte sagen wollen, sie würden ungesagt bleiben müssen. Er hatte zu lange gewartet.

Dabei war sie die Frau, die er liebte ...

Er konnte sich nicht rühren. Aus dem Dunkel starrte er ins Helle auf die zwei Menschen, die einander bei den Händen hielten, die zwei Menschen, die sich gerade die Ehe versprochen hatten.

Pauline sieht glücklich aus, oder? Ja, sie sieht glücklich aus. Ich irre mich gewiss nicht. Vielleicht habe ich mich geirrt, als ich dachte, ihr läge etwas an mir ...

Bestimmt ging es Pauline um etwas anderes, um Sicherheit oder darum, Herrin einer großen Fazenda zu sein. Wer konnte es ihr verdenken? Warum sollte sie irgendwann gemeinsam mit ihm in einer kleinen, einfachen Hütte im Urwald sitzen und von der Hand in den Mund leben wollen?

Jonas ballte die Hände so fest zu Fäusten, dass sie schmerzten.

Nein, Kasimirs Träume waren bislang weniger in Erfüllung gegangen, als der Vater sich das vormachte. All die Dinge, von denen sie gesprochen hatten, sie würden gewiss niemals eintreten, auch hier nicht, in der Neuen Welt … in Brasilien …

Jonas stolperte zurück, fest entschlossen, so schnell er konnte, wieder ungesehen im tiefen grünen Dickicht des Gartens zu verschwinden.

»Jonas!«

Er verhielt den Schritt. Eine leise Stimme, Gretas Stimme.

»Was machst du hier?«, zischte er.

»Das sollte ich besser dich fragen. Seit wann bist du zurück?«

»Seit ein paar Stunden. Bist du mir etwa gefolgt?«

Noch nie im Leben hatte Jonas seiner Cousine gegenüber so böse geklungen, er erschrak vor sich selbst.

Greta wirkte plötzlich verunsichert. »Ich, nein … Ich wollte im Garten noch ein wenig frische Luft schnappen. Du … du hast mich erschreckt, Jonas …«

»Natürlich bist du mir gefolgt!«, fuhr er sie an. »Denkst du, ich wäre blind? Denkst du, ich wüsste nicht, dass du mir ständig hinterherspionierst? Du bist aber nicht mehr das kleine Mädchen von früher, das ewig an meinem Rockzipfel hängt.«

Er sah, wie Greta zusammenfuhr. Dann straffte sie die Schultern.

»Gut, ich habe dich gesehen, als du zurückkamst mit deinem Pferd. Ich habe beobachtet, wie du es angebunden hast am Bachlauf und dass du deine Sachen dort versteckt hast. Und da habe ich geahnt, dass du heute Abend hierherschleichen würdest. Jonas, es tut mir so leid, was eben passiert ist.

Ich weiß, wie viel Pauline dir bedeutet. Aber ich werde für dich da sein, wie du immer für mich da warst, wenn es doch sonst niemanden gibt, der sich um uns sorgt.« Ihre Stimme klang mit jedem Wort sicherer. »Ich werde dir zur Seite stehen.«

»Ich brauche niemanden, der mir zur Seite steht, hörst du? Troll dich jetzt, ich brauche deine Hilfe nicht.«

»Jonas!«

»Geh!«

Er drehte sich um und verschwand zwischen den Büschen.

Greta blieb noch einen Augenblick fassungslos stehen, hob die Hand und rieb sich über die Augen, denn die Tränen, die irgendwo in ihr zitterten, wollten nicht kommen. Das Gespräch hatte ihn aufgeregt, aber Jonas würde sich wieder beruhigen, und dann würde sie zur Stelle sein.

Sie hatte gelernt, geduldig zu sein.

Am nächsten Morgen war Greta die meiste Zeit an Paulines Seite. Die beharrte geradezu ängstlich auf ihrer Anwesenheit. Pauline schien jetzt mehr und mehr eine Freundin oder Vertraute in ihr zu sehen, und wenn man es recht bedachte, so gab es auf Boa Vista ja auch tatsächlich sonst niemanden. Am Nachmittag allerdings waren einige Damen von den benachbarten Fazendas zu einem spontanen Besuch vorbeigekommen, die Pauline in Beschlag genommen hatten.

Greta atmete kurz durch und entfernte sich unauffällig. Vor einer Weile hatte sie gemeint, Jonas hinten bei den Stallungen gesehen zu haben, doch als sie dort ankam, war er nicht dort gewesen.

Greta musste nicht lange überlegen und machte sich auf den

Weg. Sicherlich fühlte Jonas sich allein. Auch wenn er in der Nacht zuvor so wütend auf sie gewesen war, musste sie jetzt einfach für ihn da sein, so oft es möglich war. Bis er erkannte, dass sie die Richtige für ihn war, die Einzige, die ihn aufrichtig liebte.

Sie lief so schnell, dass sie bald außer Puste geriet. Die Hütte der Hartungs lag verlassen da. Kasimir und Rosina arbeiteten seit dem frühen Morgen auf den Feldern. In der Regel kamen sie erst gegen Abend zurück. Vielleicht ruhte Jonas sich hier aus. Greta beschleunigte ihren Schritt. Mit einem Ruck stieß sie die Tür auf. Sie hatte hier auch einmal gewohnt, und ein bisschen war dies immer noch ihr Heim.

Dunkelheit und Stille empfingen sie. Es dauerte einen Moment, bis sie sich an die Lichtverhältnisse gewöhnt hatte und erkannte, dass niemand da war. Aber wo war Jonas? Mit zitternden Fingern zündete sie eine Lampe an. Ahnungsvoll trat sie an Jonas' schmale Bettstatt, unter der sich normalerweise seine wenigen Habseligkeiten befanden. Sie bückte sich, sah darunter – nichts. Sie tastete mit der Hand, doch ihre Augen hatten sie nicht getrogen. Jonas' Sachen waren nicht da. Er hatte also nicht vorgehabt, zurückzukommen und zu bleiben.

Doch so schnell wollte sie die Hoffnung nicht aufgeben.

Greta beschloss, es im Garten zu versuchen. Vor Kurzem erst hatten Jonas und sein Vater einen weiteren Zaun angelegt, den sie auf Empfehlung von Tewes aus frisch geschnittenen Ästen verschiedener Büsche errichtet hatten. In die Erde gesteckt, würden sie Wurzeln schlagen und somit bald eine natürliche Einfriedung bilden, in der die Hühner frei umherlaufen konnten. Gretas Blick fiel auf den Hühnerstall. Ob Jonas sich dort versteckte? Doch auch im Stall war Jonas nicht zu sehen, er war auch nicht am Teich, wohin er sich sonst oft zurückgezogen hatte.

Jetzt gab es nur noch einen Ort. Greta lief, so schnell sie konnte, zu dem kleinen Bachlauf, an dem Jonas am Abend zuvor sein Pferd und seine Sachen versteckt hatte. Sicher hatte er beschlossen, vorerst im Freien zu übernachten. Völlig außer Atem erreichte sie den großen Busch, der ihm als Versteck gedient hatte. Sie horchte. Doch da war kein Schnauben, kein Wiehern.

»Jonas?«, rief sie, »Jonas? Bist du da?«

Greta wusste, was geschehen war, noch bevor sie den Busch umrundet hatte. Das Pferd war nicht mehr dort, auch Jonas' Habseligkeiten sah sie nicht mehr. Er war wieder fort. Sie schlug die Hände vors Gesicht und begann zu weinen.

Ein junger Bursche, ein Hausdiener, entdeckte das reiterlose Pferd, als es in gemächlichem Schritt auf die Ställe zulief, als Erster. Er fing es ein und brachte es gleich zu Augusto Tewes, der vor dem Herrenhaus stand und mit Valentin Jordan redete.

Augusto betrachtete das Tier nachdenklich. An Sattel und Zaumzeug war nichts Auffälliges zu erkennen, alles war in bester Ordnung. Das Einzige, was fehlte, war der Reiter. Er hatte Jonas Hartung mit diesem Pferd losgeschickt, daran bestand kein Zweifel. War ihm etwas zugestoßen? Hatte er das Tier durch eine Dummheit verloren? Der junge Hartung war kein geübter Reiter, Augusto hatte das gleich gesehen. Er hatte auch keine Übung im Umgang mit Pferden.

Ich werde nachforschen müssen, was geschehen ist.

Er würde Martinez ausschicken. Martinez erledigte solche

Dinge für ihn. Vielleicht würde er ihn zu der Mine schicken, sollte es nicht gelingen, in absehbarer Zeit in schriftlichen Kontakt mit den dortigen Direktoren zu treten. Er musste in Erfahrung bringen, ob Jonas vielleicht doch dorthin gelangt war ... Ohne Pferd schien das allerdings kaum möglich.

Unter den Arbeitern und der Dienerschaft von Boa Vista sprach sich rasch herum, dass ein Pferd ohne Reiter zurückgekehrt war, und um wen es sich bei dem Vermissten handelte. Bald schwirrten Gerüchte umher, als wären ihnen Flügel gewachsen. Man war sich sicher, dass Jonas Hartung etwas passiert war. Vielleicht hatte ihn das Pferd abgeworfen, und er lag irgendwo schwer verletzt im Dschungel? Vielleicht war er umherstreunenden Strauchdieben oder einer Indianerbande zum Opfer gefallen ... Die Geschichten, die die Menschen sich erzählten, waren düster.

Keiner glaubte, dass der junge Mann noch lebte.

Siebzehntes Kapitel

Pauline hatte den Eindruck, dass die Zeit bis zur Hochzeit mit geradezu erschreckender Geschwindigkeit verging, und obgleich sie von Bediensteten umgeben war, gab es nun immer mehr Dinge, um die sie sich, den Wünschen Augustos folgend, persönlich zu kümmern hatte.

Das Hochzeitskleid, an dem Vitória und einige andere Mädchen fast einen ganzen Monat lang genäht hatten, war inzwischen fertiggestellt. Bald würde Pauline es zum ersten Mal sehen. Es war dem der Kaiserin Eugenie nachempfunden, also ganz in Weiß gehalten, unschuldig und festlich zugleich.

Augusto kümmerte sich in diesen Tagen geradezu rührend um sie. Auch jetzt war er in ihrer Nähe. Kurz meinte Pauline sogar, seine Hand an ihrem Haar zu spüren, obgleich er direkte Berührungen bislang immer vermieden hatte. Sie drehte sich zu ihm um. Sie sahen einander an. Bald würden sie Mann und Frau sein. Für Pauline war es immer noch verwirrend, sich das vorzustellen.

»Als meine Mutter noch lebte«, sagte er, »hat sie mir davon erzählt, wie ihre Freundinnen und sie vor der Hochzeit einen Myrtenkranz für ihr Haar flochten.«

Ich habe keine Freundinnen, dachte Pauline und hatte es im gleichen Moment auch schon ausgesprochen.

Augusto lächelte sehr sanft. »Senhorita Hartung könnte dir zur Seite stehen.«

Pauline öffnete den Mund und schloss ihn wieder.

Ja, Greta könnte mir helfen. Sonst habe ich ja niemanden.

»Ich kann es einfach nicht.«

Pauline presste ärgerlich die Lippen aufeinander. Greta, die auf der Veranda am Tisch neben ihr saß, schüttelte den Kopf.

»Einen Kranz zu winden ist wirklich nicht so schwer, Pauline. Es ist wie handarbeiten, das kannst du doch auch, oder?«

Pauline schüttelte den Kopf. »Ich male lieber.«

Ja, sie malte lieber. Und sie hatte sich so sehr vorgenommen, wieder zu malen. Zu malen würde ihr dabei helfen, ihre neue Heimat endlich besser kennenzulernen. Kurz entschlossen stand sie auf.

»Willst du etwas sehen? Dann komm mit.«

Vielleicht mussten sie ja solche Dinge teilen, damit sie zu wirklichen Freundinnen wurden? Sie wollte so gern, dass Greta an ihrer Seite blieb.

Greta stand wortlos auf. Einen Moment später waren sie in ihrem Zimmer, sie hatte ihre Mappe hervorgeholt und die Bilder auf dem Bett ausgebreitet. Ihre Malutensilien – das Einzige, was sie auf ihrer Flucht bei sich getragen hatte. Sie schaute auf die Bilder aus Messina und verspürte plötzlich Heimweh.

»Woran denkst du?«, riss Greta sie aus den Gedanken.

Pauline zuckte zusammen. »Ach, an nichts«, sagte sie dann. »Oder doch … an die Hochzeit … Ich denke an die Hochzeit.«

Sie konnte Greta kaum anschauen, so schämte sie sich ihrer Lüge.

Achtzehntes Kapitel

Vorne in der kleinen Kapelle, die zum Anwesen Augusto Tewes' gehörte, wurde gerade das Ehegelöbnis gesprochen. Der Raum war wunderschön mit weißen und roten Rosen geschmückt, unzählige Kerzen sorgten für ein warmes, anheimelndes Licht. Das Holz der wenigen Bankreihen und des kleinen Altartisches war glänzend poliert worden. Die Braut sah bezaubernd aus in ihrem langen weißen Kleid. Das dunkle Haar fiel ihr in weichen Locken über die Schultern. Ein Myrtenkranz zierte ihr Haupt, wie Augusto es sich gewünscht hatte.

Viele Hälse reckten sich, und ein unüberhörbares Raunen ging durch die Menge, als der Ring der jungen Frau von deren zitterndem Finger zu rutschen drohte. Augusto lächelte Pauline aufmunternd zu, dann drehte er sich zu der wartenden Menge um und streckte die Brust heraus, was seine Schultern noch breiter erscheinen ließ.

»Gibt es hier etwa Abergläubische unter uns?« Sein breites Lächeln gab seine blitzenden Zähne frei. »Hat dann vielleicht auch jemand eine Eule gehört oder eine Fledermaus gesehen?«

Die Menge schwieg. Kurz hörte man von irgendwo schwach Gelächter, dann verstummten alle wieder. Augusto wandte sich erneut Pauline zu.

»Gut, machen wir weiter.«

Rosina folgte dem Brautpaar mit den Augen, während sie in Gedanken zu ihrer eigenen Hochzeit zurückkehrte. Manchmal dachte sie angesichts der vielen Tränen, die sie im letzten

Jahr geweint hatte, es müsste an diesem Tag geregnet haben. Vielleicht war die Ehe aber auch an einem Freitag geschlossen worden, dem Tag, an dem man keine glückliche Ehe schließen konnte.

Aber so war es nicht gewesen, und das wusste sie.

Was die Ehe Augusto Tewes' und Pauline Jordans anging, so strahlte zudem die Sonne von einem tiefblauen Himmel herunter. Ein Wispern hinter ihr zog Rosinas Aufmerksamkeit für einen Augenblick vom Anblick des Brautpaars weg.

»Gestern sah es noch so aus, als würde der Himmel die Tränen weinen, die in dieser Ehe fließen werden«, war eine Stimme zu hören.

»Aber heute Morgen war der Hahn zu hören«, mischte sich eine andere Stimme ein, »das bedeutet Segen und Reichtum.«

»Als ob Tewes noch mehr davon bräuchte.«

Rosina versuchte, über ihre Schulter zurückzuspähen, doch hinter ihr war man bereits verstummt. Sie konnte nicht ausmachen, wer gesprochen hatte. Zum ersten Mal spürte sie, dass nicht jeder Augusto Tewes wohlgesinnt war.

»Ich bin ja so froh, dass du doch noch Vernunft angenommen hast, liebe Tochter.«

Obwohl Valentin, der zu ihrer Linken saß, nur geflüstert hatte, ließen die Worte des Vaters Pauline zusammenzucken. Angestrengt versuchte sie, sich nichts anmerken zu lassen, während sie den Blick über den Garten schweifen ließ. Augusto hatte selbstverständlich weder Kosten noch Mühen gescheut. Etwas abseits von den langen, reich gedeckten Tafeln, an denen die Besitzer der umliegenden Fazendas saßen, hatte er, auf Paulines Wunsch hin, sogar Tische für seine Pächter aufgebaut.

Niemand sollte an diesem besonderen Tag leer ausgehen. Doch Jonas, auf den sie so gehofft hatte, hatte sie bislang nicht unter den Gästen entdecken können.

Alle glauben, dass er nicht mehr lebt. Ich weiß es besser …

Vielleicht sollte sie froh sein, dass er nicht da war. Was würde sie ihm schon sagen wollen oder können? Ich bin jetzt Pauline Tewes, verheiratet mit Augusto Tewes, dem Besitzer von Boa Vista, der größten und reichsten Fazenda in dieser Gegend.

Pauline wandte sich wieder ihrem Essen zu, nickte, als sich ein Dienstmädchen mit einem Tablett Champagner näherte.

Augusto saß zu ihrer Rechten. Auch er hatte sich für ihren Hochzeitstag herausgeputzt. Jetzt war sie also seine Frau, Senhora Tewes. Hatte sie sich vorgestellt, nach Brasilien zu kommen, um zu heiraten?

Sie schüttelte den Gedanken ab. Die Gäste amüsierten sich prächtig. Augusto bat darum, aufstehen zu dürfen, um hier und dort ein paar Worte mit Nachbarn und Freunden zu wechseln. Er war ein guter Gastgeber und kam wahrscheinlich auf diese Art und Weise an wichtige Informationen. Er hatte ein großes Fest gegeben anlässlich ihrer Verlobung, und auch die Hochzeitsfeier ließ er sich etwas kosten. Zum Jahreswechsel, so hatte ihr eine Nachbarin erzählt, lud er ebenfalls alle ein. Und sie kamen gern zu ihm.

Pauline wusste inzwischen, dass nicht wenige Einwohner dieser Gegend aus Deutschland kamen. Ein paar der Nachbarn waren Italiener, die Portugiesen und Spanier konnte man an einer Hand abzählen. Dementsprechend viel Deutsch war zu hören, und wenn Pauline kurz die Augen schloss und nur lauschte, konnte sie sich tatsächlich vorstellen, weit fort von Boa Vista im Garten ihrer Großeltern zu sitzen.

Doch es gelang ihr nicht lange, so ruhig zu bleiben. Noch schwirrte ihr der Kopf von der Zeremonie, von den vielen Glückwünschen der Menschen, die von den umliegenden Fazendas gekommen waren, sich ihr vorgestellt und sie zugleich begutachtet hatten.

Mit Erleichterung entdeckte sie endlich Greta zwischen den Feiernden. Kurz entschlossen stand auch sie auf, nahm einen der Teller mit Leckereien vom Tablett eines vorübergehenden Dienstboten, ging auf die junge Frau zu und bot sie ihr mit einem Lächeln an.

»Für meine liebe Gesellschafterin.« Pauline lächelte.

Greta zögerte kaum merklich, bevor sie sich eine kleine Teigtasche nahm.

Mit einem Kopfnicken deutete Pauline auf einen kleinen Tisch. »Setzen wir uns?«

Ein weiterer Dienstbote brachte ihnen Getränke.

Sicherlich, fuhr es Pauline durch den Kopf, wird es nicht lange dauern, bis wir nicht mehr allein sind. Sie schaute Greta, die angelegentlich das Treiben beobachtete, von der Seite an.

»Was hat es denn bei einer Hochzeit mit Eulen und Fledermäusen auf sich?«, fragte sie, um irgendwie ein Gespräch zu beginnen. »Ich kenne das gar nicht.«

Greta sah sie kurz an, ließ ihren Blick dann wieder über die Gäste schweifen. »Man sagt«, begann sie langsam zu erklären, »dass einer der Eheleute sterben wird, wenn man am Hochzeitstag eine Eule hört. Sieht man eine Fledermaus, so ist der Mann untreu …«

Ihre Stimme verriet keinerlei Emotion.

Adélias Herz klopfte so heftig, dass sie es gleich einem Trommelschlag bis in ihren Hals hinauf spürte. Es war ihr gelungen, sich aus dem Haus zu schleichen, als Federico endlich eingeschlafen war. Ihr Junge hatte an diesem Abend nur schwer Ruhe gefunden. Bestimmt hatte er die Unruhe seiner Mutter gespürt. Adélia hatte den Gerüchten um Hochzeitsvorbereitungen auf Boa Vista zuerst keinen Glauben schenken wollen, doch irgendwann …

Nein, Augusto liebte sie doch, er konnte es nicht wagen, diese andere zu heiraten … Sie, Adélia, war doch einmal sein Ein und Alles gewesen.

Aber doch, er konnte.

In ein großes graues Umschlagtuch gewickelt, hatte Adélia aus einigem Abstand die Feiernden beobachtet. Offenbar hatte sie sich gut getarnt, denn sie war bislang niemandem aufgefallen. Sie hatte gesehen, wie Augusto den Besitzern umliegender Fazendas, den Pächtern und der Dienerschaft seine neue Frau vorgestellt hatte, und sich erinnert, wie sie selbst einmal an der Seite dieses attraktiven, starken Mannes gestanden und stolz ihrem Vater zugelächelt hatte.

Damals hatte sie geglaubt, dass Gott sie lieben müsse, da er ihr doch alle Wünsche erfüllt hatte. Und vor Gott hatten sie sich geschworen, einander beizustehen, bis zu dem Tag, an dem der Tod sie scheiden würde.

Hatte Gott sie vergessen?

Adélia starrte die Frau an, die nun ihren Platz einnehmen sollte, und spürte mit einem Mal nur noch Schmerz und Hass. Sie wollte auf sie zustürzen, ihr mit ausgefahrenen Fingern über die blassen Wangen fahren, sie verletzen, wie sie sich verletzt fühlte. Diese Frau hatte doch keine Glut in sich, sie würde einen Mann wie Augusto niemals nähren können.

Warum sie, warum nicht ich? Ich habe ihm einen prächtigen Sohn geschenkt, er muss nur lernen, ihn zu lieben. Er muss erkennen, wie viel Wunderbares in Federico steckt.

Adélia biss sich auf die Lippen, bis sie Blut schmeckte.

Ich könnte ihm mehr Kinder schenken. Federico ist gesund, ich könnte Augusto noch viele gesunde Kinder schenken.

Die Brut von diesem unscheinbaren Ding würde sicher kränklich und schwächlich sein. Man musste sie nur ansehen, um das zu wissen.

Adélia spürte, wie heiße Tränen der Wut und Trauer in ihre Augen traten. Sie zog das Umhangtuch einem Schleier gleich über den Kopf und einen Teil ihres Gesichts, wie es trauernde Frauen taten. Eine junge Bedienstete, die in ihrer Nähe vorbeilief, sah lauernd zu ihr herüber.

Hatte man sie doch erkannt?

Das war gut möglich, die Dienerschaft von Boa Vista kannte ihre alte Herrin ja. Adélia wusste, dass ihr Wort bei vielen immer noch galt, zugleich war sie stets fest entschlossen gewesen, sich Augusto gegenüber loyal zu verhalten. Und das tat sie auch jetzt. Auch wenn er ihr Schmerz verursachte, sie würde sich nicht zu erkennen geben.

Eines Tages wird er verstehen, dass ich und nur ich die Richtige bin.

Die Tränen liefen unablässig. Sie konnte es nicht verhindern, Schmerz und Enttäuschung saßen zu tief.

Zu Rosinas Überraschung hatte Kasimir sich zu den Männern gesellt, während sie bei den Frauen saß und sich nicht zum ersten Mal an diesem Tag in Gedanken verlor. Hin und wieder versuchten die anderen Frauen, sie in ein Gespräch zu verwickeln, doch sie war nicht bei der Sache, und so gab man es bald auf. Die großen Platten mit einheimischen Delikatessen, von denen sich jeder bedienen konnte, wurden unterdessen immer wieder neu gefüllt, aber Rosina waren die meisten Speisen unbekannt, und so nahm sie sich nur wenig davon.

Zu ihrer eigenen Hochzeit hatte es damals ein Essen nach altem Hunsrücker Rezept gegeben. Die Mutter hatte es zubereitet. Die Zutaten waren weiße Bohnen, Fleischbrühe, Sauerkraut, Schmalz, Zwiebeln, reichlich Rauchfleisch, Meerrettich, Milch und Eier gewesen. Zum Garnieren hatte man Petersilie und Schnittlauch genommen.

Rosina erinnerte sich noch genau daran, wie sie als junges Ding in der Küche gestanden und zugesehen hatte, wie die weißen Bohnen in der Fleischbrühe köchelten, während sie der Mutter geholfen hatte, das Rauchfleisch in fingerdicke Scheiben zu schneiden. Ein Teil davon war dann zu den Bohnen gegeben worden. Die Mutter hatte sie geheißen, darauf aufzupassen, während sie in einem großen Topf Zwiebeln angebraten hatte, um das Sauerkraut und das restliche Rauchfleisch dazuzugeben. Als Letztes war der Meerrettich fein geraspelt und in der Milch aufgekocht worden, danach mussten die Eier unter die Masse gerührt werden. So hatte man daheim zu Hochzeiten geschmaust.

An das Leben hier werde ich mich nie gewöhnen …

Rosina seufzte tief und vernehmlich. Was würde ich darum geben, jetzt einfach einzuschlafen und in der Heimat wieder aufzuwachen, dachte sie. Was würde ich darum geben, wenn nichts hiervon wahr wäre und alles nur ein böser Traum, aus dem man erwachen kann.

Es war fast Mitternacht, als Pauline sich endlich zurückziehen durfte. Die meisten Gäste hatten sich schon verabschiedet, nur die Hartnäckigsten hielten noch durch.

Vitória half ihr wie immer beim Auskleiden, ging dann hinaus, um ihrer Herrin auf ihren Wunsch noch ein Glas warme Milch mit Honig zu holen. In ihrem kleinen, ans Zimmer angrenzenden Badezimmer wusch Pauline sich sorgsam mit einem Schwamm. Sie genoss das lauwarme Wasser auf ihrer Haut. Eine Vielzahl von Gedanken huschte durch ihren Kopf. Dinge, mit denen sie sich bislang nicht beschäftigt hatte.

Hatte es hier Menschen gegeben, bevor Augusto seine Fazenda aufgebaut hatte, Indios vielleicht? War er tatsächlich all die Jahre allein gewesen? Warum hatte sie dann manchmal den irritierenden Eindruck, Spuren einer anderen Frau zu entdecken? Ja, bislang hatte sie sich das nicht eingestehen wollen.

Pauline trocknete sich ab, nahm das feine, dünne Nachthemd, das auf einem Stuhl für sie bereitlag, und streifte es über. Dann bürstete sie ihr Haar. Schwer fielen ihr die dunklen Locken den Rücken hinab.

Wann würde Augusto wohl zu ihr kommen? Dies hier war ihre Hochzeitsnacht, Pauline machte sich nichts vor. In dieser Nacht würde sie zur Frau werden.

Mit einem Mann, den ich nicht liebe …

Der Gedanke kam ihr erstmals so klar, dass es schmerzte. Sie war mit einem Mann verheiratet, den sie nicht liebte, dem sie nun aber eine gute Ehefrau sein musste. In allen Dingen.

Die Tränen begannen zu fließen, ohne dass Pauline es bemerkte. Erst als sie auf ihre im Schoß gefalteten Hände tropften, wurde sie darauf aufmerksam. Und sie stand nicht mehr vor dem Spiegel in ihrem kleinen Bad, sondern saß auf einem der zierlichen Stühle in ihrem Zimmer. Wie war sie dort hingekommen?

Vitória war plötzlich zurück.

»Senhora, Senhora, nicht weinen. Der Senhor ist ein guter Mann.«

Pauline wischte sich mit dem Handrücken über das Gesicht, und trotz ihrer Traurigkeit musste sie lächeln, als sie das besorgte Gesicht des Mädchens sah.

»Er hat mir geholfen. Mir und meiner Familie. Er ist wirklich ein guter Mann«, fuhr es eindringlich fort.

»Danke, Vitória, das ist sehr freundlich von dir, mir das zu sagen.«

»Sie müssen keine Angst haben.«

»Ich habe keine Angst.«

Das stimmt nicht. Du hast Angst. Niemand hat dir gesagt, was genau in der Hochzeitsnacht geschieht.

Draußen im Gang waren jetzt Schritte zu hören. Vitória knickste, sammelte Paulines Wäsche zusammen und huschte hinaus.

Augusto stand jetzt im Türrahmen. Den Rock hatte er schon abgelegt. Sein Gesicht wirkte frisch, das Haar war gekämmt. Er trug ein sauberes weißes Hemd zu dunklen Hosen. Einen Augenblick schaute er Pauline an, dann wandte er sich der Petroleumlampe auf ihrem Tisch zu und drehte den Docht herunter. Es wurde dämmrig im Zimmer. Pauline stand auf, ihr Blick fiel unwillkürlich auf ihr Bett. Erst jetzt fiel ihr auf, dass die Decke aufgeschlagen war. Blütenblätter – Rosen? – waren auf dem Laken verteilt. Sie sah wieder zu Augusto. Der lächelte.

»Ich sehe, Vitória hat alles vorbereitet.«

Pauline suchte nach Worten, konnte aber nur nicken. Einen Moment später war Augusto dicht bei ihr.

»Keine Sorge«, sagte er sanft.

Er hob die Hand und streichelte über ihre Wange, und er tat es so geschickt, dass sie sicher war, dass er so etwas nicht zum ersten Mal tat. Vorsichtig schob er sie in Richtung Bett. Pauline spürte, wie das Nachthemd verrutschte und eine Schulter freigab. Augusto beugte sich vor und küsste sie. Ein Schauder überlief sie, und unwillkürlich musste sie an Jonas denken. Doch dieser Kuss war nicht so köstlich wie der, den sie mit Jonas getauscht hatte. Pauline spürte, wie erneut Tränen in ihr aufstiegen.

»Ruhig, ganz ruhig«, flüsterte Augusto in ihr Ohr. »Hab keine Angst. Ich habe heute geschworen, dich zu schützen und zu ehren, oder etwa nicht?«

Pauline musste sich auf die Lippen beißen, aber es gelang ihr zu nicken. Augusto drückte sie sachte auf das Bett hinunter, hieß sie, sich hinzulegen und streifte langsam ihr Nachthemd hoch. Wieder küsste er sie, dann trat er vom Bett zurück und legte seine Hose ab. Pauline wollte sich zwingen hinzusehen und schloss dann doch die Augen. Erst als sie Augusto neben sich spürte, sah sie ihn wieder an. Sie war froh, dass es so dämmrig im Zimmer war. Wieder küsste er sie, dann war er plötzlich über ihr, schob ihre Beine auseinander.

»Es wird ein wenig wehtun.«

Pauline konnte nichts tun, als zu nicken. Dann spürte sie etwas Hartes zwischen ihren Beinen, wollte die Schenkel zusammenpressen, tat es dann doch nicht. Sie schloss erneut die Augen, hielt den Atem an.

Ja, es tat weh, als er in sie eindrang, sich in ihr bewegte, aber es war nicht so schlimm, wie sie es sich ausgemalt hatte. Nur das Gefühl, dass sie einen Fehler gemacht hatte, wollte einfach nicht schwinden. Augusto bäumte sich stöhnend auf und rollte dann von ihr herunter. Er atmete schwer. Einen Augenblick später setzte er sich auf die Bettkante.

»Es wird besser«, sagte er leise, »mit jedem Mal.«

Pauline nickte, ohne einen Laut von sich zu geben. Sie wollte nicht vor Augusto weinen. Was geschehen war, war nicht seine Schuld. Sie wollte ihm keine Vorwürfe machen. Das war nicht gerecht.

»Schlaf gut, liebe Frau.«

Pauline hielt erneut kurz den Atem an, aus Angst, ihre Stimme könnte zittern, doch sie klang ruhig, als sie sprach.

»Gute Nacht, Augusto.«

Irritiert sah sie, dass er aufstand und zur Tür ging. Sie richtete sich auf.

»Gehst du?«

Er blieb stehen, die Hand schon auf dem Türknauf. »Ich habe noch zu arbeiten.«

An unserem Hochzeitstag?, wollte sie fragen, tat es dann aber doch nicht.

»Gute Nacht«, sagte sie noch einmal.

»Gute Nacht«, erwiderte er.

Dann klickte die Tür ins Schloss.

Pauline wachte noch einmal auf, als Augusto an ihre Seite zurückkam. Er küsste ihren Nacken, und sie fühlte sich wohl, vielleicht nicht wie eine Ehefrau, aber doch sicher und geborgen. Augusto war kein schlechter Mensch, das hatte Vitória ihr mehrfach versichert, und der Gedanke tröstete sie.

In dieser Nacht träumte Pauline von einem Kind mit blauen Augen.

Fünfter Teil

Ein neues Leben

1860 bis 1861

Erstes Kapitel

In der Zeit, die auf die Hochzeit folgte, konnte Pauline noch keine großen Veränderungen feststellen. Alles schien so weiterzugehen wie bisher. Sie hatte viel Zeit für sich, aber kaum Aufgaben. Augusto behandelte sie außerordentlich zuvorkommend, und doch wie etwas, das es täglich zu bewältigen galt. Hin und wieder machte er ihr ein kleines Geschenk.

Pauline fühlte sich einsam. Sie versuchte, nicht an Jonas zu denken, aber es fiel ihr schwer. Es drängte sie, Greta zu fragen, ob er sich denn wenigstens bei seiner Familie gemeldet habe. Doch die junge Frau hatte sich schon so unbehaglich gefühlt, als sie Pauline von Jonas' Fortgehen berichtet hatte. Pauline wollte sie nicht quälen, war sie doch froh, auf Boa Vista zumindest eine Freundin zu haben.

Morgens nach dem Aufstehen kümmerte Vitória sich um sie. Die junge Bedienstete fasste in zunehmendem Maße Vertrauen zu Pauline, wenn die Verständigung auch manchmal schwierig war. Pauline sprach immer noch zu schlecht Portugiesisch, Vitória kein Deutsch, doch sie legte mehr und mehr ihre Scheu ab, und Pauline erfreute sich an ihrer Unbekümmertheit. Außerdem konnte Vitória ihrer Herrin viele Dinge über die Fazenda erzählen, die diese sonst nie erfahren würde.

Knapp zwei Monate waren seit ihrer Hochzeit nun schon vergangen. Sie hatten ein Weihnachtsfest in glühender Hitze verbracht, zu dem Pauline einen der Bäume im Hof mit bunten Bändern und Strohsternen hatte schmücken lassen. In diesen

Tagen war das Heimweh besonders groß gewesen. Pauline liebte die Sonne, aber sie sehnte sich auch oft nach der winterlichen Kälte, wie sie in der Heimat um diese Jahreszeit herrschte. Dort war sie dann die Hänge der Umgebung hinuntergerodelt, hatte mit dem Vater einen Schneemann gebaut, der größer war als sie selbst.

Jetzt saß Pauline vor dem großen Spiegel in ihrem Zimmer und ließ sich das Haar frisieren. Gleich würde sie das Frühstück wie gewohnt mit ihrem Vater einnehmen, der sich immer noch auf Senhor Tewes' Gastfreundschaft ausruhte und offenbar keinen Gedanken daran verschwendete, Boa Vista zu verlassen, um sich ein eigenes Leben aufzubauen. Sie freute sich an diesem Morgen gar nicht darauf, sie hatte keinen Appetit.

»Ich werde Ihnen das Haar heute flechten und den Zopf hochstecken. Das steht Ihnen so gut, und wenn es so heiß ist ...«

Pauline wurde von einem Moment auf den anderen Moment kreidebleich und schlug sich die Hand vor den Mund. Gerade noch konnte sie nach einer leeren Schüssel greifen, die auf dem Tisch stand. Dann musste sie sich auch schon übergeben. Für eine Weile wollte das Würgen gar nicht mehr aufhören. Pauline lehnte sich zurück, bemühte sich, ruhiger zu atmen. Schweißperlen standen ihr auf der Stirn. Ohne dass sie etwas hätte sagen müssen, reichte ihr Vitória mit einem feinen Lächeln einen Becher Wasser, womit sie sich den Mund ausspülen konnte.

»Jetzt muss ich gar nicht mehr fragen«, sagte die junge Mulattin vergnügt, nachdem Pauline getrunken und sich die Stirn abgetupft hatte.

»Was musst du nicht mehr fragen?«

Pauline nahm nochmals einen großen Schluck Wasser gegen

den schlechten Geschmack in ihrem Mund. Warum war ihr denn jetzt plötzlich schlecht geworden? Sie hatte doch noch gar nichts gegessen an diesem Morgen ...

»Der Senhor wird sehr erfreut sein.«

»Was? Warum?«

Pauline wusste immer noch nicht, wovon Vitória sprach. Dafür erschien ihr plötzlich der Geruch ihrer liebsten Creme kaum auszuhalten. Und hatte sie nicht auch den Kaffeeduft nur schwer ertragen können, der wie jeden Morgen durchs Haus waberte? Pauline war verwirrt.

Vitória lächelte sie an. »Aber Senhora, erkennen Sie es denn nicht? Sie erwarten ein Kind. So rasch nach der Hochzeit! Der Senhor kann wahrlich stolz auf sich sein.«

Pauline starrte ihre junge Bedienstete an, dann schloss sie die Augen. Ein Kind? Deshalb also die ganzen Veränderungen – die unerklärliche Müdigkeit, die Empfindlichkeit, das Ziehen im Unterleib und in den Brüsten ...

Das leere Kinderzimmer von Boa Vista würde noch in diesem Jahr einen kleinen Bewohner haben.

Als Augusto an diesem Abend zurückkam, war er offenbar bereits informiert. Er küsste seine Frau sanft zur Begrüßung auf die Wangen, hielt sie dann noch einen Augenblick umfangen – wie ein Kind, fuhr es Pauline durch den Kopf –, bevor er ihr ein sorgsam verpacktes Geschenk überreichte. Pauline zog das Schleifband auf, klappte dann den Deckel der kleinen Samtschachtel hoch. Eine zierliche Kette mit einem Anhänger in Form einer stilisierten Blüte lag darin. Sie bedankte sich leise und ließ zu, dass Augusto ihr das Schmuckstück um den Hals legte. Er lächelte, als Pauline sich im Spiegel betrachtete.

»Gefällt sie dir?«, fragte er.

Pauline nickte, obwohl ihr die Kette etwas zu eng vorkam. »Sie ist sehr schön«, sagte sie.

»Komm nun, ich habe auf der hinteren Veranda decken lassen.«

Augusto streckte seiner Frau die Hand hin und geleitete sie nach draußen zu dem hübsch gedeckten Tisch, der mit Blumen dekoriert war. Eine Kerze flackerte im Abendwind und warf gespenstische Schatten an die Hauswand. Es gab Kartoffeln, Reis, Hühnchen in würziger Sauce und zum Nachtisch Pudding.

»Mein Sohn muss gut essen«, sagte Augusto, nachdem sie sich gesetzt hatten.

Pauline wollte fragen, warum er wohl glaubte, dass sie ihm einen Sohn schenken würde, doch dann unterließ sie es lieber. Sie wollte die friedliche Stimmung nicht zerstören.

Augusto hatte seinen besten Wein bringen lassen, bot auch Pauline ein Glas an, aber die verspürte Abscheu und schüttelte den Kopf. Pauline ließ sich etwas Reis und Huhn aufgeben, wies die Sauce jedoch ab, die plötzlich ebenso unangenehm roch wie der Kaffee und die Creme am Morgen. Den ganzen Tag über war ihr nicht gut gewesen. Sie hatte das Frühstück wieder von sich gegeben und sich auch nach dem leichten Mittagsmahl unwohl gefühlt.

Sie aßen schweigend, jeder ging seinen Gedanken nach. Dann sagte Augusto unvermittelt: »Du hast mich sehr glücklich gemacht, meine Liebste.«

Pauline sah von ihrem Teller auf, brauchte etwas Zeit, um wieder in der Gegenwart anzukommen, ohne sagen zu können, woran sie eben überhaupt gedacht hatte.

»Das freut mich«, erwiderte sie.

Vorsichtig schob sie etwas Reis auf ihre Gabel und begann zu essen. Nach einer weiteren Gabel war sie sicher, die Speise dieses Mal bei sich zu behalten. Ein neuer Gedanke kam ihr, sie sah ihren Mann an. Vielleicht war die Gelegenheit ja günstig, jetzt, da er offenbar guter Stimmung war und sich für sie und ihr Wohlergehen interessierte wie seit der Hochzeit nicht mehr.

»Ich würde gern richtig Portugiesisch lernen.«

Augusto gab nicht gleich eine Antwort, aß zuerst in Ruhe weiter. »Ich denke«, sagte er, als sie schon glaubte, er hätte sie gar nicht gehört, »du solltest dich jetzt vor allem schonen, Pauline.«

»Aber …«

»Kein Aber. Hattest du bislang Schwierigkeiten, dich zu verständigen? Ich kann wie viele andere hier selbst nur ein wenig Portugiesisch sprechen. Das genügt vollauf. Mit wem willst du denn Gespräche führen? Mit unseren Sklaven, mit den Bediensteten?« Er lachte. »Konzentrier dich auf unseren Erben, meine Liebe, schon dich für ihn. Das ist im Moment deine einzige Aufgabe.«

Pauline war nicht überrascht, dass sich Augusto auch an diesem Abend nach dem Essen noch einmal in sein Arbeitszimmer zurückzog, um den folgenden Tag mit Hector Martinez zu besprechen. Sie seufzte.

Vielleicht, fuhr es ihr durch den Kopf, werde ich nie die Frau an Augustos Seite sein, die für ihn die Richtige ist, mit der er seine Gedanken teilen kann. Vielleicht werden wir immer nur nebeneinanderher leben. Vielleicht aber bessert sich meine Situation auch, wenn ich ihm einen Erben gebäre?

Das Holz des Verandabodens knarrte bald unter den vertrauten Schritten ihres Vaters.

»Ihr habt schon gegessen?«, erkundigte er sich, obwohl er es gewiss genau wusste.

Pauline nickte nur.

»Darf ich?«

Die junge Frau sagte nichts, denn der Vater hatte sich längst gesetzt. Das rasch herbeigeeilte Dienstmädchen brachte ihm einen Teller und gab ihm von den Speisen, von denen noch reichlich übrig war. Wenig später aß Valentin mit Appetit. Für einen Moment verspürte Pauline einen seltsamen, ihr unerklärlichen Abscheu. Vielleicht lag es an der Schwangerschaft? Sie stand abrupt auf, ging zum Verandageländer und sah in den Garten hinunter, der von Laternen erleuchtet war.

Es war Sonntag, am kommenden Morgen würde Greta wieder bei ihr sein. Dann würde sie ihre Neuigkeiten mit einem Menschen teilen können, dessen Sprache sie mächtig war und der sicher besser nachvollziehen konnte, wie es ihr ging.

Mit einem leisen Seufzer sah Pauline zu den kleinen Näpfen mit Zuckerwasser, die Augusto auf ihren Wunsch aufgehängt hatte, und wo sich am Tag immer wieder Kolibris tummelten. Es gab kaum etwas Zarteres, Anmutigeres als diese Vögel, die ihre Nahrung normalerweise aus Blütenkelchen holten, die sie flatternd wie die Schmetterlinge umschwirrten. Dann sah Pauline zu einem der Büsche in der Nähe der Verandatreppe. Es war bereits einige Tage her, da hatte sie dort frühmorgens einen kleinen Affen mit goldfarbenem Fell, einem dunklen Schwanz und ebenso dunklen Vorderfüßen entdeckt und fasziniert beobachtet. Es handle sich um ein Löwenäffchen, hatte Hector Martinez ihr gesagt, das sich von Beeren und Insekten, aber auch von kleineren Wirbeltieren und sogar von Vögeln ernähre. Der Herr gehe ab und zu auf die Jagd nach ihnen, hatte er hinzugefügt, die Senhora könne sich die Felle gern ansehen.

Pauline hatte schaudernd abgelehnt.

Jetzt wandte sie sich wieder ihrem Vater zu. Valentin hatte sich den Teller erneut füllen lassen und kaute mit vollen Backen. Wieder fühlte Pauline sich abgestoßen.

Eine Made im Speck, dachte sie. Er lässt es sich hier gut gehen wie eine Made im Speck und kümmert sich um nichts. Was ist geschehen? Warum haben wir uns so weit voneinander entfernt?

Sie ging zum Tisch zurück und räusperte sich. »Weißt du inzwischen, was du in der Zukunft tun wirst, Vater?«

Valentin blickte von seinem Teller auf. »Natürlich«, sagte er im Brustton der Überzeugung, »ich habe mit deinem Mann gesprochen, und er hat mir, wie ich übrigens erwartet habe, ein paar kleinere Verwaltungsaufgaben übertragen. Wenn ich mich gut mache, kommen weitere hinzu. Er sagte, dass er froh sei, einen zuverlässigen deutschen Mann aus der Heimat hier zu haben.«

Pauline nickte langsam. Einen zuverlässigen deutschen Mann ... Sie hoffte, dass sich ihr Vater nicht wieder in Schwierigkeiten bringen würde. Mehr als zu hoffen, das wusste sie inzwischen, blieb ihr allerdings nicht.

Zweites Kapitel

Wieder einmal schreckte Jonas schweißgebadet aus dem Schlaf. Er hatte von Pauline geträumt wie so oft, seit er Boa Vista, dieses Mal in südlicher Richtung, verlassen hatte und auf einer Fazenda in der Nähe von Porto Alegre arbeitete. Sie hatte wunderschön ausgesehen, als sie aus der kleinen Kapelle von Boa Vista ins helle Sonnenlicht getreten war. Ihr weißes Kleid hatte mit der Sonne um die Wette gestrahlt, der ebenfalls weiße Spitzenschleier hatte Paulines dunkles Haar besonders zur Geltung gebracht. Augusto und sie hatten den Hochzeitstanz angeführt. Plötzlich war der Schleier von Paulines Kopf gewirbelt und ins grüne Gras gefallen. Glücklich hatte sie ausgesehen. Er hatte am Rand gestanden und die Hände nach ihr ausgestreckt, sie aber nicht erreichen können. Pauline, du gehörst mir, hatte er gerufen, doch sie hatte ihn nicht gehört. Er hatte sie küssen wollen, ihre weichen Lippen auf seinen spüren …

Mit diesem Gedanken war er aus dem Schlaf gefahren.

Werde ich sie denn niemals vergessen?

Von der anderen Seite der Hütte drang Schnarchen zu ihm herüber. Heinrich war älter und erfahrener als er und hatte ihn in die Arbeit auf der Maniokplantage eingewiesen. Jonas hatte ihm zu verdanken, dass er vorerst sein Auskommen hier gefunden hatte, denn eigentlich war der *patro*, ihr Arbeitgeber, davon überzeugt, dass nur Schwarze in der Lage waren, die schwere Arbeit auf der Plantage zu leisten. Lediglich der Umstand, dass er wie Heinrich ein Deutscher war und offenbar hart arbeiten konnte, hatte ihn dazu bewogen, ihn ebenfalls einzustellen.

Jonas gähnte, verschränkte dann die Arme hinter dem Kopf und lauschte in die Morgendämmerung. Die Hängematte bewegte sich leicht mit seinen Bewegungen. Der Gesang von Vögeln war zu hören. Ab und zu raschelte es im Gebüsch. Vor Tagen, erinnerte er sich, hatten sich drei dunkel gefärbte Eichhörnchen in Heinrichs und seine Hütte verirrt und sie von einem der Deckenbalken aus mit ihren neugierigen Knopfaugen betrachtet. Jonas schloss die Augen und versuchte, noch ein wenig zu dösen. Heinrich erwachte wenig später.

Zum Frühstück bereiteten sie Mate zu. Der Tee wurde mittels eines dünnen Röhrchens aus kleinen Kürbisschalen getrunken. Jonas hatte das eigentümlich schmeckende Getränk, das einem Kraft geben und den Hunger vertreiben sollte, in Brasilien kennengelernt. Inzwischen hatte er sich daran ebenso gewöhnt wie an den Maniokbrei.

Bald schon trieb Heinrich ihn zur Eile an. Bis zur Mittagspause würden sie so viele Maniokwurzeln wie möglich ernten, waschen und schälen müssen. Zwei bis drei Pfund konnten diese Knollen wiegen, sie ersetzten in ganz Brasilien das Getreide. Nachdem man die Knollen gewaschen und geschält hatte, wurden sie so lange an die äußerste raue Rundung eines Mühlsteins gehalten, bis sie ganz zerrieben waren. Den Mühlstein bewegte ein massiger Schwarzer, der Einzige, der laut des *patro* die nötige Kraft dafür hatte.

Danach wurde die Masse in einen Korb gegeben und mittels einer Presse ausgedrückt, bevor man sie auf große Eisenplatten schüttete, auf welchen sie durch sanfte Hitze langsam getrocknet wurde. Aus der Wurzel entstand auf diese Weise ein grobes Mehl, das man in Form eines Breis zu sich nehmen konnte oder bei Tisch nach Belieben über die Speisen streute.

Jonas war froh, an diesem Tag einmal nicht an den Eisenplatten eingesetzt zu werden, denn die Hitze war kaum auszuhalten um diese Jahreszeit. Stattdessen hatte man ihn der Presse zugeteilt. Abends spürte er jeden Knochen. Wie lange würde es wohl dauern, bis er genügend Geld verdient hatte, um weiterreisen und seinen Traum, Achate zu finden und sie seinem Onkel in Oberstein zu schicken, verwirklichen zu können? Nicht in Tewes' Mine natürlich. Das war ja jetzt nicht mehr möglich. Er würde es allein schaffen. Er musste sich sein Ziel nur immer wieder vor Augen halten, um nicht an das zu denken, was er auf immer verloren hatte.

Pauline ...

In der folgenden Nacht träumte Jonas auf eine Weise von Pauline, die ihm beim Aufwachen die Röte ins Gesicht trieb. Zuerst hatten sie sich geküsst, dann hatte er begonnen, an ihrer Kleidung zu nesteln, ihr endlich die Bluse von den Schultern gestreift ... Sie hatte nackt vor ihm gestanden und war genauso schön gewesen, wie er es sich immer vorgestellt hatte. Er hatte ihre weiche Haut berührt, wie von selbst waren seine Hände zu ihren Brüsten gewandert.

Jonas war von einem heftigen Regen, der auf das Hüttendach prasselte, geweckt worden. Das letzte Mal, als er solchen Regen erlebt hatte, hatten seine Eltern und er danach eine Menge Arbeit gehabt. Aufmerksam lauschte er eine Weile, setzte sich dann unruhig auf. Der Regen ließ überhaupt nicht nach. Der Vorhang, der ihnen als Tür diente, bauschte sich im heftigen Wind auf. Heinrich schlief seelenruhig weiter.

Als Jonas seine Füße auf den Boden setzte, fuhr er zusammen. In der Hütte stand das Wasser knöcheltief. Jetzt war er wirklich hellwach. Er sprang auf und eilte zu Heinrich hinüber. Gleich roch er den Alkohol. Heinrich war in der Nacht erst spät schlafen gegangen. Irgendjemand hatte Rum mitgebracht, und der Freund hatte dem Alkohol gut zugesprochen. Trotzdem war es jetzt an der Zeit, ihn zu wecken.

Jonas rüttelte ihn. »Heinrich!«

Heinrich knurrte, öffnete die glasigen Augen, schloss sie aber sofort wieder.

»Heinrich!«

»Was ist denn?«, kam es endlich schlecht gelaunt zurück.

»Es regnet.«

»Das höre ich.«

»Es regnet sehr stark. Es ist Wasser in die Hütte gedrungen.«

»Jetzt weißt du, warum wir Hängematten haben.« Heinrich drehte sich auf die andere Seite und gab keinen Ton mehr von sich. Nach einer Weile zeigten seine gleichmäßigen Atemzüge, dass er wieder schlief. Jonas kehrte seufzend zu seiner Hängematte zurück. Heinrich kannte sich hier aus. Er würde wissen, wenn es gefährlich wurde.

Ob es auch auf Boa Vista regnet? Ob es den Eltern gut geht und Greta und Pauline?

Er war geflüchtet. Hatte das Pferd losgebunden, im Vertrauen darauf, dass es seinen Weg nach Hause finden würde, und hatte sich zu Fuß durchgeschlagen. Weg, einfach nur weg. Sollte Tewes von ihm denken, was er wollte.

Jonas schloss die Augen und ließ sich von den rhythmisch niederprasselnden Regentropfen wieder in den Schlaf trommeln.

Drittes Kapitel

Rosina saß vor ihrer kleinen Hütte auf der wackligen kleinen Bank, die Jonas gezimmert hatte, und putzte dicke Bohnen. Bald würde Greta kommen, dann gingen sie, wie jede Woche, gemeinsam zum Samstagabendgottesdienst und bereiteten sich damit auf den Sonntag vor. Rosina sah nachdenklich in die Ferne, während sie mit den Fingern die Schoten aufdrückte und die Hülsenfrüchte in die Schüssel fallen ließ. Greta und sie waren sich näher gekommen, seit Jonas sie verlassen hatte, auch wenn ihr Schmerz darüber nicht vergangen war.

Warum ist er einfach gegangen? Warum hat er nichts gesagt, sich noch nicht einmal verabschiedet?

Rosina spürte, wie Tränen in ihr hochstiegen, so plötzlich wie immer. Kasimir sprach nicht mehr von ihrem Sohn, seit Greta ihnen erzählt hatte, was Jonas in die Ferne getrieben hatte. Dabei war es doch nur recht, dass er Augusto Tewes gehorchte. Rosina glaubte zu wissen, dass er ihnen nur den Kummer des Abschieds hatte ersparen wollen. Doch Kasimir hatte seiner Wut Ausdruck verliehen. Er sei nicht mehr sein Sohn, hatte er gesagt. Dann war das Pferd ohne Jonas zurückgekommen, fast eine Woche nach seinem Aufbruch, und seitdem verharrte ihr Mann in eisigem Schweigen. Seine Stimmungen waren nun noch unberechenbarer. Er gab nichts mehr auf die Meinung der Weiber und arbeitete wie besessen für die Familie. Ich werde es allen zeigen, sagte er mehr als einmal am Tag, ich schaffe es allein. Ich brauche niemanden.

Ob es Jonas gut ging? Oder war ihm etwas passiert? War er in einen Abgrund gestürzt? Oder war ihm das Pferd nur davongelaufen und hatte den Weg zurück allein gefunden?

Sie, Rosina, würde die Hoffnung nicht aufgeben.

Eine Bewegung, mehr aus den Augenwinkeln wahrgenommen, hieß Rosina, die Aufmerksamkeit wieder auf ihre Umgebung zu richten. Hetty, eine der älteren Nachbarinnen, die sich ihnen häufig beim Kirchgang anschloss, näherte sich gerade ihrer Hütte. Wie alle hier trug sie eine einfache Bluse und einen Rock, die Füße steckten nackt in dicken Holzpantinen, die man *tamancas* nannte. Die heimische Tracht trugen alle so lange, bis es daran nichts mehr zu stopfen und zu flicken gab. Während Rosina froh war, dass ihre Kleidung, die sie mit in die neue Heimat gebracht hatte, noch nicht verschlissen war, war Kasimir schon längst dazu übergegangen, weite Beinkleider zu tragen, aus Rosinas Leinen genäht, dazu ein rötliches Baumwollhemd und einen großen Schlapphut. Gegen die Kälte schützte er sich, wie die Einheimischen, mit einem einfachen Poncho.

Abwesend strich Rosina über einen Flicken auf ihrem Rock, sie wusste, dass sie ihn bald, sehr bald würde aufgeben müssen.

Hetty hatte sie nun fast erreicht. Ein Gackern der Hühner lenkte Rosina nochmals ab. Inzwischen hatten die Hartungs mehrere Hühner, und sogar für einen Hahn hatte das Geld gereicht. Als Nächstes, so hatte Kasimir stolz verlauten lassen, würde die heiß ersehnte Kuh nebst Kalb dazukommen. Von seinem Weib erwartete er, dass sie ihren Küchengarten erweiterte und pflegte. Dafür begnügte er sich vorerst mit Bohnen, Mais oder Maniok und ab und zu etwas getrocknetem Rindfleisch, trank Matetee und Wasser.

»Rosina«, hörte sie Hetty rufen.

Wie die Mehrzahl der Pächter auf dem Grund von Boa Vista

stammte die Frau aus dem Hunsrück, sprach zwar auch ein wenig Portugiesisch, hielt sich zumeist jedoch an die Sprache der alten Heimat, die, wie Rosina wusste, auch in dem einfachen Schulhaus gelehrt wurde, das die Pächter der Fazenda gebaut hatten. Sonntags wurden die Kinder dort für zwei Stunden vom Pfarrer und manchmal auch von seiner Frau unterrichtet. Manche kamen dafür von weit her. Der Unterricht wurde ohne Bücher abgehalten, lediglich mit Schiefertafeln und Griffeln, die Augusto Tewes ihnen besorgt hatte. Erst vor Kurzem war auch noch ein Gesangs- und Turnverein gegründet worden, von dem Hetty immer wieder begeistert berichtete. Rosina dachte daran, wie gern sie früher gesungen hatte, konnte sich aber nicht dazu überwinden, an den Treffen des Vereins teilzunehmen.

Ich gehöre nicht hierher. Ich werde niemals hierhergehören, und ich will es auch gar nicht.

Rosina stand auf und stellte die Schüssel mit den Bohnen beiseite.

»Grüß dich, Hetty!«

Die alte Frau lächelte sie an, aus jeder ihrer Falten strahlte die Zufriedenheit über ein gelungenes Leben. Sie wohnte im Westen der Siedlung, die mit der Zeit noch größer geworden war. Ihre Kinder hatten das Heft übernommen, Hetty war oft unterwegs. Rosina wusste, dass auch Hetty und ihre Familie mit nichts in Brasilien angekommen waren. Sie hatten keine Tiere ihr Eigen genannt, nicht gewusst, wie sie dem Urwald beikommen, wie sie richtig roden sollten. Hacke, Axt und Buschsichel waren ihnen ebenso unbekannt gewesen wie die richtigen Pflanzzeiten und Pflanzenarten hier in dem Land, wo alles auf dem Kopf stand – wo der Winter ein Sommer und der Frühling ein Herbst war …

Anfangs hatte Hettys Familie den Mais zwischen Steinen gemahlen wie die Wilden oder auch mit der Kaffeemühle, um an ein bisschen Mehl zu kommen. Und weil das Geld für den Backstein und den Backofen gefehlt hatte, hatte mancher seine Brotfladen auf einem großen heißen Stein gebacken. Alle Kraft war für den Ausbau der Unterkunft und die Gewinnung des Ackers durch die Rodung des Waldes gebraucht worden. Die Frauen hatten den Männern in dieser Anfangszeit zur Seite gestanden, viel mehr noch, als sie es zu Hause getan hatten. Sie hatten einander getröstet, wenn Wildschweine die schöne Kartoffelpflanzung über Nacht verwüstet oder die Mäuseplage die herrlichste Maispflanzung verdorben hatte.

Die größte Gefahr für den Mais war eine Trockenheit in der Blütezeit gewesen. Der Ertrag der Bohnenpflanzung war unsicher geblieben, bis die Ernte unter Dach und Fach gewesen war, denn eine Spätreife konnte leicht die ganze Pflanzung vernichten, Regenwetter in der Erntezeit machte die Bohnen wertlos. Und dann hatte es noch die gefürchteten Heuschreckenschwärme gegeben, die binnen wenigen Stunden alles kurz und klein fressen konnten.

»Ist deine Nichte schon da?«, erkundigte sich Hetty.

Rosina schüttelte den Kopf und bot der alten Frau etwas zu trinken an, was diese dankend annahm. Mit großen Zügen leerte sie den Becher, den Rosina ihr nach draußen brachte. Hufschlag kündete derweil weitere Gottesdienstbesucher an, die von weiter weg kamen. Eine junge Frau ritt vorüber, ein Kind auf dem Arm, während sich ein zweites hinter ihr an ihre Beine drückte und an ihrem Kleid festhielt. Darauf folgten zwei junge Mädchen, die nach Männerart ritten, dahinter der Vater auf einer klapperdürren Mähre. Ein jeder saß fest im Sattel, so wie es sich Rosina von sich niemals vorstellen konnte.

Aus ihrem Respekt vor Pferden war mittlerweile Angst geworden.

Sie brachte die Bohnen in die Hütte und wusch sich die Hände. Dann band sie sich eine saubere Schürze um. Endlich kam Greta, um sie abzuholen. Die drei Frauen machten sich gemeinsam auf den Weg zum Gottesdienst.

Kasimir beobachtete den Zug der Gottesdienstbesucher von einem seinem Feld nahe gelegenen kleinen Hügel aus. Wie sie da auf die geräumige Holzhütte zuströmten, die ihnen zugleich als Gotteshaus und Schule diente, um den Worten des Pfaffen zu lauschen, kamen sie ihm wie die Ameisen vor, die hier in Rio Grande do Sul über alles, was ihnen im Weg war, hinwegziehen konnten und sich durch nichts von der eingeschlagenen Richtung ablenken ließen. Er selbst hatte bereits Berichte von Ameisenstraßen gehört, die durch die Hütten zogen, überall hin, wo sie Essbares vermuteten. Nichts, aber gar nichts ließ sich da machen, bis der Zug nach vier bis sechs Stunden endlich vorüber war. Lebensmittel schützte man in diesen Zeiten einigermaßen, indem man die Füße der Vorratsschränke in mit Wasser gefüllte Schüsseln stellte. Wer es sich leisten konnte, brachte Kleider und Wäsche in gut schließenden Blechkästen unter und schützte sie damit auch vor Feuchtigkeit.

Zwischen den Menschen machte Kasimir jetzt Rosina und Greta aus und verzog den Mund. Er konnte sich nicht erinnern, dass die beiden in der alten Heimat so pfaffengläubig gewesen waren. Aber gut, sollten sie nur, er sorgte unterdessen dafür, dass es mit den Hartungs aufwärtsging. Für einen Moment drehte er sich in die andere Richtung, wo am Morgen noch die ungeheuren Rauchwolken einer Brandrodung in den Himmel gestiegen waren. Er erinnerte sich auch daran, Rosina versprochen zu haben, niemals selbst zu diesem Mittel der Landgewinnung zu greifen, aber ihn faszinierte die Art und Weise der Rodung zunehmend. Wenn man sich einem Waldstück, das mittels Brand gerodet wurde, näherte, machte der Rauch einem das Atmen schwer. Glühende Asche flog umher. Man hörte das Knistern des Feuers und sah die mächtigen Flammensäulen gen Himmel züngeln. Immer wieder knallte es gleich Kanonenschüssen, wenn einer der mächtigen Bäume zu Boden ging.

Man hatte Kasimir erklärt, dass ein solcher Brand sich selten ausdehnte, da die Vegetation hierzulande zu frisch sei und dem Feuer zu sehr entgegenarbeitete. Trotzdem spürte Kasimir die Gewalt und die Gefahr, die von den Feuern ausging, und das reizte ihn noch mehr.

Viertes Kapitel

»Aber warum willst du mir nicht beibringen, richtig Portugiesisch zu sprechen, Vitória?«

»Ich kann unsere Sprache nur sprechen, nicht schreiben. Zudem hat der Herr es mir verboten, Senhora.«

»Er hat es verboten?«

Vitória wich Paulines forschendem Blick aus. Sie wirkte mit einem Mal ängstlich, und Pauline beschloss, nicht weiter in sie zu dringen. Warum wollte Augusto nur verhindern, dass sie die Sprache besser beherrschte? Ihr kam der Gedanke, dass sich ihre Kontakte auf das nächste Umfeld deutscher Nachbarn beschränken sollten, aber war das möglich, und was bezweckte Augusto nur damit? Er hatte nie den Eindruck gemacht, sie von irgendetwas fernhalten zu wollen.

Oder doch?

Pauline musste plötzlich wieder an die Puppe im Schaukelstuhl denken. Und da waren noch andere Kleinigkeiten gewesen, die sie kurzzeitig verwirrt hatten. Einmal hatte eine Kette auf ihrem Tisch gelegen, die sie nicht kannte, einmal hatte sie ein ihr unbekanntes Tuch auf einem der Stühle in ihrem Zimmer gefunden. Und dann war da das vollständig eingerichtete Kinderzimmer. Sollte sie Augusto wirklich glauben, dass er es lediglich in weiser Vorausschau eingerichtet hatte?

Ja, vielleicht war es so. Es war gewiss nicht unmöglich. Augusto war ein sehr umsichtiger Mann. Was sollte ihr das Kinderzimmer auch sonst sagen? Ein Kind gab es hier ganz offensichtlich nicht. Bestimmt machte sie sich viel zu viele Gedanken …

Aber sie konnte nicht anders, als wieder und wieder über die seltsamen Vorkommnisse nachzudenken, und natürlich bemerkte auch ihr Vater beim gemeinsamen Frühstück, dass da etwas nicht stimmte.

»Ist etwas, Pauline?«, fragte er sie eines Morgens. »Du bist so nachdenklich in letzter Zeit.«

Pauline stocherte in ihrem Obst herum. »Augusto will nicht, dass ich richtig Portugiesisch lerne«, sagte sie nach kurzem Zögern. »Ich spreche die Sprache ein wenig, aber ich möchte auch die Grammatik erlernen und wissen, wie sich die Worte schreiben. Da ist mir Vitória gar keine Hilfe.«

Valentin lachte. »Gute Güte, warum denn? Sei doch froh, dass du nicht auch diese Sprache studieren musst. Das Sizilianische hat mir gerade gereicht. Die meisten hier sprechen Deutsch. Oder willst du dich etwa mit den Negern austauschen?«

Pauline hob abrupt den Kopf. »Sprich nicht so herablassend von den Menschen hier.«

Valentin lächelte, während er einen Schluck Kaffee nahm. »Wo war ich denn herablassend? Es sind Schwarze, Dienstpersonal, nicht mehr und nicht weniger. Menschen, die von der Hand in den Mund leben und sich nicht viele Gedanken machen. Warum sollten sie auch? Augusto sorgt für sie, das ist schon mehr, als sie brauchen, und damit sind sie zufrieden.«

Er stellte die Tasse wieder ab und aß weiter. Pauline blickte wieder auf ihren Teller. »Wir haben auch einmal von der Hand in den Mund gelebt, Vater. Erinnerst du dich? Das war die Zeit, nachdem wir Koblenz verlassen mussten. So haben wir überlebt. Das heißt nicht, dass wir zufrieden waren.«

Valentin warf sein Messer auf den Teller und sah die Tochter warnend an. »Sprich nicht so laut, ich bin mir sicher, die Wände hier haben Ohren«, zischte er.

Pauline spießte endlich ein Stück Banane auf und begann langsam zu kauen. Sie fragte sich, wie ihr Vater auf diesen Gedanken kam. Fühlte er sich verfolgt? Er schien empfindlicher geworden zu sein, seit ihrer Flucht aus Messina. Trotzdem senkte sie die Stimme, als sie weitersprach.

»Nun, was denkst du denn, was uns jetzt noch passieren kann? Ich bin eine verheiratete Frau. Ich habe meine Pflicht getan, und ich werde Augusto ein Kind schenken.«

Valentin sah man die Aufregung kaum an, aber Pauline wusste, dass das täuschte.

»Ich möchte nur nicht, dass man das Falsche von uns denkt.«

»Das Falsche, Vater? Was wäre denn das Falsche?«

Valentin gab keine Antwort.

Sie hatten sich nichts mehr zu sagen. Als Valentin sich verabschiedete, dachte Pauline erneut über ihr Leben auf Boa Vista nach.

Konnte es doch sein, dass sie nicht zu viel über ihre neue Heimat erfahren sollte – oder war es unsinnig, sich so etwas einzubilden?

Fünftes Kapitel

Jonas weckte das Geräusch eines urinierenden Maultiers, nur einen Atemzug später stieg ihm der Gestank in die Nase. Gähnend richtete er sich auf, vermisste für einen kurzen Moment das Schaukeln des Schiffes, das ihm über Tage hinweg Heimat gewesen war. Von der Maniokplantage aus hatte er sich irgendwann wieder in Richtung Rio de Janeiro durchgeschlagen, wo er für einige Zeit im Hafen gearbeitet hatte wie schon damals nach ihrer Ankunft in Brasilien. Dort hatte er erstmals Gerüchte von Goldfunden in Kalifornien gehört und sich schließlich entschlossen, ein Schiff zu finden, das ihn nach Nicaragua bringen konnte. Von dort, so hatten ihm andere berichtet, bestand die Möglichkeit, über Land zum Pazifik und von dort wieder per Schiff nach Nordamerika zu gelangen. Und dann hätte man das ersehnte Goldland auch schon bald erreicht. Damit ersparte man sich die lange, gefährliche Schiffsreise um die Südspitze Südamerikas.

Es waren wieder einige Tage und harte Arbeit vonnöten gewesen, bis es Jonas gelungen war, ein Schiff zu finden, auf dem er sich die Passage nach Greytown in Nicaragua erarbeiten konnte, denn von dort aus führte die schnellste und billigste Route entlang der Moskitoküste und dann über den Río San Juan bis zum Nicaraguasee. Hier konnte man sich einer der Maultierkolonnen anschließen und binnen einer Tagesreise San Juan del Sur am Pazifik erreichen.

Zwei Tage war es her, dass Jonas an der nicaraguanischen

Ostküste von Bord gegangen war, und während ihm die harte Arbeit der vergangenen Wochen kaum Zeit zum Nachdenken gelassen hatte, lag er nun da, starrte gegen die Decke des Stalls, in dem er nächtigte, und verlor sich in Gedanken. Heute würde die Reise endlich weitergehen, aber was würde er tun, wenn er in Kalifornien wirklich Gold fand? Würde er nach Brasilien zurückkehren, um dort eine Achat- oder Edelsteinmine zu erwerben, wie er sich das ausgemalt hatte? Würde sein alter Traum, in einer Edelsteinschleiferei zu arbeiten, wahr werden?

Gewiss war es kindisch, sich darüber Gedanken zu machen. Warum sollte er überhaupt zurückkehren? Pauline war verheiratet, und die Eltern würden schon ohne ihn zurechtkommen. Wenn ihn auch dann und wann das schlechte Gewissen plagte.

Vielleicht kann ich den Eltern Geld schicken?

Nun, bisher waren das alles ohnehin Traumgespinste. Genügend scheiterten auf der Suche nach Gold, verloren ihr Leben, ihren Verstand, wurden vermisst, ohne jemals wieder gefunden zu werden.

Und wer sollte überhaupt nach mir suchen? Greta vielleicht …

Würde sie nach ihm suchen?

Mit einem Ruck stand Jonas auf. Es war Zeit. Er überprüfte noch einmal den Umhang, in den er seine wenigen verbliebenen Münzen eingenäht hatte. Dann machte er sich auf den Weg zum Fluss.

Gemeinsam mit vier weiteren Männern, dem Besitzer des *barco*, eines Kahns, der mal mithilfe von Rudern, mal mit

Segeln fortbewegt wurde, und dessen Mannschaft, ging es von Greytown weiter. Nach ein paar Tagen erreichten sie die Stelle, an der der Río Serapiquí in den Río San Juan mündete, und mit ihr eine höchst malerische Landzunge. Dicht am Ufer wucherte wildes Zuckerrohr, durchsetzt von Schilfpflanzen. Jonas erkannte Kokospalmen neben Pinien und Ceibas, ein Malvengewächs, doch die meisten Bäume kannte er nicht. Überall blühte es, die Blätter der Pflanzen wiesen die vielfältigsten Formen auf, waren mal zart und dünn, mal kräftig, mal glänzend, mal seidig glatt oder von weißen Härchen überzogen. Die Luft war ungeheuer stickig. Neben einem mächtigen Baum, von dessen Ästen Lianen dick wie Schiffstaue herabhingen, war eine Hütte aus dünnem Rohr auszumachen, deren Dach spärlich mit Palmwedeln gedeckt war.

»Der Ort heißt Hipp's Point wie die Herberge, die der Deutsche Wilhelm Christian Hipp einst hier betrieben und schließlich kriegerischer Auseinandersetzungen wegen aufgegeben hat«, wusste der Kapitän zu berichten. »Das war vor einigen Jahren, so genau kann ich mich nicht erinnern.« Er lachte. »Damals trieben sich hier viele Abenteurer herum. Mancher ergab sich dem Alkohol, andere raffte das Fieber dahin.«

Seine Mannschaft machte sich daran, das Boot sicher für die Nacht zu vertäuen. Zum Abendessen gab es Reis und Bohnen. Früh am nächsten Morgen ging es weiter.

Nach gut zwei weiteren Wochen hatten sie schließlich den Nicaraguasee erreicht, einen riesigen Binnensee, in dem es sogar Haie geben sollte. Von der Westküste des Sees war es nicht mehr weit bis San Juan del Sur. Bis dorthin reiste er mit den vier Männern, dann trennten sich ihre Wege.

Jonas musste zugeben, dass ihm das ganz recht war. Mit keinem der Männer hatte er sich während der Reise recht anfreunden können, einer war ihm direkt unheimlich gewesen. Immer wieder hatte er den Eindruck gehabt, der Mann, ebenfalls ein Deutscher, der aber schon einige Jahre in Nicaragua wohnte, belauerte ihn. Deshalb hatte Jonas auch keinen Hinweis auf sein Erspartes gegeben und sich auf der Fahrt mit dem wenigen zufriedengegeben, das er durch seiner Hände Arbeit bekommen konnte.

Nachdem er einen Schlafplatz für die folgende Nacht gefunden hatte, löste er vorsichtig die Naht an seinem Umhang und kramte ein paar Münzen hervor, mit denen er sich erstmals wieder ein schmackhaftes Mahl gönnen wollte. Er hatte eine vielversprechende Garküche ausgemacht, die er jetzt zielstrebig ansteuerte. Mit der Aussicht auf ein gutes Abendessen knurrte sein Magen laut und vernehmlich. Obwohl es auch dieses Mal wieder Reis und Bohnen gab, dazu jedoch ein kleines Stück Huhn, fühlte Jonas sich gesättigt und zufrieden. Der Besitzer der Garküche fragte ihn nach seinen Plänen und teilte noch einen Becher Rum mit seinem Gast. Jonas radebrechte auf Deutsch und Portugiesisch, sogar ein wenig Spanisch, das er sich mithilfe eines Wörterbuchs auf der Reise selbst beigebracht hatte. Als er sich endlich auf den Weg zu seiner Herberge machte, dämmerte es bereits.

Jonas beeilte sich. Er wusste, dass es nicht klug war, spät abends durch fremde Straßen zu gehen. Schon einmal hatte er eine böse Erfahrung damit gemacht. Er hatte sein Ziel fast erreicht, als ihn ein Geräusch in seinem Rücken misstrauisch stehen bleiben ließ. Jonas drehte sich um, doch es war bereits zu spät. Ein mörderischer Schlag traf seinen Kopf. Er stürzte, dann verlor er das Bewusstsein.

Jonas hörte sich selbst stöhnen. Er versuchte, sich zu bewegen, aber es wollte ihm nicht gelingen. Sein ganzer Körper schmerzte. Vielleicht konnte er wenigstens die Augen öffnen? Es gelang ihm. Zuerst sah er alles verschwommen. Sein linkes Auge war fast ganz zugeschwollen, mit dem rechten, so stellte er wenig später fest, konnte er allerdings ausreichend sehen. Stumm musterte Jonas den blonden Mann, der da eine Armlänge von ihm entfernt vor ihm hockte und ihn betrachtete.

»Wer bist du?«, stieß er hervor.

Auch seine Lippen waren geschwollen. Aber der andere verstand ihn ja sowieso nicht. Es machte kaum Sinn, hier Deutsch zu sprechen. Doch zu seiner Verblüffung antwortete der Mann.

»Andreas Vallendar.«

»Wo bin ich?«, schob Jonas seine nächste Frage hinterher.

»In San Juan del Sur.«

Ach, ja, San Juan del Sur ... Bis hierher hatte er es ja geschafft ...

Ich bin ausgeraubt worden.

Die Erinnerung war zurück und beinahe so schmerzhaft wie die Verletzungen. Es war der Mann gewesen, dem er schon auf dem Boot misstraut hatte, er hatte ihn überfallen. Jetzt war er sicherlich schon längst über alle Berge. Sein Umhang war weg. Mitsamt dem Geld, das er sich so mühsam erarbeitet hatte.

Ich bin gestrandet in einem Land, dessen Sprache ich nicht spreche. Ohne Geld. Ich bin am Ende.

»Wie ist dein Name?«, erkundigte sich der andere jetzt.

Wie hieß er noch gleich? Andreas, hatte er gesagt, Andreas Vallendar.

Jonas kämpfte sich hoch. »Jonas Hartung. Bin auf dem Weg nach Kalifornien.«

Andreas lächelte. »Dachte ich mir. Das sind viele, die hier durchkommen, weißt du.«

Jonas nahm sich kurz Zeit, Andreas eingehender zu betrachten. Der Mann war schlank, recht groß, hatte dunkelblonde Locken, braune Augen und ein eher schmales Gesicht, obgleich man einen Ausdruck von Entschlossenheit darin nicht verhehlen konnte.

»Und du?«, fragte er dann.

»Ich habe eine Weile hier gelebt und bin jetzt auf dem Weg nach Matagalpa.«

»Matagalpa ...«

Jonas bewegte Arme und Schultern. Es schmerzte, aber er wollte sobald wie möglich wieder auf die Beine kommen. Von Matagalpa hatte er noch nicht gehört, aber er wusste auch nicht viel von Nicaragua, außer dass man von dort ins ersehnte Kalifornien gelangen konnte.

Nun, vorerst hatte sich dieser Traum zerschlagen.

Er betastete seinen Kiefer, dann sah er den anderen fragend an.

»Und was gibt es dort?«

»In Matagalpa?« Der junge Mann, wahrscheinlich war er ungefähr in seinem Alter, lächelte. »Gold soll es da geben, mehr, als sich die meisten Menschen erträumen. Manche sagen, die Azteken hätten ihr Gold in Nicaragua gefunden.« Andreas grinste. »Wer macht sich denn heute noch auf den Weg nach Kalifornien?«

Jonas musste zugeben, dass ihn Andreas' Offenheit verwunderte. Nur wenige Tage, nachdem der junge Mann ihn von der Straße aufgelesen und mit zu sich in sein einfaches Zimmer genommen hatte, wusste er, dass er tatsächlich nach Gold suchte. Vielleicht hatte er ja recht mit seiner Unbekümmertheit, denn nicht viele taten es ihm gleich, und ganz sicher hatte er recht damit, die Sache nicht allein angehen zu wollen. Schon am Abend ihres Kennenlernens hatte er Jonas angeboten, ihn zu begleiten.

»Wir teilen brüderlich.«

Und ist es nicht ganz gleich, wo ich Gold suche und finde?, war Jonas durch den Kopf gefahren. Also hatte er sich dem jungen Vallendar angeschlossen. Sie waren nach Norden bis nach Granada, der nördlichsten Stadt des Nicaraguasees, gereist, wo Andreas Maultiere geliehen hatte, mit denen sie den Rest der Strecke bis Matagalpa zurückgelegt hatten.

Geld, so hatte Jonas den Eindruck gehabt, war nicht wirklich ein Problem für seinen neuen Mitreisenden.

Und jetzt bin ich schon gut einen Monat hier und wühle nach Gold…

Jonas begutachtete die Stelle, die Andreas und er für die nächste Grabung ausersehen hatten. Andreas hatte Bücher gelesen und sich bei erfahrenen Goldgräbern kundig gemacht, Jonas versuchte sein Wissen über die Suche nach Mineralien anzuwenden; sein Onkel Kurt hatte ihm viel darüber erzählt. Hin und wieder fanden sie sogar etwas Gold, aber nie genügend, um von einem wirklichen Fundort sprechen zu können.

Andreas machte Jonas neugierig, und er versuchte, mehr über den jungen Mann herauszufinden, doch, was Familie oder Herkunft anging, war er schweigsam. Obwohl er sich für keine Arbeit zu gut war und hart mit anpackte, hatte Jonas den Eindruck, dass Andreas aus gutem Haus stammte. Ob auch er ein Geheimnis mit sich trug, das er nicht preisgeben wollte?

Sie hatten in einer verlassenen Hütte, die sie notdürftig repariert hatten, Unterschlupf gefunden. Andreas stand wie immer früh auf, und Jonas schloss sich ihm an. Nach einem einfachen Frühstück machten sie sich auf den Weg zu den Goldstätten, wobei sie wie jeden Tag peinlich darauf achteten, dass ihnen niemand folgte.

»Wie bist du überhaupt auf die Idee gekommen, ausgerechnet hier nach Gold zu suchen?«, fragte Jonas, als sie nach zwei Stunden Arbeit die erste Rast machten.

Andreas richtete sich auf und fuhr sich mit dem Arm über das verschwitzte Gesicht. Sogar sein blondes Haar war dunkel vom Schweiß.

»Ein Zeitungsbericht ... Dort stand, Gold gebe es in Nicaragua in enormen Mengen. Daraufhin habe ich mich einfach auf den Weg gemacht.« Er zwinkerte Jonas zu. »Weißt du, das Abenteuer liegt mir einfach im Blut.«

Jonas stützte sich auf seine Hacke. »Viele scheinen den Artikel jedenfalls nicht gelesen zu haben.«

»Nun, das kann nur unser Vorteil sein.« Andreas grinste. »Wie gesagt, es gibt Theorien, dass die alten Azteken ihr Gold in Nicaragua fanden.«

»Wirklich?« Jonas starrte das Loch an, das er gegraben hatte, dann packte er seine Hacke. »Dann lass uns weitermachen.«

Der Erfolg blieb aus. Andreas kaufte weiterhin Nahrung und alles Nötige für sie, doch irgendwann war auch sein Vorrat erschöpft. Eines Morgens blieb er im Bett liegen. Als Jonas etwas später erwachte und an seine Seite trat, fieberte Andreas. Er schien kaum etwas von dem mitzubekommen, was um ihn her geschah. Heute würden sie nicht nach Gold suchen können.

Jonas entschied, Andreas nicht von der Seite zu weichen. Er wischte dem Fiebernden die Schweißperlen von der Stirn und versuchte, ihm etwas zu trinken einzuflößen. Andreas schlief die meiste Zeit, wenn er nicht vor Kälte zitterte, sich wild hin und her warf und wirre Laute ausstieß. Eines Abends war sich Jonas sicher, dass er Andreas in dieser Nacht verlieren würde. Am nächsten Tag war das Fieber weg.

»Du bist noch da«, stellte Andreas fest, als er Jonas erstmals wieder aus klaren Augen anblickte.

»Wo hätte ich denn hingehen sollen?« Jonas bot dem anderen eine Tasse Tee an.

In den nächsten Tagen erholte Andreas sich, schon bald konnte er wieder aufstehen. Eines Abends setzte er sich neben Jonas auf die Bank vor ihrer Hütte.

»Mein Vater hält mich für eine Missgeburt«, sagte er unvermittelt.

Jonas schaute auf das Messer, das er im Begriff war, mit einem Schleifstein zu schärfen.

»Warum?«

»Weil ich nicht heiraten wollte. Ich habe meine Verlobte sitzen gelassen.« Andreas starrte in die Ferne. »Meine Eltern hatten sie für mich ausgesucht, weißt du …«

Jonas prüfte die Schärfe der Messerklinge mit dem Daumen und fuhr dann fort, die Klinge weiter zu bearbeiten.

»Nicht jeder Mann will heiraten, das ist doch nichts Ungewöhnliches. Du wirst deine Gründe haben.«

»Ich mag keine Frauen.«

»Was?« Jonas hielt inne und schaute den anderen verblüfft an.

»N… nein«, stammelte Andreas und wirkte zum ersten Mal verunsichert. »So meine ich das nicht. Ich mag Frauen, aber nicht so …«

Jonas sah, dass Andreas errötete.

»Bist du … bist du …«, begann er, »… ein Sodomit?«

»So, wie du es sagst, klingt es nicht sehr schön. Ich meine, dass ich Männer liebe.«

Andreas streckte den Arm nach Jonas aus, der wich unwillkürlich zurück und sprang auf.

»Entschuldige«, rief er dem anderen noch zu, bevor er sich auf dem Absatz umdrehte und davonlief. »Ich muss nachdenken.«

Es war früher Morgen, und die Sonne ging gerade auf, als Jonas zurückkehrte. Er hatte eine äußerst unbequeme Nacht in einer alten Hängematte in einem leeren Schuppen verbracht. Andreas öffnete die Tür, als er noch unschlüssig davorstand.

»Ich bin wieder da«, sagte Jonas.

Andreas schwieg.

»Zwischen uns wird nie etwas sein«, fuhr er fort.

Andreas nickte ernst. »Machen wir also weiter wie bisher«, sagte er dann.

Jonas konnte nicht erkennen, ob ihn seine Worte schmerzten oder nicht.

»Jonas? Jonas!«

Jonas erwachte vom Flüstern seines Namens direkt neben seinem rechten Ohr. Verschlafen öffnete er die Augen.

»Andreas, was ist denn los? Die Sonne ist kaum aufgegangen.« Jonas schwang die Beine aus der Matte und setzte sich. »Was ist?«, fragte er noch einmal. Dieses Mal flüsterte auch er.

Andreas gestikulierte aufgeregt. »Ich habe etwas gefunden. Ich habe endlich etwas gefunden.«

Warum sprach er nur so leise? Als könnte jemand ihn in dieser Einsamkeit hören.

Noch bevor Jonas richtig zur Besinnung gekommen war, war der Freund schon durch die Tür. Nur einen Atemzug später folgte er ihm durch den Urwald. Es war nicht leicht, mit der Geschwindigkeit des anderen Schritt zu halten. Immer wieder schlugen Jonas Zweige und Schlingpflanzen schmerzhaft ins Gesicht. Dornen hinterließen Kratzer auf seinen Wangen und Händen.

Einige Tage zuvor hatte Andreas eine seiner Meinung nach besonders vielversprechende Grabungsstelle gefunden, und auf seinen Wunsch hin waren sie tatsächlich länger dort geblieben, hatten das Gebiet gründlich abgesucht, waren aber noch nicht fündig geworden.

Jonas brauchte nur kurze Zeit, um festzustellen, dass Andreas recht hatte. Man konnte es nun auch an der Struktur des Gesteins erkennen. Sie arbeiteten bis spät in den Abend hinein, fanden im Dunkeln kaum den Weg nach Hause. Trotzdem war der erhoffte große Erfolg ausgeblieben.

Am nächsten Tag brachen sie erneut so früh wie möglich auf und gruben bis zum Nachmittag. Wieder nichts.

Abends holte Andreas eine Flasche Rum aus dem Gepäck, die er für eine solche Gelegenheit aufbewahrt hatte. Sie kochten wie fast immer eine Mahlzeit aus Reis und Bohnen, aßen schweigend. Im Schein des Mondes, der durch das kleine Fenster fiel, lagen sie später in ihren Hängematten und starrten nach oben, wo durch das löchrige Dach hier und da ein paar Sterne zu sehen waren.

Jonas setzte die Flasche an, die ihm Andreas reichte, und nahm einen tiefen Schluck. Angenehm warm floss der Alkohol durch seine Kehle. Es war guter Rum, das konnte man schmecken.

»Was tun wir jetzt?«, fragte er leise in die samtweiche Nacht zu Andreas hinüber und gab ihm die Flasche zurück.

Eine Weile war nichts zu hören, dann räusperte Andreas sich. »Wenn wir etwas finden, möchte ich gern in Kaffee investieren.«

»Kaffee? Solche Pläne hast du schon? Du bist also überzeugt, wir finden etwas?«

»Ja, natürlich. Ich denke seit geraumer Zeit daran, eine Kaffeeplantage aufzubauen. Das wollte ich schon immer.«

Jonas schwieg einen Moment. Er bewegte sich leicht, merkte, wie die Hängematte in Schwingungen geriet. Das Knarren der Balken zeigte ihm, dass Andreas auch schaukelte. Vielleicht war das mit dem Kaffee nicht die schlechteste Idee. Vielleicht würde er sich auf diese Weise leichter das Geld verdienen können, das es ihm ermöglichte, seinen Träumen näher zu kommen.

Und irgendwann kehre ich nach Rio Grande do Sul zurück, fuhr es ihm im nächsten Moment durch den Kopf. Dann schloss er die Augen.

Er musste den Eltern endlich schreiben, wollte nicht, dass sie sich um sein Leben sorgten. Doch würde sie ein Brief aus Matagalpa überhaupt erreichen? Vielleicht musste er es einfach versuchen. Ja, er würde zurückkehren, und vielleicht als reicher Mann.

Die Nacht war kaum in den Tag übergegangen, als sie es noch einmal versuchten. Nur heute noch, hatte Andreas gesagt, lass es uns nur einen Tag noch versuchen. Schweigend waren sie nebeneinander hergegangen. Jetzt gruben sie schon eine Weile. Die Sonne stand hoch am Himmel, brannte unerbittlich auf sie herunter.

Ein Schrei riss Jonas aus den Gedanken.

»Jonas, sieh her! Jonas, wir haben es geschafft! Ich wusste es!«

Andreas krabbelte aus dem immensen Loch, das er gegraben hatte, und warf seine Schaufel auf den Aushub daneben. Er rannte auf den Freund zu und hielt ihm seine Hand hin. Ein paar goldgelbe Krümel lagen darin. Es war so weit, sie waren auf Gold gestoßen. Auf gutes Gold.

Für einen Moment fühlte Jonas sich wie gelähmt. Konnte das wirklich sein? Hatten sie endlich das gefunden, wonach sie so lange gesucht hatten? Für das sie solche Entbehrungen in Kauf genommen hatten? Hatte all die Mühe sich gelohnt?

Eine Stimme drang wie aus weiter Ferne in seine Gedanken, Andreas' Stimme. »Komm schon! Was stehst du da noch herum und rührst dich nicht?«

Der Freund sprang mit einem Satz zurück in die Grube und machte sich eben daran weiterzugraben. Jonas riss sich aus der Erstarrung, packte den Spaten und sprang an Andreas' Seite. Sie würden erst in ihre Hütte zurückgehen, wenn sie die Taschen voller Gold hatten.

Schweigend und stöhnend ackerten sie über die nächsten Stunden, siebten und reinigten die Erde immer wieder in einem nahe gelegenen kleinen Bachlauf. Bald waren sowohl Andreas' als auch Jonas' Gesicht verschmutzt und feucht vom Schweiß, aber keiner von beiden wurde müde. Sie merkten die

Schmerzen in Schultern und Nacken nicht. Sie achteten nicht auf die Schwielen an ihren Händen. Manchmal sahen sie sich unvermittelt an und lachten auf, dann ging es sofort weiter. Sie fanden erste kleine Klümpchen, dann auch erste größere, immer mehr, und jetzt wussten sie ganz sicher, dass dies der richtige Ort war.

Sechstes Kapitel

Ein ungeheurer Schmerz riss Pauline jäh aus dem Schlaf. Im ersten Moment fragte sie sich, ob sie ins Bett gemacht hatte, dann erkannte sie, dass die Geburt eingesetzt hatte. Vitória schlief schon seit Tagen auf einem Teppich am Fußende ihres Bettes, also genügte es, leise zu rufen. Kaum einen Atemzug später stand die junge Frau schon neben ihr.

»Das Kind ...«, flüsterte Pauline, »ich glaube, es kommt.«

Sie spürte, wie Vitória ihr über den Kopf streichelte. »Ich hole Hilfe, Senhora.«

Nur etwas später, Pauline kam es trotzdem wie eine Ewigkeit vor, war die Hebamme da. Augusto bezahlte sie schon seit Tagen dafür, auf Boa Vista die Niederkunft seines Sohnes zu erwarten. Die Frau war schon älter, von dunkler Hautfarbe und stämmig gebaut. Als Pauline sie zum ersten Mal gesehen hatte, war sie erschrocken gewesen, doch als die Frau sie nun anlächelte, atmete sie erleichtert auf. Verwirrt war sie erst im nächsten Moment, als die Hebamme ihr unter der Decke das Nachthemd nach oben schob und sie zwischen den Beinen abtastete. Dann sagte sie etwas auf Portugiesisch zu Vitória, so schnell, dass Pauline es nicht verstand.

»Was ist?«, stieß Pauline hervor. »Was hat sie gesagt?« Wieder schoss der Schmerz durch ihren Körper.

Vitória kam auf die andere Seite des Bettes und strich ihrer Herrin sanft über den Kopf. »Es ist alles gut. Isaura sagt, das Baby wird schnell kommen. Die Senhora hat Glück.«

Pauline wollte etwas erwidern, musste sich aber im nächsten Moment in einer neuen Welle des Schmerzes zusammenkrümmen.

Ist das wirklich Glück?

Die folgenden Stunden waren eine einzige Qual. Pauline wusste vor Schmerzen weder, wie sie liegen, noch, wie sie atmen sollte. Nach und nach kamen Frauen ins Zimmer, die Anweisungen von der Hebamme Isaura bekamen. Pauline dämmerte kurz weg. Jemand betupfte ihr Gesicht mit einem zitronig duftenden Öl. Sie öffnete die Augen und sah Vitória am Bett stehen.

»Geh nicht weg«, flehte sie.

»Ich gehe nicht«, erwiderte Vitória.

Die Schmerzen nahmen noch weiter zu, wenn das überhaupt möglich war. Pauline stöhnte, biss sich die Lippen blutig und drückte die Hand der jungen Mulattin so fest, dass diese zusammenfuhr. Als sie schon meinte, den Schmerz nicht mehr aushalten zu können, hörte er ganz plötzlich auf. Im nächsten Moment war das kräftige Schreien eines Neugeborenen zu hören. Pauline schloss die Augen, dann öffnete sie sie wieder. Erwartungsvoll streckte sie die Arme aus. Alle Anstrengung, aller Schmerz war vergessen, etwas, das sie wenige Augenblicke zuvor noch kaum für möglich gehalten hatte.

»Bitte«, sagte sie, »ich will mein Kind sehen.«

Vitória, die die Nabelschnur durchschneiden durfte, zeigte ihr den in eine weiche Decke gehüllten Winzling. Nur sein zerknautschtes Gesichtchen schaute daraus hervor. Er schrie empört.

Pauline lächelte überglücklich.

Augusto war auf einem der Felder und sprach mit dem Vorarbeiter, als ihm die Nachricht überbracht wurde. So schnell er konnte, ritt er zurück, um seinen Sohn im Leben zu begrüßen. Pauline hielt das Neugeborene in ihren Armen, als ihr Mann nach kurzem Klopfen in ihr Zimmer stürzte.

»Wo ist er? Wo ist mein Prachtjunge?«

»Augusto, ich …«

Augusto ließ sich nicht aufhalten, hatte Pauline im nächsten Moment das Kind aus den Armen gerissen. Er musterte es zufrieden.

»Er sieht zart aus«, sagte er und lachte sichtlich stolz, »aber das wird sich geben. Wir hatten immer starke Männer in der Familie. Schau mich an. Vielleicht war ich auch einmal so zart.«

Pauline räusperte sich. »Sie … sie sieht zart aus …«

»Was?« Augusto hatte nur Augen für sein Kind.

Pauline holte noch einmal tief Luft. »Sie sieht zart aus.«

Für einen Moment herrschte Stille. Dann drehte Augusto seinen Kopf sehr langsam und sah Pauline an. »Sie? Du meinst, es ist ein Mädchen?« Seine Stimme klang fassungslos, als könnte er sich so etwas gar nicht vorstellen.

Pauline versuchte, sich etwas in den Kissen hochzuschieben, war aber zu schwach. Die Geburt, wenn sie auch nicht allzu lange gedauert hatte, war anstrengend gewesen. Sie hustete. Vitória war sofort an ihrer Seite, wollte der jungen Mutter etwas zu trinken geben. Doch Pauline schüttelte den Kopf. Sie schaute ihren Mann an.

»Ja. Es ist ein Mädchen. Ich habe sie Hannah genannt, nach meiner Mutter.«

»Hannah …« Fast merklich schien sich die Temperatur im Raum abzukühlen. Augusto legte Vitória das Kind in die Arme, trat dann einen Schritt zurück. »Auf Wiedersehen, meine Liebe, erhol dich«, sagte er ruhig und war im nächsten Augenblick zur Tür hinaus verschwunden.

Es dauerte lange, bis die Hebamme und Vitória, die Pauline gewaschen und ihr geholfen hatten, das Kind anzulegen, sie endlich allein ließen. Sie taten es nur unter der Bedingung, regelmäßig nach der jungen Mutter schauen zu dürfen. Pauline war froh, zumindest für eine Zeit allein sein zu können. Augustos Reaktion hatte sie geschmerzt, obgleich sie geahnt hatte, dass ihm ein Mädchen weniger willkommen sein würde.

Er hat dieses Zauberwesen kaum richtig angesehen, kaum seinen Duft eingeatmet und diese alles umfassende Liebe gespürt. Wie kann er da nur so ablehnend sein?

Pauline betrachtete das Kind in ihren Armen, seine winzige Nase, die geschlossenen Augen und den leicht geöffneten Mund, der von einem ganz zarten Rosa war. Im Schlaf waren die Hände der Kleinen zu Fäustchen geballt, aber sie wirkte entspannt. Pauline küsste Hannah.

»Du bist mir willkommen. Ich werde dich immer beschützen, immer bei dir sein. Du sollst nie leiden«, wisperte sie.

Auf einmal merkte sie, wie erschöpft sie war. Pauline legte das kleine Mädchen in das Korbgestell, das Vitória und die Hebamme an einem Seil befestigt hatten, das von der Decke hing. Wenn man es leicht anstieß, konnte man das Bettchen in sanfte Schwingungen versetzen, was beruhigend auf den Säugling wirken sollte. Pauline hatte so etwas vorher noch nie gesehen, doch es leuchtete ihr ein.

Die Anstrengungen des Tages ließen sie nur wenig später in einen tiefen Schlaf sinken. Einmal bemerkte sie Vitória neben ihrem Bett, die ihr etwas zu trinken gab und die Decken aufschüttelte. Danach schlief sie schnell wieder ein. Erst Stunden später wachte Pauline auf. Der Morgen graute schon, jedenfalls war direkt vor Paulines Verandatür ein schwaches Licht zu sehen. Als sie noch darüber nachdachte, ob sie wohl von allein aufgewacht war oder ob sie etwas geweckt hatte, hörte sie plötzlich ein Geräusch. Zuerst konnte Pauline es nicht einordnen, dann wurde ihr klar, dass es Gesang war, den sie da vernahm, eine unheimliche, klagende Weise.

Mühsam stemmte sie sich im Bett hoch und stand auf. Sie war noch ein wenig wacklig auf den Beinen, kämpfte sich aber entschlossen zur Verandatür vor. Dort blieb sie stehen und spähte hinaus. Gleich unterhalb der Veranda stand eine Gestalt, die von Kopf bis Fuß in ein großes Tuch gehüllt war und sich im Rhythmus eines gespenstischen Liedes wiegte. Pauline erkannte, dass es ein Klagelied war.

Im selben Moment schwanden ihr die Sinne.

Siebtes Kapitel

»Ich denke, ich habe eine Spur.«

Santino Fabris drehte sich zu seinem Neffen um. »Wirklich?« Der Ältere runzelte die Stirn. »Nach so vielen Monaten?«

Gregorio verzog unmerklich den Mund. »Ich habe die ganze Zeit nichts getan, als zu suchen. Aber der Rest der Welt ist größer als Messina. Das weißt du, lieber Onkel.«

Fabris musterte ihn, dann nickte er nur. Gregorio zwang sich, seinem Blick nicht auszuweichen. Er hatte keine Angst mehr.

»Ich werde deine Hilfe benötigen, Onkel«, fuhr er fort.

»Hm«, brummte Fabris.

»Ich vermute, dass Signor Hartung und seine Tochter in Brasilien sind. Von Marseille aus konnte ich ihre Spur weiterverfolgen. Sie müssen über Madeira nach Rio de Janeiro übergesetzt haben.«

»Brasilien? So, so ...« Santino Fabris erhob sich sehr plötzlich. »Brasilien«, wiederholte er noch einmal, »Brasilien also ...«

Dann schlenderte er zu dem Fenster hinüber, von dem aus man einen wunderbaren Blick auf die Meerenge von Messina hatte. Auch Gregorio hatte diesen Blick immer geliebt.

»Brasilien, Brasilien ...«, murmelte Fabris, »dann wirst du sie wohl dort suchen müssen. Und du wirst auch noch etwas anderes für mich tun: Du wirst dort für mich arbeiten. Ab heute reichen die Geschäftsbeziehungen von Santino Fabris aus Messina bis in die Neue Welt. Mach deine Sache gut, Neffe.«

Achtes Kapitel

Da Pauline keine Gäste erwartete, hatte sie sich ein bequemes Hauskleid angezogen und sich mit einer Limonade und Gebäck auf die Veranda vor ihrem Zimmer zurückgezogen. Die kleine Hannah lag neben ihr in einem Körbchen und schlief friedlich, beaufsichtigt von ihrer schwarzen Kinderfrau. Für einen Moment strich sich Pauline abwesend über den Bauch. Die Hebamme hatte ihr gesagt, dass sie bald schon wieder schwanger werden könnte, das sei nach dem ersten Kind oft so. Seit Hannahs Geburt vor drei Monaten hatte sich jedoch keine weitere Schwangerschaft eingestellt, wenn Augusto auch regelmäßig seine Rechte einforderte. Und sie war froh darum. Die erste Zeit mit dem Kind hatte an ihren Kräften gezehrt.

Nachdem er sich an den Gedanken gewöhnt hatte, dass sie ihm statt eines Sohnes eine Tochter geschenkt hatte, behandelte Augusto das kleine Mädchen wie eine Prinzessin. Aber Pauline wusste, dass er es kaum erwarten konnte, seinen Stammhalter in die Arme zu nehmen.

Augusto hielt sie immer noch von vielem fern, dennoch hatte Pauline in der letzten Zeit einiges gelernt über das Leben in Brasilien, auch über die täglichen Abläufe auf Boa Vista, die Einflüsse des Wetters auf die Ernte und vieles mehr. Sehr rasch hatte sie bemerkt, dass sich die Männer eine gewisse Freiheit erlaubten, die sich gern über jede Etikette hinwegsetzte – ein Umstand, der insbesondere ihrem Vater zusagte.

Von den Frauen erwartete man dagegen Zurückhaltung. Bei förmlichen Einladungen, zu denen Pauline ihren Mann begleitete, hielten sich diese meist in den Nebenzimmern auf und blickten nur ab und an verstohlen durch die Tür, ein Verhalten, das Pauline anfänglich irritiert hatte. Niemals traten die weiblichen Mitglieder einer Familie einem Fremden als Erstes entgegen, so etwas, das hatte ihr Augusto erklärt, gelte als Zeichen von Impertinenz und mangelhaftem Anstand. Kamen also Fremde nach Boa Vista, und Augusto war nicht anwesend, um sich zu kümmern, so empfing Hector Martinez sie – Augustos dienstbarer Schatten.

Valentin hatte Boa Vista immer noch nicht verlassen. Es war ihm sogar gelungen, sich für Augusto Tewes nützlich zu machen, und er genoss das neue Leben in vollen Zügen. Er schwärmte von der natürlichen Schüchternheit des weiblichen Geschlechts und davon, dass man keinem Mann mit einer schönen Frau trauen dürfe. Dabei hatte Pauline sich Zuspruch erhofft, was ihre Selbstständigkeit als Gastgeberin anbetraf.

An diesem Abend gab es Besuch aus der Heimat, ein preußischer Exhusarenrittmeister namens von Leithold, den Pauline an der Seite ihres Mannes begrüßen durfte, beschwerte sich vor allem bitter über die lästigen Moskitos. Pauline, die sich zuerst sehr über die Abwechslung gefreut hatte, langweilte sich bald während seiner Anwesenheit. Doch die Männer legten auf ihre Gesellschaft ohnehin keinen Wert. Sie zogen sich gleich nach dem Essen ins Raucherzimmer zurück, und Pauline ging früh zu Bett.

Neuntes Kapitel

Rosina zitterten die Knie, als sie den Brief, den sie in den Händen hielt, nochmals las. Jonas … Jonas hatte geschrieben, ihr Sohn, von dem sie seit über einem Jahr nichts mehr gehört hatte. Und dieser Brief, er war monatelang unterwegs gewesen.

Ja, sie wusste genau, wie lange er schon fort war. Sie hatte erst die Stunden gezählt, dann die Tage, dann die Wochen, dann die Monate. Als ein Jahr vergangen war, hatte sie nicht mehr daran geglaubt, dass er noch lebte … Rosina vermisste ihren Jungen so sehr, dass es ihr das Herz zerriss, und sie durfte doch vor Kasimir nichts davon sagen. Für Kasimir war Jonas ein Verräter, einer, der die Familie im Stich gelassen hatte. Einer, der sich hier nicht mehr blicken lassen sollte.

Sie faltete den Brief nochmals auseinander, den sie eben erst so sorgfältig zusammengefaltet hatte, und las ihn ein drittes Mal. Ihr Junge schrieb aus Nicaragua … Nicaragua? Wo lag dieses Land, und wie war er dort hingeraten? Offenkundig ging es ihm gut. Er hatte jemanden kenngelernt, mit dem er eine Kaffeeplantage aufbauen wollte. Geheiratet hatte er offenbar noch nicht, und sie war froh darum, denn sie wollte nur zu gern bei der Hochzeit dabei sein … Eines Tages …

Eine Stimme riss sie aus den Gedanken. Rasch schob Rosina den Brief in die Schürzentasche. Die alte Hetty stand vor der Tür ihres kleinen Hauses.

»Du hast einen Brief aus der Heimat bekommen?«, fragte sie neugierig, aber freundlich.

Bevor sie sichs versehen hatte, nickte Rosina.

»Und geht es den Lieben daheim gut?«

»Ja.«

Rosina umklammerte das Papier in ihrer Rocktasche, doch Hetty bekam nichts von ihrer Aufregung mit. Versonnen blickte die schon weißhaarige Frau in die Ferne.

»Bestimmt bist du diejenige, die nach Hause schreibt, nicht wahr? Bei uns bin ich es auch. Mein Mann macht das nicht gern. Anfangs wusste ich gar nicht, was ich schreiben soll. Alles war so schwer ...«

Sie betrachtete versonnen das Haus der Hartungs. Rosina folgte ihrem Blick. Es war ihnen tatsächlich gelungen, ein größeres Haus zu bauen, so wie es sich Kasimir erträumt und wie sie es nicht für möglich gehalten hatte. Sie waren ja jetzt nur noch zu zweit. Die beiden Fenster, die zum Hauptweg hinausführten, waren mit Vorhängen geschmückt, auf der Veranda standen zwei Schaukelstühle. Irgendwo hinter dem Haus hörte Rosina Greta singen. Es war Sonntag, die junge Frau hatte ihren freien Tag und war zu Besuch gekommen. Unter der Woche lebte sie im Herrenhaus. Wenn Kasimir da war, durfte Greta nicht vom Herrenhaus sprechen, doch wenn die beiden Frauen allein waren, hörte Rosina gern, was ihre Nichte aus dieser fremden Welt zu berichten hatte.

Rosina versuchte, die Finger von dem Brief in ihrer Rocktasche zu lösen. Wieder riss Hettys Stimme sie aus den Gedanken.

»Die Briefe, ach, die Briefe ...« Die Ältere schüttelte den Kopf. »Als ich noch daheim war, da las man uns einmal einen vor von einem, der nach Brasilien ausgewandert war. In dem hieß es, hier schwimme mehr Fett auf dem Spülwasser als in einer deutschen Suppe, und dass man dreimal täglich Fleisch essen könne. Das erschien mir wie das Paradies, von der Wahrheit hatte ich ja keine Ahnung. Die Wahrheit ist immer etwas anderes. Nicht mal genug Brot bekommen wir hier. An Bohnen und Maniok kann ich mich einfach nicht recht gewöhnen. Aber wenn man sich so recht besinnt, geht es uns eigentlich gut.«

Rosina nickte und hoffte inständig darauf, dass Hetty bald wieder ging. Sie wollte endlich weiter an Jonas denken.

Manchmal versuchte Pauline zu erfahren, ob Greta Neuigkeiten von Jonas hatte, doch offenbar war die Freundin so ahnungslos wie sie, wenn sie es auch besser verkraftete. Wieder einmal versuchte sie, Augusto dazu zu bringen, den Hartungs noch etwas mehr Unterstützung zukommen zu lassen, doch der zeigte sich unerbittlich.

»Woran dieses Land krankt«, sagte er, »ist, dass es kaum ein armer Bauer als der Mühe wert erachtet, mehr zu tun, als er für seinen Lebensunterhalt bedarf. Am Ende vernachlässigt er dann alles, und die Familie muss darben.«

»Aber die Hartungs ...«

»Auch im Land des Überflusses, meine Liebe, führen manche ein elendes Leben, aber das liegt nicht daran, dass es Menschen wie mich gibt. Es liegt daran, dass sie sich nicht täglich neu anspornen. Wenn ich den Hartungs alles in den Schoß werfe, wird es ihnen genauso ergehen, Pauline. Wer die Arbeit scheut und den Müßiggang sucht, der soll zu Hause bleiben, denn hier wird er nicht den erhofften Himmel finden.«

»Aber die Hartungs ...«

»Man muss sich ein Ziel setzen, den eigenen Umständen und Kenntnissen entsprechend.«

»Und das hast du getan, Augusto?«

Augusto musterte seine Frau einen Moment länger, als dächte er über ihre Frage nach.

»Ja, das habe ich tatsächlich getan. Ich hatte immer ein Ziel vor Augen, auch als ich ganz am Boden lag.«

Pauline fragte sich, wann das wohl gewesen sein mochte, wagte aber nicht, die Frage ihrem Mann zu stellen.

Sechster Teil

Entscheidungen

1862 bis 1863

Erstes Kapitel

Manchmal, wenn Jonas auf seinem Rappen über die Plantage bei Matagalpa, knapp hundert Meilen nördlich des Nicaraguasees, ritt, konnte er es noch immer nicht glauben: Kaffeebäume, so weit er blicken konnte. Einen Teil hatten Andreas und er neu pflanzen lassen – die jungen Stämmchen würden in etwa drei Jahren erntereif sein –, der größere Teil der Plantage war jedoch schon angelegt gewesen. Andreas, ein Kaufmannssohn, wie Jonas inzwischen erfahren hatte, hatte sie mit einigem Geschick von einem Deutschen, den es zurück in die Heimat gezogen hatte, zu einem guten Preis erworben und auf seinen sowie Jonas' Namen eintragen lassen.

Jonas Hartung, der Plantagenbesitzer …

Der junge Mann lenkte sein Pferd näher an einen der Bäume heran und pflückte eine der Kaffeefrüchte, um sie eingehend zu begutachten. Die Frucht hatte zwei Schalen, eine äußere fleischige und eine darunter befindliche Hülle, die den eigentlichen Kaffeekern oder die Bohne umgab. Gepflückt wurde, sobald die Frucht eine tiefrote Farbe hatte. Bei der Ernte stellten Andreas und er zusätzliche Helfer an, die durch die Bäume selbst vor der größten Sonneneinstrahlung geschützt wurden. Sie kümmerten sich gut um ihre *peones*, und diese dankten es ihnen.

Zum Trocknen gab es zwei Methoden. Einige Pflanzer schälten den fleischigen Teil gleich ab, nachdem die Frucht gepflückt war, und trockneten die Bohnen mit der Hülle. Diese konnte dann durch Stampfen leicht vom Kern entfernt werden. Andere wiederum trockneten den Kaffee mit dem fleischigen Überzug. Diese Methode sollte den Vorzug haben, dass der Kaffee dabei nichts von seinem feinen Gehalt verlor. Der Geschmack war außerdem von der Beschaffenheit des Bodens abhängig. Ein mittelmäßiger Boden brachte manchmal kaum mehr als ein halbes Pfund pro Baum, ein guter Boden an die vier. Der Boden von Selva Negra, Schwarzwald, wie sie ihre Hazienda genannt hatten, war gut. Die Frucht sah zufriedenstellend aus.

Jonas schaute sich noch den jüngsten Teil der Pflanzung an, die erst vor Kurzem angelegt worden war. Dann musste er lächeln. Anfangs war es ihm falsch erschienen, die Goldsuche, auch wenn sie wenig eingebracht hatte, so schnell aufzugeben. Irgendwie hatte er wohl immer noch auf den einen großen Fund gewartet. Inzwischen wusste er, dass es richtig gewesen war, Andreas zu folgen und den Erlös aus ihrem einzigen beachtenswerten Fund in die Plantage zu investieren.

Der junge Mann lenkte sein Pferd zurück auf den Weg, beobachtete dann einige ihrer Arbeiter beim Unkrautjäten. Unglaublich, dass er es so weit gebracht hatte, dass er andere für sich arbeiten lassen konnte. Seit diesem Jahr hatten sie sogar Verbindungen zur Oberschicht von Léon, wo sie von Anbeginn an ihren Kaffee verkauft hatten. Dies war wieder Andreas' Verdienst. Dem Hamburger Kaufmannssohn fiel es leichter, sich um die Finanzen zu kümmern. Er knüpfte die richtigen Kontakte. Jonas beherrschte das Spanische besser, als er je das Portugiesische beherrscht hatte, musste jedoch noch viel lernen. Er war Andreas dankbar für seine Hilfe.

»Darf ich dir Joana Delgado vorstellen?« Andreas schaute von Jonas zu dem zarten schwarzhaarigen Wesen an seiner Seite. »Liebste Joana, dies ist Jonas Hartung, mein bester Freund und Geschäftspartner. Ja, in dieser Reihenfolge, ich bestehe darauf. Jonas, meine Verlobte Señorita Delgado.«

»Delgado?« Jonas beugte sich über die Hand der jungen Frau. »Ich habe schon viel von Ihnen …«, er unterbrach sich. »Nein, ich habe schon viel von Ihrer Familie gehört.«

Die hübsche Joana neigte den Kopf. Die Delgados, das wusste Jonas, gehörten zu den reichsten Einwohnern Léons. Wenn es Andreas gelungen war, eine solche Verbindung einzugehen, konnte er wirklich stolz auf sich sein. Jonas lächelte die junge Frau an, die anmutig zurücklächelte. Dann suchte ihr Blick wieder Andreas. Sie war sehr verliebt, das konnte man deutlich sehen. Andreas schaute sie auch innig an, doch die Liebe in seinem Blick war eine andere als die, die Jonas in ihrem las. Jonas hoffte nur, dass die beiden trotz allem miteinander glücklich werden konnten.

Eine Woche später luden Joanas Eltern zu einer Abendgesellschaft ein. Außer ihnen waren etliche andere Plantagenbesitzer geladen, und sie verbrachten die Zeit mit interessanten Gesprächen. Nach dem Essen – es gab Reis und Bohnen, dazu reichlich Fleisch, gefüllte Teigtaschen und Karamellpudding – folgte Jonas Andreas auf die Veranda des großzügigen Hauses. Es war eine laue Nacht. Aus dem Garten drang das Geplauder der Gäste zu ihnen, ab und zu das Klingen von Gläsern. Andreas lehnte sich an das Geländer der Veranda. Jonas zögerte, bevor er zu ihm ging. Wie auch immer man es sah, es würden Veränderungen auf sie zukommen.

»Wann wird die Hochzeit sein?«, erkundigte er sich.

Anstatt eine Antwort zu geben, drehte sich Andreas abrupt um, klammerte die Hände um das Geländer und starrte in die Ferne, in Richtung Hafen.

»Schon bald.«

Die beiden jungen Männer schwiegen.

»Ich mag sie, aber ich liebe sie nicht, das weißt du«, sagte Andreas dann leise. »Ich habe immer nur dich geliebt. Dennoch werde ich sie beschützen und auf Händen tragen, wie ich es ihr vor dem Altar schwören werde. Es wird ihr nie an etwas mangeln.«

Jonas antwortete nicht. Er hoffte nur, dass dies genug für seinen Freund sein würde, um glücklich zu werden. Andreas war ein guter Mensch, und er wünschte ihm das Glück von Herzen.

Aber kann sich ein Mensch auf immer verleugnen?

Jonas wollte nicht darüber nachdenken. Pauline war plötzlich wieder in seinem Kopf. Er hatte die Erinnerung an sie nie verloren, nur verdrängt. Deshalb hatte er nach dem Brief, den er damals, ein paar Monate nach seiner Flucht, an seine Eltern geschrieben hatte, auch nichts mehr von sich hören lassen. In diesem Moment auf der Veranda der Delgados beschloss Jonas, noch einmal nach Brasilien zu schreiben. Er musste erfahren, wie es Pauline ging.

Zweites Kapitel

Waren tatsächlich schon zwei Jahre vergangen? Es musste so sein, denn Hannah feierte an diesem Tag ihren zweiten Geburtstag. Immer wieder kam das kleine Mädchen vor Freude strahlend mit einem seiner Geschenke angelaufen. Eine Puppe hatte es bekommen, einen Ball und ein Märchenbuch. Augusto las seiner Prinzessin jeden Wunsch von den Augen ab, und doch rief seine Anwesenheit Pauline gerade heute in Erinnerung, dass sie nach Hannahs Geburt nicht wieder schwanger geworden war.

Ja, sie hatte sich in ihr neues Leben eingefunden, aber sie war nicht glücklich. Das wurde ihr mit jedem Tag mehr bewusst. Und auch wenn sie Jonas schon lange nicht mehr gesehen hatte, konnte sie ihn doch nicht vergessen. Sie war weiter fest davon überzeugt, dass er noch lebte und irgendwo auf dieser Welt seinen Weg ging.

Abwesend ließ Pauline den Blick über die Dienerschaft gleiten, die in der Nähe bereitstand, um jederzeit die Wünsche ihrer Herrschaft entgegenzunehmen. Sie hatte sich zur Feier des Tages von ihrem Mann erbeten, dass auch die Bediensteten eingeladen wurden und von den köstlichen Speisen nehmen durften, so viel sie wollten. An diesem Tag sollte es für sie nicht nur die Arbeit geben, die erst mit Sonnenuntergang endete.

Pauline kümmerte sich auch um die Sklaven, die auf den Feldern arbeiteten. Wenn sie sich abends vor dem Herrenhaus aufstellten, um gezählt zu werden, war sie meistens dabei.

Dann wurde ein kurzes Gebet gesprochen, an dem sie sich gern beteiligte, und schließlich die Abendmahlzeit gereicht, die aus gekochten Bohnen mit Speck, *carne seca* und Maniokmehl bestand. Am nächsten Morgen versammelte man sich dann bei Sonnenaufgang, wieder wurde gezählt und nach einem erneuten Gebet und dem Frühstück ging es an die Arbeit.

Obgleich es diesen Menschen tatsächlich nicht so schlecht ging, wie Pauline vermutet hatte, als sie auf Boa Vista angekommen war, obgleich sie gut mit Essen versorgt wurden und ihre Kinder mit Hannah spielten, behagte Pauline der Gedanke nicht, dass Augusto immer noch über Sklaven verfügte. Kein Mensch, dachte sie, sollte einem anderen gehören.

Auf einmal fiel ihr die Gestalt wieder ein, die damals, in der Nacht von Hannahs Geburt, plötzlich im Garten vor der Veranda gestanden hatte. Ich habe sie nicht wiedergesehen, fuhr es ihr im nächsten Moment durch den Kopf. Nein, sie hatte die Gestalt nicht noch einmal gesehen. Zuerst hatte sie tatsächlich nicht gewusst, ob es ein Mann oder eine Frau gewesen war, doch Stimme und Statur konnten eigentlich nur zu einer Frau gehören.

Zu einer fremden Frau, die ich nie zuvor auf Boa Vista gesehen habe.

Niemand hatte ihr etwas zu dieser Person sagen können. Niemand kannte sie, und noch dazu war Pauline offenbar die Einzige gewesen, die sie gehört hatte. Greta hatte sie sogar ausgelacht, als sie sie später auf dem Boden vor der Verandatür liegend gefunden hatte. Das seien Hirngespinste, hatte sie gesagt. Für eine Weile hatte sie tatsächlich geglaubt, es wären die Strapazen der Geburt gewesen, die zu Wahnvorstellungen geführt hatten, doch das glaubte sie jetzt nicht mehr. Da waren immer noch Dinge, die auf einmal im Haus auftauchten. Kleidungsstücke, ein Tuch … Als sie das Tuch gefunden hatte, das über die Lehne eines der Stühle in ihrem Zimmer drapiert gewesen war, hatte sie Augusto noch geglaubt, dass es für sie selbst bestimmt war, aber die Kleidungsstücke passten ihr nicht, sie gehörten zu einer größeren Frau.

»Mama, Mama!«, hörte sie Hannah jetzt rufen.

Wie ein Wirbelwind fegte die Kleine auf sie zu und barg ihr Gesicht in Paulines Schoß, genauso schnell war sie wieder verschwunden. Pauline hätte ihre Tochter gern länger im Arm gehalten, aber ihr kleines Mädchen, das sie über alles liebte, war selbstständiger geworden. Hannah hatte einen richtigen Dickkopf. Und noch etwas wurde Pauline mittlerweile immer deutlicher, da sie sich nicht mehr so auf die Bedürfnisse ihrer Tochter konzentrieren musste: Augusto überwachte sie, wo es ihm nur möglich war, und Greta unterstützte ihn, wo sie nur konnte.

Stand Jonas' Cousine nun auf ihrer Seite, oder hatte sie sich all die Jahre getäuscht? Pauline runzelte die Stirn.

Sollte ich ihr vielleicht sagen, dass ich sie nicht mehr brauche?

»Ist etwas, Senhora?«

Pauline hob den Kopf. »Ach, Vitória …« Sie hatte gar nicht gemerkt, dass ihre treue Bedienstete sich ihr genähert hatte. »Nein, es ist alles in Ordnung.«

Mit einem Lächeln nahm sie ein Glas Limonade von dem Tablett, das das junge Mädchen ihr hinhielt.

»Das freut mich«, sagte Vitória und zog sich zurück, doch man konnte ihrem Gesicht ansehen, dass sie ihrer Herrin nicht glaubte.

»Ich weiß nicht, ob ich aufhören möchte, für dich zu arbeiten«, sagte Greta ruhig und schaute Pauline, ohne eine Gefühlsregung zu zeigen, an.

»Du weißt nicht ...« Pauline war so perplex, dass sie nicht wusste, was sie sagen sollte. Greta war ihre Angestellte ... Sie glaubte tatsächlich, ein Mitspracherecht zu haben? Pauline straffte die Schultern. »Und warum bitte nicht?«

Greta verzog den Mund. Ihr Gesichtsausdruck hatte etwas Überlegenes.

»Wie lange ist es eigentlich her, dass du deinen Vater das letzte Mal gesehen hast?«, fragte sie.

Pauline überlegte verwirrt. »Ein oder zwei Wochen vielleicht ... Warum willst du das wissen?«

»Würde es dich wundern, wenn er wieder einmal in Schwierigkeiten steckte?«

Wieder einmal?

Pauline starrte ihr Gegenüber ungläubig an. Greta lächelte jetzt doch, aber das Lächeln erreichte ihre Augen nicht. Sie drückten aus, wie ernst es ihr war.

»Er arbeitet doch für deinen Mann und sollte ihn gewiss nicht betrügen ...«, fuhr sie fort, als Pauline nichts sagte. »Momentan ist er im Norden, um dort in einer der Achatminen nach dem Rechten zu sehen, aber kannst du dir sicher sein, dass er nichts tut, was deinem Mann schadet, so gering der Schaden auch sein mag? Muss ich noch mehr sagen?«

Paulines Gedanken rasten. Was hatten Gretas Anspielungen zu bedeuten? War ihr Vater wieder in irgendeine Gaunerei verstrickt?

»Willst du mich erpressen?« Ihre Stimme zitterte, als sie nachhakte, und sie ärgerte sich darüber.

»Ach, nein«, Greta lächelte immer noch auf diese seltsame

Weise, »so würde ich das nicht nennen. Ich sorge nur dafür, dass mir Gerechtigkeit widerfährt, so wie ich damals dafür gesorgt habe, dass Jonas fortgeht.«

Gretas zartes Gesicht hatte nun etwas Triumphierendes. Pauline schnappte nach Luft. Was hatte ihre Gesellschafterin, ihre Vertraute, die, die sie für eine Freundin gehalten hatte, da eben gesagt?

»Du warst das? Deinetwegen ist er fort?« Pauline schluckte. »Gab es gar keine andere Frau?«

»Dachtest du, ich würde zulassen, dass du über dein Leben bestimmst? Keine von uns Frauen bestimmt über ihr Leben, du an letzter Stelle ... Den zu heiraten, den man liebt ... Wem gelingt das schon? Ich hätte es nie zugelassen.« Greta sah Pauline jetzt hochmütig an. »Sagen wir, ich habe meine Rolle in dem Spiel gespielt. Und du hast es mir sehr leicht gemacht.«

Pauline wollte etwas sagen, doch ihr fehlten die Worte. Sie musste sich setzen. Von einem Moment auf den anderen war ihr, als hätte man ihr den Boden unter den Füßen weggerissen. Greta hatte sie verraten. Ihr Vater war offenbar wieder einmal auf Abwege geraten ... Sie wusste nicht, was sie tun sollte.

Am nächsten Morgen fiel es Pauline schwer aufzustehen – etwas, das sie noch nie zuvor in ihrem Leben erlebt hatte. Für einen Moment blieb sie auf dem Rücken liegen und starrte gegen die Decke. Sie hatte Greta immer vertraut. Manchmal hatte sie ein seltsames Gefühl gehabt, aber Gretas Leben war nie leicht gewesen, und deshalb hatte sie darüber hinweggesehen.

Ich wollte, dass es ihr gut geht. Dass sie etwas von dem bekommt, was ich habe ... zumindest etwas Sicherheit, einen festen Arbeitsplatz und Essen.

So etwas war nicht selbstverständlich. Außerdem gab es auf Boa Vista niemanden sonst in ihrem Alter, der ihre Sprache sprach und dem sie sich anvertrauen konnte. Greta wusste, wie es gewesen war in der alten Heimat. Sie wusste, wie es war, in ein neues Land zu kommen. Sie hatten so viel gemeinsam.

Jetzt musste Pauline erkennen, dass sie allein war, allein auf Boa Vista, ihrem Mann und auch ihrem Vater ausgeliefert. Der Vater hatte immer nur eigennützig gehandelt. Die Reise, oder sollte sie sagen die Flucht nach Brasilien, die Heirat, zu der er sie genötigt hatte, all das war nur wichtig für ihn selbst gewesen.

Die Sonne stieg höher und höher, aber Pauline verspürte immer noch kein Bedürfnis aufzustehen. Sie wollte nichts mehr tun, als nur im Bett zu liegen. Sie fühlte sich verraten und ahnte nicht, dass es noch schlimmer kommen sollte.

Drittes Kapitel

Der Frühling ging vorüber, und Pauline widmete sich gehorsam den wenigen alltäglichen Aufgaben, ohne etwas dabei zu empfinden. Sie sorgte dafür, dass die Mädchen im Haus ihre Arbeit taten, empfing ab und zu die Herrinnen benachbarter Fazendas und kümmerte sich um ihr Kind. Augusto und sie lebten nebeneinander her, wie sie es seit Hannahs Geburt taten. Der erfolgreiche Besitzer von Boa Vista und seine Frau gaukelten nach außen vor, in einer heilen Welt zu leben. Augusto hatte Pauline von Anfang an deutlich gemacht, dass er nichts anderes dulden würde, als den Schein zu wahren, und auch von ihrem Vater hatte Pauline keine Hilfe zu erwarten.

Inzwischen war er längst zurück aus dem Norden. Er wirkte zufrieden. Pauline hatte ihn nicht gebeten, sich zu Gretas Andeutungen zu äußern. Manchmal fragte sich die junge Frau, ob ihr Vater auch früher schon so gewesen war, ob sie sein wahres Wesen in ihrer kindlichen Bewunderung damals einfach nicht erkannt hatte. Vielleicht hatten die Großeltern in Koblenz ja recht gehabt mit ihrem Misstrauen, vielleicht aber hatte ihn auch der Tod der geliebten Frau zu dem gemacht, was er geworden war. Sie wollte es gern glauben, die Wahrheit kannte sie nicht und würde sie wohl nie herausfinden.

Pauline nippte an ihrem stark gesüßten Mate, den sie sich von Vitória hatte aufbrühen lassen. Sie wechselte einige freundliche Worte mit der Bediensteten, die zu einer attraktiven jungen Frau geworden war. Inzwischen sprach Pauline recht gut Portugiesisch. Eines Tages hatte sie beschlossen, sich ein Wörterbuch zu kaufen und sich selbst zu unterrichten, und es war ihr gelungen, es vor Augusto geheim zu halten. Vitória getraute sich weiterhin nicht recht, vertraulich mit ihrer Herrin zu werden, und die bedrängte sie nicht. Sie wusste, wie viel die hübsche Mulattin zu verlieren hatte. Vitória war eine Waise, die keine Familie schützte. Verlor sie ihre Arbeit auf Boa Vista, würde sie gewiss auf der Straße enden, und dann ereilte sie das Schicksal so vieler Mulattinnen – die Prostitution. Pauline wusste auch, dass Augusto keinen Moment zögern würde, sie zu entlassen, sollte er sich verraten fühlen.

Eines Tages wird sie mir vertrauen. Eines Tages sind wir vielleicht so etwas wie Freundinnen.

Nachdenklich betrachtete Pauline den Teller mit Leckereien, den Vitória ihr mit dem Tee gebracht hatte, aber sie verspürte einfach keinen Hunger. Seit sie die Wahrheit über Greta erfahren hatte, verspürte sie kaum noch Hunger, aber natürlich musste sie essen. Vitória versuchte, es ihr mit ihrem Lieblingsgebäck leichter zu machen. Pauline griff lustlos nach einer Süßigkeit. Während sie noch daran knabberte, hörte sie eilige Schritte auf dem Gang. Sie achtete nicht sonderlich darauf, denn die Dienerschaft auf Boa Vista war es gewohnt, sich zu sputen. Dazu hatte man sie erzogen. Auf Boa Vista gab es keinen Müßiggang.

Verwundert hörte sie im nächsten Moment, wie die Tür zu ihrem Zimmer aufgerissen wurde. Vitória kam hereingestürmt, außer Atem und mit, wie Pauline gleich bemerkte, von Tränen schimmernden Augen.

»Aber ...« Pauline sprang auf.

Die junge Mulattin war mit wenigen Schritten bei ihr, doch anstatt gebührenden Abstand zu halten, hielt sie Pauline bei den Händen und umarmte sie einen Moment später, während ihr die Tränen über das Gesicht liefen.

»Herrin«, schluchzte sie. »Herrin … Kommen Sie schnell …«

Hannah, schoss es Pauline durch den Kopf, es ist etwas mit Hannah passiert.

Atemlos rannten die beiden Frauen den Gang entlang zum Kinderzimmer. Hannah hatte am Abend zuvor über Bauchschmerzen geklagt, und eigentlich hatte Pauline schon nach ihr schauen wollen, hatte sich dann aber in Gedanken verloren.

Mein armer kleiner Sonnenschein, mein armer kleiner Sonnenschein.

Noch bevor sie Hannahs Kinderzimmer erreichten, hörte sie ihr kleines Mädchen schon weinen. Es klang herzzerreißend. Hannah weinte selten. Sie war ein mutiges, man konnte sogar sagen wildes Kind, das immer guter Dinge war.

Kurz hinter Vitória betrat Pauline den Raum. Hannah lag zusammengekrümmt in ihrem kleinen Bett, die rundliche schwarze Kinderfrau an ihrer Seite, deren Name Pauline in diesem Augenblick vor Aufregung nicht einfallen wollte. Sie hielt eine Tasse Tee in der Hand.

»*Meu anjinho, minha pombinha*, mein Engelchen, mein Täubchen«, hörte Pauline die Frau in einem warmen Singsang sagen.

Dann saß sie auch schon selbst auf dem Bett an Hannahs Seite und strich ihrem kleinen Mädchen über den verschwitzten Kopf, der heiß vom Fieber war.

»Hannah, Schatz, was ist denn?«

Hannah drehte ihrer Mutter das von Tränen verschmierte Gesichtchen zu und sah sie aus glasigen Augen an.

»Tut weh, Mama«, weinte sie. »Tut so weh, aua, aua ...«

Pauline versuchte, die Bettdecke zurückzuschlagen, die ihre Tochter jetzt panisch umklammerte. »Ich will nur schauen«, bemühte sie sich, die Kleine zu beruhigen, die sie aus schreckensstarren Augen anblickte. »Zeig mir, wo es wehtut.«

Es dauerte etwas, dann ließ Hannah zu, dass die Decke gehoben wurde. Auf die erneute Nachfrage deutete sie auf ihren Bauch im Bereich des Nabels und ließ die kleine Hand dann über die rechte Seite wandern.

»Hier, Mama.« Sie schnappte nach Luft, offenbar überkam sie in diesem Moment erneut der Schmerz. »Tut ganz schrecklich, schrecklich weh.« Auch ihrer Stimme hörte man den Schmerz an.

Pauline wandte den Kopf zu der rundlichen Kinderfrau, versuchte, ihre Panik zu verbergen.

»Was kann sie haben? Ist das die Cholera? Das gelbe Fieber?«

Angestrengt dachte sie nach, ob ihr wohl noch eine fremde Krankheit aus der Neuen Welt einfallen wollte, doch die Schwarze schüttelte den Kopf.

»Sie hat Fieber, ja«, flüsterte Vitória jetzt, »und sie musste sich erbrechen, bevor ich Sie holen ging, Senhora.«

»Bei der Cholera muss man sich erbrechen, oder?«, sagte Pauline.

Sie war ratlos. Konnte es sich wirklich um die Cholera handeln? In ihrer Kindheit, vor sehr langer Zeit, wie es ihr jetzt vorkam, hatte ihr der Großvater einmal von der Cholera erzählt. Diese Krankheit kam auch in Deutschland vor, aber ...

Ich kann mich nicht erinnern. Ich kann mich einfach nicht erinnern. Ich habe entsetzliche Angst.

Pauline berührte sehr vorsichtig Hannahs Bauchdecke. Die Kleine wand sich unter ihrer Hand und schrie auf.

»Der Bauch ist steinhart ...«

Pauline schaute erneut ratlos von Vitória zu der Kinderfrau.

Hannah wimmerte, stieß die Hand ihrer Mutter zur Seite und zog die Beine an. Aber die Schmerzen wurden ganz offensichtlich auch in dieser Haltung nicht besser, denn das kleine Mädchen streckte das rechte Bein im nächsten Moment wieder aus. Tränen strömten jetzt über sein Gesicht.

»Mama, aua ... Mama ...«

Pauline strich ihrer Tochter über den Kopf, versuchte noch einmal den Bauch zu betasten. Dieses Mal schlug Hannah ihre Hand weg.

»Nicht wehtun, Mama, nicht wehtun.«

»Es tut mir leid, mein Schatz.«

Pauline versuchte nachzudenken, obgleich sie sich angesichts ihres leidenden Kindes kaum konzentrieren konnte. »Hast du etwas Falsches gegessen? Irgendwelche Früchte aus dem Garten?«

»Nein, Mama, nein ...«, jammerte die Kleine.

Dann bäumte sie sich mit einem Mal auf und erbrach sich in die Schüssel, die ihr die Kinderfrau gerade noch rechtzeitig hinhielt.

Pauline schaute zu Vitória.

»War sie auf der Toilette?«

»Sie sagt, sie kann nicht. Es will nichts kommen.«

Pauline runzelte die Stirn. Sollte es sich doch um eine Verstopfung handeln? Nein, die konnte doch nicht so schmerzhaft sein!

Eilig sprang sie auf. »Geh meinen Mann holen, Vitória«, sagte sie, »beeil dich. Und sag ihm, er soll den Arzt kommen lassen. So schnell er kann! Hannah leidet schreckliche Schmerzen.«

Der von Augusto herbeigerufene Arzt kam binnen einer Stunde, untersuchte Hannah gründlich, war aber auch ratlos.

»Ist das überhaupt ein Arzt?«, zischte Pauline Augusto jetzt gereizt zu, während der Mann ihre Tochter zum wiederholten Mal abtastete.

Hannahs Fieber war weiter gestiegen. Immer noch klagte die Kleine über starke Schmerzen. Obgleich sie am Vorabend zuletzt etwas gegessen hatte, hatte sie keinen Appetit, verschmähte sogar ihre Lieblingsspeise.

Der Arzt wandte sich an Pauline. »Der Puls des Kindes ist beschleunigt, und sie leidet unter starken Bauchschmerzen, aber ich weiß nicht, wo diese herrühren«, sagte er. »Vielleicht sollte ein Abführmittel gegeben werden. Halten Sie das Kind bitte warm. Es sieht sicher schlimmer aus, als es ist. Das ist bei Kindern oft so. In ein paar Tagen ist alles vorbei.«

Pauline schluckte bei der Vorstellung, ihre Tochter weiter leiden lassen zu müssen, doch sie musste dem Arzt glauben. Ihnen blieb ohnehin nichts anderes, als zu warten, denn es gab kein Hospital in der Nähe. Sie würde in jedem Fall bei Hannah bleiben, würde keinen Schritt von ihrer Seite weichen. Ihre Tochter brauchte sie jetzt.

»Sind Sie sicher, dass es kein Gelbfieber ist oder eine andere gefährliche Erkrankung?«, fragte Pauline jetzt.

Der Arzt ließ den Verschluss seiner Tasche zuschnappen. »Sicher bin ich nicht, kürzlich habe ich von einem Fall in der

Gegend gehört. Das Gelbfieber kommt hier allerdings nicht oft vor.« Er hatte seine Sicherheit zurückgewonnen, und sein Blick wurde gönnerhaft. »Ihre Kleine hat kein Gelbfieber. Sehen Sie!« Er drückte auf Hannahs dünnen Arm. Die schrie auf.

Pauline hätte den Mann am liebsten weggestoßen. »So seien Sie doch vorsichtig!«, rief sie aus.

Der Mediziner sah Pauline missbilligend an. »Wenn sie Gelbfieber hätte, müsste sich jetzt die übliche Hautzeichnung zeigen – ein roter Strich umrahmt von zwei gelben. Außerdem wissen Sie bestimmt, dass man das Gelbfieber auch das schwarze Erbrechen nennt. Sicher leidet Hannah an einer einfachen, wenn auch schmerzhaften Darmverstimmung. Sollte sich das Befinden des Kindes wider Erwarten verschlechtern«, sagte er dann an Augusto gewandt, »rufen Sie mich bitte sofort. Für den Moment bin ich hier fertig.«

Augusto verabschiedete den Arzt mit einem dankbaren Lächeln. Pauline fiel es dagegen schwer, die Tränen zurückzuhalten. Irgendetwas stimmte hier nicht, und sie wünschte sich nichts mehr, als ihrer Tochter helfen zu können, doch sie wusste nicht wie.

Tatsächlich verbesserte sich Hannahs Zustand gegen Abend ein wenig, doch Pauline ließ es sich nicht nehmen, ihre Bettstatt neben der Kleinen aufzuschlagen.

Es dauerte seine Zeit, bis Pauline in einen unruhigen Schlaf sank, aus dem sie schon wenig später vom Wimmern ihres Kindes wieder erwachte. Als sie Hannah leise ansprach, reagierte sie nicht. Wieder schlug Pauline die Decke zurück. Ihr kleines Mädchen wehrte sich nicht, stöhnte aber auf. Es schien gar nicht recht bei Bewusstsein und fieberte erneut hoch. Hannahs Bauch war stark aufgebläht, sie hatte offenbar furchtbare Schmerzen.

Hilflos fiel Pauline neben ihrer Tochter auf die Knie. »Hannah«, flüsterte sie, »Hannah … Mach doch bitte die Augen auf, sieh mich bitte, bitte an.«

Pauline strömten die Tränen über das Gesicht. Auch der nochmals herbeigerufene Arzt konnte nichts mehr tun. Am frühen Morgen des nächsten Tages hörte Hannah auf zu atmen.

Wie in einem Nebel verfolgte Pauline, wie ihre Tochter bereitgemacht und aufgebahrt wurde. In Anbetracht der Temperaturen wurden die Menschen in Brasilien rasch beigesetzt. Augusto sprach seiner Frau wie erstarrt sein Beileid aus, stieg auf sein Pferd und ritt davon, um sich abzulenken. Vitória versuchte immer wieder, ihre Herrin dazu zu bewegen, etwas zu essen, doch Pauline verspürte keinen Hunger.

Ich werde nie wieder etwas essen.

Am kommenden Morgen, dem Tag der Beerdigung, war Pauline wie betäubt. Sie verbarg ihr Gesicht hinter einem Schleier, denn sie konnte nicht weinen und schämte sich dessen.

Meine Kleine ist tot, und ich habe keine Tränen für sie … Habe ich denn gar keine Gefühle?

Augusto hielt ihren Arm und achtete darauf, dass seine Frau Schritt vor Schritt setzte auf dem Weg von der Kapelle, in der die Verabschiedungsfeier stattgefunden hatte, zu dem Platz im Garten unter der großen Araukarie, wo Hannah ihre letzte Ruhe finden sollte. Bilder aus längst vergangener Zeit kamen

Pauline plötzlich in den Sinn. Das Schiff, die junge Mutter, die es nicht hatte überwinden können, dass ihr kleines Kind den Tod gefunden hatte und den eisigen Fluten überlassen werden musste. Sie hatte den eigenen Tod gewählt, um wieder mit ihrem Sohn vereint sein zu können.

Als man den kleinen weißen Sarg absenkte, brach Pauline zusammen. Weinen konnte sie immer noch nicht.

Als Pauline erwachte, fand sie sich in ihrem Zimmer wieder. Sie trug noch das schwarze Kleid und den Schleier, nur die Schuhe hatte ihr jemand ausgezogen. Es roch nach Zitronenöl und Kampfer, den man ihr offenbar auf Schläfen und Handgelenke getupft hatte. Vitória saß neben ihrem Bett und stickte. Als sie bemerkte, dass Pauline die Augen geöffnet hatte, legte sie die Handarbeit rasch zur Seite.

»Was kann ich tun, Herrin? Sagen Sie es!«

»Ich ... ich möchte allein sein.«

Paulines Stimme klang so unsicher, als hätte sie gerade das Sprechen erlernt. Zu ihrer Erleichterung nickte Vitória nur, sammelte ihre Handarbeit zusammen und verließ leise das Zimmer. Pauline blieb reglos liegen. Immer noch waren ihre Augen trocken, sie brannten wie Feuer. Sie wollte nachdenken und konnte es doch nicht.

Ihr Blick fiel auf Hannahs Puppe, die diese am Tag, als sie krank geworden war, hier im Zimmer ihrer Mutter vergessen hatte. Ihr kleines Mädchen ... Sie würde es nie wiedersehen. Oder hatte sie dies alles nur geträumt?

Pauline nahm den schwarzen Schleier ab, rollte sich dann auf die Seite und zog die Beine an. Sie wusste nicht, wie lange sie so dagelegen hatte, als eine leichte Berührung an ihrer

Schulter sie in die Gegenwart zurückholte. Sie drehte sich um, in Erwartung, Vitória zu sehen, doch es war nicht Vitória. Eine fremde Frau stand vor ihrem Bett. Pauline war sofort hellwach. Sie setzte sich auf und starrte die Fremde an. Ihre Haut war schwarz wie die Nacht. Als die Frau ihr bedeutete, die Hände auszustrecken, tat sie es, ohne zu zögern. Da war etwas Vertrautes in ihren warmen Augen. Ihr Griff war fest, aber nicht unangenehm.

»*Rezar*«, sagte sie.

Erst dachte Pauline, sie verstünde das Wort nicht, dann nickte sie. »Beten, ja«, flüsterte sie, »lassen Sie uns beten.«

Sie hörte dem Gemurmel der Frau wie in Trance zu. Sie sprach Portugiesisch. Vielleicht war es kein wirkliches Gebet, vielleicht war es eher ein Zwiegespräch, für das sie, Pauline, bisher keine Worte gefunden hatte. Und in diesem Moment fiel es ihr wie Schuppen von den Augen. Die Fremde, die hier vor ihrem Bett stand und für ihre Kleine mit ihr betete, war die Frau, die am Tag von Hannahs Geburt vor der Veranda gestanden und ein Klagelied gesungen hatte.

Pauline konnte endlich weinen. Am kommenden Morgen würde sie einen Grabstein für ihr kleines Mädchen in Auftrag geben.

Viertes Kapitel

Gregorio saß in seinem Schaukelstuhl auf der Veranda seines Hauses in Botafogo und war zufrieden. Die Geschäfte in Rio de Janeiro liefen gut, er hatte seinen Onkel nicht enttäuscht und fand sich zugleich weit genug entfernt von diesem, als dass er noch Macht über den Neffen hatte. Wenn er es recht betrachtete, hatte er sich noch nie so frei gefühlt. Beinahe wollte er vergessen, was ihn eigentlich in dieses Land getrieben hatte. Es fühlte sich mehr als gut an, dem Einfluss des Onkels endlich entkommen zu sein.

Der junge Mann ließ den Stuhl nach vorn kippen und griff nach seinem Getränk. In tiefen Zügen trank er die Limonade, die ihm seine Hausangestellte gebracht hatte. Ja, er hatte sogar eine Hausangestellte. Außerdem wohnte er in einem der besten Viertel der großen Stadt und hatte als Geschäftsmann Kontakt zu den wichtigsten Kreisen der Gesellschaft.

Eines Tages werde ich eine ihrer hübschen Töchter heiraten …

Nein, er war nicht mehr der dankbare Laufbursche seines Onkels. Natürlich arbeitete er für Santino Fabris, aber er war in dessen Ansehen gestiegen.

Gregorio betrachtete das Tablett mit dem Essen, das man für ihn bereitgestellt hatte, wählte eine mit Fleisch gefüllte Teigtasche und biss hinein. Mona Pinheiro war eine gute Köchin, und sie hatte auch noch andere Qualitäten. Ihre Haut, ihr Duft, ihre Bewegungen … Sie war die Frau, die ihm geholfen hatte, über seine Paolina hinwegzukommen. Heute dachte er wieder häufiger an sie, ohne Hass und ohne Bitterkeit. Die Suche hatte er fast aufgegeben. Durch das halbe Land war er gereist, hatte jede Spur verfolgt, die ihn zu ihr und ihrem Vater hätte führen können.

Was tue ich, wenn ich sie doch eines Tages finde?

Tatsächlich hatte er sich das schon mehr als einmal gefragt. Aber Santino Fabris war weit fort, er konnte also auch dann seine eigenen Entscheidungen treffen.

»Senhor?«, rief ihm Mona von der Verandatür aus zu. »Da möchte Sie jemand sprechen. Ich habe ihn in den Salon gebeten.«

Mit einem Seufzer stand Gregorio auf. Sicherlich war es besser, auf andere Gedanken zu kommen. Gregorio schickte Mona nach Getränken und etwas zu essen, so wie es sich gehörte.

Im Salon begrüßte er den Fremden.

»Hasencamp«, stellte der sich vor, »Arturo Hasencamp.«

»Gregorio Fabris. Bitte setzen Sie sich doch.«

Mona kam mit dem Gewünschten zurück, stellte es auf dem Tisch ab, knickste und verschwand nahezu lautlos wieder. Gregorio lud den Mann mit einem Kopfnicken ein, sich zu bedienen. Senhor Hasencamp griff beherzt zu. Er schien großen Hunger zu haben, denn er leerte den Teller sehr rasch und trank zwei große Gläser Limonade. Gregorio beobachtete ihn verstohlen. Senhor Hasencamps Kleidung war hochwertig, schien aber deutlich gelitten zu haben. Nachdem der Fremde gesättigt war, war es an Gregorio, seine Fragen zu stellen.

»Was führt Sie zu mir?«

»Ich arbeite, nein, ich arbeitete in einer Achatmine ein gutes Stück südlich von hier. Man trug mir zu, Sie suchten einen Valentin Jordan …«

Gregorio, der dem Gast gerade nachschenken wollte, hielt abrupt in der Bewegung inne. Es war so weit. Das, was er einerseits herbeigesehnt und wovor er sich andererseits mit den Jahren mehr und mehr gefürchtet hatte, war eingetreten. Er hatte Pauline und ihren Vater gefunden …

Fünftes Kapitel

Lange Zeit hatte Pauline das Gefühl gehabt, in die Endlosigkeit zu stürzen, doch irgendwann wurde die Dunkelheit so grau wie kurz vor dem Morgen, und sie wusste, dass sie überleben würde. Augusto hatte sie in ihrer Trauer um Hannah weitgehend allein gelassen. Sie nahm es ihm nicht übel, war sogar froh, dass er nichts vortäuschte, was er nie empfunden hatte. Nur in Vitórias Armen konnte sie weinen. Greta arbeitete zwar weiterhin für sie, aber Pauline gelang es, ihre Hilfe nicht allzu oft in Anspruch zu nehmen. Sie mussten sich arrangieren, nicht mehr, aber auch nicht weniger. Sie wusste, dass sie Greta nicht mehr vertrauen durfte.

Als sie die Kraft wieder hatte, machte Pauline sich daran, Boa Vista neu kennenzulernen. Sie intensivierte ihr Verhältnis zu den Bediensteten, die zuerst überrascht reagierten, dann aber erfreut schienen. Nach und nach fassten sie Vertrauen und kamen mit ihren großen und kleinen Sorgen und Wünschen zuerst zur Senhora.

Und noch etwas hatte sich geändert: Sie malte wieder.

An diesem Tag hatte Pauline sich mit ihren Malutensilien auf die Veranda vor ihrem Zimmer zurückgezogen. Sie ließ die Gedanken wandern, während sie den Pinsel über die Leinwand gleiten ließ. Sie würde alles über Boa Vista erfahren, alles über ihren Mann und über die Geheimnisse, die das Herrenhaus und seine Bewohner vor ihr zu verbergen schienen.

Und Pauline fasste einen weiteren Entschluss. Sie würde die

Hartungs aufsuchen und sich erkundigen, ob die etwas von ihrem Sohn gehört hatten.

Sie würde Jonas wiederfinden.

Rosina überlief ein seltsamer, kleiner Schauder, als sie sah, wer sich ihrem Heim näherte. Pauline Jordan, jetzt Pauline Tewes, die Herrin von Boa Vista, ließ sich offenbar herab, sie nach langer Zeit wieder einmal zu besuchen.

Pauline ließ den Sonnenschirm, den sie als Schutz bei sich getragen hatte, zusammenklappen, bevor sie die beiden Stufen hochstieg, über die man auf die Veranda der Hartungs gelangte, dann ließ sie den Blick über das kleine Haus wandern.

Eigentlich war Rosina stolz auf ihr neues Heim, das sie zwei Jahre zuvor gebaut hatten. Sie hatten jetzt eine Schlafstube und eine Wohnstube. Kürzlich erst hatte Kasimir ein neues größeres Bett gebaut und sie hatte eine hübsche Tagesdecke dafür genäht, doch jetzt kam es ihr plötzlich wieder schäbig vor.

»Rosina«, sagte Pauline mit einem Lächeln, »es ist lange her.«

»Senhora?«

Pauline war kurzzeitig verwirrt. »Aber Rosina, unsere gemeinsame Reise ... Erinnern Sie sich nicht ...?«

»Natürlich erinnere ich mich, aber es ist wirklich lange her.« Rosina trat einen Schritt zurück. »Was machen Sie hier? Haben Sie sich verlaufen?«

Pauline öffnete den Mund und schloss ihn wieder. Sie fühlte sich verunsichert. Ihre Finger umfassten den Sonnenschirm unwillkürlich fester.

»Meine Tochter ... Sie ist gestorben ... Ich ...«

Für einen Augenblick wurde Rosinas Gesichtsausdruck weicher. »Ich weiß, Senhora, und es tut mir sehr leid.«

»Pauline, nennen Sie mich Pauline.«

Rosina reagierte nicht.

Pauline hängte sich den Sonnenschirm über den Arm. »Es ist viel geschehen. Ich wollte fragen, ob Sie vielleicht etwas von Jonas gehört haben, Rosina?«

Rosina schaute sie weiter wortlos an. Pauline hatte das Gefühl, es dauerte Ewigkeiten, bis sie antwortete. Endlich schüttelte die ältere Frau den Kopf.

»Nein«, sagte sie mit klarer Stimme, »ich habe seit Jahren nichts von ihm gehört.«

Rosina sah Pauline nach, bis die junge Frau aus ihrem Sichtfeld verschwunden war. War es recht gewesen zu lügen? Sie dachte an Jonas' zweiten Brief, den, der sie erst ein paar Tage zuvor erreicht hatte. Es ging ihm gut, ihrem Jonas. Er hatte seinen Weg gemacht. Sie hatte es immer gewusst. Ihr Junge war ein Kämpfer. Plantagenbesitzer war er jetzt, und er lebte auf einer Hazienda, die Selva Negra hieß. Schwarzwald … Was für ein hübscher Name! Er hatte ihr seine Adresse geschickt. Ab jetzt konnte sie ihm sogar antworten. Rosina war so stolz.

Aber er hatte auch nach Pauline gefragt, und ihm nun zu schreiben, dass sie sich nach ihm erkundigt hatte, würde ihn nur schmerzen. Warum sollte sie das tun? Pauline war verheiratet. Sie war vergeben. Ja, sie hatte sich gefragt, ob sie Pauline von diesem Brief berichten sollte. Greta aber hatte ihr einmal erklärt, dass es besser für die beiden sei, nichts mehr voneinander zu hören. Außerdem gehörte Pauline nicht zur Familie. Sie waren zusammen gereist, und, ja, die junge Frau hatte sie unterstützt, aber mehr war da nicht gewesen. Es hatte nie etwas anderes Gemeinsames zwischen ihnen gegeben.

Rosina schlang die Arme um den Leib. Ich werde Jonas später alles erklären. Wenn er genügend Geld gespart hat, wird er sicher wieder zu uns zurückkommen. Ich werde ihm vorerst nur schreiben, wie es uns hier ergangen ist, und dass wir seine Arbeitskraft brauchen. Das werde ich tun. Er wird mich verstehen, und alles wird gut werden.

Kasimir war gereizt, als er an diesem Abend vom Feld zurückkehrte. Einige Tage zuvor hatte er sich bei der Arbeit mit der Machete am Fuß verletzt. Die Wunde hatte geschmerzt, aber sie war nur klein gewesen, und er hatte ihr keine Beachtung geschenkt, doch nun hatte sie sich entzündet, und der Fuß war so sehr angeschwollen, dass er schon am Morgen kaum seine Holzschuhe hatte anziehen können.

Rosina hörte ihren Mann lautstark fluchen, als er versuchte, den Schuh nun auszuziehen. Als sie mit dem Wassereimer hereinkam, blitzte er sie wütend an.

»Sag nichts, Weib, es ist alles in Ordnung, nur ein kleiner verdammter Schnitt.«

Aber es war kein kleiner verdammter Schnitt, und Rosina wusste es.

Ich habe immer gedacht, fuhr es ihr durch den Kopf, die Brandrodung würde ihn eines Tages das Leben kosten, doch jetzt ist es diese entzündete Wunde, die daran schuld ist, dass es schlecht um ihn steht.

Rosina ging zu ihrem Mann hinüber, wollte ihm besänftigend über den Arm streichen, doch er schlug ihre Hand unwillig weg.

»Hörst du nicht, Weib? Ich brauche deine verdammte Hilfe nicht.«

Rosina schluckte.

Was war nur geschehen? Wo war die Liebe zwischen ihnen, die Nähe, die sie doch immer gespürt hatte, geblieben? War es der Ehrgeiz, der ihn zerstört hatte, oder der Erfolg, der ihm nie genügen wollte?

»Kasimir, bitte ...«

»Ich warne dich, sei still!«

»Du musst uns helfen.« Gretas Stimme klang eindringlich.

Pauline sah die junge Frau nicht an. »Euch helfen? Ich dachte, dir liegt nichts an deinen Paten.«

Greta machte ein seltsames Geräusch, bevor sie antwortete. »Es ist meine Familie. Natürlich achte ich darauf, dass es allen gut geht. Er braucht einen Arzt.«

»Und warum sollte ausgerechnet ich euch helfen?«

Pauline hielt den Blick weiterhin auf das kleine Magazin in ihrem Schoß gerichtet, auch wenn sie sich für die modischen Neuheiten nicht interessierte.

»Weil du uns schon einmal geholfen hast«, gab Greta einfach zurück.

Pauline hob den Kopf. »Das waren andere Zeiten.«

»Und weil ich Dinge weiß ...«, versuchte Greta es weiter.

Pauline erschien die junge Frau an diesem Tag ein wenig blasser als gewöhnlich.

»Über meinen Vater?« Pauline lachte bitter auf. »Was würdest du sagen, wenn mir das gleichgültig wäre?«

Greta schüttelte den Kopf. »Das ist es dir aber nicht.«

Pauline gab keine Antwort und schaute dann wieder in ihr

Modemagazin. Einen Moment lang war es still zwischen den beiden Frauen.

»Ich weiß, wo Jonas ist«, sagte Greta dann.

Pauline hob abrupt den Kopf. »Wo… woher?«, stammelte sie.

»Er hat seiner Mutter geschrieben. Rosina denkt, ich weiß es nicht, aber ich weiß alles.«

Pauline schaute Greta ungläubig an. Ihr fehlten die Worte.

»Es war nur eine kleine Wunde, ein winzig kleiner Schnitt, man sah ihn kaum …«

Rosina beugte sich vor und wischte ihrem fiebernden Mann den Schweiß von der Stirn. Wenige Minuten zuvor hatte sich der Arzt verabschiedet. Hier, hatte er verlauten lassen, könne er nichts mehr tun.

»Was machen wir jetzt?«, fragte die ältere Frau Pauline und tauchte den Schwamm in die Wasserschüssel.

Erneut benetzte sie Kasimirs Stirn mit kühlem Wasser. Er rührte sich nicht. Er würde sterben. Rosina und Pauline, sie beide wussten das.

Rosina legte den Schwamm zur Seite. Sie seufzte auf, bevor sie sich auf den Schemel sinken ließ, der vor Kasimirs Bett stand.

»Ich hatte immer wahnsinnige Angst vor dem Feuer, dem dichten Rauch, der einem den Atem nimmt, der Hitze und den Flammen, die außer Kontrolle geraten … Damals in der Heimat beim Flachsrösten und jetzt hier bei der Brandrodung …« Für eine Weile herrschte Stille. »Ich habe Kasimir immer geliebt, wissen Sie?«, setzte Rosina dann hinzu. »Obgleich er kein einfacher Mann war, zu klug für seinen Stand und dementsprechend nie zufrieden. Seine Launen ...« Sie schüttelte seufzend den Kopf. »Manchmal hätte ich mir etwas anderes gewünscht, aber das sollte wohl nicht sein ...«

Rosina stand abrupt auf und sah durchs Fenster in die Ferne. Pauline wartete geduldig.

»Ich weiß, wo Jonas ist«, sagte Rosina jetzt, ohne sich umzudrehen. »Wenn ... wenn Kasimir tot ist ... möchte ich zu ihm.«

Pauline zuckte zusammen. Sprach man vom Tod im Beisein eines Sterbenden? Sie bemühte sich sehr, sich ihr Entsetzen nicht anmerken zu lassen. Und was hatte Rosina da gerade gesagt? Sie wusste, wo Jonas war? Greta hatte sie also nicht angelogen.

Erneut war es still, dann drehte sich Rosina zu Pauline um. »Ich möchte, dass Sie mir helfen, zu ihm zu kommen.«

Pauline schüttelte den Kopf. »Aber, aber ... wie sollte ausgerechnet ich ...«

Rosina sah sie ruhig an. »Sie können das, ich weiß, dass Sie das können. Sie sind klug ...« Sie hielt einen Moment inne. »Und wer, wenn nicht Sie, kommt an die notwendigen Mittel heran, um eine solch weite Reise zu unternehmen?«

Pauline war ratlos. Wie stellte Rosina sich das vor? Wie sollten zwei Frauen es vom brasilianischen Süden bis hinauf nach Nicaragua schaffen? Würde Augusto das zulassen? Und wenn sie heimlich ging, würde er dann nicht dafür sorgen, dass seine Frau gesucht und wieder zurückgebracht wurde?

Wird er mich gehen lassen? Nein!

Sie saß nun schon seit geraumer Zeit an ihrem Schreibtisch und versuchte, zu einem Schluss zu kommen. Sie hatte von

Anfang an gewusst, dass sie Boa Vista heimlich würde verlassen müssen. Sie durfte Augusto keinesfalls in ihre Pläne einweihen. Es klopfte. Im nächsten Moment trat Greta ein, ohne auch nur ein Herein abzuwarten. Pauline erwartete Empörung zu fühlen, aber da war nichts. Sie war müde.

»Was ist?«, fragte sie knapp.

Sie waren längst nicht mehr Gesellschafterin und Herrin, sie waren zwei junge Frauen, die miteinander konkurrierten. Greta schloss die Tür hinter sich und blieb dann mit verschränkten Armen davor stehen.

»Du musst ihr helfen.«

»Ich muss *euch* helfen«, gab Pauline zurück. »So ist es doch, nicht wahr? Dir und deiner Tante. Bestimmt war es deine Idee.«

Greta lächelte fein. Pauline fragte sich, ob sie den Tag verfluchen sollte, an dem sie die Frauen der Familie Hartung kennengelernt hatte.

»Ich weiß Dinge, die dich interessieren werden«, sagte Greta dann. »Du wirst uns ganz sicher helfen wollen.«

Pauline schüttelte den Kopf. »Warum solltest du etwas wissen, das mich interessieren könnte?«

»Weil ich die Augen offen halte.«

Das glaube ich dir aufs Wort, dachte Pauline stumm bei sich. Sie wartete ab, doch Greta kostete den Moment aus. Pauline verlor die Geduld.

»Also«, herrschte sie die andere an, »was ist?«

»Was würdest du sagen, wenn deine Ehe null und nichtig ist?«, sagte Greta mit triumphierender Stimme.

Pauline starrte sie an. Sie hatte gehört, was Greta gesagt hatte, aber irgendwie verstand sie es nicht. Oder doch …?

Ich bin nicht verheiratet? Habe ich dann alles nur ge-

träumt? Nein, ich habe geheiratet, ein Kind geboren, ein Kind verloren, und sosehr ich auch wünschte, es wäre ein Traum, ist es doch keiner.

Pauline räusperte sich. »Was sagst du da?«

Greta lächelte zynisch. »Augusto ist schon verheiratet. Er hätte niemals gemeinsam mit dir vor den Altar treten dürfen, weil er bereits eine Frau hat.«

»Er … er ist schon verheiratet?«, stammelte Pauline.

Greta nickte. »Genau. Frag ihn doch einfach mal nach Adélia do Silveira.«

Sechstes Kapitel

Greta musste schon vor Stunden gegangen sein, denn inzwischen war es dunkel geworden. Pauline hatte das Abendessen abgelehnt und verlauten lassen, sie wolle allein bleiben. Das hatte sie bisher noch nie getan, noch nicht einmal in den Tagen nach Hannahs Tod, und ihr war klar, dass Augusto sie früher oder später in ihrem Zimmer aufsuchen würde.

Und richtig, er klopfte – sie kannte sein Klopfen. Pauline wartete einen Moment, bat ihn dann doch herein. Kurz blieb er im Raum stehen, setzte sich dann einfach, als sie ihm keinen Platz anbot.

»Was ist?«, fragte er.

Pauline überlegte, ob sie überhaupt reagieren sollte. Dann sah sie ihren Mann an.

»Möchtest du mir nicht endlich von deiner Frau erzählen? Von Adélia do Silveira?«

Sie sah, wie Augusto erstarrte. Er öffnete den Mund, um etwas zu sagen, schloss ihn wieder …

»Sag mir nicht, sie ist tot«, fuhr Pauline ihn an.

Sie fühlte Wut in sich aufsteigen, eine Wut, die sie schon lange in sich getragen hatte, die jetzt einen Weg suchte, sich zu entladen.

Mein Leben ist eine Lüge.

Augusto verschränkte die Arme vor der Brust. »Ich habe Adélia sehr geliebt, und ich habe sie geheiratet, als ich noch nicht wusste …«

Pauline ließ ihn nicht aus dem Blick, damit ihr ja keine Regung entging. »Was war es, das du noch nicht wusstest, als du sie geheiratet hast? Was war es, das alles verändert hat, Augusto?«

»Ich wusste nicht, dass Adélia ein schwarzer Bastard ist.«

Es klang so abwertend, dass Pauline erschauderte. Wie konnte man so über jemanden reden, den man einmal von Herzen geliebt hatte?

»Wie hast du denn erfahren, dass du eine ... eine Schwarze geheiratet hattest?«

Augusto lächelte bitter. »Als mir die traumsüße Adélia, die geliebte jüngste Tochter des Gouverneurs, einen rabenschwarzen Jungen ins Nest setzte.«

Pauline benötigte einen Augenblick, um das Gehörte zu verdauen.

»Du hast einen Sohn?«, versicherte sie sich dann.

Augusto nickte, doch sein Gesichtsausdruck war grimmig.

Pauline schluckte. »Wo ist er?«

»Bei seiner Mutter.«

»Warum ist er nicht hier?«

»Weil der Schwarze nicht dazu gemacht ist, in unserer Welt zu leben.«

Pauline zögerte. »Er ist dein Kind«, sagte sie dann, »es wäre deine Pflicht, ihn auf seine Aufgaben als Herr von Boa Vista vorzubereiten.«

»Herr von Boa Vista? Das ist gewiss nicht dein Ernst, meine liebe Pauline. Kein Schwarzer wird jemals Herr auf Boa Vista werden. Dazu sind sie nicht gemacht, die Wilden. Sie können keine Fazenda führen, denn sie leben wie die Kinder in den Tag hinein, können sich nicht beherrschen und leben nur für ihr Vergnügen. Hast du dir einmal angesehen, wie verdorben die

Kinder sind, wenn man sie von ihren schwarzen Spielgefährten wegholt? Aus kleinen Wilden muss man mühevoll wieder zivilisierte Menschen machen ...«

»Du sprichst hier von deinem Sohn. Es wäre an dir gewesen, ihn zu erziehen.«

Augusto schüttelte abwehrend den Kopf. »Ein Schwarzer lässt sich genauso wenig erziehen wie ein Tier. Man muss es züchtigen und ihm zeigen, wer der Herr ist, ansonsten ...«

Pauline erinnerte sich plötzlich an etwas.

»Er sieht dir ähnlich«, sagte sie so leise, dass Augusto es erst verspätet hörte.

»Was? Wer?«

»Dein Sohn. Er hat deine Augen, nicht? Ich habe ihn einmal gesehen, er hatte sich in einem Gebüsch versteckt und mich beobachtet, es ist ziemlich lange her.«

»Du hast ihn gesehen?«

Pauline nickte. »Was ist mit seiner Mutter? Ich habe sie noch nie hier gesehen.«

»Eines Tages ließ sie mir ausrichten, sie wolle mich nie wiedersehen, das war kurz nachdem ...«

Pauline hob die Hand. »Sprich nicht von unserer Tochter, ich bitte dich.«

Augusto nickte nur.

»Und das Kind?«

»Das interessiert mich nicht.« Seine Stimme klang rau.

Pauline starrte ihren Mann entsetzt an. »Es interessiert dich nicht? Wie alt ist er?«

»Er müsste jetzt acht oder neun Jahre alt sein ... Warum sollte er mich interessieren?«

»Weil er dein Sohn ist.«

»Das ist er eben nicht.« Augusto stand auf. »Er ist nicht

mein Sohn, und er war es nie. Glaubst du, ich würde Boa Vista an einen schwarzen Bastard vererben? Diese Fazenda wird ein deutscher Mann erben. Mein Sohn, den du mir einmal schenken wirst. Und damit ist dieses Gespräch beendet.«

Augusto stand auf und stürmte aus dem Zimmer. Fassungslos blieb Pauline zurück.

Pauline fand in dieser Nacht kaum Schlaf, aber sie fühlte sich nicht erschöpft. Endlich wusste sie, was sie zu tun hatte. Das Gespräch mit Augusto hatte ihr die Augen geöffnet. Auf Boa Vista hielt sie nichts mehr. Sie musste nur die rechte Gelegenheit abwarten und sich auf den Weg nach Norden machen, nach Nicaragua, gemeinsam mit Rosina Hartung und sicherlich auch mit Greta.

Früher, fuhr ihr durch den Kopf, hätte ich mir Gedanken darum gemacht, was Vater dazu sagen würde, aber das ist vorbei.

Sie liebte ihn noch, wie eine Tochter ihren Vater liebte, aber sie schätzte ihn nicht mehr, und sie kämpfte auch nicht mehr darum, ihm zu gefallen. Sie hatte genügend getan für ihn. Jetzt war es an der Zeit, dass er selbst die Verantwortung für sich übernahm. Sie würde reisen, vorher aber würde sie in Erfahrung bringen, was mit Augustos kleinem Sohn geschehen war, und sie wusste auch schon, wen sie am kommenden Morgen um Hilfe bitten konnte.

»Vitória!«

Paulines Dienstmädchen beschäftigte sich gerade damit, ihr Zimmer aufzuräumen, und drehte sich jetzt, einen fragenden Ausdruck auf dem Gesicht, zu ihr um.

»Ja, Senhora?«

»Wo ist Augustos Sohn?«

Vitórias dunkle Augen weiteten sich für den Bruchteil einer Sekunde, dann sah sie zu Boden.

»Ich weiß nicht, von wem die Senhora spricht«, sagte sie leise.

Man hörte das Unbehagen in ihrer Stimme. Manchmal hatte Pauline den Eindruck, die junge Mulattin und sie könnten Freundinnen werden, wirkliche Freundinnen, und vielleicht wurden sie das ja auch noch, jetzt, da sich alles änderte. Sie trat auf Vitória zu, berührte sanft ihren Arm.

»Ich weiß alles, Vitória. Ich weiß von Adélia, ich weiß von dem Kind ...«

»Federico ...«, murmelte Vitória.

Offenbar wurden ihr die Knie weich, sie musste sich setzen. Pauline führte die junge Frau zum Bett und setzte sich neben sie. Eine Weile sagte Vitória nichts.

»Adélia ist wunderschön«, erzählte sie dann, »und sie liebt ihn so.«

»Wen? Federico?«

Vitória fuhr sich mit dem Handrücken über die Augen. »Natürlich, er ist ihr Sohn, aber nein, ich meine Augusto ... Sie hat ihn angebetet, so sehr, dass sie ihre geliebten Eltern in Rio de Janeiro zurückließ, so sehr, dass sie sich nie beklagte. Nicht mal, als er sie verbannte, nachdem sie ihm ihren wunderschönen Sohn geschenkt hatte ... Sie hat immer solche Angst um Federico. Sie fürchtet, dass Augusto ihm etwas antut ...«

Pauline schlug die Hand vor den Mund. »Dem eigenen Kind?«, presste sie hervor.

»Er hat den Kleinen nie als seinen Sohn angesehen.«

Pauline schwieg einen Moment, dann sagte sie mit gesenkter Stimme: »Weißt du, wo er ist?«

Dieses Mal wich ihr Vitória nicht aus, aber sie gab auch keine Antwort.

»Wäre das alles, Senhora?«, fragte sie nach einer Weile.

Pauline musterte sie eindringlich, dann nickte sie. »Ja, danke, Vitória, du kannst gehen.«

Für den Rest des Tages blieb Pauline allein. Sie las, malte ein wenig, doch für alles fehlte die rechte Konzentration. Sie überlegte, wie sie ihre Reise vorbereiten konnte, ohne dass es zu sehr auffiel. Gegen Abend nahm sie ein Bad, danach hüllte sie sich in einen seidenen Hausmantel und setzte sich auf die Veranda. Von Zeit zu Zeit schloss sie die Augen wie auch jetzt und horchte auf die Geräusche auf Boa Vista. Bald sammelten sich die Feldarbeiter vor dem Haupthaus, bevor sie ihr Abendessen bekamen und dann für den Tag entlassen wurden. Vieles hier, dachte Pauline, klingt inzwischen so vertraut. Boa Vista ist mir zur Heimat geworden, zu einem Ort, an dem ich mich auskenne.

Ein Geräusch ließ sie im nächsten Moment die Augen wieder öffnen. Sie horchte noch einmal, doch es blieb still. Langsam stand sie auf und trat an das Verandageländer, um in den Garten hinunterzublicken.

Bewegte sich da etwas? War da jemand?

Pauline konnte nichts erkennen. Sie fragte sich wieder, wann es ihr wohl gelingen würde, Boa Vista zu verlassen. Dass Augusto sie nicht freiwillig gehen lassen würde, dessen war sie sich sicher. Sie würde fliehen müssen. Augusto würde bestimmt bald wieder eine seiner Geschäftsreisen unternehmen, zu denen er von Martinez begleitet wurde, sodass sie ihre Pläne umsetzen konnte. Wenn er nicht da war, übernahm ein

Verwalter die Aufsicht über die Fazenda. Um Pauline kümmerte er sich nicht sonderlich.

Wieder war da das Geräusch. Nein, sie hatte sich nicht geirrt, da war etwas ... Pauline kniff die Augen zusammen und versuchte erneut, etwas zu erkennen. Nichts, sie erkannte nichts, oder ...

Pauline spürte erst, dass sie den Atem angehalten hatte, als sie plötzlich Luft holen musste. Aus dem tiefen Grün des Gartens löste sich eine Gestalt, die sie schon einmal gesehen hatte. Als sie nähertrat, erkannte sie in ihr die hochgewachsene Frau, die nach Hannahs Tod mit ihr gebetet hatte.

Für einen Moment betrachtete die Schwarze sie schweigend, dann sagte sie: »Ich hasse Sie nicht.«

Pauline war verwirrt.

»Ich dachte, ich müsste Sie hassen«, fuhr die Fremde fort, »weil Sie Senhor Tewes geheiratet und meine Adélia unglücklich gemacht haben, aber ich tue es nicht.« Sie streckte die Hand nach Pauline aus, und hatte die junge Frau schon berührt, bevor die reagieren konnte. »Sie sind ein guter Mensch.«

Pauline nahm allen Mut zusammen. »Wer sind Sie?«

Die große Schwarze schwieg kurz, dann fragte sie langsam: »Würden Sie ein Stück mit mir gehen, Senhora?«

Pauline zögerte. Konnte sie der Frau vertrauen? Sie kannte sie nicht ... Und wohin sollten sie beide gehen?

»Vertrauen Sie mir.«

»Warten Sie«, bat Pauline.

Die Schwarze nickte. Pauline huschte in ihr Zimmer, warf ein Kleid über, griff nach einem Umschlagtuch und zog festeres Schuhwerk an. Als sie wieder nach draußen trat, hatte sich die Frau erneut hinter die Bäume zurückgezogen und winkte ihr von dort aus zu.

Sie nahmen den schmalen Pfad, der an dieser Stelle in den verwilderten Garten hineinführte. Wieder begannen sich die Gedanken in Paulines Kopf zu jagen. Konnte sie der Frau vertrauen? Sie lief gleichmäßigen Schritts wie eine Königin vor ihr her.

Ja, ich kann ihr vertrauen.

Pauline konnte nicht sagen, warum, sie wusste es einfach, und so folgte sie der Frau weiter und weiter, fort vom Herrenhaus, in eine Gegend, in der sie noch nie zuvor gewesen war.

Endlich, sie hatten den Garten, die Siedlung, in der die Hartungs lebten, und die Hütten der Landarbeiter hinter sich gelassen, erreichten sie eine kleine Lichtung, auf der eine einfache Hütte stand. Die schwarze Frau rief etwas. Einen Moment später kam Vitória aus der Hütte, einen schlanken, hübschen, dunkelhäutigen Jungen mit intensiv blauen Augen an der Hand.

»Senhora!«, rief Vitória aus und knickste, einen ängstlichen Ausdruck auf dem Gesicht.

»Vitória«, rief Pauline aus und streckte der jungen Mulattin spontan beide Hände entgegen. Dann drehte sie sich zu dem Jungen hin.

»Und du bist Augustos Sohn …« Sie gab ihm die Hand. »Guten Tag. Ich freue mich, dich endlich kennenzulernen.«

»Guten Tag, Senhora«, entgegnete der Kleine höflich.

»Federico, lass uns einen Moment allein«, bat die große Schwarze ihn kurz darauf.

Pauline schaute dem Jungen nach. Er hatte etwas von Augusto, aber gewiss auch etwas von seiner Mutter, die sie nie kennengelernt hatte. Die zurückgebliebenen Frauen schwiegen eine Weile.

»Ihr versteckt den Jungen hier vor Augusto?«

Vitória nickte. Wieder schlich sich ein ängstlicher Ausdruck in ihr Gesicht. »Er liebt seinen Sohn nicht«, sagte sie leise.

Pauline nickte, dann fasste sie sich ein Herz. »Wer sind Sie?«, wandte sie sich an die große Schwarze.

»Sie …«, setzte Vitória zu einer Antwort an, doch die Schwarze hob die Hand und brachte sie damit zum Schweigen.

»Ich bin Emilia, Adélias Mutter, und ich bin meinem kleinen Mädchen überallhin gefolgt. Ich habe versprochen, dass ich helfe, Federico großzuziehen, meinen geliebten Enkel. Ich würde alles für ihn und meine Tochter tun.«

Siebtes Kapitel

Nach einer, wie es Pauline erschien, endlosen Zeit des Wartens kam endlich die Gelegenheit. Augusto brach zu einem Besuch zu etwas entfernter lebenden Nachbarn auf und wollte einige Nächte wegbleiben. Sie selbst schützte Kopfschmerzen vor. Er verzog nur den Mund und strich ihr kurz über den Kopf wie einem kleinen Mädchen, bevor er auf sein Pferd stieg und losritt. Inzwischen verstand sie, dass er es mochte, sie schwach zu sehen. Eine schwache Pauline konnte ihm nicht gefährlich werden. Eine schwache Pauline machte ihm keine Angst und ließ ihn seine Pläne verfolgen, so wie er das wollte.

Warum habe ich das nicht früher erkannt?

Aber sie wollte sich nicht zu viele Gedanken darum machen, was sie versäumt hatte. Jetzt wusste sie, was wichtig war. Ein wenig spät, aber nicht zu spät.

Pauline setzte sich auf die Veranda, um nachzudenken. In jedem Fall galt es jetzt, schnell zu sein. Sie hatte alles vorbereitet, um jederzeit aufbrechen zu können. Und nun war die Gelegenheit da. Bescheid wussten bislang nur Vitória und Emilia und natürlich Rosina, die sie begleiten würde. Hier auf Boa Vista hatte Jonas' Mutter keinen Ort mehr, an dem sie leben konnte, seit Kasimir gestorben war, denn ihren kleinen Hof allein weiterzuführen war sie nicht in der Lage. Im Falle eines plötzlichen Aufbruchs wollte sie auf der Bank vor ihrem Haus einen Brief hinterlassen. Hetty, die sie fast jeden Tag besuchte, würde ihn schon finden und sich um die Tiere kümmern.

Ein Räuspern riss Pauline aus den Gedanken. Sie sprang auf und sah Rosina aus dem Dickicht kommen. Hektisch schaute sie sich um, ob sie auch nicht beobachtet wurden.

»Greta wird auch mitkommen«, sagte Rosina mit vor der Brust verschränkten Armen, als sie sie erreicht hatte. Sie sah Pauline mit einer Mischung aus Angst und Entschlossenheit an. »Ich trage die Verantwortung für sie, und ich habe sie in ihrem Leben viel zu oft schon alleingelassen.«

Der Gedanke behagte Pauline nicht, aber sie hatte es ja geahnt. Da sie nun wusste, woran sie war, würde sie Greta im Auge behalten. Dass Jonas' Cousine sie beide verriet, hielt sie für unwahrscheinlich. Greta sehnte sich auch danach, Jonas wiederzusehen. Was im Moment des Wiedersehens geschehen würde, war noch nicht abzusehen, aber sie, Pauline, würde vorbereitet sein.

Pauline schaute Rosina fest an. »Gut, dann soll es so sein. Sie werden dafür sorgen, dass sie uns nicht verrät.«

»Warum sollte sie uns …«

»Glauben Sie mir, ich habe Gründe, das zu sagen. Wir müssen alles bedenken.«

Pauline wandte den Blick ab und schaute in das dichte Grün hinüber. Ich werde den Garten vermissen, wenn ich nicht wieder hierher zurückkehren sollte, dachte sie, ich habe mich an diesen Blick gewöhnt.

In diesem Moment kam Vitória durch Paulines Zimmer auf die Veranda hinausgelaufen.

Pauline lächelte. »Vitória, mein Dienstmädchen. Sie ist auch eine gute Freundin«, stellte sie die andere vor.

»Wie kann man denn mit den Schwarzen Freundschaft schließen?«, fragte Rosina erstaunt.

Pauline hob die Hand. »Schwarze sind Menschen wie wir«,

erklärte sie. »Etwas Abfälliges über sie will ich nicht in meiner Nähe hören. Und jetzt lassen Sie uns bitte allein, Rosina. Ich denke, wir haben alles Nötige besprochen.«

Sie bemerkte, wie Rosina mühevoll ein Schnauben unterdrückte. Als die ältere Frau den Garten verlassen hatte und über den bekannten Pfad im Dickicht verschwunden war, drehte Pauline sich zu Vitória um.

»Was ist, Vitória? Kommt er früher zurück?«

»Nein«, die junge Mulattin schüttelte den Kopf, »Sie haben Besuch, Senhora.«

»Ich?«

Pauline überlegte. Eine der Nachbarinnen? Aber sie war mit keiner gut befreundet und erhielt deshalb auch nur sehr selten Besuch. Sie holte tief Luft.

»Wer ist es, Vitória?«

»Ein Mann. Er kommt aus Sizilien, sagt er. Er wartet im Salon auf Sie.«

Jahre fielen von Pauline ab, als Vitória ihr sagte, wer sie im Salon erwartete. Plötzlich war sie wieder achtzehn Jahre alt und lebte mit ihrem Vater in Messina, plötzlich war sie wieder ein junges Mädchen, das die erste Liebe erfuhr. Vielleicht lief sie deshalb zuerst zu dem Spiegel in ihrem Zimmer und begutachtete sich kurz. Vielleicht kniff sie sich deshalb in die Wangen, damit diese rosiger wurden, und presste die Lippen aufeinander, damit sie röter schimmerten. Trotzdem ließ es sich nicht leugnen: Die Frau, die ihr aus dem Spiegel entgegenblickte, war erwachsen. Feine Falten um Mund und Augen erzählten von einem Leben, das nicht immer leicht gewesen war, von der Trauer um ihre Kleine, die Spuren nicht nur auf ihrer Seele hinterlassen hatte.

Nein, ich bin kein junges Mädchen mehr, dachte sie und fragte sich, wie Gregorio sich verändert haben mochte. Sie hatte ein wenig Angst vor der Begegnung, weil sie sich sicher beide verändert hatten, seit der Vater und sie Messina fluchtartig verlassen hatten.

Warum kommt er nach so langer Zeit? Wie hat er mich gefunden?

Sie atmete noch einmal tief durch, bevor sie den Gang zum Salon hinunterlief und die Tür mit klopfendem Herzen öffnete. Inzwischen wusste sie, wie man sich als Herrin einer großen Fazenda zu geben hatte, wenn man einen Gast begrüßte.

Bei seinem Anblick fiel alle Zurückhaltung von ihr ab.

Ja, er hatte sich verändert wie sie auch, doch nicht so sehr, als dass er ihr nicht noch vertraut gewesen wäre. Natürlich sah er weniger jungenhaft aus. Mehr noch, er sah wie ein Geschäftsmann aus.

»Paolina«, sagte er, »Paolina … Du bist es wirklich …«

Seine Stimme brachte sie endgültig aus der Fassung.

»Gregorio!«

Er erzählte ihr alles. Von dem Tag an, an dem ihr Vater und sie Messina verlassen hatten, von seinem Hass, davon, wie er sich im Auftrag seines Onkels auf die Suche nach den Jordans hatte machen müssen, wie er die Suche aufgegeben hatte und dann doch noch auf jemanden getroffen war, der ihm einen Hinweis hatte geben können.

»So bin ich also nach Rio Grande do Sul gekommen«, endete er.

»Und du hast uns gefunden.« Pauline sah Gregorio fragend an. »Was willst du jetzt tun?«

Gregorio lächelte. »Einmal, ganz am Anfang, dachte ich, es wäre wichtig, euch zu finden. Ganz am Anfang wollte ich Rache, und mein Onkel hat mich darin bestärkt.«

»Aber ...«

Gregorio schüttelte den Kopf, als ob er das selbst gar nicht mehr glauben könnte. »Weißt du, ich führe inzwischen mein eigenes Leben. Ich habe ein schönes Haus in Botafogo. Santino Fabris ist weit weg, und er ist auch nicht mehr der Jüngste. Andere drängen mittlerweile auf seinen Platz, auch wenn er es nicht wahrhaben will.« Er schwieg einen Moment. »Ich bin froh, nicht mehr dort zu sein. Vielleicht würde er mir sogar leidtun ...«

»Er ist ein herzloser Mann. Er geht erbarmungslos seinen Weg. Ich weiß nicht, ob er mir leidtun würde«, sagte Pauline leise.

»Er war trotz allem auch immer so etwas wie ein Vater für mich.«

Pauline dachte kurz über Gregorios Worte nach und nickte dann. »Ja, du hast recht«, sagte sie, »ich vergaß.«

Einen Moment lang musste sie an ihren Vater denken und daran, wie weit sie sich inzwischen voneinander entfernt hatten. Seit er für Augusto arbeitete und so oft unterwegs war, sah sie ihn nur noch selten. Sie war nicht böse darum.

Pauline räusperte sich. »Wird Signor Fabris erfahren, wo wir leben?«

Gregorio zögerte nicht mit seiner Antwort. »Nein.«

»Warum nicht?«

»Wie ich sagte, es ist nicht mehr wichtig.« Gregorio hob die Schultern und reckte sich ein wenig. »Ich treffe heute meine eigenen Entscheidungen, zudem ist noch nicht einmal Santino Fabris' Arm lang genug, um hierzulande irgendetwas auszurichten. Ich habe einmal geglaubt, dass er immer Macht über mich haben wird, aber das hat er nicht mehr. Er ist jetzt ein alter Mann.«

Sie redeten und redeten, es gab so viel zu erzählen. Irgendwann ließ Pauline ihnen etwas zu essen bringen und berichtete Gregorio schließlich von ihrem Plan, Boa Vista zu verlassen. Da war so viel Vertrautes an ihm, es kam ihr vor, als hätten sie sich nicht erst einige Stunden zuvor nach vielen Jahren wiedergesehen. Er hörte ihr geduldig zu.

Es war schon später Nachmittag, als Greta an die Tür klopfte und sich nach Pauline erkundigte. Pauline stellte sie als ihre Gesellschafterin vor, erklärte, dass es für diesen Tag zu spät sei aufzubrechen. Sie unterhielten sich eine Weile zu dritt, dann zog Greta sich zurück.

Als Pauline Gregorio nach einem kleinen Nachtmahl zum Gästezimmer begleitete, hielt er Pauline kurz am Arm fest.

»Sie wird mitkommen, diese Greta? Mit dir und ihrer Patin?«

Pauline nickte.

Gregorio runzelte die Stirn. »Sei vorsichtig«, flüsterte er dann. »Irgendetwas stimmt mit ihr nicht. Da ist etwas Unheimliches an dieser jungen Frau. Ich würde ihr nicht trauen.«

Etwas Unheimliches …

Genau das empfand Pauline selbst auch seit geraumer Zeit, aber sie hatte es einfach nicht glauben wollen. Jetzt, da Gregorio es gesagt hatte, konnte sie ihrem Gefühl vertrauen. Greta hatte sich verändert. Sie musste aufpassen.

Wie gewünscht weckte Vitória sie am nächsten Morgen sehr früh, denn sie wollte Gregorio vor seinem Aufbruch verabschieden. Man erwartete ihn auf einer Fazenda etwas weiter nördlich, wo er geschäftlich zu tun hatte. Sein Bedauern darüber hatte er tags zuvor geäußert, denn er hätte die Frauen gerne begleitet. Pauline hatte ihn beruhigt, dass dies unnötig sei. Ein wenig unwohl war ihr dabei allerdings gewesen, doch sie wollte Gregorio in nichts hineinziehen. Nicht noch einmal.

Er lächelte, als er sie sah, deutete auf die Provianttasche, die er am Sattel seines Maultiers befestigt hatte.

»Man hat mich gut versorgt. Ich danke dir.«

Pauline schwieg, einen Moment lang in Gedanken verloren. »Ich habe einmal geglaubt, ich könnte dich nie vergessen«, sagte sie dann unvermittelt.

»Ich habe dich nie vergessen«, erwiderte er, doch sein Lächeln ließ sie entspannen.

»Nun ja«, Pauline strich sich verlegen eine Haarsträhne aus dem Gesicht, »ich habe auch oft an dich gedacht, besonders anfangs. Ich war mir sicher, ohne dich nicht leben zu können.«

»Aber wir sind beide älter geworden, nicht wahr?«, fuhr er fort. »Unsere Bedürfnisse, unsere Träume, unsere Wünsche sind nicht mehr dieselben.«

Sie seufzte. »Meinst du, wir hätten geheiratet, wenn alles anders verlaufen wäre?«, fragte Pauline.

»Vielleicht.« Gregorio ließ sie los und schwang sich auf den Rücken seines Reittiers. »Wirst du mich eines Tages in Botafogo besuchen?«

»Wir werden sehen …«

Pauline kämpfte mit den Tränen. Tränen um eine unwiederbringliche Vergangenheit, um ein Leben, das weniger Leid gebracht hätte. Sie hob die Hand zum Abschied.

Nur wenig später brachen Rosina, Greta und sie ebenfalls auf.

Achtes Kapitel

Es gelang Pauline, Rosina und Greta, Boa Vista zu verlassen, ohne dass ihnen jemand folgte. Vitória, die einen Stallburschen bestochen hatte, damit er ihnen Maultiere sattelte und ebenfalls schwieg, hatte auch für sie Beutel mit so viel Proviant vorbereitet, dass es für die ersten Tage reichte. Die drei Frauen ritten, soweit es ihre Kräfte erlaubten, nach Süden. In den ersten Stunden ihrer Flucht befürchteten sie ständig, Hufschlag hinter sich zu hören, doch nichts geschah. Nach und nach entspannten sie sich. In einer kleinen abgelegenen *pousada* legten sie die erste Rast ein. Pauline hatte ihren Schmuck mitgenommen und bezahlte das Nachtlager damit – viel zu teuer.

Auch die zweite Nacht verbrachten sie in einer kleinen Herberge. Dieses Mal schliefen sie in Hängematten. Rosina murrte, doch Pauline versuchte, über den Unmut der älteren Frau hinwegzuhören. Sie waren auf der Flucht und mussten sich mit dem begnügen, was sie vorfanden. Pauline starrte gegen die Decke der Hütte und versuchte, Ruhe zu finden.

Werden wir Augusto entkommen? Was passiert, wenn wir die Küste erreichen und jemandem begegnen, der mich kennt?

Es war noch früh am Morgen, als das kleine Schiff ablegte. Pauline hatte in der vorangegangenen Nacht, die sie schon auf dem Schiff hatten verbringen dürfen, kein Auge zugetan. Sie spürte, dass die Anstrengung – sie hatten eine Woche gebraucht, um Porto Alegre zu erreichen – an ihren Nerven zerrte, dabei hatten sie ihr Ziel noch lange nicht erreicht.

Augusto muss längst zurück sein. Hat er sich an die Verfolgung gemacht? Sind wir sicher auf dem Schiff?

So viele Fragen, auf die sie keine Antwort wusste. Sie hoffte nur, dass alles gut ging, dass sie ihr Ziel erreichten und Jonas …

Ich kann nur hoffen, aber ich weiß nicht, was geschehen wird. Niemand weiß das.

Stumm stand Pauline an der Reling des kleinen Schiffes, das sie nach Rio de Janeiro bringen sollte, und schaute zur Küste hinüber. Greta hatte sich auf ihrem Platz zusammengerollt und kämpfte mit Übelkeit, die sie wieder so heftig überfallen hatte, wie damals auf der Reise in die Neue Welt. Rosina schnarchte leise.

Vielleicht hatte Augusto seine Beziehungen spielen lassen und erwartete sie in Rio de Janeiro?

Irgendwann müssen wir wieder an Land, und dann …

Pauline schauderte. Er würde es ihr nie verzeihen, dass sie fortgelaufen war.

Doch auch in Rio de Janeiro erwartete sie niemand, und wenig später bestiegen die Frauen ein Schiff, das sie nach Greytown an der Ostküste Nicaraguas bringen sollte. Von dort aus ging es mit einem Kahn weiter bis zum Nicaraguasee, über den sie bis nach Granada gelangen würden. Sie hatten Glück und konnten sich einer vertrauenswürdigen Reisegruppe anschließen, darunter eine Frau, die sich auf einer Weltreise befand. Sogar Pauline, die von den drei Flüchtenden bislang am Weitesten herumgekommen war, staunte.

Als sie den Nicaraguasee erreichten, fehlten ihnen die Worte. Die Weltreisende erzählte, dass sich der See, einer Sage zufolge, einer tragischen Liebesgeschichte wegen gebildet habe.

»Der angesehene Nagrando, so heißt es«, erzählte sie, »hatte sich in Ometeptl, die wunderschöne Häuptlingstochter eines Nachbarstammes, verliebt. Die Stämme waren jedoch verfeindet, und die Liebe der beiden war deshalb unmöglich. Die Liebenden flohen also, wurden verfolgt und begingen schließlich in ihrer Verzweiflung Selbstmord. Aus ihrem Blut soll sich der See gebildet haben, aus ihren Körpern entstanden die Inseln.«

Pauline und Rosina schauderten. Greta verzog keine Miene, als hätte sie nicht zugehört.

Sicher, dass ihnen Augusto nun gewiss nicht mehr folgen konnte, versuchten die Frauen einige Tage später in einer von einem Deutschen geführten Herberge in Granada ein wenig auszuruhen. Zum ersten Mal seit Beginn der Reise ließ Pauline die Erschöpfung in einen tiefen Schlaf sinken.

Am kommenden Morgen sollte es per Maultier hinauf nach Matagalpa gehen. In der Nähe dieser Stadt sollte sich Selva Negra, die Hazienda von Jonas Hartung und Andreas Vallendar, befinden.

Sie waren seit einigen Tagen unterwegs und am Vorabend bis zum Einbruch der Dämmerung geritten. Dann hatten sie Unterschlupf in einer kleinen, anscheinend verlassenen Hütte gefunden. Greta erwachte an diesem Morgen als Erste vom Regen, der auf das Dach prasselte. Im Dämmerlicht wanderte ihr Blick zu Pauline hinüber, die noch tief und fest schlief. Der Hass, der plötzlich in ihr aufstieg, kam mit einer solchen Wucht, dass er ihr die Kehle zuschnürte.

Ich muss verhindern, dass wir Jonas gemeinsam erreichen. Ich will nicht, dass er sie wiedersieht.

Noch einmal schloss Greta die Augen. Sie stellte sich vor, wie sie Jonas von Paulines Tod berichtete und ihn tröstete. Sicherlich würde er eine Weile brauchen, bis der Schmerz nachließ, doch wenn sie nur geduldig war und an seiner Seite blieb, dann würde er schließlich erkennen, was er an ihr hatte.

Dann wird er endlich begreifen, was ich ihm bedeute.

Ruhig wartete Greta darauf, dass ihre beiden Mitreisenden aufwachten. Als der Regen nachließ, traten sie vor die Tür und erstarrten.

Es ließ sich später nicht ausmachen, ob sich die Maultiere befreit hatten oder ob sie gestohlen worden waren. In jedem Fall blieben sie, trotz langer, sorgfältiger Suche, verschwunden. Schließlich traf Pauline eine Entscheidung.

»Wir werden den Rest des Weges zu Fuß zurücklegen müssen. Wenn man uns recht berichtet hat, kann es nicht mehr allzu weit sein«, sprach sie den anderen beiden Frauen Mut zu. »Wir werden uns am Sonnenstand orientieren.«

Rosina begann zu zittern, doch Greta sah Pauline so ausdruckslos an, dass die ein Schaudern unterdrücken musste. Keine der beiden sagte etwas. Nach einem kargen Frühstück, das ihnen kaum die nötige Kraft geben konnte, machten sie sich auf den Weg.

Die Gegend war hügelig, sodass es nun häufig bergauf und bergab ging. Alles um sie herum war grün, grüner, als jeder Landstrich, den Pauline bisher gesehen hatte. Manchmal nahm ihnen Nebel die Sicht zum nächsten Hügel oder hinunter ins Tal, was gespenstisch war. Manchmal raschelte es unheimlich in den Büschen und Bäumen, die ihren Weg säumten, und ein Schatten huschte vorbei, der genauso rasch verschwand, wie er auftauchte. Doch unablässig war Vogelgezwitscher zu hören, und Schmetterlinge jeder Form und Farbe flatterten um sie herum. Die drei Frauen sprachen kaum miteinander. Das ständige Auf und Ab war anstrengend, die lange Reise steckte ihnen in den Knochen, und jede hoffte nur darauf, bald anzukommen.

Nach einer kurzen Mittagsrast, in der Pauline etwas Brot und Obst verteilte, das sie am Tag zuvor gekauft hatte, erfrischten sie sich mit dem Wasser aus einem parallel zum Weg verlaufenden Bach und füllten ihre Feldflaschen, dann ging es weiter. Was würden sie tun, wenn sie nichts mehr zu essen hatten und doch noch nicht angekommen waren?

Werden wir überhaupt ankommen?

Die Luftfeuchtigkeit war sehr hoch, und es war sehr heiß. Der Weg wurde immer schmaler und war voller Geröll. Es begann erneut zu regnen, die Steine waren glitschig. Pauline schlitterte. Sie war so erschöpft, dass sie Mühe hatte, sich auf den Füßen zu halten. Rosina lief ganz am Ende, sie blieb stets ein Stück zurück. Dicht hinter sich hörte Pauline Greta schwer keuchen. Nicht zum ersten Mal spähte sie unsicher zur Seite. Links ging es steil bergauf, der Abhang rechts von ihnen fiel steil ab. Wer hier stürzte, konnte nur hoffen, vom nächsten karg bewachsenen Felsplateau aufgefangen zu werden, aber schwer verletzt wäre man sicher. Pauline atmete tief durch und versuchte, nicht mehr hinunterzublicken.

Ich hätte Greta vorausgehen lassen sollen, meldete sich nicht zum ersten Mal eine leise, drängende Stimme in ihrem Kopf, aber jetzt war es zu spät. Jetzt würde sie dieses Stück des Weges so hinter sich bringen müssen.

Pauline versuchte, etwas schneller zu laufen, doch es wollte ihr nicht gelingen. Sie hatte zu viel Angst zu stürzen. Vorsichtig setzte sie Fuß vor Fuß.

Geh weiter. Du musst weitergehen. Du darfst Greta nicht zu nahe an dich heranlassen.

Vielleicht bildete sie sich aber doch alles nur ein? Vielleicht kämpfte Greta ebenso mit dem Weg wie sie selbst, ohne einen Hintergedanken …

Als Pauline schließlich ins Rutschen geriet, war sie zu überrascht, um zu schreien. Hilflos versuchte sie Halt zu finden, bekam einen Ast zu fassen, der jedoch unter ihrem Gewicht zerbrach. Sie krallte verzweifelt die Finger in den Boden, doch sie rutschte immer weiter, bis ihr Sturz endlich von einem Felsvorsprung abgefangen wurde.

Schwer atmend blieb Pauline liegen und schaute nach oben, wo Greta und Rosina reglos standen und zu ihr herunterblickten. Pauline räusperte sich, gab einen unartikulierten Angstlaut von sich und versuchte es erneut.

»Helft mir«, krächzte sie. »So helft mir doch!«

Es schien eine Ewigkeit zu dauern, bis Greta zu ihr nach unten kletterte. Pauline sah ins Tal und schloss die Augen. Bitte, lieber Gott, betete sie stumm, lass mich nicht dort hinunterstürzen. Sie öffnete die Augen wieder, versuchte, besseren Halt zu finden.

Greta hatte sie jetzt fast erreicht. Ihr Gesichtsausdruck war seltsam starr, ihre Augen wirkten leer, als wäre sie ganz gefangen in einer Welt, die mit der Wirklichkeit nichts zu tun hatte. Sie wirkte wie entrückt. Pauline wusste nicht, ob sie erleichtert sein oder ob sie sich noch mehr ängstigen sollte.

»Greta!«, versuchte sie die andere anzusprechen, aber offenbar drang sie nicht zu der jungen Frau durch.

Ganz ruhig bewegte Greta sich auf sie zu, sagte jedoch kein Wort.

Was wird geschehen?

Plötzlich löste sich ein Gesteinsbrocken unter Paulines Füßen. Sie schrie auf, griff im letzten Moment nach einem Busch, krallte sich an den Zweigen fest. Ihre Füße suchten erneut nach Halt, rutschten wieder ab.

Sie wird dir nicht helfen ...

Sie versuchte an Greta vorbei zu erkennen, ob Rosina ihr wohl helfen konnte, doch es gelang ihr nicht. Gretas Körper verdeckte den ihrer Tante.

Sie wird dir nicht helfen ... Sie wird dir nicht helfen ...

Pauline nahm alle Kraft zusammen, um ein Stückchen weiter nach oben zu klettern. Greta hatte sie jetzt erreicht und stand direkt über ihr. Wortlos verfolgte sie Paulines hilflose Versuche.

»Gib mir deine Hand«, sagte sie dann unvermittelt.

Paulines Finger klammerten sich unwillkürlich noch enger um die Zweige des Busches, sah die andere mit angstgeweiteten Augen an. Greta lächelte, schien inzwischen wieder ganz im Hier und Jetzt zu sein, und doch schimmerte da etwas bedrohlich in ihren Augen.

»Gib mir deine Hand, Pauline.«

Pauline schauderte. Wieder sah sie an Greta vorbei, erkannte jetzt Rosina, die auf einem Stein ein kleines Stück über ihnen saß und versuchte zu Atem zu kommen.

»Rosina ... Rosina, du musst mir helfen«, stammelte Pauline, alle Förmlichkeit vergessend.

»Ich kann nicht«, rief die ältere Frau, »ich habe zu viel Angst. Ihr müsst es allein versuchen.«

Greta ging in die Knie und lächelte Pauline an. »Komm«,

sagte sie sanft, »ich brauche nur deine Hand, dann ist alles gut.«

Pauline ließ den Kopf auf ihre Arme sinken. Ihre Handflächen bluteten, die Arme schmerzten. Der Schweiß lief ihr den Rücken herunter. Lange würde sie sich nicht mehr halten können. Sie begann zu weinen, und die Tränen auf ihrem Gesicht mischten sich mit den Regentropfen.

Greta beugte sich näher zu ihr hinunter. »Du wirst mir vertrauen müssen, das weißt du.«

Sie hatte recht. Sie wusste, dass Greta recht hatte, und das war ein entsetzliches Gefühl. Greta schien gar keine Angst vor dem Abgrund zu haben. Pauline starrte auf Gretas ausgestreckte Hand, konnte sich aber nicht überwinden, sie zu ergreifen. Und dann versuchte die andere, ihre Finger zu lösen, einen nach dem anderen …

»Lass los, meine Liebe«, flüsterte sie, »dann haben wir es hinter uns.«

Pauline starrte Greta an. Hatte sie das wirklich gesagt?

Im nächsten Moment war sie hellwach. Pauline schrie. Sie schrie und schrie und schrie …

»Greta!«, war jetzt Rosinas drohende Stimme wie aus weiter Ferne zu hören, »Greta, tu das nicht.«

Und dann ging alles sehr schnell.

Pauline konnte nicht sagen, wo sie die Kraft hernahm, die es ihr letztendlich ermöglichte, Greta abzuwehren und den Abhang hochzukriechen. Ihre plötzliche Bewegung schien Greta irritiert zu haben. Sie kreischte auf, wollte sich an Pauline festhalten, doch dann war da plötzlich Rosina, die Pauline die Hand reichte. Das Letzte, was sie sah, waren Gretas schreckgeweitete Augen, einen Augenblick später hörte sie auch schon, wie ihr Körper aufprallte. Eben noch hatte Greta sie umbringen wollen, und was war nun geschehen? Das hatte Pauline gewiss nicht gewollt.

»Ist sie tot?«, hörte sie Rosina fragen.

Pauline spähte vorsichtig über den Rand der Klippe. Konnte ihr noch geholfen werden? Greta war nur ein Stück weiter unten auf einem schroffen Felsvorsprung aufgekommen, doch ihr Kopf war zerschmettert. Alles war voller Blut. Es war vorbei. Der grausame Anblick wollte sie schier zerreißen.

»Ja, sie ist tot.«

Schluchzend brach Pauline zusammen und barg das Gesicht in den Armen. Erst eine ganze Zeit später bemerkte sie die Berührung an ihrem Rücken und dann ein sanftes Streicheln.

»Pauline.«

Rosinas Stimme. Pauline rappelte sich hoch. Aus tränenfeuchten Augen sah sie Rosina an. »Du … du hast mir geholfen«, stammelte sie. »Du hast mir das Leben gerettet …«

Rosinas Gesicht war ernst, fast bewegungslos. Dann sah sie an Pauline vorbei zu Greta. Pauline hörte, wie sie gequält Luft holte.

»Ja, aber Greta … Greta hat den Tod gefunden. Das wollte ich nicht, ich werde mir das nie verzeihen. Ich wollte nicht, dass sie abstürzt … Ich wollte nur nicht …« Sie brach ab.

Pauline schluckte. »Sie hat uns keine Wahl gelassen.«

Rosina zog die Schultern hoch und wischte sich die Tränen von den Wangen. »Vielleicht hast du recht, aber es tut doch so weh. Ich habe sie wie mein Kind aufgezogen, auch wenn ich ihr sicherlich keine gute Mutter war. Jetzt schäme ich mich dafür, aber es ist zu spät.«

Rosina starrte blicklos in Richtung des Abgrunds. Pauline zögerte einen Moment, dann legte sie den Arm um Rosinas Schultern. Nach einer Weile begann die ältere Frau schluchzend zu beten, bis sie endlich geschwächt in sich zusammensank.

»Greta, ich wünsche dir, dass es dir nun besser geht, wo immer du auch bist«, endete sie.

Es dauerte eine Weile, bis sich Pauline und Rosina wieder zurück auf den Pfad gekämpft hatten. Lange Zeit konnte Rosina nicht aufhören zu weinen, doch dann machten sie sich wieder auf den Weg. Es regnete nicht mehr. Eine Weile gingen die beiden Frauen schweigend weiter in die Richtung, die sie am frühen Morgen eingeschlagen hatten. Nach zwei Stunden machten sie Rast. Sie waren beide unendlich erschöpft. Pauline begann zu zittern. Plötzlich musste sie wieder daran denken, wie knapp sie dem Tod entronnen war. Es war so schrecklich, sich an Gretas letzten Blick zu erinnern, an die Angst in ihren Augen, das Wissen, dass sie jetzt sterben würde und dass ihr niemand helfen konnte. Pauline musste sich zwingen, an etwas anderes zu denken und sah zu Rosina hinüber. Die Feldflasche fiel ihr ein, die sie immer noch in der Tasche über der Schulter trug. Ein wenig Wasser war noch darin.

»Möchtest du etwas trinken?«

Pauline musste die Frage zweimal stellen, bevor Rosina reagierte.

»Ich habe sie allein gelassen«, sagte die ältere Frau dann, statt eine Antwort zu geben. »Ich wusste, dass sie meinen Jonas liebt, mehr als gut für sie sein konnte. Ich wusste, dass sie meine Hilfe brauchte, aber ich habe mich nicht darum gekümmert.«

Pauline hielt Rosina die Feldflasche hin. »Wir machen alle Fehler. Keiner von uns konnte wissen, was wirklich in ihr vorging.«

»Doch«, sagte Rosina, »doch, ich wusste es.«

Als es dunkel wurde, waren sie noch immer weit entfernt von jeder Behausung. Eine weitere Nacht im Wald stand ihnen bevor, doch dieses Mal gab es keine Hütte, in der sie Unterschlupf finden konnten.

Wenigstens, fuhr es Pauline durch den Kopf, sind wir beide zu müde, um uns zu fürchten.

Rosina und sie suchten Schutz zwischen riesigen Baumwurzeln. Zu essen gab es nichts mehr, auch Wasser hatten sie keines mehr. Hungrig und durstig schliefen sie schließlich ein.

Früh am nächsten Morgen erwachten die beiden Frauen fast gleichzeitig vom Gesang der Vögel, der ihnen immer fremdartiger erschien. Die Knochen schmerzten von der Feuchtigkeit. Pauline half Rosina, auf die Füße zu kommen. Die ältere Frau schwankte und sah blass aus. Die Erschöpfung zeigte sich mehr und mehr in ihren Zügen. Pauline fragte sich, wie lange es noch dauerte, bis sie vollends zusammenbrach, und was wohl dann geschah. Rosinas Haut war gerötet, als ob sie Fieber hätte. Bald schaffte sie es kaum noch, einen Schritt vor den anderen zu setzen. Pauline zog sie mit sich, Schritt für Schritt schleppten sie sich weiter voran, doch sie wusste, lange würde das nicht mehr gut gehen. Sie beide waren am Ende ihrer Kräfte.

Sie kauerten schon eine ganze Zeit am Wegrand, als Pauline in einiger Entfernung einen Reiter entdeckte. Sie wollte den Kopf heben, doch sie fühlte sich zu schwach. Dieses Mal konnte sie sich nicht vorstellen, wieder auf die Füße zu kommen. Rosina war ganz in sich zusammengesunken. Pauline konnte noch nicht einmal erkennen, ob sie noch atmete.

Vielleicht ist sie tot, sagte eine Stimme in ihrem Kopf, vielleicht wirst du hier auch bald sterben.

Sie dachte daran, welchen Durst sie nun schon seit Stunden litt. Hier, wo alles feucht war, gab es keine Quelle. Sie dachte daran, die Tropfen von den Blättern der Bäume zu lecken … Kaffeebäume waren es. Ja, sie hockten am Rand einer Kaffeeplantage …

Einer Kaffeeplantage? Und war da nicht eben noch ein Reiter gewesen?

Ihr fielen die Augen zu.

»Señora?«, hörte sie nun eine Stimme.

Nein, nicht eine Stimme, das war seine Stimme.

Ich träume …

Zwar hatte Rosina in einem ihrer letzten klaren Momente gesagt, dass sie sich ganz in der Nähe der Hazienda Selva Negra befinden müssten, aber sie hatte sich gewiss geirrt. Das war doch ganz unmöglich, ein zu großer Zufall.

Pauline wollte sich hochrappeln, doch es ging nicht. Sie hörte, wie das Pferd neben ihr zum Stehen gebracht wurde. Wenigstens gelang es ihr nun, die Augen wieder zu öffnen. Der Reiter sprang ab und war mit wenigen Schritten bei ihr. Er fiel auf die Knie.

»Pauline.«

Seine Stimme …

Pauline verlor das Bewusstsein.

Jonas saß neben ihrem Bett, als Pauline aufwachte. Zuerst konnte sie ihn nur anstarren.

»Jonas«, sagte sie dann schwach. »Endlich.«

Er lächelte. »Ja, endlich. Bist du wirklich hier?«

Pauline nickte, an ihren Augenrändern begannen Tränen zu zittern. Sie musste heftig schlucken.

»Ich … ich habe dich nicht vergessen. Ich … ich konnte dich einfach nicht vergessen.«

Er berührte sanft ihre Wange, zog die Hand dann aber wieder zurück. »Ich konnte dich auch nicht vergessen. Aber was ist mit Augusto Tewes? Du bist eine verheiratete Frau. Bist du ihm davongelaufen?«

Pauline schloss die Augen. Jetzt konnte sie die Tränen nicht mehr aufhalten. Sie rannen über ihre Wangen, fingen sich an den Mundwinkeln, liefen über das Kinn bis in den Nacken.

»Er ist auf Boa Vista, er …« Sie holte tief Luft. Ihre Stimme bebte. »Ich habe herausgefunden, dass er schon verheiratet ist … Da bin ich weggelaufen.«

»Er ist schon verheiratet?« Jonas' Stimme klang fassungslos.

Pauline öffnete die Augen wieder. »Ja, mit einer Mulattin, doch sie hat ganz weiße Haut, weil ihr Vater ein Weißer ist. Sie haben auch einen Sohn, einen kleinen Jungen. Und er ist schwarz, weil … weil die Großmutter eine Schwarze ist. Das war der Grund …« Sie hielt kurz inne, atmete schwer ein und aus und sprach dann weiter. »Er hat mich geheiratet, um ein weißes Kind zu bekommen …« Sie schauderte.

Jonas sagte nichts, drückte nur ihre Hand. »Das ist ja eine unglaubliche Geschichte. Aber sein Sohn …«

»Er ist ihm nichts wert. Er ist ihm gleichgültig, weil er schwarz ist.«

Jonas schüttelte nur den Kopf, offenbar fehlten ihm die Worte.

Pauline fröstelte mit einem Mal. Es gab viel, was sie sich erzählen mussten, aber sie hatten Zeit. Von Gretas Tod und vom Verlust ihrer Tochter würde sie später sprechen, fürs Erste war das zu viel. Sie war zu erschöpft.

»Und wie ist es dir ergangen?«, fragte sie nach einem Moment des Schweigens.

Jonas lächelte. »Nicht schlecht, obgleich es am Anfang nicht immer leicht war. Jetzt aber geht es mir gut.«

Pauline erwiderte sein Lächeln. »Ich freue mich, das zu hören. Du hast es verdient. Mehr als jeder andere.«

Pauline und Jonas nahmen sich an diesem Tag viel Zeit füreinander. Rosina schlief so tief, dass sie kaum etwas um sich her bemerkte. Sie wussten nicht einmal, ob sie Jonas richtig wahrgenommen hatte. Nach einem ersten kurzen Aufwachen aß und trank sie eine Kleinigkeit, dann schlief sie weiter. Jonas zeigte Pauline die Plantage und stellte ihr Andreas vor. Der lächelte sie an.

»Sie haben Glück, dass Sie ihn haben. Er hat Sie nie vergessen. Halten Sie ihn jetzt ganz fest.«

Pauline lächelte. »Das werde ich.«

Gemeinsam spazierten Jonas und sie weiter. Jonas erzählte davon, wie er Brasilien verlassen hatte und nach Nicaragua gelangt war. Wie er sich entschieden hatte, nicht nach Kalifornien weiterzuziehen, und stattdessen sein Glück bei Matagalpa zu suchen. Pauline bestaunte das Haus, das sich die beiden Männer eingerichtet hatten, und lernte Andreas' Ehefrau Joana kennen. Kinder hatten sie noch keine. In Jonas' Leben, so erfuhr Pauline, hatte es nie eine Frau gegeben. Er hatte auch nicht daran gedacht zu heiraten.

Am Abend gab es ein großes Essen. Es wurde spät, und als Jonas Pauline zu ihrem Zimmer führte, standen sie beide unschlüssig voreinander.

»Es ist zu früh, oder?«, fragte Pauline schließlich unsicher.

Jonas strich ihr sanft über eine Wange. »Wir haben Zeit«, sagte er dann. »Ich kann es kaum erwarten, da kannst du dir sicher sein, aber wir haben alle Zeit der Welt, und wir sollten sie nutzen und darauf vertrauen, dass alles gut wird.«

Pauline lächelte. »Du hast recht.«

Sie stellte sich auf die Zehenspitzen und küsste ihn. Jonas hielt sie fest in seinen Armen. Sie spürte seine Hände auf ihrem Rücken, dann küsste auch er sie. Es war, als wären sie nie getrennt gewesen.

Rosina konnte am kommenden Morgen Bett und Zimmer verlassen. Sie aß mit Appetit, und Pauline erzählte ihr alles, was sie bisher erfahren hatte. Jonas musste sich an diesem Tag wieder um die Hazienda kümmern und würde deshalb erst am späten Nachmittag zu ihnen stoßen. Sie hatte ihm am Abend zuvor von Greta erzählt, und Jonas hatte ihr versprochen, gleich am Morgen Männer auszuschicken, um Gretas Leiche bergen und sie beerdigen zu lassen. Später würden sie eine Gedenkfeier für die unglückliche junge Frau ausrichten und auf diese Weise von ihr Abschied nehmen.

Rosina und Pauline gingen ein paar Schritte spazieren, und die junge Frau bemerkte schnell, dass Jonas' Mutter sich zwar körperlich erholt, aber dass ihre Seele gelitten hatte. Immer wieder fragte sie nach ihrem Sohn.

»Er scheint sein Glück gemacht zu haben«, sagte Rosina irgendwann leise.

»Das hat er.« Pauline strich ihr über den Arm. »Er wird dir sicher davon berichten. Du kannst stolz auf ihn sein.«

Rosina sah sie an. »Jetzt ist er alles, was ich noch habe«, sagte sie.

Pauline zögerte einen Moment, dann nahm sie die Ältere in den Arm. »Er weiß das.«

Auch in den nächsten Tagen musste Jonas viel arbeiten, aber Pauline blieb entspannt. Rosina erholte sich weiter, obgleich sie unendliche Traurigkeit ausstrahlte. Mutter und Sohn hatten erste Gespräche miteinander geführt über den Tod des Vaters und der Cousine.

Jonas schüttelte den Kopf, als er erfuhr, wie Greta sich verändert hatte. »Ich habe offenbar nie verstanden, wie es wirklich in Greta aussah.«

Pauline schmiegte sich an ihn. »Das haben wir alle nicht. Sie muss sehr unglücklich gewesen sein und zum Schluss ...« Die junge Frau schaute nachdenklich in die Ferne. Zum Schluss war sie völlig verwirrt, fügte sie in Gedanken hinzu.

»Aber sie hat versucht, dich umzubringen.« Jonas zog Pauline fest in seine Arme. »Was hätte ich dann nur getan?«

Pauline beugte den Kopf zurück und sah forschend in das Gesicht des jungen Mannes. Fast sah es so aus, als schimmerten Tränen in seinen Augen.

»Du hättest es vielleicht gar nicht erfahren und mich irgendwann vergessen.«

Jonas erwiderte ihren Blick, dann beugte er sich vor und küsste sie. »Ich hätte dich nie vergessen.«

Pauline und Jonas verbrachten die Tage, soweit möglich, Seite an Seite. Nachdem ein Teil der Kaffeeernte auf den Weg nach Léon gebracht worden war, hatte Jonas wieder mehr Zeit und nutzte diese, Pauline auch den Rest des Anwesens zu zeigen. Pauline liebte die hügelige Umgebung und das frische Grün, das sie von allen Seiten umgab. Die Kaffeefelder waren eine willkommene Abwechslung für das Auge.

Auch jetzt waren sie wieder auf einem ihrer kleinen Ausflüge. Rosina war am Haus geblieben. Sie hatte sich mit der Köchin angefreundet und angeboten, ihr einige Gerichte aus der deutschen Küche beizubringen. Zuerst war sie der Schwarzen skeptisch gegenübergetreten, aber die hatte sie so warmherzig begrüßt, dass Rosina gar nicht anders konnte, als sie gernzuhaben. Jonas' Mutter hatte ihr anvertraut, dass sie sich schon den Kopf darüber zerbrach, was wohl geschehen würde, wenn sie zurück in Rio Grande do Sul waren. Wie würde sie ihr Leben leben können so ganz allein? Jetzt, da ihr Sohn in der Ferne war und ihre Patentochter nicht mehr lebte. Pauline hatte versprochen, sie nicht im Stich zu lassen.

Jonas blieb stehen und deutete auf einen Hügel.

»Dort leben deutsche Nachbarn. Aus dem Schwarzwald. Das ist einer der Gründe, warum Andreas und ich unsere Plantage Selva Negra genannt haben.«

Pauline nickte, während sie versuchte, das Haus in der Ferne auszumachen. Dann wandte sie sich wieder Jonas zu.

»Andreas sagte mir, all das hier habe mit einem Goldfund angefangen.«

»Ja, hat es«, Jonas lächelte gedankenverloren, »aber dann haben wir uns entschlossen, in Kaffee zu investieren. Es hat lange gedauert, bis wir den großen Fund gemacht hatten. Wir wollten unser Glück nicht aufs Spiel setzen.«

Pauline sah sich lächelnd um. »Das war offenbar eine gute Entscheidung. Selva Negra ist einfach prächtig.«

Jonas nickte. Eine Weile standen sie schweigend nebeneinander, dann fragte er: »Was wirst du jetzt tun? Wirst du nach Boa Vista zurückkehren?«

Pauline dachte an ihren Vater und an Augusto. Nein, sie würde nicht einfach bleiben können, hier bei Jonas. Sie holte tief Luft, straffte die Schultern.

»Ich vermute, dass ich noch einige Dinge klären muss.«

Wieder schwiegen sie. Nach einer Weile räusperte sich Jonas.

»Heirate mich.«

Paulines Augen füllten sich unvermittelt mit Tränen. »Ja«, flüsterte sie, »liebend, liebend gerne. Aber zuerst«, sie ballte die Fäuste, »gehen wir beide zurück nach Boa Vista und schaffen klare Verhältnisse.«

Jonas nickte. Dann drückte Pauline sich an ihn und barg ihr Gesicht an seinem Hals. Sie würde ihn niemals wieder gehen lassen.

Neuntes Kapitel

Die Rückreise nach Boa Vista gestaltete sich sehr viel angenehmer als die Flucht der Frauen von dort. Sie legten einen Teil des Weges mit Maultieren und einem Wagen zurück und reisten schließlich per Boot nach Greytown, wo sie ein größeres Schiff buchten, das sie über Rio de Janeiro bis nach Porto Alegre brachte.

Als sie an einem frühen Vormittag einige Wochen später in Boa Vista eintrafen, bemerkte Pauline die Veränderung sofort. Es war still, unheimlich still. Nirgendwo waren Menschen zu sehen, keiner arbeitete, die Ställe waren leer.

Jonas brachte den Wagen, den er selbst gefahren hatte, vor dem Haupthaus zum Stehen, sprang hinunter und half auch Pauline und Rosina herunterzuklettern. Noch während Pauline sich umblickte, hatte sie den Eindruck, beobachtet zu werden. Nur einen Augenblick später öffnete sich die große Eingangstür.

Augusto kam mit langsamen, schlurfenden Schritten heraus. Pauline schrak zusammen. Der Herr von Boa Vista sah ungepflegt und abgemagert aus. Dunkle Ringe zeichneten sich unter seinen Augen ab. Offenbar hatte er getrunken. Unwillkürlich musste Pauline an den ersten Tag denken, an dem sie diesen stolzen Mann auf der Treppe des Haupthauses von Boa Vista gesehen hatte. Damals war sie besorgt gewesen, ob er ihr die Lüge wohl abnehmen würde, und überzeugt, dass er sie und ihren Vater sofort durchschaute.

»Pau ... Pauline«, lallte er, »da bist du ja wieder ...« Augustos Blick wanderte zu Rosina und dann zu Jonas, der neben Pferd und Kutsche stehen geblieben war. »Und nicht allein, wie ich sehe.«

Pauline runzelte die Stirn. »Was ist hier los, Augusto? Was ist passiert?«

»Die schwarzen Faulenzer arbeiten nicht mehr für mich.« Augusto lächelte schief. »Sogar Martinez ist wie vom Erdboden verschluckt. Aber mein Weibchen ist zu mir zurückgekehrt. Das ist schön.«

»Ich bin nicht mehr deine Frau, Augusto, und ich war es nie, denn du warst bereits verheiratet zum Zeitpunkt unserer Eheschließung. Deine Frau ist Adélia.«

»Adélia?« Augusto kniff die Augen zusammen.

Pauline straffte die Schultern. Sie konnte die Überraschung nur schwer verbergen. Wusste er denn nicht mehr, wer Adélia war? Sie trat einen Schritt näher, und Augusto blieb schwankend stehen.

»Erinnerst du dich nicht an sie?«, fragte sie vorsichtig.

Er sah aus, als verstünde er sie nicht ganz. Doch dann sah er einen Moment sinnend in die Ferne. »Adélia ... Ja ... Sie war plötzlich ... verschwunden«, murmelte er.

Augusto war blass geworden, wenn das bei seiner fahlen Haut überhaupt noch möglich war. Er machte unvermittelt ein paar Schritte nach vorn und sackte mit einem Seufzer auf den Eingangsstufen zusammen. Pauline verschränkte die Arme vor der Brust.

»Adélia geht es gut. Auch deinem Sohn geht es gut.« Ihre Stimme klang, obwohl unbeabsichtigt, vorwurfsvoll.

Augusto schien sie zuerst nicht zu hören, dann rappelte er sich wieder auf. »Ich habe keinen Sohn. Ich hatte nie einen.«

Dann drehte er sich auf dem Absatz um und kehrte ins Haus zurück.

Pauline ging zuerst in ihr Zimmer und sah sich um. Nichts hatte sich verändert, doch sie fühlte sich nicht wohl und fuhr deshalb gemeinsam mit Jonas und Rosina zu dem kleinen Bauernhof der Hartungs. Das Haus stand noch da, als wäre nichts geschehen, nur der Garten war ein wenig verwildert. Jonas sah sich um.

»Es ist ein schönes Haus«, sagte Jonas und legte seiner Mutter einen Arm um die Schultern, »Vater muss stolz darauf gewesen sein.«

»Das war er.« Rosina seufzte. »Jedenfalls ein wenig, wie immer. Komm, ich möchte dir zeigen, wo er seine letzte Ruhe gefunden hat.«

Pauline blieb auf der Veranda zurück, während Rosina und Jonas hinter dem Haus verschwanden. Als Mutter und Sohn zurückkehrten, schienen sie sich ausgesprochen zu haben. Beide wirkten sie ruhig und zufrieden.

Es war noch früh am Morgen, als es an der Tür klopfte. Erst fürchtete Pauline mit einem mulmigen Gefühl, es könnte sich um Augusto handeln, doch als sie vorsichtig öffnete, stand dort Emilia. Stumm schauten die beiden Frauen sich an, dann nahm Adélias Mutter Pauline in die Arme. Verwundert bemerkte die Jüngere, dass ihr die Tränen kamen. Im nächsten Moment schluchzte sie leise. Emilia strich ihr sanft über den Rücken. Erst nach einer Weile konnte Pauline sich beruhigen.

»Es war wohl alles etwas viel«, sagte sie endlich.

Die Frauen setzten sich gemeinsam auf die Veranda der Hartungs. Flüchtig sah Pauline, wie Rosina Emilia vom Fenster aus anstarrte. In den Schatten war ihr Gesichtsausdruck nicht auszumachen. Auf einen leisen Ruf Emilias hin kamen andere Frauen herbei und brachten zu essen und zu trinken. Pauline war gerührt. Sie holte Jonas und Rosina, die sich schließlich zu ihnen gesellten.

»Geht es Federico gut?«, erkundigte sich Pauline.

»Es geht ihm gut«, antwortete Emilia.

»Und seiner Mutter?«

»Auch ihr geht es gut.«

»Was ist mit Augusto geschehen?«

»Er hat den Verstand verloren. Seine Leute weigern sich, für ihn zu arbeiten. Die Pächter wagen es nicht. Wir alle schützen Federico, und wir erzählen der Welt, was dieser Mann mit seinem Sohn gemacht hat.«

»Ob jemand weiß, wo mein Vater ist?«

»Ich kann es dir nicht sagen.«

Pauline fröstelte plötzlich. Die Frauen, die mit Emilia gekommen waren, wirkten zu allem entschlossen. Sie entschied, dass sie mit Augusto reden musste. Sie waren einmal Ehemann und Ehefrau gewesen, jedenfalls hatte sie das geglaubt. Sie wollte ihn jetzt nicht ganz alleinlassen.

Als sie Augusto später aufsuchte, war der verschwunden.

Es dauerte eine Weile, bis sie endlich Augustos Spur fanden. Sie führte an den Hütten der Arbeiter vorbei, verlor sich erneut, tauchte dann wieder auf und verschwand in einem Stück dichten Urwalds. Irgendwann wurde es zu dunkel, und sie machten am folgenden Tag weiter. Jonas kämpfte sich mit einer kleinen

Gruppe Männer weiter voran. Irgendwann endete Augustos Spur an einem größeren Gewässer. Sosehr die Männer auch suchten, sie konnten sie nicht wieder aufnehmen. Die Annahme, dass Augusto sich ertränkt hatte, wurde erst Tage später zur Gewissheit.

Pauline, die niemals feige oder ängstlich gewesen war, war froh, bei der Entdeckung des Leichnams nicht zugegen gewesen zu sein. Jonas hatte Augusto auf Boa Vista beerdigen lassen, unweit seiner Tochter Hannah.

Irgendwann, dachte Pauline, werde ich auch für ihn einen Stein setzen lassen.

Hector Martinez fiel ihr auf einmal ein. Er war plötzlich aufgetaucht, als man Augusto gefunden hatte, und dann wieder spurlos verschwunden. Sie fragte sich, ob sie je wieder etwas von ihm hören würde.

Jonas nahm sie in den Arm. »Jetzt ist alles vorbei.«

»Augusto konnte wohl nicht mit dem Gedanken leben, alles verloren zu haben«, sagte sie.

»Hatte er das denn?«, fragte Jonas.

Pauline hob nachdenklich die Schultern. »In jedem Fall wusste er, dass es nicht so weitergehen würde wie vorher.« Sie stand auf. »Nun werde *ich* darüber nachdenken müssen, wie es weitergeht.«

Jonas lächelte sie an. »Das wirst du.«

Einige Tage später lud Pauline Emilia ins Herrenhaus ein. Sie bat Adélias Mutter, auch ihre Tochter und Federico mitzubringen. Als die drei eintrafen, war Pauline aufgeregt. Sie bot ihnen etwas zu trinken an. Federico war groß geworden. Sicherlich hatten ihn die Erlebnisse der letzten Zeit auch reifen lassen.

»Boa Vista ist eure Heimat, genauso, wie es mir zur Heimat geworden ist. Dennoch ist es nicht mein Erbe«, sagte Pauline, als sie gemeinsam auf der Veranda saßen. Jonas saß bei ihr, bereit, ihr zur Seite zu stehen, wenn es nötig sein sollte. »Eigentlich«, Pauline schluckte, »ist Boa Vista Federicos Erbe, auch wenn ich hoffe, es weiterhin ein wenig als meine Heimat betrachten zu dürfen.« Sie schluckte. »Ich habe hier meine Tochter geboren«, sie musste wieder schlucken, »und ich habe sie hier verloren.«

Federico sah sie ernst an. »Boa Vista wird immer Ihre Heimat bleiben, Senhora«, sagte er. »Ich hätte meine Halbschwester gern kennengelernt.«

Pauline schluckte die Tränen, die ihr plötzlich in die Augen stiegen, und lächelte. »Nenn mich bitte Pauline.«

Der Junge, in dem Pauline schon den späteren Mann erkannte, lächelte sie stolz an.

Epilog

Bald feierten Jonas und Pauline Verlobung auf Boa Vista und kaum ein halbes Jahr später heirateten sie. An diesem Tag lernte Adélias Vater, Gouverneur do Silveira, seinen Enkel kennen. Nachdenklich sah Pauline den beiden nach, als sie nebeneinander zu einem Spaziergang im Garten verschwanden. Dann schmiegte sie sich enger an Jonas.

Sie hatten lange gemeinsam überlegt und beschlossen, dass Adélia wieder ins Herrenhaus einzog und mithilfe von Vitória und einem Verwalter die Führung der Fazenda übernahm, bis Federico alt genug war, dies zu tun. Emilia wollte weiter in ihrer Hütte leben, aber sie war in der Nähe ihrer Tochter und glücklich mit ihrem Leben. Pauline würde mit Jonas auf Selva Negra leben, doch sie konnte so oft sie wollte Boa Vista besuchen.

Pauline hatte auch Valentin ausfindig gemacht. Natürlich hatte er es sich nicht nehmen lassen, zur Hochzeit seiner Tochter zu kommen. Ihr Wiedersehen war seltsam emotionslos gewesen. Nun, da Pauline von Boa Vista weggehen würde, konnte er nicht mehr als ständiger Gast dort geduldet werden. Es würde ihm nicht an Geld und Unterstützung mangeln, aber sie wollte ihr Leben auch in Nicaragua nicht mehr mit ihm teilen. Er hatte sie zu oft enttäuscht und benutzt.

Rosina würde auf Boa Vista bleiben – in dem Haus, das Kasimir und sie in der Hoffnung auf ein besseres Leben errichtet hatten. Es war geplant, dass sie ihren Garten erweiterte und die Küche der Fazenda mit Gemüse versorgte. Jonas hatte ihr geholfen, den verwilderten Grund wieder nutzbar zu machen, und ihr neue Hühner geschenkt.

Für einen Moment ließ Jonas Pauline jetzt los und kramte in den Taschen seines Hochzeitsanzuges. Pauline lauschte derweil auf das Stimmengewirr der Hochzeitsgäste, die von der anderen Seite des Hauses zu ihnen herüberdrangen. Sie hatten sich in einen versteckt hinter Bäumen liegenden kleinen Pavillon zurückgezogen, in dem Pauline damals oft Zuflucht gesucht hatte, wenn sie allein sein wollte. Wie lange es wohl noch dauern würde, bis man nach ihnen suchte und dieser traute Augenblick der Zweisamkeit sein Ende fand?

Jonas räusperte sich. Offenbar hatte er gefunden, was er suchte, denn er überreichte Pauline eine flache, polierte Scheibe – einen Achat. Er wies zarte Schichten von hellem und dunklerem Orange auf, in der Mitte und entlang des Randes glitzerten Kristalle. Pauline hob die Scheibe nach oben gegen die Sonne. Der Achat schien geradezu zu leuchten.

»Er ist wunderschön«, sagte sie und reichte den Stein an Jonas zurück.

»Nicht wahr?« Jonas lächelte. »Er stammt aus einer Mine hier ganz in der Nähe. Man munkelt, dass sie zum Verkauf steht. Ich denke darüber nach, ein Gebot zu machen.«

Paulines Augen weiteten sich. »Tu es, du sagtest doch, dass du dir das immer gewünscht hast.«

»Ja, das habe ich.« Jonas legte den Arm um seine Frau. »Aber ich kann noch nicht glauben, dass mein Wunsch jetzt in Erfüllung gehen soll.«

Pauline streichelte Jonas' Arm. »Das wird er, darauf kannst du vertrauen. Wir sind endlich am Ziel angekommen.«

Danksagung

Dieses Mal hat mich meine Reise nach Brasilien geführt, ein Land, dessen Geschichte ausgesprochen faszinierend ist. Wie immer ist vielen Menschen zu danken: den Lesern und Leserinnen und ganz besonders Melanie Blank-Schröder sowie Margit von Cossart. Eine Geschichte entsteht nicht im leeren Raum. Vielen Dank!

Fesselnde Familiensaga über große Hoffnungen und das vollkommene Glück

Sofia Caspari
DAS LIED DES WASSERFALLS
Roman
560 Seiten
ISBN 978-3-404-16890-3

Argentinien, 1897. Clarissa und Javier feiern ihren ersten Hochzeitstag mit einem Ausflug an die Iguazú-Wasserfälle. Doch der wunderschöne Tag endet schrecklich: Clarissa verliert ihren Ehemann, ihre Familie, ihr Zuhause, ihr bisheriges sorgenfreies Leben.

Zur gleichen Zeit befindet sich der Arzt Robert Metzler auf einer Expedition durch den Dschungel. Am Flussufer findet er die ohnmächtige Clarissa. Robert bringt die Frau, die sich an nichts erinnern kann, zur Farm seiner Eltern. Noch weiß er nicht, dass sie eine Gejagte ist …

Bastei Lübbe

Fulminant, voller Gefühl: die grosse Familiensaga über eine deutsche Auswandererfamilie

Sarah Lark
DIE ZEIT DER FEUERBLÜTEN
Roman
912 Seiten
ISBN 978-3-404-17088-3

Mecklenburg, 1837: Der Traum von einem besseren Leben lässt Idas Familie die Auswanderung nach Neuseeland wagen. Auch Karl, der seit Langem für Ida schwärmt, will sein Glück dort machen. Doch als das Schiff *Sankt Pauli* endlich die Südinsel erreicht, erwartet die Siedler eine böse Überraschung. Das zugesagte Land steht nicht zur Verfügung ...
Grandios und unvergleichlich. Platz 7 der SPIEGEL-Bestsellerliste. Endlich im Taschenbuch!